观乎人文，意义之美。

文学×思想
译丛

文学×思想
译丛

主编 张辉 张沛

诗的逻辑

Die Logik
der Dichtung

﹝德﹞克特·汉布格尔 著

李双志 译

Copyright ©1957, 1977, 1994 Klett-Cotta - J. G. Cotta'sche
Buchhandlung Nachfolger GmbH, Stuttgart
Käte Hamburger, Die Logik Der Dichtung (4th edition 1994)

译丛总序

"文学与思想译丛"这个名称，或许首先会让我们想到《思想录》一开篇，帕斯卡尔对"几何学精神"与"敏感性精神"所做的细致区分。但在做出这一二分的同时，他又特别指出相互之间不可回避的关联："几何学家只要能有良好的洞见力，就都会是敏感的"，而"敏感的精神若能把自己的洞见力运用到自己不熟悉的几何学原则上去，也会成为几何学家的"。（《思想录》，何兆武译，商务印书馆，1995年，第3—4页。）

历史的事实其实早就告诉我们，文学与思想的关联，从来就不是随意而偶然的遇合，而应该是一种"天作之合"。

柏拉图一生的写作，使用的大都是戏剧文体——对话录，而不是如今哲学教授们被规定使用的文体——论文；"德国现代戏剧之父"莱辛既写作了剧作《智者纳坦》，也是对话录《恩斯特与法尔克》和格言体作品《论人类的教育》的作者；卢梭以小说《爱弥儿》《新爱洛伊丝》名世，也以《社会契约论》《论人类不平等的起源》而成为备受关注的现代政治哲学家。我们也不该忘记，思想如刀锋一样尖利的维特根斯坦，在他的哲学中讨论了那么多文学与哲学的对话关系；而桑塔亚纳（George Santayana）干脆写了一本书，题目即为《三个哲学诗人：卢克莱修、但丁和歌德》；甚至亚当·斯密也不仅仅写作了著名的《国富论》，还对文学修辞情有独钟。又比如，穆齐尔（Robert Musil）是小说家，却主张"随笔主义"；尼采是哲学家，但格外关注文体。

毋庸置疑，这些伟大的作者，无不自如地超越了学科与文体的规定性，高高地站在现代学科分际所形成的种种限制之上。他们用诗的语言言说哲学乃至形而上学，以此捍卫思想与情感的缜密与精微；他们又以理论语言的明晰性和确定性，为我们理解所有诗与文学作品提供了富于各自特色的路线图和指南针。他们的诗中有哲学，他们的哲学中也有诗。同样地，在中国语境中，孔子的"仁学"必须置于这位圣者与学生对话的上下文中来理解；《孟子》《庄子》这些思想史的文本，事实上也都主要由一系列的故事组成。在这样的上下文中，当我们再次提到韩愈、欧阳修、鲁迅等人的名字，文学与思想的有机联系这一命题，就更增加了丰富的层面。

不必罗列太多个案。在现代中国学术史上，可以置于最典型、最杰出成果之列的，或许应数王国维的《红楼梦评论》和鲁迅的《摩罗诗力说》。《红楼梦评论》，不仅在跨文化的意义上彰显了小说文体从边缘走向中心的重要性，而且创造性地将《红楼梦》这部中国文学的伟大经典与叔本华的唯意志论哲学联系了起来，将文学（诗）与思想联系了起来。小说，在静庵先生的心目中不仅不"小"，不仅不只是"引车卖浆者之流"街谈巷议的"小道"，而且也对人生与生命意义做出了严肃提问甚至解答。现在看来，仅仅看到《红楼梦评论》乃是一则以西方思想解释中国文学经典的典范之作显然是不够的。它无疑启发我们进一步思考文学与更根本的存在问题以及真理问题的内在联系。

而《摩罗诗力说》，也不仅仅是对外国文学史的一般介绍和研究，不仅仅提供了比较文学法国学派意义上的"事实联系"。通读全文，我们不难发现，鲁迅先生相对忽视了尼采、拜伦、雪莱等人哲学家和诗人的身份区别，而更加重视的是他们对"时代精神"的尖锐批判和对现代性的深刻质疑。他所真正关注的，是如何通过召唤"神思宗"，从摩罗诗人那里汲取文学营养、获得精神共鸣，从而达到再造"精神界之战士"之目的。文学史，在鲁迅先生那里，因而既有其独立存在的价值，也实际上构成了精神史本身。

我们策划这套"文学与思想译丛"主要基于以下两个考虑。首先以拿来主义，激活对中国传统的再理解。这不只与"文史哲不分家"这一一般说法相关；更重要的是，在中国的语境中，我们应该格外重视"诗（文学）"与"经"的联系，而《诗经》本身就是经的一个重要组成部分。正如刘勰在《文心雕龙》中所揭示的那样，《诗》既有区别于《易》《书》《春秋》和《礼》而主

"言志"的"殊致"："摘《风》裁'兴'，藻辞谲喻，温柔在诵，故最附深衷矣"；同时，《诗》也与其他经典一样具有"象天地，效鬼神，参物序，制人纪，洞性灵之奥区，极文章之骨髓"的大"德"，足以与天地并生，也与"道"不可分离（参《宗经》《原道》二篇）。

这样说，在一个学科日益分化、精细化的现代学术语境中，自然也有另外一层意思。提倡文学与思想的贯通性研究，固然并不排除以一定的科学方法和理论进行文学研究，但我们更应该明确反对将文学置于"真空"之下，使其失去应该有的元气。比喻而言，知道水是"H_2O"固然值得高兴，但我们显然不能停止于此，不能忘记在文学的意义上，水更意味着"逝者如斯夫，不舍昼夜"，意味着"弱水三千，我只取一瓢饮"，也意味着"春江潮水连海平，海上明月共潮生"……总之，之所以要将文学与思想联系起来，与其说我们更关注的是文学与英语意义上"idea"、"thought"或"concept"的关联，不如说，我们更关注的是文学与"intellectual"、"intellectual history"的渗透与交融关系，以及文学与德语意义上"Geist（精神）"、"Geistesgeschichte（精神史）"乃至"Zeitgeist（时代精神）"的不可分割性。这里的"思想"，或如有学者所言，乃是罗伯特·穆齐尔意义上"在爱之中的思想（thinking in love）"，既"包含着逻辑思考，也是一种文学、宗教和日常教诲中的理解能力"；既与"思（mind）"有关，也更与"心（heart）"与"情（feeling）"涵容。

而之所以在 intellectual 的意义上理解"思想"，当然既包含着对学科分际的反思，也在很大程度上，是对过于实证化或过于物质化（所谓重视知识生产）的文学研究乃至人文研究的某种反悖。因为，无论如何，文学研究所最为关注的，乃是"所罗门王曾经祈求上帝赐予"的"一颗智慧的心（un cœur intelligent）"（芬基尔克劳语）。

是的，文学与思想的贯通研究，既不应该只寻求"智慧"，也不应该只片面地徒有"空心"，而应该祈求"智慧的心"。

译丛主编 2020 年 7 月再改于京西学思堂，时在庚子疫中

目 录

第三版序言 1

导　论　诗的逻辑：概念与任务 3

语言理论基础 11
"文学与现实"的概念构造 11
语言的表述体系 29
 表述的概念 29
 表述主体的分析 38
 表述的主客体结构 45
 作为现实表述的表述概念 48

虚构文类或演示文类 61
预先提示：文学虚构的概念 61
史诗类虚构（或者"他"—叙事） 66
 虚构叙事及其特征 66
 史诗类过去时 70

内在事件的动词 87
体验直述（内心独白）... 90
虚构的超时间性 96
历史现在时 104
历史小说中的时间问题 116
风格方面 123
空间指示词 131

虚构叙事———一种（连续波动的）叙事功能 140
表述主体的消失和"叙事者"问题 140
叙事的主观性和客观性问题 148
对话体系 180

戏剧类虚构 198
戏剧类虚构与史诗类虚构的关系 198
戏剧的定位 205
舞台现实与现时问题 214

电影虚构 226

抒情诗文类 239
现实表述的体系与抒情诗的定位 239
抒情诗的主客体关联关系 251
抒情诗之我的特性 283

特殊形式 307
叙事谣曲及其与图像诗和角色诗的关系 307
"我"—叙事 327
"我"—叙事作为伪造的现实表述 327
书信体小说 335
回忆录小说 339
伪造性问题 344

最后的说明 359

人名索引 361

译后记 369

第三版序言

现在出版的《诗的逻辑》第三版与1968年第二版相比,并无改动,仅仅删去了最末一章《论诗的象征问题》。这一章在我看来已经不足以说明象征概念及其与文学的关联。之所以能将其删去,是因为这一章原本仅仅用作结束语与展望,并不牵涉本书主题。

不过这一新版尤其没有对该书自1968年起在数量可观的报纸书籍中引发的讨论进行新的回应。请允许我借此"序言",以一概全地表达我对这些讨论的谢意。不论是敌对还是赞同,这样的讨论都是我乐于见到的,它证明了该书应当再出第三版。——我放弃对批评的反驳,首先是考虑到制作这一价格低廉的学术新版的技术原因。从原则上来说,也是因为我在《再论叙事》的论文(发表于1965年《欧福里翁》第59期)中已经对相关批评表明了态度,该文章针对的是1957年第一版;在第二版中我又加入了回应的内容并对原版做了改进，而今天我已经没有什么全新的话要说了。本书中阐述的文学类型理论方面的观点，我认为也没有因为新出版的文学书籍而失效。当然本来更可期待的是，在脚注中说明研究文献时能更新到今天的研究现状，这里那里能做些删补。不过我最后还是不得不放弃，让这一新版带着这些缺陷问世，也是出于上述技术原因的考量。

K. H.

斯图加特，1977 年 1 月

导　论

诗*的逻辑：概念与任务

以下的论述将尝试着从普遍的文学美学领域里分离出一种诗的逻辑。为此，这一操作首先要明确自己是如此一种操作方式，因为对文学的每一种理论阐述，不论它处理的是文学众多方面中的哪些方面，都可算作文学美学。只要艺术是美学的对象而非逻辑的对象，是构型的领域而不是思考的领域，谈论诗的逻辑就显得多此一举，甚至让人困惑。但是文学在艺术体系中的特殊地位让人有理由能做出如此区分，有理由认为存在一种诗的逻辑，或者一种诗的逻辑体系。

---

*　德语中的 Dichtung 是广义上的诗，实际上包括了所有文学种类，但还是侧重暗示其中的审美质量或曰诗性。除了标题中使用"诗"这个名称以外，以下译文中主要译作"文学"或"文学作品"，仅仅在与"逻辑"相连的时候译为"诗的逻辑"，以便与标题对应。——译者注

诗的逻辑这个概念必须在所谓间接意义上来理解。这个概念之所以有意义，也合理，是因为存在一种语言的逻辑，或者更准确地说，语言逻辑的概念进入了关于思维逻辑的现代思索中。[1] 在这种术语使用中，语言逻辑指涉的是思维逻辑或事实逻辑与语言之间的关系，而且语言在这里被视为"思维的最典雅的辅助手段与工具"，就如约翰·斯图亚特·密尔（John Stuart Mill）所描述的那样。[2] 埃德蒙德·胡塞尔（Edmund Husserl）因此规定了"用语言上的阐述来开始逻辑思考"[3] 的必要性。在更广泛的意义上来说，这也便是路德维希·维特根斯坦（Ludwig Wittgenstein）的难题，他要检验语言是否具有完全不遮蔽地展示思想的能力。对他来说，哲学（并不仅仅是狭义上的逻辑）也由此回溯到了"语言批判"上，如此一种哲学也就是语言逻辑。与此同时，维特根斯坦强调说，我们无法从遮蔽思想的口头语言中直接提取出语言逻辑。[4]

以上各处，语言逻辑都是着眼于语言的——语法上或语言学上的——表达功能，也即表达"思想"和思维规律的能力，来进行的语言批判。假若我们在**此**意义上谈论诗的语言逻辑，那么

---

[1] F. W. 施耐德：《一种语言逻辑的问题》，参见《哲学研究杂志》，1953年（7），第1期。

[2] J. St. 密尔：《逻辑》，第一卷，第一章，第一节。

[3] E. 胡塞尔：《逻辑研究》，第二卷，哈勒，1928年，第1页。

[4] L. 维特根斯坦：《逻辑哲学论》，第9版，伦敦，1962年，第62页，"对于人类来说，我们不可能从它（口头语言）之中直接提取语言逻辑。语言遮蔽了思想"（4.002），"所有的哲学都是'语言批判'"（4.0031）。

文学的问题当然从一开始就是错失了的。诗的逻辑虽然针对的是一种文学与语言的关系，但是这种关系与上述理论中提到的有所不同。诗的逻辑并不顾及发挥描述与表达功能的语言，因而也不考虑这样一个多少显得平庸的事实：文学作为语词艺术就是语言的艺术。诗的逻辑更多是出自这一状况，即语言作为文学的构型材料，同时也是让特殊的人类生活得以完成自身的媒介。这并不是新的认识。奥古斯特·威廉·施莱格尔（August Wilhelm Schlegel）就曾经表述过这一点，他说的是"诗的媒介也正是人类精神赖以抵达沉思，控制住自己随意勾连蔓延的想象的同一个媒介：语言"。[1] 这句话也暗示，这一媒介不是仅仅由载入意义的符号，也即由词汇组成，它还以深刻得多的方式确定了以特殊的艺术本质而存在的文学。诗的逻辑或语言逻辑因而并不意味着维特根斯坦意义上的语言批判，而是可以更准确地称之为**语言理论**，该理论研究的是，造就文学形式的语言（我们暂且这么泛泛地说）是否以及在多大程度上，可以从功能上与我们在生活中进行思考和转述的语言区别开来。**作为文学的语言理论，诗的逻辑是以文学与普遍语言体系的关系为对象的**。诗的逻辑因而要在语言理论的意义上来理解，而这里所指的语言理论在下文中将作为起点理论得以展开，在阐述过程中能以其自身取代逻辑这个术语。

关于文学的形形色色的新旧理论在我看来都没有达到完全令

---

[1] A. W. 施莱格尔：《论美文学与艺术》，《德国 18、19 世纪文学纪念碑》，第 17 卷，1884 年，第 261 页。

人满意的结果，因为文学与普遍语言体系的关系并没有就其本身得到足够敏锐的把握，或者我们始终没有从中推出最后的结论。唯有进行了这项工作之后，独具特色的、文学自身所特有的现象才会显现出来，即文学是一个难以界定的艺术领域，甚至是"那种艺术在其身上开始自行消解的特殊艺术"，正如黑格尔所看到的；我们也会立刻看到，黑格尔的这一洞见的缘由出自何处，还有哪些他自己当然没有推出的结论可以从中推演而出。因为如果严肃对待这一见识，它的方法论价值就会展示出来。它会照进文学中暗藏的逻辑织网，文学正是通过这一织网与普遍的思维及语言过程的织网既相连又分离。但是在揭示这一结构时也会有特殊的、往往令人惊诧的现象暴露出来。尤其昭然可见的是，诗学的核心难题，也即文类难题，会在另一个角度下，在另一种秩序原则下得到展示，有别于迄今我们所熟悉的角度和原则，不论后者是否已经而且仍将继续变幻多样。歌德从古典诗学中挣脱出来，将抒情诗、史诗（Epik）*和戏剧描述为独有的三个"自然形式"［在《西东合集》(*West-östliche Divan*)之注解与论文中］，但完全没有将它们绑定于传统文类，而是认为它们"在最小的诗中往往也会"一同发挥作用。自此以后，新近的诗学中尤其吸纳了这一观点。埃米尔·施泰格（Emil Staiger）就推出了新的文学阐释可能，他从传统的形式概念中提炼出了抒情性、史诗性和戏

---

* 这里的 Epik 虽然在源头上仅指史诗，但后来所指逐渐扩大，包含了小说等文体，也即叙事作品。——译者注

剧性，将之视为灵魂基本倾向的凝固：记忆、想象和张力。在他之前，罗伯特·哈特尔（Robert Hartl）就将文类归结为体验形式，"心绪的能力"：感受力、认知力和欲求力。

显然，所有这些定义尽管都能把握文学性的微妙层次，但本身最终都只是对既有文类现象的阐释，这些阐释是通过将固定的文类消解于体验形式或表达形式才变得可能的。然而文类终究是固定的形式，这样的形式说到底是抵抗任何阐释、任何意义解释的。我们在阅读一首诗、一部长篇小说*或者一部戏剧时，都会直接了解这一点。小说有可能让我们感受到浓厚的抒情诗味道，戏剧作品也许会有"史诗性"的恢宏情节，而抒情诗也可能"很不诗意"——可是它们还是作为一部叙事作品，一部戏剧，一首诗在引导和造就我们的读者体验。展示的形式就是确定方向的形式，它调节我们的体验——这就好比我们对一部历史书、一本自然科学教科书的理解不同于我们对一部小说的理解。我们对抒情诗的体会，其方式完全不同于对一部小说、一部戏剧的体会。这种差异之大，会让我们在体验后两者时，并不将其体验为与抒情诗同等的文学，反之亦然。在这一前逻辑的观察中已经暗示出，就我们的体验而言，叙事文学和戏剧文学是联合起来对立于抒情诗的。与前两类相比，抒情诗是在我们的观念生活中截然不同的另一个层面上呈现于我们的。

不论是在文类诗学中，还是在对单个文学作品的解释中，迄

---

* 本书中讨论的小说都是长篇小说。除非另有说明。——译者注

今为止都没有人涉及这个事实，也即叙事作品和戏剧作品向我们传达的是虚构或非现实（Nicht-Wirklichkeit）的体验，而在抒情诗作品中并非如此。但是作为体验被传达者，在传达现象本身中有其根由。这些现象是抒情诗、史诗和戏剧，也是每个文类下的单独样本。后两者传达非现实体验，前者则传达现实体验，这里的原因无非就是它们赖以为基础的逻辑结构也即语言结构。诗的逻辑由此也是文学的现象学。这个概念在这里既不受制于黑格尔现象学的特殊意义，也不负有胡塞尔现象学的特殊意义。此概念所指的仅仅是对现象本身的描述——但也不是单纯描摹意义上的，而是症候意义上的描述方法，这也便是义理（Lehre）意义上的描述，而义理，用歌德的话来说，便是现象。在歌德拒绝并且禁止在现象之后去搜寻的时候——"切莫在现象之后寻找；现象本身即义理"（《格言与反思》，G. 穆勒［G.Müller］出版，993号格言）——他反对的是将并非从现象中发展出来的意义、某种形而上学的意义放入现象中，这种意义把自然现象弄成了一种自然哲学，把历史现象弄成了一种历史哲学，而并非一种科学，或者，如歌德自己所说的，一种理论。但是还存在一种意义，这是歌德也认可要在现象之后寻找并且身体力行的，这便是已经在现象中包含了的意义，即现象作为义理。它们之所以是义理，是因为它们作为现象，同时也是症候，因为它们的如此所是（So-sein）和如此所现（So-erscheinen），都会往回或往下指向它们自身所含的一个或多个根由，这些根由决定了它们的如此所是和如此所现。这些根由可以藏得如此深，因而也如此不显眼，人们在描述对象

时甚至都不会将其认作根由,这也是歌德言简意赅地确认过的:
"人们说得那么理所应当:现象是一个无根之果,是无起因的成效。人总是难以找到根由和起因,因为它们是那么简单,躲过了人的目光。"(1103号格言)自然科学从方法上来讲无非就立足于这一认知的操作过程。它搜寻现象所体现的症候的起因,不在一个规律、一个合规律性、一个结构中找到这个起因便不罢休。我们在这里不去讨论那个漫无边际而且被频繁讨论过的问题,人文学科是否可能是,以及在哪种方式上可能是求规律的科学。我们只是盯住文学现象,想要试着展示,这个现象在很高程度上,在和语言本身同样高的程度上,属于症候丰富的现象,这些症候的如此所是或存在方式都并非偶然,并非只需要照实描述一番就够了。它们的存在方式要从隐含的逻辑结构来解释和照亮,这个结构是它们作为语言艺术或是作为出自语言的艺术之根基所在。

这样的逻辑结构或者合规律性,创作的作家自己并不能意识到,就如我们在思考和说话的时候并不意识到我们要让人理解就必须遵循的逻辑规律。但是这些规律一经发现,就会将打开某些隐藏大门的钥匙交到文学阐释者的手上,那些门后面藏有文学创作过程的秘密,也藏有文学形式本身的秘密。如果我们接下来要试着将文学作为语言艺术来分析,那么,在此再次强调一下,与文学相关的语言,就不是被理解为狭义审美意义上的"文学"语言,所谓"语词艺术品",而是用作文学的语言(dichtende Sprache)。也就是说,对语言的研究会着眼于其语言逻辑功能,这些功能引导语言创造出了文学形式。

但是在这里——为了防止任何误解,有必要强调的是——也要注意,文学的概念也是在最广泛的审美意义上,也即既积极又消极的意义上来理解的:语言在创造文学,哪怕是一部报纸连载小说、一部歌剧脚本、一首高中生写的诗里也有其成就。因为创作文学的语言过程,其逻辑规律并不取决于它制造出来的形式是不是满足审美意义上的文学概念。逻辑规律在这里是绝对的,审美规律是相对的,前者是认知的对象,后者是评价的对象。但这并不妨碍对逻辑结构关系的认知往往能服务于审美评价。这反而愈加清晰地表明,文学在艺术体系中的位置是由文学在语言体系以及思维体系中的位置决定的。

语言理论基础

"文学与现实"的概念构造

诗的逻辑这个基本主题，无非就是文学与现实的概念构造，这一构造总是或隐或显地成为文学理论观察的根基。但是，在这个或多或少让人乐于征用的著名概念构造中被连接起来的两个相互对立的概念，我们要在其对立意义上加以定义，比在文学观察的实践使用中常做的更为精细。

关于现实（Wirklichkeit）的概念，要先做一番预防性的提前说明，尤其是从现代自然科学和数理逻辑的立场来看，这个概念是大有问题的；以此为据，就会有人提出如此一种指责，反对在以下研究中使用该概念：这个概念显现出一种已经过时的天真的现实主义意义。为了消除这种可能的质疑，就要强调：现实的概念在这里仅仅是以其与文学的对立，以及与文学的关系而得到讨论，而并不是作为认知理论的对象和问题，因此也不是在天真的现实主义视角下出场的。这个概念所指的，就如以下阐述中会清楚表明的，无非就是人类生活（自然的、历史的、精神的生活）的现实，与我们作为文学"内容"来经历的那些东西形成了对立；这是生活的存在方式，有别于文学所创造和再现的那种存在方式。无妨这么说，恰恰是在对这一区别的精确规定上，现实作为超出所有科学理论定义之外的现象，能得到简明扼要的突显。

照此理解，文学与艺术这个概念构造说明了什么呢？它说出了两重意思：文学有别于现实，但看上去与之矛盾的是，现实是文学的材料。这个矛盾只是表面上的，因为文学之所以有别于现实，恰恰因为后者是前者的材料。我们在这一概念构造的普遍意义上这么说，就会出现第一重困难，就会显出在传统观察方式中包含的不准确和不一致。我们先抛开单纯的传记式或社会学式的来源与背景考证，这样的考证也会囊括影射小说和私密诗歌。在文学和现实这一组合里已经不言而喻地产生了对叙事文学和戏剧文学的指涉，虽然它并非有意地、明显地将文学概念局限于此。然而诗学和普遍意识里所理解的文学／诗，也即第三种文类，抒情诗确实没有被纳入文学和现实的概念集结里来。这样的概念实际上也只有在涉及前两个文类时才有意义，抒情诗则没有给出可供展示的材料。但是这种状况还没有成为一个独立的问题，原因显然在于，在这里一并出现的文学和现实的概念还没有经受细致的意义分析。但是要生成绝非只有单一意义的文学概念，首先需要澄清与文学有所关联的现实概念。这就是以下研究的任务。

但是在我们提问的出发点，也即在开幕这一刻，要引出一位关键证人——亚里士多德，他对于这一点的见解，并未经过深思熟虑却反而更有启发意义，但至今仍然隐而不现。人们普遍将他在自己的《诗学》中只谈到史诗和戏剧而未谈到抒情诗这一事实归结为该著作的破碎不全，或者假设亚里士多德之所以不提公元前6世纪与公元前5世纪的伟大希腊抒情诗，是因为它们都是"被吟唱的"诗，也即伴有器乐演奏的诗，因而当归作音乐。[1] 但是亚里士多德，正如我们即将见到的，提到了被吟唱的诗，即酒神颂歌（Dithyrambus），也提到了所谓单纯的器乐本身。也正是他对此的相关论述表明，他没有将酒神颂歌当作抒情诗，而是将其归于 ποίησις（poiesis）。而我们所称的抒情诗作品，甚至称之为狭义上的诗的，对于亚里士多德来说却不是"文学 / 诗"，不是 ποίησις，而是属于另一类"语言作品"的领域。

这样的关系，却是要注意到如下事实才会得到揭示：亚里士多德是通过 μίμησις（mimesis）这个概念来定义 ποίησις 概念的，因此 ποίησις 和 μίμησις 对他来说是意义等同的。对于这个事实的关注似乎受到了阻碍，因为人们渐渐看不到 ποιεῖν 和 ποίησις 概念的基本意义，也即"制作、制造"了。另一个原因则是，μίμησις 被翻译为 imitatio，从而负载了"摹仿"的意义。埃里希·奥尔巴赫（Erich Auerbach）为自己的名作《摹仿论》起的副标题就叫

1　伊雷妮·贝伦斯:《诗艺分类的理论》，哈勒，1940年，第4页。

"演示出的现实"(dargestellte Wirklichkeit),他由此重新赐予这个遭人贬斥的概念以荣耀,让这个概念在亚里士多德所给予的本真原意上得到重建。因为对亚里士多德这个定义的仔细观察会让人发现,对于他的 μίμησις 概念来说,虽然其中当然也包含了摹仿这一细微语义,但远不如演示、制造的基本语义更起决定作用。[1] 除了上文所述,即我们将要加以证明的 ποίησις 和 μίμησις 之间的意义等同,亚里士多德给予摹仿概念的意义内涵也可说明这一点。被描述为 μίμησις 的是这样一些作品,它们是以 πράττοντες(行动着的人物角色)以及 πράξεις(行动)为对象的。"μιμήσεις 是史诗、悲剧和喜剧以及酒神颂歌还有绝大部分牧笛戏与基塔拉琴

---

[1] H. 科勒在他的专著《古典时代的 Mimesis》(伯尔尼,1954 年)中证明了对 Mimesis 概念的这种解读。但可惜我在写作和出版本书第一版时还不知晓他的证明。科勒表明,柏拉图在《理想国》第三书中提到 Mimesis 只可能是指演示。比如柏拉图将"不相似"(άνομοίως)这个词与 μιμείσαι 相连:别人请求荷马,不要如此不相似地演示(ούτως άνομοίως μιμήσασθαι)诸神中最伟大的那位。"不相似地摹仿"则毫无意义(第 15 页)。柏拉图将神话和诗人所讲述的一切都称作"διήγησις"(叙述),并且将简单的叙述(απλή διήγησις)与 μίμησις 区分开来。在这里,Mimesis 也不是指摹仿;它指的是,角色自己作为述说者登场。柏拉图要表达的是,诗人会从声音和外形上显得与另一个人完全一致。确实,柏拉图并不想说,诗中的角色是在摹仿一种现实,而是诗人以摹仿的方式来讲述,也即让角色自己来讲述。科勒也认为诗学中的 Mimesis 概念是演示的意思(参见注释 10)。还可参考 W. 魏德勒:《论 Mimesis 的意义》,《伊拉诺斯年鉴》第 31 期(1962 年),第 249—273 页。这位作者部分地批评了科勒,认为 Mimesis 概念在演示的意义之外还有表达情绪之意(第 259 页)。参见 V. 楚克康德勒:《Mimesis》,《水星》第 12 期(1958 年),第 224—240 页。

戏"¹,此外还有舞蹈,因为舞蹈借助节奏与面部神情表演"演示了性格、激情与行动"。² 包含了一部分器乐与舞蹈的艺术种类已经超出了狭义上的"语词艺术作品"概念,但是仍然算作 ποίησις,因为它们是 μίμησις³,这在后文中的一个原因从句中得到了更为清晰的强化:"因为演示者(μιμούμενοι)演示的是行动者,而这些行动者必然是高贵或低贱的……所以这些行动者必定比我们或我们的同类人更好或者更坏。"⁴ 这个主句中的推论证实了从 ποίησις 和 μίμησις 的意义等同中便可推出的论点,即 μίμησις 概念的侧重点不是非得落在包含于其中的摹仿 imitatio 之意,或者说,摹仿能进入 mimesis 概念,正是因为人类的现实给文学提供了材料,文学则是演示和"制造"人,这里说的基本上都是戏剧文学和史诗文学,亚里士多德诗学的内容就是对这两类文学的分析。

1　ἐποποιία δὴ καὶ ἡ τῆς τραγῳδίας ποίησις ἔτι δὲ κωμῳδια καὶ ἡ διθυραμβοποιητικὴ καὶ τῆς αὐλητικῆς ἡ πλείστη καὶ κιθαριστικῆς πᾶσαι τυγχάνουσιν οὖσαι μιμήσεις τὸ σύνολον.(1447a)
2　μιμοῦνται καὶ ἤθη καὶ πάθη καὶ πράσεις.(同上)
3　引人注目但也颇具代表性的是,亚里士多德将酒神颂歌也算作了 μίμησις。酒神颂歌是有牧笛演奏相伴的合唱歌曲,演示出"行动",也即酒神狄奥尼索斯和其他神话形象的命运;众所周知,按照亚里士多德的观点,悲剧和萨提尔剧就是从其中演化出来的。这也能表明,为什么在同一语境中也提到了"绝大部分牧笛戏和基塔拉琴戏"。这些显然都是伴随酒神颂歌和其他"演示性"文学作品的器乐。——此外,要指出的是,Mimesis 起初被用来指涉舞蹈和伴随舞蹈的音乐。(科勒:《Mimesis》,第 104 页)
4　Ἐπεὶ δὲ μιμοῦνται οἱ μιμούμενοι πράττοντας, ἀνάγκη δε τούτους ἢ σπουδαίους ἢ φαύλους εἶναι... ἤτοι βελτίονας ἢ καθ᾽ ἡμᾶς ἢ χείρονας ἢ καὶ τοιούτους; ὥσπερ οἱ γραφεῖς. (1448a)

ποίησις 和 μίμησις 的意义之等同，还可以在另外两个本身并不起眼的段落中得到更明确的说明，这两处也有可能让我们看到抒情诗没有包含在以 Περί Ποιητικής（诗学）为标题的著作中的原因。亚里士多德感到惊讶，人们仅仅把"写诗 / 写作"（τό ποιεῖν）的概念回溯至格律，比如哀歌体，尽管以这样的格律写出来的一首"语言作品"根本就不是 μίμησις，就像恩培多克勒的自然诗那样："人们将写诗与格律联结在一起，从而把写哀歌的诗人称作史诗作家，不是根据 Mimesis，而是根据格律来冠之以诗人*之名……但是，荷马和恩培多克勒除了使用的格律（六音步诗行）之外再无相同之处，所以前者可称之为诗人，而后者更应被称作自然研究者。"[1] 在希腊单词 φυσιολόγος（自然研究者）中含有 λόγος（逻格斯）这个概念，如果再比照一下《诗学》中的另一个小地方，ποιεῖν 和 λέγειν（言说），μίμησις 和 λόγος（逻各斯）这些概念之间的差别就会显出意义来。这个差别表明，对亚里士

---

*　这里的诗人也是广义上的，史诗作者和戏剧作者都可归为诗人。——译者注

1　οἱ ἄνθρωποί γε συνάπτοντες τῷ μέτρῳ τὸ ποιεῖν ἐλεγειοποιοὺς τοὺς δὲ ἐποποιοὺς ὀνομάζουσιν, οὐχ ὡς κατὰ τὴν μίμησιν ποιητὰς ἀλλὰ κοινῇ κατὰ τὸ μέτρον προσαγορεύοντες... οὐδὲν δὲ κοινόν ἐστιν Ὁμήρῳ καὶ Ἐμπεδοκλεῖ πλὴν τὸ μέτρον, διὸ τὸν μὲν ποιητὴν δίκαιον καλεῖν, τὸν δὲ φυσιολόγον μᾶλλον ἢ ποιητήν. (1447b) 科勒也着重提到了这句话，但是没有将其与 Poiesis 的 Mimesis 联系起来。但是他同样也强调，亚里士多德在 Mimesis 上找到了概念工具，可以"将真正的诗歌 / 文学与伪文学分离开来，因为之前的习惯做法都是将格律作为文学的决定性特征，这样并非文学的教育诗就会被认作文学，而散文体诗歌就会被排除。认识到这一点，是亚里士多德的伟大功绩"。（《Mimesis》，第 106 页）

多德来说,"诗／文学"的概念,指的仅仅是对行动着的人的演示和构型,还没有包含某种所谓"文学的"、格律的"表述"。这个问题对他来说在涉及"叙事文学"时格外严重,这并非偶然。他谴责一个史诗作者"以本人自己"(αυτόν)来讲述,而不是以演示的方式(mimetisch)*来构造行动着的人物角色。"一个诗人／作家应该尽可能少地自己(以本人自己)说话,因为如果他这么做,他就不是 μιμητής 了。"[1] 他赞扬荷马是唯一遵循了 ποίησις 规律的史诗作家,因为荷马在简短的开头陈述之后就让一个男人或一个女人自己亮相说话了。[2]

将非演示性的"文学"(我们考虑到亚里士多德的观点就必须在此加上引号)排除出 ποίησις,这可以理解为如此一种见解的体现:一种不"制造"(ποιει)情节以及行动着的人——我们也可以说,没有虚构的、处于 μίμησις 模式下而非现实中的人物——的文学形式,要放置在我们今天所称的整体文学体系下的另一个领域里。我们的研究将表明,我们通过虚构文学或者演示文学和抒情文学这样的概念所要指出的差别,对于文学体系的逻辑结构以及文类现象学具有怎样的意义。

如果说文学和现实这样的概念构造也包含在 μίμησις 这个概

---

* 根据作者观点,以下会将 mimetisch 翻译为"演示性的",而不是"摹仿的"。——译者注
1 αὐτὸν γὰρ δεῖ τὸν ποιητὴν ἐλάχιστα λέγειν. οὐ γάρ ἐστι κατὰ ταῦτα μιμητής. (1460a)
2 同上。

念里，那么这个构造对于亚里士多德来说还不是他本来谈及的主题。但是这个当然尚未明确说出也没有被意识到的事实，其性质决定了后出的诗学理论在推出这个概念构造的时候都会不自觉地延续亚里士多德对文学的规定，也就是将文学概念限定在"演示性"的文学种类上。只有零星的评论会指出[1]，在论及抒情诗的时候不能像论及叙事文学和戏剧文学那样在同一意义上谈文学之于现实的关系。没有以现象学式的全然清晰意识到这一点，就不会反思这种关系为什么，以及在何种意义上对于叙事文学和戏剧文学是可能的，甚至是顺理成章的，是其本质的应有之义。已成为传统的文学体系三元论，将三个文类并置在同一层面上，这阻碍了人们意识到作为原初现象的文学体验（从而在理论上表达这种体验），一部小说和一部戏剧只有以某种人为的方式才能和一首抒情诗合并到文学这个顶层概念之下。

亚里士多德将这种人为性追溯至他那个时代史诗和哀歌的共同之处：格律，对偶的诗句形式。新近的诗学和文学理论则认为将这三种文类统一在文学这一艺术领域的是它们的材料，即语言。这种看法虽然更有原则、更普遍，但比亚里士多德更少意识到问题，所以既没有把握住现实问题，也没有准确地把握文学。但是正如我们在"导论"中已经作为问题来展示的，确实是文学的语言材料最终照亮了文学与现实这一概念构造，也就让文学的概念

1　比如 G. 施托尔茨：《论文学的现实》，《能动之词》，第 1 期特刊（1952 年），第 94 页及后页。

和体系本身变得清晰可辨。

也有过几次重要的尝试，要从语言的角度来阐述文学的难题，这里指的并不是单纯的文学语言，而是用作文学的语言。最早积极探讨这个难题的人之一是黑格尔。他的《美学》的导论中已经出现了这样一句话，言简意赅地表述了这个难题，全句如此："之后也产生了诗[1]这样一种特殊艺术，在它这里艺术开始消解自身，同时对于哲学认知来说，这艺术又包含了……向科学思考的散文体过渡的起点。"[2] 黑格尔的这句话让我们进入了文学理论的另一个领域，我们必须将这一专涉逻辑的领域与美学领域区分开来。黑格尔非常敏锐地看清了这里的关系，他不将语言本身当作文学的本真材料，而是把后者描述为"精神观念与直观"（geistige Vorstellung und Anschauung），"它借以表达自身的材料，与它相比，仅仅具有如此一种价值：受过艺术处理，为了将精神诉说给精神而被使用的工具"。[3] 黑格尔在这里清楚地区分了文学的逻辑面向与美学面向，虽然他没有彻底穷究语言难题本身，也没有认识到语言的逻辑-语法功能与建构文学的功能之间的关联。但是在这个语境里，重要的首先是黑格尔的这一见识：文学之所以有作为艺术以及艺术体系消解自身的危险，是因为它从属于普遍的观

1　虽然这一点广为人知，但在我们的讨论中我们还要再次强调，黑格尔时代的诗（Poesie）意味着一切文学，而不局限于抒情诗。关于"科学"概念，见下页脚注 3。
2　黑格尔：《美学讲演录》，霍托出版社，柏林，1843 年，第二卷，第 232 页。
3　同上书，第 260 页。

念体系与思考体系，"观念的形成（Vorstellen）在艺术之外也是意识的最常见方式"。[1] 在这一定论中出现了现实概念，唯有此概念包含了文学之形式与形式类别的评判标准：这是以被思考物这种模式存在的现实，也即观念和各种描述的对象。"思考，"黑格尔说，"将现实的形式蒸发为纯概念的形式，即使它把握并认识到了具备其基本特性和现实此在（Dasein）的现实之物，但它也将这一特殊物提升进了普遍的理念元素中，在这个元素里唯有思考还是其自身。"[2]

这个被"蒸发为纯概念的形式"的现实，可以在用以写作的语言和不用来写作的语言中，在"科学思考的散文体"文字中[3] 修建而成。一幅画出来的风景和一片真实的风景，其区别是不难说出来的。但是将一个文学作品中对风景的描写和一个非文学的风景描写区分开来的界线（我们在此还是以前逻辑的不确定方式来表述的）就不那么容易把握了。文学作品的观念世界与"散文体"的非文学观念世界，并不能通过材料和几何形体这样的范畴（就像将一幅画的原料或原型与这幅画相区别一样）来界别。黑格尔也承认，"将具有诗性的观念从散文体的观念中切割出来"绝非易事。[4] 他自己当然又做得太轻松，他将"艺术想象"[5] 列为了这一区

---

[1] 黑格尔:《美学讲演录》，第三卷，第 234 页。
[2] 同上书，第 242 页。
[3] 科学思考在黑格尔（和费希特）这里的意思就是理论思考。
[4] 黑格尔:《美学讲演录》，第三卷，第 234 页。
[5] 同上书，第 228 页："我们可以如此来普遍地把握这个区别，不是这样的观念，而是艺术想象让一个内容具有诗意。"

分的评判标准。因为艺术想象绝不是一个能阻止艺术开始消解自身,向着"科学"也即理论思考的散文体过渡的机制。显而易见的是,这个不确定的心理学概念无法用来明确认定黑格尔在上述重要语句中指明的严格逻辑关系,它当然无法令人满意地分析和阐明这一关系。黑格尔在他的《美学》中并没有继续发展他提出的文学体系应当以之为导向的现实概念,因而已经得到正确构想的文学之"存在方式"也没有作为普遍观念体系和语言体系的一部分而得到彻底的思考。

但是他的立意已经足够重要,我们可以说是翻到现代文学理论的背后来追溯他的观点的,这些理论都是在这个方向上继续思考,并且将文学作为普遍语言体系的一部分来看待的。这一点首先就适用于黑格尔在新近时代的追随者贝内德托·克罗齐(Benedetto Croce)。在他的《美学作为表达的学问及普遍语言学》(德语版,1930年)中,克罗齐并没有在这个特殊点上以黑格尔为圭臬,而是在某种程度上以一种专断取消了黑格尔所见到的问题。克罗齐在认知和认知的语言展现之间做了两分法,从而消除了一切让文学消解于"科学思考的散文体"中的危险。他把认知分为"直觉的"和"理论的"(逻辑的)认知。直觉认知是对单个事物的认知,逻辑认知是对普遍之物的认知,前者完成于且展示为图像,后者完成于且展示为概念。直觉认知和归之于它的图像语言,表达(Expression)在此所指向的范围是尽可能广的。我们描述一个个别物品或事件的每一句话都已经是一种直觉,因而也是一种表达了。在我们说"这杯水"的时候就已经出现了一个直觉,而"水"这个说法则是一个普遍概念。[1]克罗齐也就剔除了一个表述的含义中的概念性,只要这个表述是指向一个个别现象,而不涉及(落在个别现象以下的)概念。以此为出发点(在这里不会讨论该出发点本身的问题),就容易理解,克罗齐必然会将文学中的所有表述都称为直觉或表达。因为文学并不描述普遍概念,这就意味着它不是理论认知,它描述的始终都只是一次性的个别现象。"一出悲剧或喜剧中的人物口中所说的哲学准则在文中都已不再承担概念的职务,而是用来刻画人物的特征:正如一个画中人物身上的红色不再作为物理学意义上的红色概念出现,而是作为那个人物的特征元素……一件艺术品可以充满哲学概念……尽管如此,艺术品的最终结果还是一种直觉"[2],也即不是理论认知。

至少对于这里所选出的,由克罗齐描述的,带有可疑偏好的戏剧文学的例子而言,上述这一点不可辩驳,但是表达美学的可使用性还是受到了削弱:直觉-表达的认知形式可使用的范围太广了。如果所有指向个别现象的表述,也包括历史学意义上的"历史"本身,都被称为直觉,并归到美学的普遍概念之下,那么就不会再有专门的艺术学以及文学学科了,将文学"表达"与外在于文学的表达相区分的所有可能性也就消失了。我在一个现实语境里说出的"这杯水"这个表述,和文学语境中的同一个表述都

---

1 克罗齐:《美学作为表达的学问及普遍语言学》,图宾根,1930年,第24页。
2 同上书,第4页。

是一种"直觉",那么文学的结构就无法再让人辨认。反过来,至少我们要问一问,一个如此被上下文证明为直觉的概念,其"理论"意义就这样从它当中被剔除了吗?里克特(Rickert)曾经谈到过这个问题,他没有提到克罗齐,却在自己论歌德的《浮士德》的专著里,抛出了这个问题,"对于由词语和句子组成的艺术品,它们作为文学作品所包含的从艺术上可理解的意义,是否可以与它们的词句在文学之外可能表达的理论意义截然分开?"[1]

实际上,黑格尔已经敏锐观察到的难题,也即文学处于普遍语言体系中这个问题,以及与之相联系的,对于文学关系重大的特殊的现实性问题,并不会就此解决——假如我们像克罗齐那样用如此专断的、直接下论断的方式,从表述和词语所处的上下文语境来确定语言,准确点说,语言的意义内涵。当然,正如我们所见,语境对于文学形式和文学类型的定义具有重大的、决定性的意义。但是这个意义不会通过随意贴上表达概念的标签就能简单地"被赋予",而要在对语言功能的仔细观察中才能得出。

这样一种操作方式出现在罗曼·英伽登(Roman Ingarden)的名著《文学艺术品》中,它以胡塞尔的判断论,也即本体论-现象学的认知理论为基础,试图将文学的存在方式从现实表述的"散文体"中剥离出来。黑格尔的难题(在这本书中也没有直接指涉黑格尔)在这里表现得比在克罗齐的书中更为精准,因为在该书中,观念体系,也即观念与(具有存在自主性的)现实

1　H. 里克特:《歌德的〈浮士德〉》,图宾根,1932年,第23页。

之间的超验关系是判断体系的基础。然而英伽登最终还是没有跳出书中所展示的将思考现象和语言现象分类贴标签的做法；如果说克罗齐用语义太广的概念做标签，那么英伽登用来做区分的概念，意义范围就太窄了——即使"文学艺术品"这个概念仅仅用在史诗作品和戏剧作品（在书中这是太过默认的前提，只不过迁就了英语术语的惯例）上也显得太窄。书中所为无非就是证明这些文学类型的"非现实"现象和体验。但是为了证明，英伽登征用了一个其实不太有力的认知工具，即"准判断"（Quasi-Urteil）概念。这个概念是来自关于"意向性对象"的现象学理论。但是该理论仅仅区分了"意向性"和"纯意向性"对象。"纯意向性"意味着将一个（真实的或理想的）对象设想为其自身，准确说，就是一个设想出来的，还没有成为一个"判断"对象的事实内容（Sachverhalt）。如果它成为一个判断的对象，那就意味着，它"被移置到了真实的存在领域里"[1]，也就是说被牵涉到了一个真实存在的对象或事实内容。在这种情况下，就有一种"真正的判断"，其表述是可证实的，是符合"真理要求"的。这也就是说，可以通过这个判断"确定的事实内容不再是作为纯意向性的事实内容，而是作为一个植根于对于判断而言独立自在的存在领域里的事实内容而真实地存在"。[2]——这也契合我们在下文中要指称为（并且适时地确定为）现实表述（Wirklichkeitsaussage）者的现象学定义。组成一部文学作品（一部小说或戏剧）的语句也就

1　R. 英伽登：《文学艺术品》，第二版，图宾根，1960年，第170页。
2　同上书，第171页。

不是真正的判断，而是"准判断"，后者的定义是，它们不包含将内容移入一个真实存在的领域的移置行为。文学对象仅仅以纯意向性的方式存在。但是对于英伽登本人来说，文学与现实之间的关系也还没有就此描述透彻。现实毕竟是文学的材料，这一点则被表述为："语句之关联物，就其内容而言，是被移置进了真实世界中的。"[1]但是纯意向性则通过这一规定而得以保持："这种移置……不是以全然严肃的模式，而是以一种特殊的、仅仅是伪造这种严肃的方式来完成的。因此，纯意向性的事实内容及对象只是被说成是真实存在者，却没有……浸透真实的性质。"[2]英伽登在此认为，正是如此定义的"符合准判断的宣称语句"能够"制造出现实的幻象"，它们"自身携带了一种暗示力量，让我们在阅读时得以使自己置身于假造的世界，仿佛生活在一个独有的、特殊的非现实却又仿现实的世界里"。[3]然而，将一种演示性文学作品的非现实性质归结于组成该作品的语句，这种做法并没有充分解释这一现象。的确，这样做最后无非构成了一个循环。一部小说的语句或表述要被构建为"准判断"，它们首先就得出现在一部小说里。托尔斯泰在《安娜·卡列尼娜》中写的起首一句话"在奥布朗斯基家中，一切都乱了套"，并不是它本身唤起了现实的幻象。因为从它的形式来看，这句话如果脱离了小说的上下文，可以是对一个真实情况的转述：比如写在一封信里。小说世界的

---

[1] R. 英伽登：《文学艺术品》，第 178 页。
[2] 同上。
[3] R. 英伽登：《文学艺术品》，第 182 页。

非现实性，我们将在下文中见到，是由完全不同的语言功能制造的，那是真正构成文学现象之缘由的功能。将一部小说或戏剧中的语句指称为准判断，不过就是说出了一个语义自我重复的事实：我们在阅读一部小说或一部戏剧的时候，我们知道，我们在读一部小说或戏剧，也就是我们并不置身于一个现实关联中。英伽登——当然不仅仅是他——对这个决定性的因素视而不见，是这个因素促成了"文学艺术品的神秘成就"[1]，亚里士多德将其确定为行动着的人的演示。这个误解尤其显眼地表现在英伽登定义历史小说这一现象的尝试中。对于这一范畴来说，他认为准判断这个概念不再适用。在历史小说这里，他认为，"我们离真实的判断语句又近了一步"[2]，因为这里指涉了一个被确证为真实的真实情况，却没有以其真实性来展示，"有意向性地设计出来的事实内容与真实的事实内容天衣无缝地吻合"。[3] 历史小说的小说性质，以及所有小说的小说性质，在此完全遭到了误判：历史上知名的现实构成了这些小说的材料，它们从文学理论的角度被视为与其他所有小说里造就的现实（对此我们还会在下文中详述）完全不同的一个种类。这种误判更加明显地体现在这个观点里：只有通过准判断才能区分一部历史小说与一部学术类历史著作，两者之间发生了从准判断到真判断的过渡，由此从一部历史小说可以发展出一个学术类的历史讲述。"于是，（在小说里）我们眼前就重现

1　R.英伽登：《文学艺术品》，第180页。
2　同上。
3　R.英伽登：《文学艺术品》，第181页。

了早已消失、变为虚无的过去，它化身为有意向的事实内容。但它还不是受判断者，因为还缺少最后一步，这一步分隔了符合准判断的宣称语句与真判断语句：对一致性的检验，以及在全然的严肃模式中将意义内涵的意图放入并固定在相关现实中。只有过渡到了学术观察或者简明的回忆记录，这最后一步才会走完，但是这样也会得到真实的判断句。"[1] 要按这样的描述来设想一部历史小说，肯定是困难的。但是这个描述也尤其清楚地表明，用准判断这个概念绝不能描述出小说的语言-文学结构及其特有的显像形式，而只不过是描述出了作者以及与之相应的读者的不确定心理倾向：全然的与不全然的严肃模式，面对历史小说（也包括历史剧）与面对历史记述的不同态度。只有研究了语言功能才能表明，历史小说和历史现实记述之间绝不可能发生过渡，被英伽登忽视的"化身"，也即演示性的事实内容使这个过渡不可能发生。[2]

1　R. 英伽登：《文学艺术品》，第 181 页及后页。
2　英伽登在他的专著的新版中驳回了我对准判断理论的批评（第 184—192 页）。这个批评并不是针对这个理论及准判断概念的规定本身，而是针对将其运用于描述虚构文学的做法。不过，我不认为英伽登的解释和补充可以反对我的异议。我一如既往地认为，小说世界的虚构性（这就是讨论焦点）不能令人信服地，通过认定构成小说的语句是准判断（按英伽登在文本中给出的意义）来证明。我对语义自我重复的质疑如今只会被英伽登证实，他自己这么说："……如果我们从一开始就知道，我们是在处理一部文学作品，我们也就会知道——如果我没说错的话——我们处理的都是准判断。"（第 189 页）英伽登随后援引了罗素引入逻辑学的断言符号，用来区别所谓的逻辑体系的"论断"与简单的"表述"（后者被剥夺了论断功能），他将其用到文学上，并说，"我们使用这些外在的语言符号是为了表示，我们这里讨论的是一个准判断……另一种定调，它确实与我们给科学语句定的音调不一样"，就像"标题和副标

29　　在克罗齐和英伽登关于文学的语言材料以及关于文学本身的理论里，语言貌似只是在构建文学的品质上得到了把握和描述，两个理论都陷入了语义自我重复。文学语言与现实语言的差别所在，只有在我们不仅仅察看语言和"语句"，还看到其背后或下面的时候才能得到认知。这时候才得以展现的结构会说明，文学是以什么样的方式，而且是以什么样的不同方式与现实相关的。这样文学与现实的概念构造才在全然的意义上创建而成，它不仅仅关涉演示性文类，也涵括了抒情诗，如此，文学的现象学和现实

题告诉我们，我们面对的是一部小说或戏剧"（第190页）。学术语句与准判断之间的对立似乎只涉历史小说，英伽登在这里是针对我的批评而讨论历史小说的，但是让小说语句具有典型特征的定调却是普遍的。我不讨论在这里假定的据称可以让人辨认出准判断的定调符号，在我看来英伽登只是再次证明了，我们如果要知道在读一部小说或者戏剧是置身于一个虚构世界，大可不必依靠小说和戏剧的语句是准判断这个声明。因为这些语句只是声明了自己的虚构性，但没有显示虚构性是如何制造出来的。英伽登又接着指责我，说我"硬在他口中安插了'只有准判断将一部历史小说与一部相应的历史著作区分开来'这句话"（第190页），然后列出了他所研究出的其他差别："另一种语言风格、另一种文本布局，所提供的观点的多样性，所演示的对象性的仿制功能和再现功能，有美学价值的质量……"（第190页）而我也必须继续坚持说，所有这些特征——在此不一一讨论——都缺少唯一的决定性标准：虚构人物的标准，在虚构的此时此地中塑造出来的人物角色让一部小说成其为小说，我将在此书中展示他们对于叙事的结构性功能——我还必须反对英伽登显然持有的观点，即把以逻辑判断为其性质的句子掺入我的理论中。我的概念"现实表述"不属于判断逻辑学，而是属于语言理论（本书第二版已经更清楚地表明了这一点），我在第一版中也没有用它来替代判断概念（英伽登，第189页脚注）。这个概念尤其不是指对现实的表述，这在第一版中也已经有过说明。

的现象学就会交相阐明并建构而成。在此要预告的是，比较中的意义微妙处，包含在多义性概念构造中，对于这类研究十分重要。因为在语言中展示的"观念"，正如黑格尔所认定的，"在艺术（文学类艺术）之外也是意识的常用方式"，所以将用于文学的语言和不用于文学的语言进行持续的比较，就是探究（作为整体现象的）文学结构的恰当方法。

语言的表述体系

表述的概念

如果说，用于文学的语言的标准要在与不用于文学的语言的对比中才能辨认出来，那么首先就要研究后者的结构，正是这个结构让它从范畴上就与用于文学的、制造文学的语言区别开来。诗的逻辑由此就显示为一种基于语言理论的，文学的语言逻辑学。出于这个原因，我们在此要开启一个出发点较远的研究，它首先会避开文学领域，而专注于语言的结构，也即我们所称的语言的表述体系。

在本书第一版中，表述（Aussage）的概念作为一个语言理论的概念，太想当然地被当作了前提。更进一步的研究却发现，（除了形式逻辑）表述的现象迄今为止还没有被真正描述过，至少语言理论在这方面还是空白，尽管它在这里那里都已经很接近于揭示表述的本质了。但是另一方面，这个空白依然存在，在语言理论内部，甚至在逻辑学和语法学中还没有人感觉到这个空白，却也是完全可以理解的。因为表述的现象实际上是随着文学，而且是叙事文学在语言理论上的结构被发现，才在精确意义上变得可见的。史诗类或者虚构类叙事为整个文学体系提供了决定性的评判标准，其原因何在，下文的阐述中都会给出解释。其中引人注意的是，对文学结构的分析将帮助我们认识到普遍的语言结构中的一个本质特征。

在德语的逻辑学、语法学和语言理论中对表述这个概念，或者说得更确切些，这个术语的频繁使用，让我们有必要先解释它是在何种意义上被使用的——这样也许会冒风险，即说出不言而喻之义或者在相关文献中几乎不会误解的意义。但是正因为，尤其是在逻辑学中，对这一术语的使用在很大程度上都是以固定的惯例为基础的，所以必须要认识到这一点才能避免术语上的误解以及由此带来的实指性误解。

在逻辑学中，表述概念是和判断概念是在同一意义上使用的；在亚里士多德的《工具论》的译本中，这两个术语就被交替使用，它们被用来翻译亚里士多德的 λόγος ἀποφαντικός：一个可为真或假的言说（正如亚里士多德所论述的，并非所有言说都是如此，比如请求就不是这样的言说）。一般来说，"有所表述的言说"后来就用"S 是 P"这样的公式表示为谓词判断（prädikatives Urteil），从这个"简单"判断又发展出了包罗所有判断形式的判断理论。但是 J. M. 波亨斯基（J. M. Bochenski）在他的专著《形式逻辑》中就仅仅使用了表述术语，而且是以"当代形式逻辑词汇"为先例的。[1]

为方便后文的阐述，我想追溯更早的传统，将判断用作逻辑学术语，将表述用作语言理论的概念，将第三个要出现的概念，即语句（Satz）用作语法学术语。这么做的原因是其语义的单一明确，这种单义性出自这些概念在德语中的惯常用法，也即在这些概念中具有规定性的意义。虽然"判断"（iudicium）源自法律语言，只是沿着对一个表述的真假判断这条路径成为逻辑术语，但是它作为这样的术语，在表达同一类现象时，还是比"表述"更清晰和准确。我们说"谓词判断"（或者"假言判断""必然判断"，等等）的时候，"判断"这个词不会让人听出任何其他的、逻辑学以外的意义；逻辑学领域始终是封闭的。"表述"这个术语的情况就不一样了。它会跨越到语法学，语法学将宣称语句称为陈述句（Aussagesatz）。作为逻辑学概念，它也会保留某种意义不确定的意味；波亨斯基强调，他"将表述理解为一种表达（一种从物质上来理解的符号）而不是这个符号所指向的东西"。[2]

确实，在表述这个概念里，表述和所表述之物的意义含混比判断概念里判断和被判断之物的意义含混影响更大，更误导人。在谓词判断的定义里已经不自觉地体现出了这一点："言说或者是一个简单的表述，当它就某物说出了某些事项的时候，或者当它就某物否定了某些事项的时候……"基尔希曼（Kirchmann）这么来翻译亚里士多德的一句话。显然，这个将 Hermeneia 称作

1　J. M. 波亨斯基：《形式逻辑》，弗莱堡-慕尼黑，1956年，第24页。
2　同上。

"判断理论"的译者在这里没能用上"判断"这个词。[1] 在这个表达里，只有"言说"被激活为有所表述的。但是引人注目而且具有典型症候意义的是，克·希格瓦特（Sigwart）写道："我在形成并说出一个判断的时候所发生的事情，一开始从外部来看，可以这么来描述，即我就某物说出了某些事项。"[2] 但是这个对表述行为的"心理学"描述并没有在希格瓦特的判断定义里继续发挥作用。这个"我说出"又被抛开了，只有逻辑事实，判断的结构，就某物有某些事项被说出，也即判断主体和判断谓语之间的关系是他的分析对象。"不论怎样这里都有两个元素；其一是被表述之物，谓语（τὸ κατηγορούμενο）；另一个是谁在表述，主体（τὸ υποκείμενον）。"[3] 希格瓦特虽然将这一判断公式描述为"仅从外部，从言说方面进行的标记"，但是他在后文中也从"心理学"角度进行了论述，对他来说，也就是将判断作为客体语言来观察（在这里用的是现代逻辑学的术语），也即作为"表述"。该表述"指向的不是词语本身，而是通过词语来标记的所设想之物"[4]，他的超越形式的思考却还是在 S-P 关系框架下展开的，后者是通过判断形式来确定的。因为对这种形式来说，S 和 P 这些变量是词语还是通过词语而标记的事实内容，都无所谓。

可是我们在这里并不是要探讨这个更古老的，自己误以为是

---

1 亚里士多德：《阐释学》，J. H. V. 基尔希曼译，莱比锡，1876 年，第 59 页。
2 克·希格瓦特：《逻辑学》，第一卷，第四版，图宾根，1921 年，第 31 页。
3 同上。
4 克·希格瓦特：《逻辑学》，第一卷，第 32 页。

心理学的判断逻辑学。用希格瓦特的例子只是为了表明,"表述"这个术语对于谓语判断来说,有着多么大的倾向要离开逻辑学领域,在保留判断公式"S 是 P"的同时,转换到普遍的语言和言说领域里去。

　　谓语判断"S 是 P"始终与语句相连,逻辑始终与语法相连,因为语句,尤其是宣称语句作为语句的基本形式,在语言上形成了判断。将表述术语用于判断,宣称语句就被称为陈述句,与其他句子模态,比如疑问句、祈愿句、命令句、感叹句相区分。在宣称语句或陈述句里,判断和语句融合到了完全一致的地步:判断主体与句子主语一致,判断谓语与句子谓语一致。胡塞尔在论及谓语判断的两段式(Hypokeimenon 和 Kategoroumenon)[*]时,再一次不容误解地说道:"每一个陈述句都必须由这两部分组成。"[1]——由于对判断和语句的理解不尽相同,也存在另外一些看法。阿曼(Ammann)就不认为陈述句是单纯的对判断的语言表达,他也隐微地反对在术语上将判断与表述等同。因为他不将判断定义为形式上的两段式,而是作为一种判定的行动,关涉一种判断意识。但是如"鸟儿歌唱"这样一个句子作为语言表达,就不是判断,因为判断意识没有在其中发挥作用,它仅仅是一个宣称语句,"这个句子仅仅是在人们将(宣称)语句与判断等同的情

---

[*]　Hypokeimenon 最早出现在亚里士多德的《范畴篇》中,意思是基质,在胡塞尔这里是主谓陈述结构中的主语。Kategoroumenon 本意为"居于其下的元素或表述",在这里是主谓陈述结构中的谓语。——译者注

[1]　E. 胡塞尔:《经验与判断》,汉堡,1948 年,第 4 页。

况下才具有判断的假象"。[1]阿曼则确认:"语法主语与语法谓语之间的关系,在这里和一个判断的主体和谓语的关系并不相关,因为这里不存在判断,仅仅是语言装扮出的简单事实。"[2]

不论对判断和语句的理解和定义有何不同,不论术语——对判断和表述、宣称语句与陈述句的等同用法或区别用法——在多大程度上倾向于模糊这些现象:可以确定的是两个事实内容,它们不受这些分歧触动,因此也就拓宽了道路,指明了迄今为止——据我所见——还没有人看到的情况和问题。

第一个事实不是特别紧要。它涉及已经提到过的判断逻辑学与语法学的关系,也就是这个简单的事实:两者如果真要相遇,也只会在一个逻辑学-语法学的时刻相遇——在宣称语句或者陈述句中。出了这一时刻,判断理论和语句理论就会再次分道扬镳,各走各路。判断理论要处理谓语判断以外的各种不同类型的判断;语句理论将自己扩展为句法学,不把主语和谓语看作判断的形式,而是看作句子的组成部分,和其他组成部分并列。正是这一事实内容让人容易理解阿曼在另一视角下提出的问题,即是否谓语判断与语句在"陈述句"中的相遇仅仅是伪造的相遇,判断公式"S是P"仅仅是通过语法上的语句参与,也即有主语和谓语,才得到了与语句吻合的假象。

第二个事实当然也涉及判断与陈述句的关系,但是对我们关心的问题来说具有更重大的决定性意义。这是在考虑到表述问

---

[1] H. 阿曼:《人的言说》,第二卷(《语句》),拉尔,1928年,第125页。
[2] 同上书,第123页。

题时，在逻辑学与语法学之间存在的缺口，这当然只有第三个学科，即语言理论才能填补。当希格瓦特如此表达判断的定义时，"我就某物说出了某些事项"，他已经——并不知情地——触及了语言理论的问题，但是当他没有继续谈论"我说出"而仅仅解释"某物被说出了某些事项"的传统判断公式的时候，他又随即排除了这个问题。在此，希格瓦特——这个名字在这里代表了整个较早的逻辑学——不需要操心这个"我说出"的意义，而关注陈述句的语法学对此也不太关心。另一方面，心理学和现象学也与此无关，因为"我说出"这个句子的意义不是一个意识活动的意义，一个"主体行为"的意义。在这个句子中给出的定义是针对判断而不是判断行为的。这一点在考虑到胡塞尔的一句评论时尤其要加以强调，他在《经验与判断》中指责传统的逻辑学，说它"没有真正按其必要的那样将判断看作主体行为，看作意识的成就，放在观察的核心，而是认为可以将其交付给心理学"。[1] 胡塞尔将——如他所见，不是在心理学上的，而是现象学上的——作为主体行为的判断的问题，看作形式判断逻辑学的必要替代。在这里，正如他直接写明的，判断作为 Apophansis，"对于逻辑学者来说首先……在它的语言成型中被给定为陈述句"。[2] 这种替代，以及胡塞尔提出的"逻辑主题的两面性"，尤其让人看清楚：在表述问题方面，逻辑学和语法学之间有一个空缺，这不是通过判断行为的现象学能够填补的；但是它，这里再次强调一下，在

1　E. 胡塞尔：《经验与判断》，第9页。
2　同上书，第7页。

将谓语判断称为表述的做法中被掩盖了。希格瓦特将判断作为一个表述来定义，这种不自觉的，将一个主体包含进来的形式让人注意到另一个结构。如果理解得当，这个结构其实并没有包含在希格瓦特的定义方式中。我们几乎不需要指出，这个主体与逻辑主体（Hypokeimenon），以及语法主语之间无非只是名字相同而已。它不是表述所属的主体（Subjekt der Aussage），而是表述主体（Aussage-Subjekt），不过把它称为进行表述的主体（das aussagende Subjekt），当作胡塞尔所认为的做出判断或表述的"主体行为"那样具有超验意向性的意识性质的主体，也是错误的。这里出现的是一个既不属于逻辑学，也不属于心理学，也不属于认知理论，而是属于语言理论的主体概念。因为表述的问题，如下文将要阐明的，是语言本身的问题。

在语言理论中，如我所见，表述的问题至今还没有成为研究的对象。其中缘由，是语言理论本质上只关注两方面：语言作为语法-语言学的构成物，语言作为传达或言说。对于传达理论要稍作停留。因为这里出现了一个主体概念，它也同样仅仅属于语言，属于正在言说的生命，但是并非从属于形式语法学和语言学。这里有一个从无线广播技术中借用的主体概念，它被描述成发送端，其对应的一极是接收端。卡尔·比勒（Karl Bühler）在他的《语言理论》中如是说：" '我'这个词所称的是人类信号的所有可能的发送端，而'你'这个词则是所有接收端本身形成的序列。"[1] 这

1　卡尔·比勒：《语言理论》，耶拿，1934年，第90页。

个传达公式立刻就展示，或让人认识到，传达理论与表述理论有所不同以及何以不同。表述理论号称自己是研究语言的结构而且是隐藏的结构的理论，而传达理论或者言说理论仅仅涉及言说情景。显然，传达的发送端之我不同于语言的表述主体，后者的对立概念也不是接收端之你，而是客体概念。这也就是说，当语言领域里出现了一种主客体关系，更准确地说，一种主客体结构的时候，这既不是语法学上的语句（包括所谓的陈述句），也不是传达的语言形式。这种结构用来描述的仅仅是表述概念。也即，是表述将自己演示为语言的主客体结构。表述之所以是一个语言理论概念，而不是语法学或者判断逻辑学的概念，正由于表述涵盖了所有语句，也即所有句子模态的体系。不单是"陈述"（宣称）句，疑问句、祈愿句、命令句和感叹句都是表述[1]：**一个表述主体对一个表述客体的表述**。而表述客体在此时表述内容，不论表述的句子模态是怎样的。希格瓦特的句子"我就某物说出了某些事项"可以简缩为"我说出了某事"这个句子。这个形式中，该句子不再是对谓语判断的（表达拙劣的）描述，而是对表述本身的

---

[1] 这里还存在一个问题，该问题已经多次被人察觉和讨论过。J. 里斯在《什么是一个句子》（布拉格，1931年）中就反对将所有其他句子模态理解为陈述句，而将句子分为陈述句、疑问句、命令句和感叹句的 H. A. 加尔丁纳却强调了它们之间的亲缘性，认为语言形式并无太大分量。"将感叹句和陈述句分隔开的仅仅是'他唱得多么好'和'他唱得很好'之间的微小差距。"（《言说和语言理论》，牛津，1932年，第190页）H. 阿曼也建议扩展表述的用法，"所有那些被描述为句子的构成物，都能理解为宣称语句的变体，只要这些句子在保留宣称语句的结构因素时用疑问、祈愿、假设的形态取代了宣称的形态"（《人类的言说》，第67页）。

表达。该句子的意思是：表述是一个主体对一个客体的表述。这个公式是个结构公式，它让人认清，不仅仅是单个表述，在语言中显示出的生活整体都能用它来描述。这里还要指出语言领域里唯一一个不适用于表述公式的情况，那就是叙事文学的叙述。而这个例外恰恰强化了我们所展示的，表述公式对其他所有语言领域的适用性，其中包括抒情诗。

表述主体的分析

将表述概念确定为一个表述主体对一个表述客体的表述，这个规定只有通过对表述主体的仔细分析才能真正完成；在此将说明，为什么重要的是主体而不是表述客体。

表述主体的概念对应于认知理论中的主体概念：认知主体。[1]但是它和后者也有初看起来无法察觉的差异。存在这些差异的原因在于，表述作为在语句体系中展示自身的语言形式比思考和认

---

[1] 术语上的不足之处在于，在逻辑学、语法学、认知理论和心理学上，主体概念都是以不同意义和功能出现或者被使用的。主体在逻辑学和语法学中，作为判断主体和语句主体，是一个静止要素，而在认知理论、心理学还有形而上学中是一个运动的、活动的要素。在前一种情况里，从元语言方面来说，它是一个概念或者一个词。而在后一种情况里，是一个人格或者普遍意义上的人格化机构：思考着的、认知着的主体，它在认知结构的主体极这样的抽象概念里，比如意识主体、超验主体（费希特）、康德所论的"我思"、胡塞尔的意识整体，还附有人格化色彩。阿多诺反对费希特对经验主体和绝对主体的区分，强调说正因为后者是对前者的一种抽象，所以后者也在前者概念之下，包含于其中（阿多诺：《黑格尔三论》，美因河畔法兰克福，1964年，第27页）。

知过程更加固定。表述因而是一个语言理论的现象而不是认知理论的现象。但这也就是说，我们上文中论述过的表述主体不可以理解为发出表述的主体，它不会闪现出认知主体或者普遍意义上的意识主体身上所系挂的多种面向，因为后者可以说是在人格化生活的自由领域中的一个元素，这个元素，如前所述，隐藏在结构的抽象中，能够用不同的方式——心理学的、超验的、意向性的——来阐释。的确，尽管主体概念是在与客体概念相连的关系中得到设想的，但是这种关系也可能退入背景，主体特有的主体性会孤立地展示自身，比如在形容词的日常使用中它就会作为孤立主体出现。形容词会拥有这种所谓不及物的、非极性的意义，胡塞尔在将判断说成主体行为（不过他不想从心理学意义上理解它）或者英伽登在说到主体的、有意向的思考与意识操作时——其结果和关联物是语句[1]，都是如此认为的。怀特海（Whitehead）完全拒绝主客体的"专业表达"，因为这个表达太"让人想到亚里士多德的主谓语了"。怀特海因此就让主体独立，成为"客体中的我—客体，作为在认知经验中展示自己的初始状态"。[2]

这里当然不是要通过征用大量其他论及认知主体的观点（以上述引用为例），比如联系上述哲学家的不同认知理论和形而上学立场来讨论这个主体问题。它们只是用来指出在意识主体的概念里包含的面向众多的广泛意义，这个意义依照各种认知理论的观

1　R. 英伽登：《文学艺术品》，第 109 页及后页，第 114 页。
2　A. N. 怀特海：《科学与现代世界》，德语版，苏黎世，1949 年，第 196 页。

点会时而表现出这一面，时而表现出另一面。我们面对表述主体时却处于一种更牢靠、更固定的状态中。这种状态被固定在表述结构中，表述主体在其中始终都仅仅对其表述客体做出表述。**表述结构是一个固定的、可解读的主客体关系**。对这个结构的分析则会表明，表述的性质和功能仅仅以表述主体为基础，表述概念是与表述主体概念一致的，这个概念里的表述客体仅仅从意向上得到暗示。同时，初看起来令人诧异的现象也会由此变得清晰可见，所有的表述都是现实表述，这便形成了一个基础，让我们能精准地定义语言与现实，以及文学与现实的关系。

我们从一个简单的宣称语句开始：如说，"学生在写"。在这个宣称语句所表达的表述中，这个表述客体或者表述内容就是这个事实内容：学生在写。但是这个事实内容，也即表述内容，会随着表述中的表述主体的样式而改变，随着这个主体说出这个句子时的意义取向的改变，而改变自己实际的、现实本体意义上的性质。如果我们是在言说情景中遇到这个句子，一个老师说"学生在写"——那么老师就是这个表述主体。表述客体的事实内容就可能是一个现实情况，是此刻此地正在写的学生。表述主体作为表述主体出现，则是在另一个情景里，比如有人用命令的语气说："安静！学生在写！"——但是这个表述主体也可以在另一个意义上说出这句话（或者写在黑板上），用作解释宣称语句的语法例子，或者用作翻译的原句。在这种情况下，老师作为表述主体就没那么突出；表述的事实内容也就不是具体情景，而是一种语言上的语法现象。这个句子如果是从这个意义上的表述主体口中说出来的，那么它就不如前一种情况下那么具有"主体性"。如果同一个句子出现在语法教科书中，那就根本不会有表述主体，或者表述主体根本不可见，对这个主体的特质的询问同样也无关紧要了。

以这样一个简单的宣称语句为例，我们仅仅是预先提示表述主体概念，也即表述本身包含的问题。如果大体上从"学生在写"这个句子所处的或者被说出的语境来解释这个句子可能获得的不同意义，那么我们的注意力就会放到结构元素上，可以说，这个元素才带来了语境关联。表述内容及其语境从数量上来说是无穷的，因为现存的、被设想的、被想象的一切都能成为表述客体。语言的结构从表述客体的角度是辨认不出来的。它的结构元素是表述主体。而对表述主体的分析，正如我们试图展示的，会表明，在材料和主题上无穷无尽的整个表述领域能够成为一个**体系**，这个体系借助少量的，也即三个表述主体范畴或类型，从表述本身出发就能整理出秩序来。这三个可能各不相同的范畴，我将其描述为：1. 历史的；2. 理论的；3. 实用的表述主体。

历史的表述主体这个概念要从特定的意义上来理解。这不是狭义上的表述出历史的表述主体，不是某本历史书的作者。它描述的是如此一个表述主体，其个体人格按照本质来说是起关键作用的。这也意味着，不是任意一个人，比如说出一个数学原理的人就是一个历史的表述主体——历史的表述主体的特质，通过书信这样的文字记录能体现得最清楚。书信不像口头传达和交流那样会在多种多样的情景、时刻、目的下摇摆不定，它们是固定的。

写信人是一个表述主体，重要的是它的个人性，因为信是一个明显个人化的、由个人写给个人的传达，哪怕传达的主要是事实性内容。写信人总是一个特定的、个体的、在最广泛意义上来说"历史的"表述主体，我们对他个人感兴趣，不论是出于私人的还是普遍的、狭义的"历史"的原因。信总是一份历史文献，它给出了对某个个人的记录——几乎不需说明的是，每一封最初多么私人的信都能被用作狭义上的历史文献，为各种历史研究提供资源，不论这类研究更多地是以写信人个人为对象，还是要研究由他传达出的时代状况。写信人仅仅是历史的表述主体的一个例子；其他类似的有日记的、回忆录的——简而言之，各类自传体文献的表述主体。对于历史的表述主体具有本质定义意义的个体性，尤其体现在，整个主体以"我"出现。但是这并不是说，他的表述必然会因此具有突出的"主体性"。表述的主客体关系不是通过我的形式来建构，也不受其影响，而是遵从其他的、在表述本质中包含的规律性。的确，我们将会表明，一个理论的表述主体的表述可以比一个以"我"的形式出现的历史的表述主体更具有主观性。

理论的表述主体得以与历史的表述主体相区别的特质也正是前者的典型特征。对他来说，重要的不是做出表述的个体的人。把"学生在写"这个句子作为语法例子说出来的老师就是一个理论的表述主体；而当这个句子指向的是他参与的一个当前情景时，他就是历史的表述主体；而根据他赋予句子的重音，他又会是实用的表述主体（我们在下文中会详述）。对于这个区别，以及对于历史的和理论的表述主体之间可能存在的交界情况而言，具有启发意义的是狭义上的历史报道，我们因而想将其标记为史记类（geschichtlich）的。史记类这个概念在此要相对广泛地理解：从历史学著作到日常政治的报纸报道以及所有艺术类和文学史类的文献。这些报道或者描写的作者毫无疑问是特定的个体的人，他们留下了自己的名字，他们的个体性对于所报道的东西，一本历史书或文学研究书籍的特征都有意义。但是他们不是历史的表述主体，因为他们作为个体的个人并不重要。读者仅仅会获取事实内容，不会像在读信时那样将这些内容联系到各个作者身上。事实类科学著作的作者是一个理论的表述主体。如果出现了这种情况，那么作者的个人也会让人感兴趣，比如他生活的时代、他的立场观点对于判断这本书具有重要意义，而他作为该书作者依然是一个理论的表述主体，即使这是一本与一个个体的人紧密相连的书，这个人的特质对表述客体或多或少会产生重大影响——类似的略有不同的情况是哲学著作的表述主体。哲学家特殊的个体性与他的作品以及他的哲学的关系，比一本历史学著作的作者与其作品的关系更为紧密。哲学家的个体特性与他的理论本身的特性是一致的；他个人并没有被理论消融，他的名字也因此能作为他的哲学的标记。在这里，绝不能像在历史学作者的例子中那样谈论表述主体的状况对表述客体的影响。

  理论的表述主体的个体性会随着表述客体的理论化程度，也即独立于主体影响的程度而逐级递减。理论的表述最纯粹的例子就是数学-自然科学或者逻辑学的规律定理。"平行线永不相交"

这样的句子是如此"客观"、普遍适用，仿佛这里并没有表述主体。因为数学定理既不取决于说出或写下这个句子的表述主体，也不取决于第一次展示这个句子的数学家。不过主体还是存在的，但不是作为个体，而是——对应于表述客体的普遍适用性——作为个体间-普遍主体，也即涵盖所有可以想到的表述主体，这些主体中没有谁与众不同。

实用的表述主体。历史的和理论的表述主体有个共同点，他们的表述客体是以报道或者定论的模式出现的事实内容。表述的这两种形式或者类型统治了我们有表述的生活的绝大部分：几乎整个书面的表述体系和口头交际的绝大部分。它们也构成了表述体系中被狭义地描述为"表述"的部分，既有宣称语句意义上的表述，也有更多的非语法的表述行为（比如在法庭上）。（今天在德语中往往会模糊地使用表述，比如一部文学作品，一件艺术品所做的表述，这些表述在这里当然是不予考虑的。）在这个表述概念的狭义理解里，疑问、命令、感叹与省略的句式都被排除出去了。如果将表述在更广的结构意义上理解为一个表述主体的表述，那么这些句式也要纳入表述体系中。的确，下文会展示，这样做才能完整而准确地描述语言结构，我们所有的思考和言说的生活都以此结构为基础：主客体结构。

不属于定论类型，也即不属于陈述句的句式——疑问句、命令句、祈愿句——是可以用实用的表述主体这一范畴来集齐的。之所以用这个概念，是因为在不同的语法句式中出现的这些表述模态都是有目的的，是要发挥效用的。询问的、命令的、祈愿的表述主体想要以表述客体来做点什么。它想要以疑问、命令、请求和祈愿来虚拟企求的事实内容得到了回答、实施和实现。就其本质而言，疑问、命令、祈愿也必然是面向一个接收者的，定论则不受制于接收者，这与语言的交际品质相关，而与语言的表述结构无关。

表述的主客体结构

前文中首先是将所有想得到的表述作为整体归约为历史的、理论的、实用的表述主体三大类，这样还只是奠定了基础，使人不仅能将单个表述的结构，还能将整个表述体系的结构揭示为一个主客体结构。因为表述主体的分类本身还不足以推导出这个结构，使其可见。更确切地说，这就意味着：与主客体结构相伴出现的概念，也就是其中包含的主观性和客观性，以及主观、客观这样的形容词，都不是通过表述主体的类型就能给定的。历史的表述主体不需要如此，因为大多数情况下主体以语法上的第一人称出现，言说和行事都比一个理论的表述主体更为"主观"。但是如果表述主体确实是认知主体和意识主体的对应物，却固定在语言中，由此可以被描述得更准确，那么主体性和客体性在语言理论上的关系也能够比认知理论的关系得到更准确的确定。

为了观察和检验这一情况，我们挑选了三个大类下的任意一些表述。

1. 我是老师。	历史的表述主体
2. 生活多么艰难！	
3. 拿破仑1806年在耶拿打了胜仗。	理论的表述主体
4. 平行线永不相交。	
5. "我们用'存在着'这个词要表达什么意思，我们今天对于这个问题有了答案吗？没有。"（海德格尔）	
6. "噢，责任，你这宏大的名字……哪一个是你的尊贵来源，在哪里能找到你高贵出身的根基？"（康德）	
7. 您明天能到我这儿来吗？	实用的表述主体
8. 让我安静一下！	
9. 别把身子探出窗外！	

这些句子，如上所示，按照其归属分别列在三个表述主体大类下。但是对于这些表述中的每一个例句而言，寄托于表述的结构中的主客体二极性却没有通过分类而给出。以第一人称为历史的表述主体的宣称语句"我是老师"（例1）比以康德之名出现的哲学的、理论的表述主体说出的疑问句（例6）显出更多客观性，后者又比哲学-理论的表述主体海德格尔的疑问句（例5）更有主观性。历史的表述主体的感叹句（例2）无疑比带有感叹号的禁令语句（例9）更主观，而疑问句（例7）又比命令句（例8）更客观。这些例子足以让我们看到，在既有的——由所有句子模态

组成的——表述体系的整体中并没有什么表述是不能询问其客观程度以及对应的主观程度的。主体与客体之间的极性关系，正是在表述的比较中显现出来的，而这些表述，其中一些会比另一些更主观或更客观。正是在语言宣示中，在（成型的）句子中，主观性才会显示出它与客观性的极性关联，主观叙述不那么客观，反之亦然，客观叙述则不那么主观——其中程度的或多或少可以达到绝对客观的界限值，这也就是以陈述句为形式的数学定理这一（唯一的）情况。因为即使数学定理被装扮成一个疑问句的形式，比如在老师嘴中——平行线永不相交吗？或者平行线在哪里相交？——表述的客观性也包含了对主观性的减弱，这个疑问句本身就在减弱主观性。

以上这个例子还触及了另外两个层面。仅仅有绝对客观性的界限值而没有绝对主观性的界限值，自有其道理。数学表述（也即具有典范意义的理论的表述）的绝对客观性在主体这一极具有表述主体的跨个体的普遍性，这个表述主体没有作为可见主体而出现，正因为它消失在了所有想得到的表述主体的普遍性里。反过来则没有可以消失在表述的绝对主观性里的表述客体，因为一个表述主体没有表述客体就不能进行表述，表述客体因而始终是可见的，不论这表述多么主观。这是与抒情诗的结构关系重大的一个问题。

毫无疑问，主客体结构的极性在宣称语句中能看得最清楚，反过来说，主客体极性也仅仅在宣称语句这里至关重要。宣称语句也是主客体极性最少受到"表达"，也即表述主体的情感表露影响的那类表述形式。而恰恰是这个层面对于以下这些表述主体，也即表述类型来说具有典型意义，我们从实用角度考虑可以将这些类型归结为疑问句、命令句和祈愿句。当海德格尔（例5）的理论表述，"我们用'存在着'这个词要表达什么意思，我们今天对于这个问题没有答案"，装扮成了一个修辞性设问句的形式，由于问句形式是修辞性的，这个表述主体依然是理论的表述主体，但是这个问句形式添加了一种——不妨说——迫切的强调语气，从而让表述的理论性质增加了一层实用色彩。从《实践理性批判》中摘引出来的康德的例子，在迫切感方面表现得更强烈；理论的表述主体在这里几乎成了一个实用的表述主体，因为"哪一个是你的尊贵来源……？"这个问题是提给拟人化的责任的，不论多么具有修辞性，也都期待着从责任那里得到答案。正因如此，康德的问题比海德格尔的更显出主观色彩。——这两个问句的例子表明或者已经指出，主客体极性的结构不仅仅是理论的和历史的表述主体占主导地位的宣称语句才有的结构，它也决定了实用的表述主体这个大类的结构。有更偏客观和更偏主观的疑问句、命令句和祈愿句。但是提问的、命令的、请求的、祈愿的表述主体就其自身而言，比宣称语句的主体更多地直接通过主体本身来显现。

作为现实表述的表述概念

主客体极性的结构让人能看到表述的其他结构元素，也直接引出了这样的见解：所有表述都是现实表述。如果说这个论断有问题甚至大可质疑，这里所用的现实的概念起初让人困惑，那么在对本书中列举的关系进行仔细分析后我们将会看到，经过多番讨论的语言与现实的关系，以及文学与现实的关系，确实会由表述结构来澄明。下文中将会表明——这也是我们的主题的关键——不是现实概念本身，而是现实表述的概念才为秩序提供了决定性的判断标准。现在要做的，就是定义现实表述的概念。

我们从一个文献类文本，里尔克在1904年12月4日写给露的一封信中的段落开始："在十座小钟交鸣的响声之中，穿过一条长长的菩提树林荫道——雪橇拐个弯，到了宫殿广场，环绕它的是宫殿的小侧翼。但是在那儿，在费力而辛苦地从广场的积雪里登上四级台阶抵达露台之际，被点缀着花瓶的围栏圈起来的这座露台让人觉得宫殿入口近在咫尺，可是那里空无一物，除了降入雪中的两三丛灌木和天空之外空无一物，这灰色的、颤抖的天空，在它的昏蒙之中释放出下落的雪花。"

这段话由一组客观的宣称语句组成，其中没有出现人称代词；因为在每个这样的宣称语句中，表述结构是首先得到最清晰的展示的。一封信也是尤其适合观察表述结构的文本，因为我们在信中面对的是一个个体的（历史的）表述主体。我们先列出一个初看起来显得同义反复的声明：这些句子里描述的事物和自然现象之所以"现实地"存在并存在过，是因为它们是在一封被证实为真实的信中描述出来的，写信人没有将它们描述为幻象或梦，而是描述为被他所见的"现实"经历。反过来，这也包括，被描述的事物**不论有没有被描述**都是存在过的，都是如此而存在的。比如说拿破仑在某某时候生活过，打过某某仗，不论这些是不是被某份文件记载过。反过来，我们这些后世的人知道拿破仑生活过，打过仗，就是因为这些文件将自己展示为、证实为历史的现实事件记录，如同里尔克描述的雪橇之旅也应被视为现实中发生过的，因为这是在一封记录现实的信中被描述出来的。

以现实记录来分析的这些例子可能会误导我们仅仅在表述是一份现实记录的时候，也即在表述客体是如此一种经验现实，或者（在理论表述的情况下）表述客体是一个抽象的、"理想的"对象的时候才将表述称为现实表述。一个数学定理当然在这个意义上也是一个现实表述。我们可以说：在所有情况下，当一个事实内容被认作具有现实性的时候，不论这是什么样的现实，感性的或者超感性的，物质的或者精神的——关于这个事实内容的表述都可以称为现实表述。然而，表述作为现实表述的性质并不由表述客体的现实性来决定。假若是这样，那么马上就会出现困难，这个定义就会变得不准确。这是因为现实性的概念会受制于所有可能的——物理学的、认知理论的、本体论的、形而上学的——观点与规定，我们所宣称的、有待证明的定义，即所有表述都是现实表述，就会遇到不一致的问题。当表述客体是一个可证明为"非现实"的客体，比如一个梦，一个幻想，一个谎言时，这个定义就会失败。不过即使是这样的"非现实表述"在任何情况下他仍然是一个现实表述，原因在于，起决定作用的因素不是表述客体而是表述主体。**表述始终是现实表述，因为表述主体是现实的，因为，换句话说，表述只能是通过一个真实的、真正的表述主体**

来构建的。在这个语境中出现的真实（Realität）概念不再受制于认知理论的不同观点，而只能从单一的意义上加以理解，这个意义以主体本身的意义为根据，或者更准确地说，只有在这个单一意义上对此主体有效。只有廓清了表述主体涉及的现实概念，才能阐明作为现实表述的表述的结构，也才能充分分析主客体关系，也即上文中宣称过的客体与其被表述状态无关这一点。

但是归根结底只有一个判断标准能够证明表述主体的现实性：我们能够就它在时间中所处的位置提问，即使由于某个表述的性质而无法对这个问题给出特定答案或是这个问题无关紧要。这一点，只要我们看一眼表述主体的三大范畴，历史的、理论的、实用的表述主体，就能明了。真实禀性显然已经包含在这些主体范畴中，是对它们起构建作用的根基。如果说直到现在才能说清楚这一点，那是因为只有借助这里的关联，才能说明表述作为现实表述的特质依据何在。对于主体在时间中所处位置的问题，当然历史的表述主体是最容易也最直接应答的，因为历史的表述主体是一个个体，它的表述——比如一个写信人或者回忆录作者的表述——都是可以确定日期的，这也是对于该表述主体的个体存在有意义和重要性的日期。不同种类的理论的表述主体，也即理论的表述的不同客观化程度，则导致关于表述主体的时间问题虽然原则上都能提出来，但其重要性和可回答性却有程度上的差别。比如对于报纸报道来说，确定日期是重要的；而一本教科书或其他普及类知识书籍的写作时间，只有在考虑这本书是否过时或者是不是在某个特定时代潮流影响下写成的时，才有意义。而对于纯理论表述来说，就表述主体的时间提出的问题可以说是落空的，这必然是与该主体的绝对"非个人性"，它的跨个体的普遍性相关的，这种普遍性指向每一个想得到但非特定的表述主体——至于实用的表述主体，疑问句、命令句和祈愿句的主体，就主体在时间中的位置提出的问题，出于另一个几乎相反的理由，是可能的，但不重要。因为在这里，某个人总是在某个当下点，即此时此地发问、命令或祈愿，这些句子模态主要——即使不仅仅——是说出来的话语，在（非文学类）书面语中不会出现，除非是修辞性的问句和祈愿句。

50　如果我们通过表述主体在时间中的位置来定义它的以及现实表述的真实性，那么我们也只是说明清楚了时空坐标系里的一个量。用这个坐标系可以将现实描述为时空现实，反之亦然，时空现实可以在必要时被描述为现实。要将时间联结到空间，也要反过来将空间系于时间，这一点在此不需要解释。但是不论在物理方面空间与时间是如何交织的，对于现实定义来说，时间和对时间的体验是起决定作用的、发展超过空间的量。对空间的体验绑定于感知的此时此地和回忆式的或谋划式的想象。一切历史现实都首先以时间的尺度来确定自己，其结构依照的是时间序列而非拓扑空间。时间作为生命现实的要素虽然比空间抽象，但也比空间更强大，更起决定作用，也可以说，更具有存在意义。显然，表述主体这样一个语言的结构因素可以单独以其现实中的时空体系的时间坐标来确定。表述主体也正由此，依照其抽象程度而在行动主体和认知主体之间占据了一个中间地位。对于行动主体而言，空间和时间都是它的现实性的必要条件，在哪儿的问题与在何时的问题同样重要。而面向抽象现象的认知主体则与此相反，不受时空限制。当认知主体以理论的表述主体出场的时候，我们就不会询问，或者只在特定方面询问它在时间中的位置。

就其在时间中的位置来提问的可能性，证明了表述主体是真实存在的，这里要再次强调，这无非意味着，所有的表述都是现实表述。而主客体结构——它决定了表述并由此决定了我们做出语言上的表述的生活——的依据也在于此。但是主客体结构又意味着，主体就客体进行表述，这个说法也便等同于，客体的存在不受制于它被表述还是不被表述。从以上分析可以看到，这种不受限制并不意味着现实性，或者说得更确切点，并不意味着客体有一种这样或那样的特定现实性。一个数学规律的存在同样不受制于它有没有通过一个定理被说出来，而一个真实的物体或事件的存在也不受制于它有没有被表述过。这是无须解释的。在这个语境下只有一个情况，为了防止误解，需要进行澄清：表述客体显然并非不受制于被表述状态的情况——幻想或谎言。要说明这一情况，我们不再需要引入现实或者非现实概念本身，因为如前所述，这个概念作为存在的规定是有问题的，对此能做出不同的阐释。那么如何来处理一个幻想出来的或者编造出来的事实内容呢？它的存在显然并非不受制于幻想的或说谎的表述主体，而是由这个主体制造出来的。在此，判断标准的确不是表述客体本身的禀性。因为这种禀性可以受到检验，幻想或编造出来的事实内容可以被证伪，也即被拷问其真实性和虚假性。这一项操作并不涉及表述结构，而仅仅涉及表述的内容。可是对于主客体关系来说，重要的是表述主体在何种意义上进行表述。对于不自觉地幻想的表述主体而言，幻想出来的客体就和经验上可证实其确实存在的客体一样不受制于它是否被表述。可以这么说，这个主体"相信"客体的存在（就好比在宗教层面上信徒相信上帝的存在，以基督密教的方式）。说谎的表述主体虽然意识到他所表述的事实内容不"符合事实"，是他捏造出来的，但是作为表述主体，"他要装作"编造出来的事实内容是真的，这样从结构上来说也不受制于它是否被表述。

以表述的主客体结构为依据，表述都是现实表述；这种结构在尼古拉·哈特曼（Nicolai Hartmann）的本体论和本体认知论中可以找到某种对应和确认，因此有必要在这里简短地介绍他。众所周知，哈特曼反对理念主义的认知理论，后者建立在主客体关联的基础上，按照这个理论，认知引以为据的存在者（das Seiende）——如哈特曼所称——仅仅是认知主体的"客体"（对象），只有一种内在于意识的"存在方式"。但是认知，哈特曼表示，在这里恰恰与其他意识过程如设想、思考、幻想不同，认知是超越意识的，"它的对象不会以其作为意识对象的状态出现"。"认知总是对已然'存在'者的认知——不论它是否被认知，它都存在。"[1]哈特曼因而有勇气将认知难题带回到自然的现实主义、自然的意识态度上来，这种态度便是"我们所生活于其中，我们

1　N. 哈特曼：《论本体论基础》，第2版，柏林，1941年，第17页。

凭借认知让其成为对象的世界,不是通过我们的认知才创造出来的"——而这终究却是理念主义的前提,并且是以极端形式,通过费希特说出来的——"是独立于我们而存在的"。[1]哈特曼随后又说出了对于无拘束的视角来说不言而喻的见解,即不受制于任何认知而存在的存在者只有当它被当作认知客体的时候才成为认知客体——这样的描述显得同义反复,但是其事实内容不是同义反复,而是真正的认知理论的事实——我们已经说到过这个观点,认知理论的事实内容在表述结构中,也便在语言的表述体系里具有可精确解读的表达。如果在认知过程中是这种情况,认知作为"存在者的客体化"[2]也就始终会自己意识到独立于这种客体化而存在的存在者之存在,或者说存在者的真实性,那么我们由此就能领悟表述的现象学,我们就能直接从表述中解读出这些来。因为表述客体相对于它被表述这一状态的独立性——说得准确点,按照哈特曼的规定,就是成为表述客体的存在者的独立性——比认知客体相对于被认知状态的独立性更无可置疑。认知作为认知,是在自身中含有问题的过程,也曾是认识理论的主要问题;对于哈特曼的主体论现实主义,也总能举出超验-理念主义的或者现象学的认知理论来与之对抗。但是表述是在不同句子模态中固定下来的成型的事实内容,它不像认知那样在其生成和特质上设置了那么多难题。表述是一个主客体结构,其表现出的主观性和客观

1　N. 哈特曼:《论本体论基础》,第2版,柏林,1941年,第53页。
2　同上书,第18页。

性在每个具体实例中都能得到精确的认定。总结起来，我们能够如此来确定现实表述的本质：**被表述者是表述主体的经验或体验场域**[1]，而这其实只是对如下情况的另一种说法——在表述主体和表述客体之间存在一种极性关系，一种互涉性。里尔克信中对雪橇之旅的描述是在这种历史的、被确证为历史的文件中呈现给我们的，因此它具有现实性质，也即我们将它体验为在这里进行表述的我的体验。

如果我们已经成功地表明，所有表述都是现实表述，都是一个真实的表述主体的表述，那么我们就敢于继续推出这个观点：**语言的表述体系是现实体系本身在语言里的对应**。当我们——主动或被动地，从事言说、书写或倾听-阅读——在表述体系中活动时，我们便置身于现实体系中。但是要完成从现实表述，也即语言到现实本身的过渡，就有必要在这里所涉及的意义上再次澄清由此而定下的语言与现实的关系。因为迄今为止在处理这个问题的时候，现实表述作为语言理论的现象没有进入讨论，而语言与现实的关系本身却是流传久远的，从古典时代开始就已经屡见不鲜的议题。但是就我所见，总是只有词，语言中的词语基质被放置到与语言的——被这样或那样判定的——关系中，这个议题由此就被局限在了指称物的词，即广义上的"名字"上。柏拉图的《克拉提楼斯》就已经谈到了指称的"自然"正确性，也即这个

---

[1] 关于体验和体验场域的概念见下文第221页（这里指原书页码，即本书边码，下同）。

问题：物是否拥有自然加之于己的称呼，或者这些称呼来自习俗，是随意的定义，"由几个人自己商量决定而成"（383a）。如果说在后来的历史时期的思考中，包括在柏拉图自己这里，词不再仅仅意味着名字，在词与物中间还加入了概念的抽象，那么这对于语言之于现实的关系和语言被用于与现实比较的方式，并不构成原则上的区别。在（可感性与精神性的）现实元素——物与事实内容，与语言元素——词与句之间，依照不同的观点，形成了一种指涉关系或者甚至是模拟关系。

语言作为现实的镜子或者模拟——这一有时被宣称，有时被拒斥的关系——也是路德维希·维特根斯坦那本如此影响深远的《逻辑哲学论》提出的问题。现实元素（或者世界元素："整个现实即世界"）被描述为"事实"，语言元素被描述为"句子"。沿着"逻辑图像"这个概念的途径，"句子"被描述为"现实的一个图像"（第62页）。维特根斯坦"像弗雷格（Frege）和罗素一样"将句子本身理解为"包含在其中的表达的功能"，并用这个声明来论证模拟理论："因为我如果理解这个句子，我就知晓了由它所演示出的事实状况""句子转述给我们一个事实状况，因而它必须在本质上与这个事实状况形成关联。而这个关联也就是，它是该事实状况的逻辑图像"。[1]

在这里不是要对维特根斯坦的概念，比如逻辑图像这个并未得到解释的概念带来的困难进行讨论。提到维特根斯坦只是因为这

---

[1] L.维特根斯坦：《逻辑哲学论》，伦敦，1962年，第38、62、52、66、68页。

里的模拟理论是以极端的抽象说出来的，因而也再次清楚地表明，语言可以说是不知不觉地被理解成了一种自为自在的"基质"，和现实一样——或者说得更准确点，只有这样理解的语言才进入了与现实的关系中，与其进行直接比照。因为说语言的存在方式及其遵循的规律不同于现实（而且是物理-时空上理解的现实），这是一种不用求证的真理主义。语言作为精神性的存在方式也共享着思考的存在方式以及思考所产生的"理念对象"的存在方式，以及这些对象通常与"现实"进行比照的方式。但正由于语言与思考结果和思考过程不同，具有"感官可感知的"、用字母可写可读的、从发音上可听的精神形式（这一点与艺术成品相同），此外，它尤其还展示出比思考和认知远为鲜明、固定，可证实已经历史化的结构，因此它可以作为一种所谓精神物质性的特殊"基质"来加以研究，一种包含语音学、语言学和语法学的语言学科得以形成。其中可能也包含了如下问题的原因，即为什么始终只有语言的纯语言也即语言学层面（其中主要又只是词语基质），被用来与现实进行比照——在指称功能和多少自成问题的模拟功能方面。维特根斯坦甚至回溯至埃及象形文字来支撑他的图像理论："为了理解句子的本质，我们来想想象形文字，它模拟出了它描述的事实。从象形文字里发展出了字母文字，但没有改变模拟的本质特征。"（第66页）

　　表述概念，正如以上尝试分析的，让语言进入了另一种与现实的关系。在这种关系里，"语言"不是被理解为词或者句子的集合体，从而无法与语言所反映的和它相对而立的具体的或精神的现实进行比较，这个关系仅仅是通过表述而展开，表述是仿佛已固定了的主客体结构，它与被表述之物构成关系。这样，现实概念得到了精确化，摆脱了它在用作表述——不论是作为词还是作为任意模态的句子——所指涉对象时经常附有的不确定性。如果上文已显示所有表述都是现实表述，那么需要再次强调的是，现实在这里描述的不是表述客体，而是表述主体，如此一来，即使一个"非现实"的表述客体也不会有损于表述作为现实表述的性质。

对于并非用于文学的语言作为表述体系的描述，对我们来说，其作用是为确定和描述文学类型与文学体系本身奠定必要的比较基础。因为，为了不产生误解（以及针对已经产生的误解），还要再次强调，文学体系和文类的秩序都要回溯到用于文学的语言、创造出文学作品的语言而非其他，也要从这语言中获得根基。这意味着，要研究文学在语言的表述体系中以及相对于该体系的地位。在此，文学作为"语言艺术"是如此得到依据的：我们在一开始就提到的文学与现实的关系，将回溯到文学与上文定义过的现实表述的关系。在确定了这个关系的不同之处后，虚构文类和抒情诗文类以及"我"—叙事与叙事谣曲这样的特殊形式也会得到确定。

虚构文类或演示文类

预先提示：文学虚构的概念[1]

从语言理论上来论证史诗类（叙事类）文学和戏剧类文学作为虚构文学之前，应该首先就文学虚构（literarische Fiktion）的概念做一番讨论。因为被用于极其不同现象的"虚构"（名词）和"虚构的"（形容词）概念在文学研究中通常也是在或多或少并不准确的意义上，比如凭空生造的意义上来理解的。而且英语中所用的 fiction，被用来指称长篇小说（以替代较为旧式的 novel），但是不用来指称戏剧，这种用法加剧了这个概念及其用法的不准确性。由此更有必要将其定义为一个准确的文学研究方法概念，

---

[1] 本小节出自我的论文：《再论叙事》，《欧福里翁》59（1965年），第61—64页。

将其与平时那些意义和用法区分开来。

　　虚构是从拉丁语 *fingere* 衍生出来的，后者包含了极为不同的意义，如描画、杜撰及欺骗性的编造。我们只要检验动词 fingere 的意义和活着的西欧语言中由它衍生出的名词和形容词，对于什么——尤其在与接下来要发展出的文学理论的关联中——应当被理解为文学虚构，我们就会得到一个近乎准确的定义。fingere 在意大利语中是 fingere，在法语中是 feindre，在英语中是 to feign，在德语中是 fingieren，这意味着，这个拉丁语动词在现代语言形式中仅仅保留了这一意义：伪造，假冒，装作等。与其相应的名词 Finta、feinte、feint、Finte 也是在此基础上添加而成的。但是名词 fictio 就不一样了。这个词在活着的语言中虽然还保留了 fingere 的贬义或者改良义，但是后者，也即对创造性构型的功能的指涉压过了其贬义。至少在法语里，随后在德语里，形容词 fictif（fiktiv）在 feint, fingiert 之外，是在积极的意义内涵上建立起来的，这种内涵在艺术理论中比名词 Fiktion 本身还更常见。

　　这样一来，情形也变得复杂了。fingiert 和 fiktiv 之间的区别意味着什么，我们说到一部小说或戏剧中的人物不说他们是捏造出来的，而说是虚构的，这个事实意味着什么呢？这和艺术中的想象构成物又有什么关系呢？"虚构"的名词（Fiktion）和形容词（fiktiv）作为概念在多大程度上是确切的，对什么来说是确切的？自从汉斯·费英格（Hans Vaihinger）的《仿佛哲学》（1911年）面世以来，人们习惯于以仿佛如此（Als-Ob）的形式，也即通过伪造状态的结构来解释虚构。这对于科学——数学、物理学、

虚构文类或演示文类

法学等——的虚构是确切的。数学计算的是无空间的点，物理学计算的是空的空间，就仿佛真的存在这样的空间，法学考察的是构造出的案例，就仿佛它们是真实发生的一样。将虚构定义成仿佛如此的结构，使用的是非真实的虚拟式（irrelais），也必须使用它，这个虚拟式表明了自己的伪造状态。在语言使用中，伪造和虚构概念的确接近。数学上的点是伪造的，也是虚构的构成物。在日常语言中，虚构的形容词和名词都具有非真实的、捏造的意义。

但是我们的问题是，"美学上的虚构"，正如费英格所言，也即艺术的构成物，是否也能通过仿佛如此的结构来确定。我们先来检验造型艺术。在泰尔博赫（Terborch）*的画作上，我们可以说，那些塔夫特绸布被画成了——至少按照这个伟大的写实主义艺术流派的意图——看起来仿佛是真的塔夫特绸布一样。然而就算是这样，还是值得怀疑，这样写实主义的艺术构成物是否能通过仿佛如此的结构来描述。古典时代的艺术观盛赞宙克西斯（Zeuxis）**画的樱桃，因为麻雀都把它们当成了真的樱桃，而对于现代的艺术观来说，艺术的边界就在于假冒的时刻显露出来之际，比如将无生命的东西伪造成有生命的东西，就像在蜡像馆里那样。造型艺术的作品，说得更准确点是作品中被演示之物，不是仿佛如此意义上的虚构。伪造状态要与虚构之物区分开来。而这也表明，在艺术领域里，虚构仅仅对文学有效，而对造型艺术

---

* 泰尔博赫，生活在17世纪的荷兰肖像画家。——译者注
** 宙克西斯，公元前5世纪的古希腊画家。——译者注

59 无效，但是文学虚构并不具有仿佛如此的结构。那情形到底是怎样的呢？我们为什么不会将玛丽·斯图亚特的一张肖像画称为一个虚构的构成物（被画出来的玛丽不是虚构的玛丽），却称席勒悲剧中的人物玛丽·斯图亚特为虚构人物，而另一方面苏格兰女王作为一个历史记述对象是真实的女王本身，也即被认为是她本人？我们不会将那么写实主义地、肖像般地画出来的人作为虚构人物，却把每个那么超现实主义地设计出的戏剧人物或者小说人物称为虚构人物，其中的根由何在？费英格和他的后继者，比如乌梯茨（E. Utitz）错误地将小说人物和戏剧人物说成是伪造出来的人物，就像费英格在确定美学虚构时完全失败了一样，因为他没有将伪造和虚构之间的意义差别纳入虚构概念中，仅仅将虚构理解为仿佛如此的结构。但是席勒不是将玛丽·斯图亚特设计成仿佛她是真的一样。如果我们将她，将每一个小说世界和戏剧世界都直接感觉为虚构的，那么这并不是基于仿佛如此的结构，而是，如果可以这么说的话，基于"当作如此"（Als-）的结构。特奥多尔·冯塔内（Theodor Fontane）* 曾经不由自主地给出了这个文学虚构的定义："一部小说……应该给我们讲述一个我们相信的故事"，他的意思是，小说应该在我们面前"让一个虚构的世界短暂地显示为一个现实的世界……"这个不自觉的，可以说天真的，从自然主义精神里生长出来的（1875 年在评论古斯塔夫·弗

---

*　特奥多尔·冯塔内，德国 19 世纪末 20 世纪初的重要小说家。——译者注

虚构文类或演示文类　　　　　　　　　　　　　　　　　　　　　65

赖塔格的《祖先》一书时所做的）[1]定义，也许正因为此才并非偶然，却精确地说中了文学虚构，叙事作品和戏剧作品的虚构的本质。"显示为现实"这样的说法，是每个词都切中肯綮的。这意味着，现实的显像被制造出来，而这（超出了冯塔内的意图）即使在涉及一个非现实的戏剧或小说世界时也是现实的显像。童话也显示为现实，只要我们在阅读或观看之际停留在童话里，而并不是因为它仿佛是现实。因为仿佛如此包含了假冒的含义，也就包含了对一种现实的指涉，这种指涉之所以在非真实虚拟式中表现出来，是因为仿佛如此的现实不是它号称所是的那个现实。"当作如此"的现实却是显像，是现实的幻象，这也便是非现实或者虚构。在"当作如此"结构意义上的虚构概念仅仅通过戏剧的和史诗的虚构（"他"—叙事）以及电影虚构来实现。但是我们如果问，现实的显像，现实的"当作如此"结构是通过什么在这里，并且仅仅在这里被制造出来的，那么答案就会是：通过制造生活的显像。生活的显像在艺术中则仅仅通过人物，一个生活着的、思考着的、感受着的、言说着的"我"—人物而制造出来。小说人物和戏剧人物之所以是虚构人物，是因为它们是作为虚构的"我"—人物或者主体而构造出来的。但是在所有的艺术材料中，只有语言能创造出生活的显像，也即生活着的、感觉着的、思考着的、言说着的、沉默着的人物。在叙事文学作品中这种创造过程要比戏剧作品中复杂得多，这体现在史诗叙事的结构上，我们因此在

1　Th. 冯塔内，《全集》，第21卷，慕尼黑，1963年，第239页。

下文中会将其描述为虚构叙事。

史诗类虚构（或者"他"—叙事）

虚构叙事及其特征

我们在描述文学体系的时候以"他"—叙事，也即史诗类虚构开始，这是有语言理论上的原因的。将史诗类虚构与"他"—叙事等同，这个定义并没有涵盖所有叙事文学，"我"—叙事也是其中一部分。但是我们将表明，后者并不符合我们所定义并且相信是准确的语言理论和文学理论意义上的虚构。因为虚构概念，正如前一小节所示，并不是由被编造者这样的概念来填充的，一个编造出的、"虚构"的"我"—叙事者也并不满足虚构概念。也不是"我"—叙事的文学作品的叙事结构，而仅仅是"他"—叙事的文学作品的叙事结构，才是严格意义上的虚构叙事，而对文学的语言理论描述也是以此为开端的。因为虚构叙事在文学和语言体系中占有了一个决定性的地位，是将虚构类或者摹仿类文体——史诗类虚构及与之相随的戏剧类虚构——从语言的表述体系中分离出来的分界点。虚构叙事的结构，因而只能在表述的持续对比中被探讨出来，表述作为一种主客体结构的基本特征已经在上文中阐述过。考虑到本书第一版，在这里要说明，第一版中使用过的历史叙事的概念，与比照于虚构叙事的表述概念是交替使用的，在本版中已经剔除。这么做的原因是本版结构上的改变。

我们先来看一个适宜于证明我们观点的小说文本，康拉德·费迪南德·迈耶（Conrad Ferdinand Meyer）*的《于尔格·耶纳奇》的开头："中午的太阳照在了宾登州的尤丽叶山口那个光秃秃的、四周环绕着高耸岩石的高地上。石墙在这灼人的垂直光线里燃烧，闪光。时不时地，会有聚拢起来的雨云涌上来，飘过去，这时山墙看上去就像靠近了些，风景显得受了挤压，险峻而可怕……在绵延的山口高地正中间，在山间小道的左右两边，立着两座破败的柱子，它们大约已经抵抗了超过一百年的风雨沧桑。"

这一处小说文字和里尔克信中的文字（前文第47页）显示出了同一种语言逻辑结构。它是如此一种形态，如果从上下文中抽出来的话绝对看不出是小说片段，尤其因为在这里格劳宾登州的尤丽叶山口属于我们熟悉的地理现实。这段文字是如此一种结构，它完全可以像里尔克信里对雪橇之旅的描述一样，属于一部历史文献、一本日记、一则游记、一封信。假如我们将这段文字抽出小说摆出来，我们就有可能将中午阳光里的宾登州尤丽叶山口高地理解为讲述主体的体验场域，而这主体又是历史的表述主体。但是如果我们在读这段文字的时候知道它是一部小说的开头，我们进入的是一个小说的发生场地，我们的阅读体验就会完全不一样。这种体验的主要特征就是缺少现实性质。尽管被描述出来的这个地点是我们所知道的一个地理现实，尽管这个现实通过生动可见的文学描写手段让我们有了极高的"身临其境"之感。但是就因为我们知道，我们是在开始读一部小说，这段描写就不会

---

* 康德拉·费迪南德·迈耶，瑞士19世纪著名作家、诗人。——译者注

传达给我们现实体验。这样的声明可能再次显得是同义反复，与上文中批评过的准判断——准判断都附有"并非全然严肃"的特征——的同义反复毫无差别。但是正是在这点上，我们得到了一个支点，让我们相信能够说出并在下文中越来越详细地加以证明——真正的诗的逻辑。非现实的体验自有特定的合逻辑的、隶属于广义上的认知理论的原因，这些原因，正如我们在以下章节会逐个证明的，在完全确定的虚构叙事现象中得到了语法-语义上的表达。《于尔格·耶纳奇》这部小说的开头无法仅从字面上与可能的历史-传记描写区分开来，可它也唤出了非现实的体验，其中的原因不在于被叙述者本身，而在于"叙事者"，我们在这里暂且按传统方式来称呼之。因为我们知道，我们读的是一部小说而不是游记，我们就会毫无意识地不将描写出的风景牵涉到叙事者身上。我们知道，我们不能把这些风景理解为叙事者的体验场域，而是其他人物的体验场域，我们期待这些人物——虚构人物，小说里的人物出场，因为我们在读一部小说。

"现在从远处……传来了一只狗的吠叫。在山坡上的高处，一位贝加马斯卡牧羊人原本躺着在午睡。现在他跳了起来……在肩头上裹紧大衣，果敢地跳跃着，跳到突出的一块岩石背后，去召集他的羊群。羊群在山谷里四散开来，成了移动的白点……中午的时光越来越闷热而寂静……终于出现了一个流浪者……现在他走到了两座罗马柱子旁边。他在这里放下了小背包……他很快想了想，抽出了一个皮包，开始兴致勃勃地在一张白纸上画这两座令人崇敬的废墟。过了一会儿，他满意地看着自己亲手创作的作品……，单膝跪下，仔细地测量这奇特柱子的尺寸。'五英尺半'，他自言自语地说。'您在做什么？间谍工作？'一个响亮的男低音在他身边响起。"

我们将在下文中见到，为什么在这个片段里只有"他很快想了想，抽出了一个皮包"这句话提供了真正的证据，证明我们真的是在面对一部小说，而不是一个生动的目击者描述，也即一份历史文献。因为这个证据可以揭示出基础性的现象，该现象展示了虚构叙事与表述的本质区别。

是小说人物，或者说得更普遍点，是史诗类人物让叙事文学成其为叙事文学，这看起来有点平庸而不言自明，甚至是同义反复，所以没有关于史诗类文学的理论会在这个事实上停留。但是如果考虑到另一个事实，即小说人物是**虚构的**人物，那么上述事实就不再是平庸和同义反复的了。因为这个事实才展露出文学虚构，即史诗类与戏剧类虚构的结构，两者在文学的逻辑结构的视角下一同对立于抒情诗，证实自己与抒情诗是本质上截然不同的。但是只有史诗类，而非戏剧类虚构具备所有能提供充分且令人信服的证明力的现象。因为只有叙事的问题才会让人看到让虚构不同于现实的逻辑-认知理论状况和语法-语义状况。只有在叙事文学而非戏剧文学中，语言才以其整体存活而发挥作用。只有在叙事文学这里才能表明，当语言制造一种虚构体验而非现实体验的时候，这意味着什么。这也便是说：只有表述与虚构叙事之间的区别才可让人探索出虚构的逻辑结构。

史诗类过去时

我们说过,在我们的例子中,也即《于尔格·耶纳奇》的小说开头,对小说人物出场的期待,让我们预先就将文中描述之物看作非现实,也即不看作叙事者的体验场域。但是这也仅仅指明了我们在阅读一部("他"—)叙事文学作品,不论是荷马史诗还是任意一部报纸连载小说的时候拥有的大致体验。对此也可以提出异议,还存在那些叙述得非常"主观化"的小说,其中叙事者是以"我"和"我们"出现的,会向"他的亲爱的读者们"说话,诸如此类。要回答这样的和其他的质疑,唯有从语言理论和语法上充分阐释清楚"叙事者"的本质和功能,让读者对于非现实的体验在心理学上得到说明。

为了达到这个目的,我们必须寻找一种语言学理论的叙事现象,它能够以超过一切的最大说服力来提供证据,而且能从这个它出发确凿无误地解释和发展其他所有叙事现象。的确有这样一种现象。我们并不感到奇怪,这现象是与动词、动词时态,也即时间问题相关联的。在句子里,在言说里,正是决定人物和物品"存在方式"的动词给出了这些人和物在时间中的位置,从而也给出了它们在现实中的位置,说出了它们的存在或不存在,说出它们是否依旧存在、不再存在或者还未存在。

"在十座小钟交鸣的响声之中,穿过一条长长的菩提树林荫道——雪橇拐个弯,到了宫殿广场",里尔克在1904年12月4日的信中记述道,我们知道他是在这一天以前做了这趟雪橇之旅,去瑞典的奥比的这次冬日之行对他来说是个已经过去的事件了：因为他是用过去时来记述的。"中午的太阳照在了宾登州的尤丽叶山口那个光秃秃的、四周环绕着高耸岩石的高地上。石墙在这灼人的垂直光线里燃烧，闪光……"这段描述用的也是过去时。所以，语法学家和文学理论家会说，叙事文学作家将他的故事记述成了过去之事，或者至少当作过去之事来记述。在歌德与席勒于1797年12月就史诗类文学和戏剧类文学所做的那场著名讨论里，歌德提出了广受引用的观点："戏剧家（演员）将事件演示为全然在场的，史诗作家（游吟诗人）将事件讲述为全然过去的"，这一观点本质上至今还没有被超越。即使我们在阅读一部小说以及荷马史诗或《尼伯龙根之歌》的时候都会有的体验，已经让人注意到这已成过去的状态，甚至这史诗类情节的设想为过去的状态（Als-vergangen-gedacht-Sein）是有问题的，但是这种疑思也没有超越席勒对歌德的观点所做的修正："写作艺术也催迫史诗作家，让事件再现于当下（vergegenwärtigen）。"历史现在时的频繁出现就已经完全填充了"再现于当下"这个概念的意义。席勒在把这个概念用作"过去"的反题的时候，就已经以过于简明的方式让这个概念负载了时间意义，这就是德语词"当下"（Gegenwart）所含有的意义。但是尤其在关于历史现在时的理论关联里，人们在时间上高估了"再现于当下"这个概念，我们在下文中还会对此详加说明。这种高估源自从来没有人质疑过的、仅仅用以证实这个概念的假设：以史诗方式所叙述者被设想和演示为过去之事，因为在语法形式上是用过去时来叙述的。因为从来没有人讨论，也没有人提出疑问，认为过去时在语言信息传递的某个位置上有可能不是对过去之事的表达，所以史诗类叙事形式没能得到足够的描述，而语言上和语法上的问题，比如体验直述（die erlebte Rede）也就没有得到解决。但正是这实际上一开始显得自相矛盾的意义变化，伴随着虚构叙事的过去时而发生，正是它以充分的说服力证明了该叙事是虚构的，或者用另一种说法，它能阐明人们习惯说的"史诗中说话的我"不是表述主体。**这个意义变化就在于，过去时失去了它指称过去的语法功能。**

为了证明这一点，我们首先必须搞清楚过去时的语法功能。不是所有就这个时态所提出的定义对于我们的目的都是有启发意义的。像赫尔曼·保罗（Hermann Paul）和奥托·贝哈格尔（Otto Behagel）那样通过过去时与"当下"的关系或者非-关系，通过一个存在于"过去"并可由此继续在过去往前活动的"关联点"[1]来定义过去时，是不够的。因为在这样对（不定）过去时和整个时态所下的定义里，缺少本质之物，这个本质之物会从比单纯的语法更深的层次解释过去时。这个本质，正如我在浏览德语语法和外语语法时能确认的，只有德国的老语法专家克里斯蒂安·奥古斯特·海泽（Christian August Heyse）揭示过。他的《德语语法》的杰出之处就在于，尽可能从意义逻辑关系里推导出语法规则和形式。他对时态的解释，最早让我注意到表述和虚构叙事之间存在本质差别的真正原因，尽管海泽本人和其他在他之前与之后的语法学家一样，根本都没有认识到整个差别。

---

[1] H. 保罗：《德语语法》，第 4 版，哈勒，1920 年，第 65 页。

保罗和贝哈格尔仅仅说到了时态与当下的关系，而海泽则更进一步解释了当下的概念，并补充为："言说主体的当下以及当下此刻。"[1] 海泽这样做就在三个主要时态，即现在时、过去时和将来时之间做了鲜明得多的区分。它们都被称为"主观时态"，因为"它们将情节或者事变，没有内在分界地，按照它们的发生时刻放置在了言说主体的当下、过去或未来"。海泽用"言说主体"这个概念也就将表述主体引入了时态定义中，也随之将其引入了时间体系或者（其实也是一样）现实体系中。反过来，这意味着，表述主体作为一个存在于时间中的，也即现实的主体而变得可见，而这又无非意味着，对于当下、过去和未来的言说仅仅在涉及一个现实的、真实的表述主体时才有意义。我们在下文中将在与表述主体相同的意义上使用更具有认知理论色彩的概念"我"—原点（Ich-Origo），而且是借用了布鲁格曼（Brugmann）和比勒（Bühler）的术语。这个概念指称的是我（体验之我或表述之我）所占据的零点，时空坐标体系里的原点，它与此时此地是相交的或一致的。"此时-此地-我-体系里的原点"，我们将其简化为"我"—原点，是布鲁格曼和比勒在描述言说中的指示代词的功能时采用的，这里涉及的问题也会在我们证实观点的时候作为重要的、有证明力的论据而发挥作用。

我们用认知理论的"我"—原点取代了语言逻辑概念表述主体，因为要阐明在虚构叙事中产生的、叙事者意识不到的独特语

---

[1] Ch. A. 海泽：《德语语法》，第29版，汉诺威，1923年，第314页。

法现象，纯语法视角是不够用的。没有任何语言领域能比文学展示得更清楚，句法体系对于语言的创造生命来说可能是一件太紧的外衣，该生命就其本身而言，其源泉在更广泛的思考和想象的领域里。要撕掉这件太紧的句法外衣，让这个领域里的事件都变得可察觉——关键就是要让它们可察觉！——能做的无非就是通过新添加的元素把这些地方都拓宽。我们相信，史诗类过去时就是这样一个元素。要通过这个元素来拓宽语法上的时态学说，就需要下降到处于基础部分的认知理论状况，在那里才能最终找到为什么虚构中的过去时并不具有表达过去功能的原因。

为了这个目的，我们首先用两个简单的客观表述的例子来观察现实表述中的过去时的功能。1. 我以口头或书面形式就某个人讲述道：X先生当时在旅行途中。（一个在对话过程中说出来的句子，比如在回答X先生那个时候在哪里的问题。）2. 从任意一本历史书，比如关于腓特烈大帝的历史书中找出任意一句话：国王每天晚上都吹奏笛子。这些关于第三个人或者客观事件的表述按照海泽的理论是"放置在了言说主体（也即表述主体）的过去"，用我们的术语来说，两个表述都包含了一个真实的"我"—原点，在它的时空体系的时间坐标上，从这个原点到所述事件存在一个在这里没有给出日期的时间间隔。在第一个例子中，"我"—原点是清晰的。我在此时此地讲述X先生当时在旅行，我是从我的现在回顾X先生旅行的时间点，从而能够回答比如他什么时候在旅行的问题。从我的表述的过去时也能推断，这趟旅行属于过去，他现在已经不在旅行中了。在第二个历史的例子中，"我"—原点不是那么显眼，但是和第一个例子中一样也是存在的。这本历史书，在其中包含的表述的整体当然显得脱离了时间（空间）体系。它的表述具有"客观效力"，而不是，或者不再是与一个表述者的此时此地相连的。这是表述客观性的通常定义，在这定义里可以找到文学结构没有被了解透彻、文学分类被定义错误、史诗和戏剧被当作客观文体而与抒情诗的主观文体相对立的实际原因。

谬误就在于，在表述的定义里，现实的结构因素以及"我"—原点没有纳入其中——不仅是表述者的"我"—原点，还有表述接受方的"我"—原点。历史表述从原则上来说与我们的第一个例子并不是不同的类型。历史表述也是放置在了言说主体或者"我"—原点的过去。首先是历史书作者的过去。对于在1840年出版关于腓特烈大帝的历史书的库格勒来说，腓特烈的生存年代已经是在70年前的过去了。但是这部作品也被放置在读者的过去：对于1940年的读者来说，腓特烈的生活是在170年前。对于历史现实的体验和现象而言，时间的存在意义就体现在，它将表述或信息传达的"发送端"和"接收端"联结在一个现实空间，一个现实体验里。这既适用于发送者和接收者同时存在的情况，也适用于两者不同时存在的情况。在后一种情况中，一个现实记录的存活超过了它的作者，以一本印刷出来的书或者留下来的日记等形式，最初传达信息者的"我"—原点总会被读者的"我"—原点取代——就时间体验而言很好理解。后世的读者对记录的内容具有和记录作者不一样的时间关系，这也正证明了这个内容是一个现实记录，能够被询问"何时"这个问题。这个"何时"也只能是由与该记录有交涉的"我"—原点来问。一切过去之事（在最广泛意义上的所有历史之事）正如所有同时代之事和未来之事一样，都与"我"相关，都是放置在我的过去、当下或未来的，即使这些过去了的、在当下或者未来发生的事件都和这个个体的、个人的我毫无关系。追问一个事件何时发生，这个提问的可能性证明了该事件的现实性，作为问题也证明了"我"—原点的在场，不论它是显性还是隐性地在场。一个现实表述的过去时意味着，所记述之事已经过去，或者其实也是一样，被一个"我"—原点知晓为过去。

我们现在来研究虚构的过去时。我们假设，"X 先生当时在旅行途中"是在一部小说中的句子。我们直接就能感到，这个句子现在完全改变了性质。我们不再能提出"何时"的问题，就算这里有一个日期，比如 1890 年夏天，我们也提不出这个问题。因为不论有没有日期的信息，我从这个小说句子中都无法了解到，X 先生**曾经**在旅行途中，而只了解到他**是**在旅行途中。关于腓特烈大帝的那句话，情形也是一样，如果它是在一部关于他的小说中与我们相遇的话。尽管这里涉及的是一个历史人物，我们知道他在现实中的存在，对于我们今天的人来说远在 200 年前的过去。"国王每天晚上都吹奏笛子"这个小说里的句子也不能告诉我们，他是在那个时候，即 200 年前**曾经**做过这件事，而只是他现在**在**做这件事。在库格勒的《腓特烈大帝的历史》中，跟在讲述腓特烈在夜间音乐会上吹笛子的句子后面的是这样一句话："他在特定的时候，胳膊下夹着谱子，走进举办音乐会的房间，分配声部……"这句话尤其清楚地表明：作为历史书的一句话，它是在告知过去，而作为小说里的句子，它是在描述一个"当下"情景。过去时这个语法形式失去了向我们告知所传递事实的过去状态这个功能。

不过，这个状况不仅仅是在心理学上，从我们的阅读体验中得到解释。这样的阅读体验如果不是有具备特定结构的逻辑原因和认知理论原因，是不会出现的。要进一步认识这些原因，我们不能依靠我们的阅读体验中单纯主观的特征。能对这里出现的状况展示出更切近的信息的，是一个真正的客观特征，是语法，是语言本身的行为。我们可以通过附加一个如此形式的句子来续写"X先生当时在旅行途中"："他今天最后一次漫步走过这座欧洲的海港城市，因为明天他的轮船就要去美国了。"关于腓特烈大帝吹笛子的句子，在小说中也可以拥有这种形式："今天晚上，国王又想吹奏笛子。"我们现在看到了客观的语法特征，虽然并不起眼，但是它给出了决定性的证据，说明虚构叙事的过去时并不是对过去的表述：指示性的时间状语是可以和过去时结合起来使用的。*

这个现象需要再进一步分析。在这里使用的表未来的时间状语"明天""今天晚上"等，非常引人注目，因为这样的结合在真实的言说语境中是不可能的。但是在真实言说中，即使用表过去的时间状语也是不可能的，因为这样的状语只会在关联说话者的

---

* 上述两个例句中的动词在德语中都是过去时，但又和"今天""明天"这样并不表示过去的时间状语连用。在中文中无法体现出这种差别。——译者注

现在的条件下与过去时相结合：昨天发生了这件或那件事。这种结合在现实表述中不可能再用来指涉与表述者的此时此刻相比已经是过去的时间。如果在此时此地的言说者把自己放置到一个已经过去了的时间点，比如：在7月15日发生了这件或那件事，那么他既不能用一个"昨天"来指陈在这一天之前发生的事情，也不能用一个"明天"来指陈在这一天之后出现的事情。在这里需要用的是"前一天"（以及"之后"）这样的状语。但是我们只需要打开任何一部小说，不论它有没有文学地位，都可以注意到，这种几乎可说是现实表述与生俱来的逻辑-语法规则失去了效力。以下举出几个例子作为尝试：

> 但是她上午要去收拾树了。明天是圣诞节了。
> （阿莉塞·贝伦德：《巴贝特·伯姆贝岭的未婚夫们》）

> ……他今晚当然会来她的派对。
> （弗吉尼亚·伍尔夫：《达洛维夫人》）

> 在她的眼皮底下，她今天还能看到那个表情出现在面前……
> （托马斯·曼：《绿蒂在魏玛》）

> 昨天的演习持续了八个小时。
> （布鲁诺·弗兰克：《国王的日子》）

虚构文类或演示文类　　　　　　　　　　　　　　　　　　　　79

> 人们聚集起来，所有人都因为昨天的节庆而情绪低落。
> 　　　　　　（歌德:《威廉·迈斯特的学徒年代》，第五卷，
> 　　　　　　第十三章）

> 他再三考虑了这位好父亲在冬天的生活和他今天这场孤单而胆怯的欢庆……
> 　　　　　　（让·保尔:《金星，第七个狗邮日》）[*]

　　指示性的时间状语与过去时的连用，类似于"明天是圣诞节"这样的句子立刻就会让人看出这是出自小说的一句话，也只能是小说中的话，而出于所谓的自然原因，副词"昨天"也没有与过去时形成语义上的矛盾。但是如果我们仔细察看的话，虚构文本中的过去时在与一个表过去的指示性状语结合的时候表现得比与未来状语结合时更为敏感和灵活。因为这时过去时消失了，被另一个表示过去的形式，即过去完成时取代了:"昨天的演习持续了八个小时。"（例句4）"昨天"与过去完成时的结合不那么引人注目，却和"明天"与过去时的结合一样直接地证明了这个句子是小说里的句子。因为在这种情况下始终直白的现实表述必定会对同一用词采用过去时或者完成时。[**]虽然在特定的时间组合下也会出现过去完成时:昨天的演习刚进行了八小时，就来了一场暴

---

[*]　这些例句用的都是过去时。——译者注
[**]　德语中的过去时和完成时在一般语用中都表示过去，过去完成时则表示"过去的过去"。——译者注

风雨*；但是反过来在小说句子中却没有过去时，而只有过去完成时。虽然在小说语句中会有"明天是圣诞节了"，但是绝不会出现：昨天是圣诞节了[1]（过去时——译者注）；而只是：昨天是圣诞节（过去完成时——译者注）。唯一可能的过去完成时与表过去的指示状语的结合，对于虚构叙事来说，和仅仅在这叙事中才可能出现的过去时与未来状语的结合同样具有启发性。**两种时态现象是以同一个法则为基础的：被叙述者并不是以一个真实的"我"—原点为关联，而是关联虚构的"我"—原点，也即本身为虚构**。[2] 史诗类虚构在文学理论中仅仅以此来定义，它首先不包含真实的"我"—原点，其次必须包含虚构的"我"—原点，而这是与以某种方式体验虚构的真实之我（如作者或读者）在认知理论上，由

---

* 这个例句中，暴风雨的来临是过去时，演习在暴风雨到来之前发生，是过去的过去，用过去完成时。——译者注

1 只有在一部小说的对话系统里，在一个小说人物的直接引语里，这个句子才会以这样的形式出现。

2 布鲁格曼对这个关联的解释再次让人看到，"历史的"（表述）和虚构的叙事之间的区别没有被意识到。布鲁格曼认为，"近指代词有时候会被用在对过去事件的讲述中，这并没有改变它的性质。如果表示空间或时间的指示代词——它们从说话者的立场出发并因其当下在场而有效——出现在小说中，那么这都是戏剧化的使用方式，正如在小说中现在时被用来代替过去时一样。例如，他整天都悲伤地坐着：他今天（取代'那一天'）收到了两个噩耗"。布鲁格曼：《指示代词》，第41页及后页。对近指代词的使用在用过去时讲述的故事里不会改变，这当然是对的。发生了改变的，是过去时的功能和意义。在布鲁格曼的例句中，过去时也不是在表述过去，而仅仅因为它不表述过去，才能和指示代词连用。这种关系，如果将之推为"戏剧化"，就会被掩盖。这里出现的，是虚构化的手段，而戏剧恰恰不需要这种手段。

此在时间上没有任何关系的关联系统。[1]而这反过来也意味着，它们是非现实的，是虚构的。但是这两个条件其实是同一个，只是为了清晰而分成了负面和正面两个声明。因为虚构的"我"——原点即小说人物的出场，被读者期待的这种出场才是真实的"我"——原点消失的原因，同时作为逻辑后果，过去时失去了它指涉过去的功能。我们在进一步描述虚构结构之前，就想用一个特别合适的例子，一个德国散文体文学作品中就其本身而言并不起眼的例子，说明虚构人物这个概念在文学理论上意味着什么，为什么它在一个叙事中的出场让这个叙事具有了非现实性质，同时让过去时失去了过去的含义。

我们在施蒂夫特（Stifter）[*]《高山森林》的开头找到了这样的段落。它之所以对我们的问题特别有启发意义，是因为它不仅是一段像《于尔格·耶纳奇》开头那样的背景描写，而且是以"我"的形式进行的背景描写，这个形式之后在小说中消失了。"我"的

---

[1] D. 弗赖（D. Frey）是这么说的——完全证明了这里从语言理论上探索出来的情况——"在史诗中，事件发生的空间和时间都是纯粹客观的性质。它们和主体的时空规定性毫无关系，不论是诗人的还是听众的；它们与后者毫无关联。这也让历史和文学的叙事区分开来，历史虽然是纯客观性质的，但是从空间和时间上基本上还是被归入主观体验到的具体空间和具体时间里。"《哥特与文艺复兴》，奥格斯堡，1929年，第213页。这样的见解，就如我们的阐释一样，反对那种广为流传的、几乎托出了过去理论的观点，认为史诗类叙事者（也即诗人）与被叙述者处于一种时间关系，一种"叙事间隔"中。原则上，这种观点是F. 施坦策尔在《小说中的典型叙事状态》（维也纳，1955年）中所提出并阐述的。

[*] 施蒂夫特，19世纪晚期奥地利著名作家。——译者注

形式在我们这个例子中出场的样式,让它得以通过特别清楚的反差效果来服务于我们要展示的事实内容。这个形式让这段话成为文学理论家的宝库,它在这里集中并列出了现实表述和虚构叙事,让两者在逻辑上的差异表现得淋漓尽致。

小说的叙述是以现在时的地点描写开始的:"在小国奥地利的北边,一座森林半明半暗地往西绵延了近三十里……它顺着……山体线条的走向拐了个弯,随后朝北边又伸展了好几日行程的长度。在这森林转向的地段里,就发生了我们要讲述的故事。"

这个以现在时所做的背景描写,尽管是一部小说的导引部分,却与《于尔格·耶纳奇》不同,是一个真实的现实描述。它作为这样的描述,不是通过地理上的定位,而是通过现在时来证明自己的,这也不是历史现在时,而是指称(虽然是没有具体日期的)叙事者进行叙述的现在此刻——所以我们在这里没有给叙事者这个概念加上引号。因为叙事者在这里是一个真实的"我"—原点,他将自己放回到了时间里,他自己就在所描述的,之后小说情节要上演的地点进行了一番游历——这里重要的不是这个回忆是否或在多大程度上是真实或不真实的,也即伪造的。重要的是叙事的形式,这个形式是一个现实表述的形式,一个真实的表述主体,由此也是一个真实的"我"—原点的表述;并非偶然,这个在开头启用的普遍人称代词"我们"(这在理论阐述中也经常被使用)很快就被第一人称的个人化代词取代了:"每次我都会无可抵挡地被一种最深的孤单感侵袭……我脑中常常会涌起同一个想法,当我坐在这河岸边的时候……我在过去几天里常常坐在古老的围墙里……"

以上段落里的过去时和之前的现在时一样都关联到了叙事者的现在此刻。这个时态展示的是他生活中的过去，他的少年时代，那时他曾在这个地带游历。然后，对这个与"我"——叙事者相关联的当下地点的描述就变成了一种对他而言的历史记录，这便是说，他用他的想象力将自己带回到相距更加遥远，不再是被他经历过的过去："而现在，亲爱的读者，如果你已经看够了，那现在就随我回到两百年前去。"

城堡的画面，由想象力从已知的城堡废墟上建立起来，展示在了读者的面前。尽管如此，小说情节在这里还没开始。我们在这里更多地是看到了想象力和虚构在逻辑-语言理论上之差别的一个文学例子，上文中这个差别就已经引起我们注意了："在想象中从这围墙上除去蓝色的钟和法兰西菊和蒲公英……将白色的沙子撒在地上直到前庭的墙根，在入口处放上一座结实的山毛榉大门……"

这个在读者面前制造出来的想象画面的构想，是一个现实表述，即使它的内容是明确表明为幻想的。因为它是关联到"言说主体"的，被演示为他的想象构成物，而且还是一个并非完全不真实的构成物，因为它被定位在一个对叙事者来说确定的过去的时代里。这个以叙事的"我"——原点的在场为标志的幻想表述继续铺展，在之后——在韦廷斯豪泽的海因里希的两个女儿出现的时候——成为小说女主人公的人物形象。因为她们"还没有登场"，她们就像与画面相配的点缀角色一样被介绍出来："……门儿打开了——你喜欢这一对妙人儿吗?……年轻的那位坐在窗边刺绣……年长的那位还没有穿好衣服……"

这段描述所用的现在时也不是用来取代过去时的历史现在时,虽然我们置身于由叙事者自己指称的历史化的过去中。但是关键并不在此,而是在于依旧在场的叙事者的"我"—原点。这个叙事者在这个把自己放置到某个特定过去的幻想中,依旧让有女孩儿出现的地点如同画面一样出现在自己和读者的眼前,用的是一个可以称为图版状(tabularisch)的现在时。[1] 只有当女孩儿的静默画面转变为活生生的形体——行动着的人,如亚里士多德所说——才会有诗人不曾意识到、读者不会察觉到的过去时登场:"窗边那位继续勤快地绣着,只是时不时地抬眼看看姐姐。姐姐已经停止了搜寻,拿起了她的竖琴。这琴已经有很长时间如同做梦一样,落下连不成曲调的或者化作沉没旋律的孤岛尖角的零星声响。妹妹突然**说道**……"[2]

从这个"说"开始,叙事接下来用的就是过去时了。在这个语境中这就意味着,我们随着它才走进了虚构的空间。因为没有文本能够更清楚地表明,过去时一出现,叙事者的"我"—原点就消失了,某种程度上从叙事中撤了出来,而取代它的是小说人

---

[1] 图版状现在时,布鲁格曼-德尔布吕克在《印欧语言比较语法学》(第4卷,第2集,1897年)中描述过,是与历史现在时近似的现象:"在这里,过去发生过的事件也像一幅画一样出现在言说者面前,而时间关系在此并不重要。图版状现在时只有在以象形文字或者字母文字来演示被设想物或被言说物时才会出现。"(第736页)

[2] 强调为我所加。(加了强调的为过去时。——译者注)

物的虚构的"我"—原点。直到"说"之前，叙事的地点和时间还都是位于叙事者的过去，是关联于他的真实的"我"—原点，他的真实的此刻而叙述的。它们是一个现实表述的对象，虽然这是个幻想的表述，也即伪造的表述。随着过去时登场，沉默的画面才成为一个有生命的画面，成为小说，成为严格的文学理论意义上的虚构。这个过去时与之前用来描述画面的现在时——并非历史现在时——之间的反差，恰恰最清晰地揭示了这里的分界。画面描述，从"年轻的那位坐在窗边刺绣"开始，已经开始向虚构转变，它展示了正在忙碌的女孩儿们的形象。但是这里出现的构型倾向如此准确地转变了语法上的意义内涵，这一现在时只有在这段描述出现在过去时"说"之后才有可能具有历史现在时的意义。因为那样的话，现在时就已经属于虚构空间了。反过来也可以提出质疑，过去时作为过去时是否就证明了虚构叙事是虚构的，因为在我们的文本中也可能用现在时取代它而不会改变虚构的性质。恰恰是这个问题触碰到了史诗类过去时真正的行为和本质。但是在我们完全揭露本质之前，我们还想检查《高山森林》文本中的另一个语言行为，不仅仅是为了以此消除可能产生的质疑，也因为恰恰是这个行为特别好地解释了史诗类过去时的现象学。

我们首先确定，从过去时的"说"开始，人物形象才作为活着的、从自己出发的能"行动"的角色"登场"。我们在这里不会继续深入探究这个现象的意义，它意味着，也直接验证了，从此时开始，事件，以及事件的时间都不再关联于叙事者，而是关联于人物。"我"—原点从现实体系中转移到了另一个体系，即虚构体系里，或者我们也可以说，转移进了虚构地域里。这种转移已经发生，今天、昨天或者明天都是指涉人物形象虚构的此时此地，而不再关联叙事者真实的此时此地——所以它们能直接与语法上的过去时相连："但是今天正到了这样一个日子，这片草原的花花草草……第一次见识到了与树叶之绿和天空之蓝不一样的东西……"这是第二章"林间路"的开头。这里我们的范例文本再一次提供了通过虚构叙事的对立面，即现实表述来清楚展示虚构叙事之规则的可能性。在这一章的开头，叙事者的现实的"我"——原点重新出现，排挤了、打断了虚构。他又描述了这片风景在他的时间，在他进行叙事的时间，即"今天"的样子："今天，还有绵延铺展的森林围绕在莫尔道河水的发源地……沿着林间清新溪水而下……在山谷里，今天有一条洁净的小路通往木村鹿苑……但是那个时候既没有村子，也没有小路，而只有山谷和溪流……"

在这段文字里，现在时和过去时，就像小说开头一样，又一次发挥了它们自然的语法功能，指称了"言说主体"的现在和过去，时间状语"今天"和"那个时候"因而是以语法上正确或自然的方式与它们的时态相连的。最后一个句子里的"只有"*之所以是个真实的过去时，是现实表述的过去时，只是因为它与现在时句子里的"今天"构成了对比，"那个时候"也因此是一个回顾真实过去的副词。

不过，我们的文本也给我们提供了便利，紧接着就让真实

---

*　原文里为过去时的动词。——译者注

的今天与虚构的今天，真实的过去时与非真实的、虚构的过去时对峙，因为在上文中引用的句子里"但是今天正到了这样一个日子"，"今天"是和过去完成时相连的。这样一个句子让一开始关于过去时间的现实表述又变成了虚构叙事，"今天"不再关联于叙事者的立足点，而是小说人物的虚构的此时此地："清脆悦耳的人声，女孩子的声音，从树干之间传来，被一个精致的小钟时时发出的鸣响打断……"

一个真实的叙事者—原点的继续插入，现在时（在这叙事中作为插入的标志，绝不具有历史现在时的意义）在描述中的继续使用，却并没有再打断叙事，虚构的小说世界继续推进——用的是一个不再能提出"何时"这个问题的过去时。

施蒂夫特的这个例子，我在这里再次明确强调，对我们的问题来说如此具有启发意义，原因只是在于它的叙事形式让虚构叙事的过去时问题恰恰能够通过过去时的创建过程表现出来。这个段落包含了显得自相矛盾的现象，现在时表达出的是对所描述的时间地点的过去状态的意识，而在这之后出现的过去时"说"却又表达出了"说"的"当下性"；因为在这个动词登场的那一刻，它就不再被感受为表述过去，用过去时来描述的形象和事件"是""此时此刻"的。

内在事件的动词

但是史诗类或虚构过去时的现象学，以及虚构叙事的现象学，绝不会就此阐述完结。到现在为止，我们展示出的都是这个过去时失去了指称过去的功能，而其中原因就在于，史诗类情节的事件，也即情节本身，都不是关联到一个真实的"我"—原点，一个"言说"或者表述主体，而是关联于小说人物的虚构的"我"—原点。但是现在要做的，是揭示我们不会将史诗类情节体验为过去——虽然它是用过去时讲述出来的——的真正原因。

荷马史诗或者《尼伯龙根之歌》的作者想要讲述曾经发生过而继续留存于他们的民族意识中的故事，这或许并没有错。但是确定性更大的情况则是，这两位并不想将这些故事说成过去，而是说成"现在正发生"之事。能让我们得知这种情况的，是史诗作者所使用的动词。我们先区分用于外在事件和内在事件的动词。走、坐、站、笑等，都是指称外在事件的动词，我们可以说是能从外部来确定人物身上发生的这些我们可感知到的事件。这些动词也服务于所有非史诗类的描述。但是史诗作者绝不会只用这些动词。他也需要内在事件的动词，如想、思考、相信、认为、觉得、希望，等等。他是以这种方式来使用这些动词的：除了他，再没有其他——口头或书面的——转达者或讲述者能这么做。因为我们借助于我们自己的心理-逻辑方面的经验就能想到：我们绝不会就另一个真实的人说出他曾经想或正在想，他曾经觉得或正觉得，他曾经相信或正相信等，由此我们便认识到，当这样的动词出现在叙事中时，如果将用来讲述它们的过去时理解为表征过去的时态，那就会是一种无意义的形式。换句话说：对这些动词的使用，是颇有说服力的认知理论的证据，证明史诗中的过去时不具有表征过去的功能，就如同过去时与指示状语的连用是语法上的证据一样（当然这个证据又是由前者决定的）。

在这里也许会有人提出异议：相信、认为、想这样的动词也会用于非史诗类的历史性演示中。比如我可以说：拿破仑希望或者相信他能征服俄国。但是这里所用的"相信"只是推导出来的，在这样一个语境里也只能用作一个间接陈述的判断动词。这是从流传下来的文献中推断出的，拿破仑有这个信念，他能征服俄国。但是在历史性的现实记述中，拿破仑不能被演示为一个"此时此地"有所相信的人，这也便是说，他所具有的主体性，其内在事件的本源自我（Ich-Originität），他的"存在"是无法演示出来的。如果真的演示出来了，那我们就是在一部拿破仑小说里，在一部虚构作品里。**史诗类虚构是唯一可以演示出第三人称本身的本源自我（或主体性）的认知理论场所。**内在事件的动词能为此提供强有力的证据，它们自己和虚构所采用的其他动词的出现，也同时说明了过去时失去表征过去的功能的原因。当虚构作品中说某个人曾想到、希望、思考或者说了种种情形的时候，并不存在一种过去的体验。

这个动词"说"还需要特别说明一下。它具有介于外在事件的动词和内在事件的动词之间的中间地位。这就意味着，一个内在事件是可以发出声音从而被人感知的。尽管如此，这个动词有着与其他表示可感知的声音的动词比如唱、叫喊等不一样的意义。"说"这个动词不是像其他动词那样指向被发声之物的声响质料，而是指涉被发声之物的内涵。从语义上来看，它因此也和想、希望等，一样是内在事件的动词。我在这里用到它，就和用到这些动词完全一样，是取其间接复述之意。的确，这种间接复述也正包括这层意思：所想之事，所希望之事也可以说出来，表达出来，在我记述某人想到了、希望、相信某某事物的时候。出于这个理由，动词"说"在虚构作品中也就和内在事件的动词到达了同一个层面。作为最常见的动词，它——尤其与它所引导的直接引语相连——传送出最强势的自我彰显的虚构印象。他曾说，她曾说，这在史诗类虚构中并不意味着，有人，比如"叙事者"以间接形式复述了他或她"说过的话"，而是让这些角色可以被读者体验为一个正在说话者，正如内在事件的其他动词会让这个角色被体验为一个正在思考、相信、希望者。所以，在我们的《高山森林》的例子中，虚构过去时最开始是以"说"这个动词衔接而出的，通过它制造出了仿佛自相矛盾的情况，过去时反而造成了"当下"的印象，这自有一番意味。在我们探索这植根于比目前更深的层次的意味之前，我们必须进一步研究虚构过去时的所作所为。

体验直述（内心独白）

内在事件的动词，包括"说"这个动词，是过去时表征过去的含义消失的决定性标记，它们现在也指向了叙事文学作品中的这个现象，该现象也许是第一次让语言理论及文学理论感到了史诗情节的所谓过去状态（或者视同过去的状态）中的问题：体验直述（erlebte Rede）[*]。以第三人称来复述形式不定的意识流时所

---

[*] 这个现象一般对应于文学理论中的内心独白或意识流，是在叙事中以第三人称的形式直接写出人物角色的思想活动和感受。——译者注

虚构文类或演示文类

采用的过去形式对这些理论来说正是一个难题。[1]这个问题,并不会因为没有人注意到现实表述和虚构叙事之间的差别和以此为基础的过去时的意义变化而得到解决。但是体验直述是内在事件的动词造成的最外在的后果。它比内在事件更清楚地表明,在虚构作品中一个真实的"我"—原点被虚构的"我"—原点取代了,诸如"这蓝天多美妙啊"或者"他原来真的弄错了"的语句,其中用到的过去时都不妨碍这个作此想法的人物处于虚构的此时此地。

体验直述,虽然今天在每一部报纸连载小说中都会用到,但在小说发展的道路上却是史诗类叙事中最有艺术性的虚构化工具。而从文学理论和文学逻辑学的角度来看,它是一个积极有用的工具,有助于说明史诗类过去时的非过去,也即——我们在下文中还会看到——超越时间的功能。为了以文本来感受这一点,我们将以下三段文字置于我们的思考之前:

> 这绝不可能是真的——只要他想一想都觉得不可能!但是她懂得了多少呢?他不是在最初三分钟之后就已经失去了她吗?可他还敢这么做吗?谁要求他这么做,谁能要求他这

---

[1] 值得在此重提的是 20 世纪 10 年代至 20 年代由罗曼语学家 Ch. 巴利、Th. 卡勒普斯基、E. 莱尔希在《日耳曼-罗曼语月刊》第 5 期(1912 年)和第 6 期(1914 年)中的讨论,该讨论后来被收入 E. 洛克的《体验直述》(1921 年),瓦尔策尔在《语词艺术品》(1926 年)中也对此进行了讨论。此外还有 G. 施托尔茨发表在《德语课》(1955 年)上的文章《论"内心独白"或"体验直述"》。关于英语中的理论参见多丽特·科恩:《叙事独白:对一种虚构风格的定义》,《比较文学》13 期(1966),第 97—112 页。

么做?

（埃德查·沙普尔:《圣诞节前最后一个周日》）

他放下了她的手。他们的婚姻结束了，他想，有痛苦，但也是解脱。绳索已断；他上山；他自由了，就如他，赛普蒂姆斯，人之主，按律本就该自由一样；独自一人了……他，塞普蒂姆斯，独自一人了……

（弗吉尼亚·伍尔夫:《达洛维夫人》）

他在脑中将家乡的教堂钟楼与那边高处的塔楼做比较。家乡那座塔楼，很肯定，是毫不犹豫地越往上越光鲜的，屋顶宽，顶上有红砖，是一处人间建筑——我们还能造出什么不一样的楼吗？——……这边高处的塔楼，是唯一可见之物——是一座住宅的塔楼，就像现在看得到的，也许是主殿的塔楼，是一座单调的圆形建筑……有小窗户，现在在阳光下正闪闪发亮——这楼有点儿疯狂的味道——最后顶上是一个阁楼……

（弗朗茨·卡夫卡:《城堡》）*

如果面对这些如此司空见惯的叙事形式，还要胆小地固守过去时的原初语法意义，不愿意放弃史诗类情节是已过去或者"被

---

* 这些文本例子都使用了过去时态。——译者注

回忆起"的情节这一观点，那么就无助于认识虚构的结构。在这个关联中，有必要对最近被引入叙事文学理论的"回忆"概念做一番批判性的考察。美国哲学家苏珊·朗格（Susanne Langer）在她那本在许多基本方面都有重要意义的艺术理论专著《感觉与形式》中说，叙事文学作品的目的，虽然不是要告知发生了什么或者何时发生，"却要创造出过去事物的幻象，已经历或感受过的事件的假象，就像是一种抽象而完整的回忆"，也就是，如文中所说，"一种回忆的假象"或者"虚拟回忆"。[1]这样复杂的概念拼接描述出了它要处理的现象了吗，它符合阅读体验吗，正如我们会直接声明的，它符合作家的构想体验（Konzeptionserlebnis）吗？什么才是回忆体验，按照回忆的本生意义来说？回忆首先仅仅与自身曾体验之事相连。只有我自己的过去，我才能回忆。对于（真实的）第三个人的过去，我自己并没有参与体验过的过去，我只能间接体会到、认识到，正如早于我生活年代的历史上的过去。历史意识，"the sense of history"，按照苏珊·朗格的说法，是作为"回忆"建立起来的[2]，是一个隐喻，表达出了一种可能的生活感觉，是诸多不同的历史体验的解释之一。但是这样的解释，如果现在以"过去意识"为基础而运用到小说中来，却是错误的。这一点恰恰体现在为此而必要的概念构造中，"抽象回忆"或者"回忆假象"根本不再符合客观的现象或体验现象。这个概念是为

1　苏珊·朗格：《感觉与形式》，纽约，1953年，第269页。
2　同上，第263页。

了迁就苏珊·朗格的以下定义而造出来的，即叙事文学作品不仅制造了生活的假象，而且制造的是过去生活的假象，是"虚拟的过去"。这或许是对的，但也是同义反复，虚构是在创造一种生活的幻象，所以亚里士多德才称呼它们为 Mimesis（摹仿-演示）。但是将这样的假象性质牵连到过去性质本身，就是错误的了。能被构造为假象的，只能是具体的这类事物，是一个对象物，或者多少依靠对象物（人物、物品）来呈现的过程。生活可以作为假象出现，在艺术中被演示出来，但是过去的生活是不能变成假象中的过去的生活的。因为过去的性质是不能感知到的性质；这是以概念来让人知道的，是通过日期来确定的。比如我们在一个博物馆看到出自一个过去时期的展品：家具、衣服、器具，那么我们只是凭借我们对它们的知识才把它们与历史性这个概念相连，这些知识是通过时间和地点的数据来引导和精确化的。但我们如果在特尔博赫的一幅画上看到了这些物品，关于它们属于一个过去时代的知识在很大程度上就会消失。我们会将它们体验为物的艺术假象，超脱了所有时间。当苏珊·朗格用抽象、幻想的过去这个概念来强调那不是"真正的"过去时，她没能指出，只是因为这个概念，过去的概念就被整个地取消或者排除了。虚构（不仅仅是史诗类的，也包括戏剧类和电影类的）通过制造生活的假象，也就让生活超脱出了过去，超脱出了时间，而这无非意味着超脱出了整个现实。正因为这也是苏珊·朗格的艺术理论的基本观点之一，"虚拟回忆"这个概念必须要从她的文学理论中剔除出去。我们会看到，史诗类过去时的作为以何种方式成为这一超时间性

虚构文类或演示文类

质的证据。

我们是从体验直述的形式这个角度来讨论朗格的理论的，因为正是这种形式最适合体现理论中的荒谬处。因为它比任何其他叙事形式更显著地展示了所有关于史诗类文学作品的理论，尤其是所有涉及过去的理论中的原则性错误，那便是没有考虑到让史诗类文学作品成为史诗类的现象：虚构人物，"对行动着的人的演示"，只有亚里士多德认识到这是核心现象。他对自己的同代人如此忽视这一事实还会倍感惊讶，假若他了解了体验直述的话。因为体验直述，其唯一的语法场地是叙事文学作品，它实际上才完全揭示了自相矛盾的时态法则，该法则在体验直述中仿佛是"天性注定"要发挥作用，以其语法上的自相矛盾而存在。"谁要求他这么做，谁能要求他这么做？"——"他，塞普蒂姆斯，独自一人了。"——"这边高处的塔楼，是唯一可见之物……这楼有点儿疯狂的味道。"这些动词的过去时以及过去完成时作为时态是不定调的、无意义的。重要的仅仅是动词本身的意义内涵，这一内涵便是表述出这个虚构时刻这些人物角色的虚构存在的所思所感。"……塞普蒂姆斯，独自一人了。"——并非他"当时"——什么时候呢？——独自一人，那是我们在阅读时得到的体验，我们的体验是，他在被描述出来的他生活中的这一刻里以他可怜的被毁的灵魂而独自一人的状态。**是小说的人物角色，是虚构人物，使用以描述的动词失去了过去时的意义。**体验直述比其他任何叙事形式更清晰可感地证明了这一点，因为它——与对话和自言自语这些本身也具有该功能的形式不同——保留了史诗类的讲述形式，因而也保留了过去时，因而才是从本源自我来演示角色的最合适的（并非偶然，也最流行的）手段。体验直述也以直接的明证让人看到了使过去时表征过去的功能消失的原因，一个逻辑-语义过程：时空关联系统，现实的关联系统被移入了虚构的关联系统中；每个现实记述的叙事者都会演示出的现实的本源自我被小说角色虚构的本源自我取代了。虚构作品的"叙事者"（我们有意又在这里加上了引号）在逻辑上如何解释，这不仅是阐明史诗类虚构，也是阐明整个文学体系时所要解决的真正的根本性问题，我们将在下一小节中回答该问题。因为这个回答要在史诗类虚构中发生的逻辑和语言过程得到尽可能的阐述之后才能水落石出。

虚构的超时间性

回到我们开头引用过的例子《于尔格·耶纳奇》。我们对虚构叙事的分析已经与它分离了一段时间，现在要回答的是这个问题：为什么从纯逻辑的角度，是"他很快想了想，抽出了一个皮包"这句话才证明了这里的叙事是一个虚构叙事，我们才不会将这个用过去时描述的情节体验为一个过去的、现实的经历，而是一个虚构的"当下"的、非现实的经历。因为这部小说的开端中所有之前的句子都是通过如此一些动词来组构的，它们可能让这个描述依然显示为一种现实记述，比如一个生动的目击者记述。歌德在《莱茵河、美因河和内卡河旁》中对圣罗胡斯节的描述："在石头草木之间，一群人兴奋地来回跑着，呼喊着：停下！在这里！在那里！在那边！……一个敏捷又粗野的男孩儿跑到面前来，

虚构文类或演示文类

乐滋滋地拿出了一只流血的獾……"在结构上和《于尔格·耶纳奇》开头部分人物出场时的方式并没有区别:"现在从远处……传来了一只狗的吠叫。在山坡上高处,一位贝加马斯卡牧羊人原本躺着在午睡。现在他跳了起来……终于出现了一个流浪者……"

只是到了后来的这一句"他很快想了想……",这个建立在描述外在事件的动词之上的,此前都与歌德的游记或里尔克信中的现实记述无法区分的段落才有了结构上的变化。文中之前一切表述出的,都可以当作一个表述主体的体验场域和感知领域。这里的边界是如此微妙,但是我们还会更仔细地看到,尽管有种种微妙之处,语言领域还是从范畴上彼此分离了。如果没有这区区一个小词"想了想"——比如:他很快地抽出了一个皮包——这个句子的内容就仍有可能落在感知领域里。一个人的动作做得是快是慢,是可以在观察中确定的。但是他此时想得是快是慢,就已经脱离了观察,这也就让这个句子,哪怕脱离了它的语境也能被认出是一个虚构的句子,是小说中的一个句子。而这意味着,我们要在此强调,我们在这部叙事作品中并不是置身于叙述它的作家的过去,而是在瓦萨先生和小说中其他人物的"当下":"'五英尺半',他自言自语地说。'您在做什么?间谍工作?'一个响亮的男低音在他身边响起",等等。这是一个"当下",说得更准确点,尽管"抽出""说""响起"用的是过去时,但这个当下情景仍然不是在讲故事的作家的过去,不是像里尔克的信中提到的雪橇之旅那样位于写信人的过去,不是像圣罗胡斯节(虽然文中用了真实的历史现在时)那样在游记作者歌德的过去。

写作的艺术，席勒曾回应歌德说，也催迫史诗作家让事件再现于当下。席勒在这里使用"再现于当下"的概念，完全是在德语概念中当下与过去相对立的时间意义上使用的。两位作家的讨论正是围绕过去进行的。这一点也通过席勒所用的"事件"（das Geschehene）这个分词构造*体现了出来。在德语中和在罗曼语中一样，再现（représenter, représentation）这个概念包含的时间意义在其使用中并不总是具有主导作用。这便是说，这种与过去的对立消失在了显现（Vorstellen）的意义之后，而德语词比罗曼语更能同时与直观显现的意义相连。对"再现于当下"这个概念进行的简短的语义分析，对于虚构叙事问题，以及与过去时的现象学紧密相连的历史现在时问题，不可谓不重要。

　　为了更清楚地说明我们不会将小说中所叙述的情节体验为一种过去的经历，我们将其称为虚构当下（fiktiv gegenwärtig），却也并非无意地常常给"当下"这个概念加上引号。因为我们在这里遇到的情况需要进一步的研究。如果我们说的没错，叙事的过去时形式并不意味着所讲述的事和人并不是过去或被当成过去的，那么我们就能把它们直接称为当下，即使是虚构的当下吗？我们在前文中已经说过，小说中的句子"X 先生当时在旅行途中"并不意味着他某个时间**曾经**（war）旅行过，而是他**是在**（ist）旅行——后面这个现在时直接具有了严格遵从时态上的现在时的时

---

*　Das Geschehene 是从 geschehen（发生）这个动词的过去分词演化成的名词。——译者注

虚构文类或演示文类

间意义吗？我们如果不加限制地对这个问题给予肯定回答，那我们实际上就犯下了一个逻辑错误，这个错误会重新让史诗类过去时的整个现象学陷入疑问，变得无效。即使有叙事的过去时可以与指示副词连用这样的证据，也没有逻辑上有说服力的证据可以说明语法上的过去时具备了语法上的现在时的含义。那么我们刚才犯的虽然并不明显的逻辑错误，到底是什么样的呢？我们是在两个不同的认知理论层面上运动。我们不能将小说人物的虚构当下等同于并非过去的体验，这便是说，一个通过"虚构当下"来指称的时间层面并不会进入一个小说情节的体验中，这个情节根本与读者（和作者）的时间体验毫无关涉。小说情节不被体验为过去，并不说明它们——被我们——体验为当下。因为过去体验就其本身而言，只有与当下体验和未来体验相关联才有意义。而这无非是说，当下体验和过去体验及未来体验一样是对现实的体验。虚构的过去时当然没有唤醒过去体验的功能，但是它并不因此就有了唤醒哪怕是虚构的当下体验的功能：虚构叙事的这个非时间性的"曾经是"（war）并不意味着一个时间性的"是"（ist）。"虚构当下"这个概念就其本身而言和前文中我批评过的"虚拟过去"是同样有逻辑错误的。它只有作为"虚构过去"和"虚构未来"的对立面才有意义。这就意味着，这个概念属于虚构的时间体系。叙事文学作品中可以构造出这个体系，就像它从现实以其所有方式和程度提供给文学的可塑造材料中构造出其他部分一样。虚构的时间，小说人物的当下、过去和未来，只有当它们被如此构造出来，通过叙事-演示的手段营造出来时才会成为体验。就如同空间只有被叙述才能在小说中显示出来一样。在叙事类（不过也包括戏剧类）文学作品中并非所有提到时间的做法都可以称之为"时间构造"。事件、情节、生活都在时间中进行，时间信息会与情节过程一起表达出来，但它不一定就会比空间的方向信息更有意义，更成为叙述主题。虚构当下当然能通过今天、明天这类指示时间的状语或者其他演示性手段而变得清楚可见，就像虚构过去会通过表示过去的状语，虚构未来会通过表示未来的状语而让人看到。但是——这对于我们现在讨论的话题才是关键——大量的叙事文学作品并没有明确显示任何虚构时间。它们"再现当下"却没有指涉史诗类人物的时间性的当下、过去或未来。这可以用一个文本片段来说明，它恰恰因为包含了时间说明而尤其具有启发性。凯勒*的《苏黎世中篇小说集》中的框架叙事是以这么一个句子开场的："在19世纪20年代末，当苏黎世这座城市还有宽阔的碉堡工事围绕时，在一个明亮的夏日清晨，城中一个年轻人从他的床铺上起身，这房子里的家仆是称他为雅克先生的，而这家的友人则暂时用'兄'来称呼他，因为用'你'（Du）的话他已经太大了，用'您'（Sie）**的话他又还太没分量。"

初看起来，没有什么能比这个文本更好地证明，一部小说的情节是被当作发生在过去，因而是用过去时来讲述的了。发生在什么时候？19世纪20年代末。但是我们要追问：这时候发

---

* 戈特弗里德·凯勒，瑞士19世纪著名小说家。——译者注
** 德语中Ihr和Sie都可以是对人的尊称。Du是对亲近之人或者小孩子的称呼。——译者注

虚构文类或演示文类

生了什么呢？一个年轻人起床。我们反过来问：这个年轻人什么时候起的床？那么我们就得回答：在19世纪20年代末的一个夏日早晨。我们在做出这个回答的时候，会发觉这个回答并不恰当。"这时候发生了什么"的问题似乎并不对应于这个动词，关于时间的问题也正是就这个动词而提出的。像这样的动词：（从床上、从椅子上）起身、走路、坐、过了一个不宁静的夜晚——在我们的文本例子中紧接着就有一句"因为他过了一个不宁静的夜晚"——等等，我们都不会用来对一个已过去很久或者不确定的时间点进行表述。我们可以说：昨天或者一个星期前，彼得骑自行车去了城里。但是我们一般不说：10年前或者20世纪初，彼得骑自行车去了城里。甚至：他从椅子上站起来。在现实表述中我们只有在涉及刚过去不久的时间点时才会采用这样的情景动词（Situationsverben）的过去时。这是因为这些动词指称的是一个具体的、我这个此时此地的表述者还能全盘记得的情景。在现实记述中，我们文本例子中的这样一个句子是不可能出现的。一个从自己床上起来的年轻男人在现实记述中是不可能与这个信息，即苏黎世这座城市——19世纪20年代末在其中就发生了他起床这件事——有宽阔的碉堡围绕，发生联系的。我们在读这个文本时，就算不知道这个文本出自什么语境，也会立刻知道此处不是一个现实记述。我们遇到的第一个动词"从他的床铺上起身"表明我们是在读一个虚构叙事。这个动词同时也有别的效用：它毁掉了这个时间说明作为过去的标记的特性，尽管动词本身用了过去时。它反而让这个据说是过去的时间变成了"当下"，正如它让空间成为存在于此时此地的虚构情景，我们的"年轻男人"在其中不是曾经起床，而是正在起床。那么这个指明早于《苏黎世中篇小说集》的作者自己年代的时间说明又发生了什么呢？它失去了作为历史的过去性表述的功能。它仅仅指明了我们将要踏入的后续叙事的演示场。此时还有碉堡工事围绕的苏黎世城市的面貌。情景动词摧毁了时间信息和过去时形式在一个现实表述中所具有的过去性质，创造了一种虚构的当下，而这个当下会通过其他进一步的叙事片刻而被创造得更清晰和更强烈。我们往下读："雅克先生这一早的情绪不像天空这么欢畅，因为他度过了一个不宁静的夜晚，夜里满满的都是对他自己人格的艰难思考和怀疑"，读者和写这段话的作者只会这么来体验这个情景，雅克先生这一早的情绪**此刻**不像天空这么欢畅——是在这个虚构角色的此时存在的虚构时刻里体验它。具有决定作用的虚构化元素在这个文本里便是情景动词，它已经具有强大的力量，消除了时态和时间副词的过去性质。情景动词始终是虚构化的辅助手段；但是从语言理论上来看，它对于史诗类虚构的性质来说还不是决定性的，因为它也会出现在现实表述，出现在每种情景描述中。它仅仅在类似上述引文的文本中直接体现虚构性，因为情景描述与历史性的时间说明互相抵触。

事件在叙事类文学中是在此时此地，被置于当下而展开的，这个此时，这个当下并不是非得有时间上的现时含义，哪怕事件可以具有一种虚构的——这样也许更容易理解——现时含义。但是如果写作艺术，正如席勒反驳歌德（在同一意义上许多人则会赞同歌德）时所说的,也会催迫史诗类作家"再现当下",而一个"事件"却是作为一个过去之事而必须被放置到当下,那么这个概念就是错误的。叙事类文学的过去时不再具有表征过去的功能,仅仅因为文学不是在时间意义上成为当下的。"再现于当下"这个概念因为有此歧义,不仅不准确,而且在指称虚构的、演示性的文学作品的结构时也是错误的,误导人的。它在这里的意义是虚构化。与此并无矛盾的是,我们依然要说小说情节是"此时此地"上演的,也由此说明它们不被体验为过去之事。因为"此时此地"——对过去时功能失效的证明之环在此形成闭环——从认知理论和语言理论来说,首先意味着现实体系的零点,这个体系是由时空坐标来确定的。这意味着本源自我,与之相连的此时不会优先于此地,反之亦然,所有三个确定项一起指称体验的起源点。就算文中不再写出一个"今天",一个具体的日期,一个时间,一个"当下"——在时间的意义上这不是一个点,而是可以按照主观体验随意延展的——我们还是会把小说中的事件体验为"此时此地",体验为虚构的——按照亚里士多德的说法则是行动着的——人的经历,而这无非意味着,我们是体验处于其虚构的自我本源的人,一切可能的时间信息都是与这个本源和所有其他信息相关联的。

这便已经说明了,过去时丧失了表征过去的功能,并不意味着它就拥有了表征当下的功能。小说中的句子"中午的太阳照在了尤丽叶山口那个光秃秃的高地上"也传达出了这个体验:中午的太阳"此刻"照在了尤丽叶山口上,因为我们走上了虚构人物的舞台,这个现在时也和过去时不表示时间上的过去一样不具有时间上的现在意义。这里的现在含义无非就是一幅画、一座雕像传达给我们的意义,此在的含义,一直存在的含义,"持续的此时此地"的含义,这既是德语中的"当下"概念,也是罗曼语中的"再现"的基本含义,与之相关的时间含义是次一级的,是衍生出来的。此时受制于此地(être présent),而不是此地受制于此时。

虚构化,即作为虚构人物的此时此地演示出来的事件消除了叙事类文学用来叙事的时态的时间意义:语法的过去时的过去含义,也包括历史现在时的现在含义。尽管后者,这个常常被人讨论的、自成问题的时态已经通过上述证据进行了系统的说明,但我们在这里还是要加入对该时态更细致的描述,目的是对它以及作家和阐释者习惯于附加给它的功能做一番批判性的阐述。

历史现在时[*]

历史现在时几乎总是充当叙事的当下再现理论的主要支撑。但是偏偏对它的特征说明却不清晰,因为它在口头和书面的自述,在历史文献和历史演示以及在史诗类作品中的用法没有被区分开来。而其中的缘由又是,语言学和语法学在研究时态和代词的时候整个都是以一个意义单一的叙事概念为基础的。所以几乎在任何地方,与过去的关系都决定了对历史现在时的解释。叙事者,在耶斯佩尔森(Jespersen)的书中这么写道,"走出了历史

---

[*] 即对过去的事件采用现在时来叙述的语法现象。——译者注

的框架，如此来呈现和再现过去发生的事物，就仿佛它是他眼前的现在一样"[1]——然而，不论是想象"仿佛事件被移到了当下"[2]，还是"将自己放回到了过去"[3]，事实本身不会有任何改变。对于历史现在时让过去变成当下的功能，一个更为准确的，在我看来是真正起决定作用并且把握了现象实质的解释出自文德利希-赖斯（Wunderlich-Reis），他将历史现在时的出现回溯到生动讲述出自己的经历，叙事者相信可以将这种情况下对他来说完全已在过去的事件"重新看作当下的体验"。[4] 这个解释在语言史上是否完全可靠[5]，暂且搁置不论。无论如何，从语言心理学来看，这个解释只是清楚地表明，叙事者和接受者通过对过去事件的现在时描述而获得了往事再现于当下的体验。这种情况只发生在自我体验的文献记录中，也即各种形式的自传性演示中。格哈特·豪普特曼（Gerhart Hauptmann）的游记《希腊之春》（1907年）提供了这方面的一个好例子。这则游记完全是用现在时来讲述的，不仅仅是对状态的描述，旅行过程中的每一步本身也都仿佛回到了发生的那

---

1 O. 耶斯佩尔森：《语法哲学》，伦敦，1924年，第258页。
2 Ch. A. 海泽：《德语语法》，第360页。
3 R. 屈纳：《希腊语语法》，第二部，第一卷，莱比锡，1898年，第132页。
4 文德利希-赖斯：《德语句子构造》，第一卷，斯图加特，1924年，第235页。
5 A. T. 罗姆佩尔曼在他的论文《日耳曼语中现在时的形式和功能》（发表于《新语文学》第37期，1953年）中指出了存在于所有印度日耳曼语言中的历史现在时的年代久远，他强调说最初"从一种形式到另一种形式的随意切换……并不是缺少风格感的后果"（第80页），对于这种切换，不可以片面地从时间上去解释。他将这种时态追溯到这一事实：它源自一个现在时本身还不太是一种时态而是一种行动方式的时代。

一刻，某种程度上是以电影的方式来复现的："到了路的转弯处。这条街在巨大的红色岩石墙下绕了一个大弯……我们沿着白色街道慢慢往前迈步。我们吓跑了在路上穿行的一条一英尺半长的绿色蜥蜴……一头驴子，小小的，背着一座染料小山，与我们正面相遇……"

这个描述是以"我"出发的讲述，以这个事实为基础，这个现在时尽管发挥了毋庸置疑的当下再现作用，却仍然保留了与过去的关联。是的，在自传记述中，这也是唯一一个如此的叙事场地，对过去的意识得以保留，是因为这里的现在时是在真实意义上将事件再现于当下的。由于叙事者不可能在出行中写下这些经历，现在时的历史性质也就表现得很清晰，我们知道这次旅行是在一段或短或长的时间之前发生的。但是，就一段自传描述中的过去意识而言，这个唯一占据全文的现在时，与将其切换成过去时后的情况相比，并没有催生什么不同的效果。在上文已经引述过的歌德对圣罗胡斯节日的描述中，从现在时到过去时的切换也是毫无选择的——"游行队伍走上了山"（现在时——译者注）……"一顶红绸布的帷帐摇摇晃晃往上移"（过去时——译者注），这两个时态本身并非一个比另一个更擅长使情景生动，也都不会失去这个意识：这次旅行体验是在其发生之后才被写下来的。因为这里被描述出来的都呈现为自我体验，也即第一人称叙事者是在场的（这也是每个第一人称叙事的本质，不论是真实的还是伪造的叙事），所以我们会将经历的事件关联到他和他当时位于过去的地点上。在自传记述中，时间意识不会由于历史现在时而改变，即使它恰恰在这里——在这一点上我觉得文德利希-赖斯完全正确——表明，叙事者生动地将自己放回到过去的体验中，由此让它再现于自己和接受者的当下。因为在个人的回忆中，生动的想象是和对当时和往昔的感觉叠合的，如果通过回忆来复制它，它又会和回忆与重新体验的现时之点叠合。记忆的单纯的存在性意义和功能（这顶多是在隐喻的意义上能转移到其他精神活动上）对阐明历史现在时也是有效的。

因为在一部客观的历史文献中，这种情况会完全改变。从一部现代的（符合现代高中历史课所有要求的）历史教科书中可以找到一个例子，它几乎完全是用历史现在时写成的："巴巴罗萨谨慎地用帝国教会来打造新的联合。他采用了沃尔姆斯协定赋予他的所有权利，重新将德意志的教会诸侯牢牢攥在手中……同时国王也革新了王室的馈赠权和教士遗产权……在暂时稳定了德意志境内形势后，腓特烈一世1154年奔赴罗马，领取前一年已经许诺给他的皇帝皇冠。在意大利北部和中部的行程给他造成了全面的困难……"［《我们世界的历史》（第二卷），1947年］

这个历史现在时与自传例子中的历史现在时之间的区别在哪里？两者都是现实表述。两者中都有一个真实的"我"—原点，一个表述主体。但是以客体的和客观的方式描述出的历史书事实内容之所以是（相对）客观的，是因为它被演示为不受表述主体限制、未曾被他自己体验过的内容。虽然表述主体，即历史学家在时间中有一个位置，如同自传记述中的"我"一样。巴巴罗萨的时代位于他的过去。但是我们不会将叙述出的事件关联到那个位置，它与事件的时间位置距离太远了，也因为历史学家不是像记述事件的自传作家那样回忆，不能将事件再现于自己的当下。这个历史现在时不具备再现当下的功能。针对这个类型的历史演示，布鲁格曼-德尔布吕克已经不是在再现过去于当下的意义上将历史现在时视为过去和现在之间的一个时间关系了，而是认为它具有戏剧的直观化功能："说话者就像在一部戏剧里一样，情节都在眼前，对情节的兴趣让时间关系的想象对他来说不再活跃。"[1] 我们如果将"像在一部戏剧里一样"换成史诗类虚构，那么德尔布吕克在这里的看法就完全正确。历史现在时在这里没有发挥时间上的再现过去于当下的功能，而只有虚构上的再现过去于当下的功能。它让人物比在过去时中的更强烈地显示为自发行动者，在他们的行动过程中展示他们，而历史记述中的过去时更多地是让人看到完成了的行动，看到事实状况。

客观历史记述中的历史现在时的这种虚构化功能以一种开展得更深入的方式在弗里德里希·森格勒斯（Friedrich Sengles）精彩的维兰德*传记（1949年）中有多处体现。这里会对其中一处进行分析，因为它揭示了非常隐蔽的界线，对于阐明史诗类虚构中的历史现在时非常有启发意义："当维兰德突然决定要按新教来结婚的时候，情况便是如此。他知道，在这个前提下完全不可能征得克里斯蒂娜母亲的同意**……她会动用一切能量来

---

[1] 布鲁格曼-德尔布吕克：《印度日耳曼语言的比较语法学概要》，第二卷，第三章，第一节，斯特拉斯堡，1916年，第733页。

* 维兰德，德国启蒙时代著名作家。——译者注

** 这前几句是过去时。——译者注

虚构文类或演示文类

反对克里斯蒂娜按新教出嫁。所以维兰德想尽快带女孩儿离开奥格斯堡……把她藏在自己家中。一个房间的窗户已经用纸遮盖起来了,这样邻居就不会注意到。只有老弗罗里安娜能进来,她至死都会守口如瓶……这一佳缘美事已快成了,只需等候……只需陪伴父亲和女儿走进红色修道院里去了……维兰德去了红色修道院,却没再遇到父亲和女儿……现在他完了。他满心都是对死的渴望……在这种状态下,他从红色修道院回来就坐在家中冥思苦想……他不再理解上帝,他怎么能制造出这么铁石心肠而蛮不讲理的人来。就没有办法能摆脱他们了吗?*"(第133页及后页)

这样一段现在时很接近一个小说式的、虚构类的叙事(对于上述的历史书例子当然就不能这么说了)。在这段传记的演示中,过去时具有它天然的语法上的表征过去的功能,其中甚至还使用了表示内心活动的动词和其他演示形式,而它们只有在虚构类叙事中才有合法的位置。"他坐在家中冥思苦想"……"他不再理解上帝"……"就没有办法能摆脱他们了吗?"——最后甚至是一个体验直述的问句形式。我们该怎么来解释这种"历史的"叙事形式?是传记作家将自己放置在了维兰德的过去,把这个过去当作"当下"情景放在了我们眼前吗?这里出现了引人注目的现象,虚构化的再现当下本来恰恰是要通过过去时来造就的,尤其是以下这些挑出来的地方:"在这种状态下他坐在家中冥思苦想……他不再理解上帝……就没有办法能摆脱他们了吗?"这里原本过去

---

* 后面的句子都是现在时。——译者注

时要发挥作用,尤其是以内在事件的动词为基础,让维兰德显示为一个小说人物。他不再理解上帝,他问自己能不能摆脱那些野蛮的人,都应该看作由叙事者放入维兰德脑中的想法,这样一来,这个叙事者就不再是历史的,而是一个虚构的叙事者了——虚构中的过去时自相矛盾的做法也就能发挥效用:那些过去,也包括历史的现实,就会消失,被取消。而现在时在这个历史记述中,在这些句子的特殊形式中,偏偏会保持历史意识:它具有"文献"功能,它指明这里复述了信的内容,传记式从这些信里重构了当时的内在和外在情景。通过现在时,历史的文献意识得到了加强。因为文献是存在的,还会留存,而在文献中演示出的生活却已经消逝。这些演示所用的现在时也就把"再现内外状况于当下"的功能和历史功能连接了起来,阻止了传记向一个小说式的虚构化记述转变,传记在做这样的描述时很容易发生这种转变,这时候再使用过去时的话就真的会转变了。

森格勒斯的这个交界情况的例子已经提前为我们理解叙事类文学作品中历史现在时的功能提供了启示。现在,通过与现实表述也即客观的历史记述中出现历史现在时的情况进行比较,可以很清楚地看到:史诗类虚构中的历史现在时没有真实的功能,既不是时间上的,也不是虚构上的再现过去于当下。这两种缺失都是直接出自这个原因,也受到这个原因限定:过去时在虚构中不再具有表征过去的功能。我们仅用一个例子来对这个现象做具体观察,这就是托马斯·曼的《布登勃洛克一家》中唯一使用了现在时的一章中的一段话。用现在时的目的很清楚,就是为了让人直观地感受所描述事件的活跃和激动——托尼在市政厅前等候，市政厅里在进行市议员选举："时间已经拖得很长了。选举室里的辩论似乎仍然不肯休止，斗争似乎非常尖锐……那个永远称自己为'人民公仆'的卡斯佩尔森先生……，把他打听来的消息从嘴角里传到外面来？……各个阶层的百姓都有人在这儿站着等……在两个嚼烟草的工人身后……站着一位妇人，格外激动地把头摇来摇去，好越过前面两个矮墩墩的家伙的肩膀看到市政厅……'听说他有个妹妹，已经离过两回婚啦！'穿晚礼服的女士颤抖了一下……'哼，听说是有这么回事。可是详情到底怎么样，咱们也说不清，再说这种事也不能让参议负责。'……'一点不错，怎么能让他负责！'戴面纱的女人一边想，一边使劲绞着礼服下面的两只手。'一点不错！噢，谢天谢地！'"

看到这样一处小说中的话，就像看到所有小说中的话一样，对现在时的着眼于时间的传统解释首先就会崩溃，按照那种解释，现在时让本来发生在过去的事件再现于当下，"就好像它们发生在我们眼前当下一样"。在这里描述的事件如果用过去时，就会不那么显现在我们眼前当下了吗？它们会比同一部小说中的其他场景更有当下性吗，比如这一段："一种巨大的不安涌上他的心头，那是对运动、空间和光的需求。他把椅子推后，走到客厅里，点燃了中间桌子上方好几盏闪亮的煤油灯。他站了一会儿，慢慢地、抽搐地转了转他的髭须的长胡尖，在豪华的房间里漫无目的地四处看……"

在我们列举了所有这些证据之后，已经不需要再多费口舌了，不论是过去时还是现在时的描述都无法唤起一种过去体验。以上两个场景没有哪一个会比另一个显出更强的时间上的现时感,在两个场景里都是人物的虚构的此时此地,而这在两个例子中都不是通过特别的时间概念(时间说明或定语)作为虚构的当下时间来表达的。对史诗类虚构中的历史现在时进行时间上的解释之所以已经是谬误,是因为即使是过去时也不会表现过去。——那么为什么现在时也没有特殊的、超越过去时的虚构的再现当下的功能?恰恰因为它是在历史记述中,不论是在我们的历史书这种类型还是在森格勒斯的《维兰德》这个例子中,具有了这一功能。我们可以用一个隐喻来回答,在一块蓝色面上一个红块会从它的环境中脱颖而出,但是在同样的红色面上就不行了。在历史的表述中,现在时是一种与过去时不同的时态,而过去时在那里具有表征过去的功能。在史诗类作品,在小说中正相反,并没有另一种具有不同功能的时态。因为在那里,过去时不会损害此时此地的虚构体验,它也就不需要被一种在结构逻辑不同的语境里,也即在现实表述中有可能具有这样的虚构化作用的时态所取代,这样的作用其他时态也不会比过去时发挥得更好。所以我们可以毫无例外地在每个包含了历史现在时的虚构语境中再用过去时来取代历史现在时,而不会发现我们的虚构体验有何改变[1]:"时间已经

---

[1] 这个现象,J. R. 弗赖在他发表于《英德语文学杂志》(第45期,第一册)的论文《叙事文学尤其是现代德语小说里的历史现在时》中观察到了,但是没有予以解释:"不妨说在叙事中,将一个时态与另一个时态区分开来的界线并没有那么严格,我们在仅仅视这些时态为语法形式时才会意识到这种严格。"(第53页)但是弗赖没有找到解释,是因为他也认为至少读者会把小说情节当作过去之事来体验。"对于读者来说,就连作者的现在也是过去了。"(同上)

拖得很长了。……各个阶层的百姓都有人在这儿站着等……在两个嚼烟草的工人身后……站着一位妇人……'一点不错,怎么能让他负责!'戴面纱的女人一边想。"我们在这段话里遇到了动词"想",还有"颤抖"("妇人颤抖"),我们注意到,这些内在事件的动词比其他动词更能随时被惯常的叙事时态取代。它们正是最有力的证据,证明过去时在虚构中不表述过去,因为正是它们造成了小说人物具有决定性的自我本源化或者虚构化。但是虚构化不会因为这个动词是现在时而得到加强。是的,恰恰因为如"妇人想"(过去时——译者注)这样一个表述形式从来不会在一个现实表述中出现,绝不能指称一个过去了的事件,而这里的过去时则完全不起作用,所以现在时的形式甚至有点造成干扰。它在某种程度上会让人注意到,我们只是在小说里,而绝不会在其他地方,才能了解到一个人现在在想什么。这样也就摧毁了小说制造的虚构生活的幻象。但是内在事件的动词以这种特别惹人注意的方式达到的效果,最终对于在虚构中运用历史现在时也都是有效的。这样我们就到达了一个节点,可以阐明史诗类过去时,说得更普遍点,虚构类的叙事时态的现象学了。

在叙事类文学作品也即史诗类虚构中,过去时在语法上能够以在真实表述中不可能的方式来处理,这也就表明了,正如我们已经多次指出的,变位的动词形式在这里失去了它们的时间性。在现实表述中,在动词的意义内涵和动词的时态之间的联合[1]——虽然其中一个可能会退居另一个之后——在虚构中则在某种程度上消散了。特别有启发意义的是与绘画的比较。正如一幅画不可能画在空气中,而是必须有个基质,一面墙或者一块画布,叙事类文学作品的叙事也必须以一个变位动词形式来推进。画布在画之外还有一个属于它自己的作为画布的物质价值。作为画的基质,在画内部,它就失去了这个物质价值,画已经不再是画布了。变位动词的时态也是如此。在虚构之外的过去时,在现实表述中,具有天生的语法功能,表达的是表述主体与过去的一种关联。现在时在这种情况下同样具有自己的表达同时性的时间意义,或者是作为历史现在时而发挥作用。在虚构中,作为叙事时态的(也即不是关联到小说人物的虚构生活的虚构的时间说明,比如在他们的谈话中出现的)过去时(历史现在时也属于其中)仅仅是

---

[1] 哈拉尔德·魏因里希在他的著作《时态》(斯图加特,1964年)中公然否定了时态的时间意义内涵,而是在语言学视角下将时态分配到被叙述的世界和被言说的世界这两个范畴下:过去时被分给前者,现在时被分给后者。我在论文《再论叙事》中则反对魏因里希的论战而捍卫了自己的观点,恰恰是现实表述的过去时是明确无误的对过去的说明,我仍然坚持这个观点而反对魏因里希在上一篇就我们的讨论所写的《一篇社论的时态问题》(《欧福里翁》第60期,1966年,第263—272页)。当他在这篇文章里正确地将社论这个文学类型归于历史写作的类型,并确认在社论中过去时,也即叙述"历史"的时态和言说性的现在时混合在一起的时候,在我看来,他就重新将他想从时态中剥离出去的时间引入了时态中:引入了表述过去的过去时中,但是也引入了现在时,后者指称的是与表述主体的时间点一致的当下。还是用报纸中的一句话来举例:"1967年7月3日:卡尔斯鲁厄的联邦检察院目前在调查据称的劫持案……"而且,这个无需时间说明的现在时在每部文字作品中都随处可见,这就不在讨论之列了。

叙事赖以展开的基质。它是这样一种基质，其作为表征过去的时态就像画的画布一样是无法察觉的，而与时态相连的动词，必须显示为变位形式的动词，则只保留了它的语义内涵，表达出情节、状态，等等。但是这并不意味着这些情节和状态是过去了的。当我读到《安娜·卡列尼娜》中写的"在奥布朗斯基家中，一切都乱了套"时，我不会得知这是在某个时候一切曾经乱套了，而是我得知一切乱套了。如果这个句子是历史现在时，我也会得知同样的内容：一个事实内容，而不是时间。

对于史诗类虚构的非时间状况，这样的现在时可以作为一个指标：我们在尽可能像在一出戏剧中那样复述叙事内容的时候，就会不自觉地，但是又按逻辑必然性来使用这个现在时，所以我们可以称它为复制式现在时（das reproduzierende Präsens）。这个现在时的语言逻辑意义，在我们用过去时来取代它的时候就会体现得很清楚。因为这种过去时会让虚构具有一种现实文献的性质，而且，其实不需要说明，它与史诗类过去时不再是同一个了。也正因此，复制式现在时也不是历史现在时，而是用以表述如此存在的理念事物的非时间性现在时。在描述一部虚构类作品时，如果内容介绍与反思的、评判的阐释相结合——比如席勒写信给歌德讨论《威廉·迈斯特》："从他想要上演一出戏剧却没想过内容的那场不幸出征开始，到他选择特蕾泽为妻的那一刻，他仿佛就单方面走完了整个人性的环道。"（1796年7月8日）——现在时的非时间意义也不会改变。如果我们不知道席勒的句子指的是什么，那么现在时也指明了，他谈论的是一部文学作品而不是真实状况，如果是后者的话他就会使用现实表述的过去时了。

历史小说中的时间问题

虚构时态的现象学还要求澄清这样一类小说的时间问题，时间在它们中扮演了材料的角色，而这一点尤其会引起对虚构状况的错误解读。——有人看到小说开头中有确定过去时间点的一个精确日期，在历史准确性上达到了极致，就会反对取消过去时的时间价值："1903年3月2日对于三十岁的店员奥古斯特·埃施来说是糟糕的一天；他和他的老板吵了架，在他还没找到机会主动辞职前就被解雇了。比起解雇的事实，更让他恼火的是，他没有迅速应对。"（赫尔曼·布罗赫：《埃施或无政府主义》）*

这个日期无疑指明了一个作者和读者都知道的过去，是生活在小说发表的1931年的不少人都能回忆起的过去。这个日期"1903年3月2日"唤起了从这一年开始的过去28年的体验吗？不会。它只是说出了一个日子，在小说人物的生活中这是个重要日子，我们通过它同时也了解到，我们会把19世纪与20世纪之交想象成他的生活背景，这也是对埃施的特殊生活经历及其意义求索发挥作用的条件之一。这个日期是虚构人物生活中的一个虚构当下甚至是今日，对他的生活来说这一天意味着一个转折；这不是属于——不论是经历过还是没有亲身经历过的——作者和读者的昔日，他们的过去在虚构的人物体验中并不存在。这个日期

---

* 下文简称《埃施》。——译者注

起到的作用，和描述小说中这一天的其他信息并无不同。它无非是一段现实材料，在虚构中就和小说《埃施》所用到的房子和街道、田地和森林、曼海姆和科隆这样的城市一样是虚构的，就像《于尔格·耶纳奇》开头部分写到的尤丽叶山口和午间时光是虚构的此时此地一样。因为一旦时间和地点成了虚构人物的体验场域，也即一个虚构领域，这个领域就失去了它们的"现实性"，哪怕这个虚构领域显示出了或多或少是从众所周知的现实中取来的组成部分。至于地理现实和历史现实，关于它们的知识已经是完全次要的了。科隆和曼海姆对于来自另一个大陆的一位缺乏地理教育的读者来说并不能指向这些城市的现实，就像存在于某处的村子无人知晓的名字一样，但对于选择这个村子作为故事发生地点的小说作者来说却是完全具有地理现实的。在这里，语境对于现实或非现实问题的意义又一次体现了出来。在一份历史文献，一个现实记述中，如果遇到一个不熟悉的地理名称（与其他所有名称一样），不认识这个名称的读者不会怀疑这个名称所指地点的现实性。在虚构中则相反，一个人尽皆知的现实地点摆脱了对它的现实性的疑问。同样的证明可以用于时间的现实性。"1903年3月2日"这个日期在小说中就和奥威尔的反乌托邦政治小说所用的"1984年"一样是虚构的——需要正确理解这一点——这并不是因为在发表年生活的人还没有经历过这个时间（后代人就不再是这样了），而是因为这里涉及的是小说里的时间。这本未来小说和其他所有未来乌托邦小说一样都是用过去时，而不是用未来时叙述的，这再一次为史诗类过去时的非时间意义提供了戏剧性的

103 启示。乌托邦也是关联着自己的虚构人物来叙述事件的,讲述的是他们的此时此地,而乌托邦中的虚构结构的状况和"当代小说"与"历史小说"毫无区别。

因为再不需要多费笔墨就可以让人明白,历史小说中的过去时也和它的材料的历史性质毫无关系。1812年的法俄战争,作为一个历史事件与今天这代人的时间关系,和它与19世纪70年代那代人的时间关系是不一样的;作为托尔斯泰的《战争与和平》中的素材,却会让我们和19世纪70年代——小说初次发表的年代的人进入同一个"当下"。因为在这样一本大家都知道其现实材料属于历史、属于过去的小说里,"我"—原点以及读者的时间意识和现实意识都不存在。读者也就会把叙事中的"从前",与在材料自拟的小说中一样体验为小说角色的虚构现在:是被人描述其早晨洗漱情景的拿破仑的,也是安德烈·保尔康斯基公爵*的现在。对于后者,我们就不那么确定地知道,这个材料到底是不是,以及在多大程度上是为了小说角色而捏造出来的,还是历史上确有其人。作为一部历史著作的撰写对象,拿破仑是被当作一个可对其进行表述的客体来描写的。作为一部历史小说的对象,拿破仑也是一个虚构的拿破仑。这不是因为历史小说可以偏离历史真相。历史小说也和一份历史文献一样遵从历史真相,它将历史人物转变为非历史的虚构人物,把他们从现实体系转移到了虚构体系里。因为后者仅仅是以此来定义的:人物角色不是被演示为客

---

* 《战争与和平》中的男主人公。——译者注

体，而是被演示为主体，拥有自己的虚构的本源自我（或者也可能是另一个小说人物的体验场域中的客体）。这就是在英伽登的理论中被"准判断"所忽视的"具身化的事实内容"：是虚构化的过程让一部小说中所有还带有历史性的材料变成了非历史的。

但是，我们在这里仅仅从虚构日期与史诗类过去时的关联中举例阐述的这种状况，绝不仅仅对于历史小说有效，也对历史剧有效。这也让人看得很清楚，叙事的过去时和一个历史材料或者以时间说明为特征的虚构材料并无关系。——但是这要是用如此一种普遍形式说出来，可能会有人提出异议，尤其是考虑到特别属于现代派的一个小说类型，过去理论有可能用这类小说作为反对我们的证据的反例：在这些作品中，被叙述者的过去状态得到了特别强调，甚至成为小说主题。在德语文学中，托马斯·曼的约瑟夫四部曲和罗伯特·穆齐尔（Robert Musil）的《没有个性的人》就代表了这个类型，虽然各自的方式非常不同。托马斯·曼的所谓幽默方法论的出发点和诡计是他放置叙事的角度：将约瑟夫传说[*]唤醒为从未预见过的生活，并让其再现于当下，但同时又用不断的评论让传说成为一种历史-心理学认知的客体。[1] 穆齐尔也是通过他特殊的叙述风格，时刻让人清醒地意识到，这部讥讽时政的小说是着眼于已经逝去的"卡卡尼恩"（也即奥匈帝国）时期而写作的。小说故事发生的1913年被看作过去。核

---

[*] 托马斯·曼的小说取材于《圣经》中关于亚伯拉罕曾孙约瑟的故事。——译者注

[1] 详见我的书：《托马斯·曼笔下的幽默：论约瑟夫小说》，慕尼黑，1965年。

心情节是准备1918年皇帝弗朗茨·约瑟夫的登基周年大庆，所谓"双重庆典"，因此本身也具有嘲讽时政的核心客体。但是两部作品中对过去状态，也即历史的以及神话的已然发生的状态的意识并不能归于过去时，即所有史诗类文学作品在叙事中所用到的过去时。当然，在穆齐尔小说中类似于这样的一句话"瓦尔特和他在今天已无踪迹的那个时代，最后一个世纪之交的前夕，都还是年轻人，那时许多人也还妄想这个世纪也是年轻的。当时正走入坟墓的旧世纪，在它的下半叶并不是特别出色"（第一部，第十五章），明确写出了叙事者及作者与小说情节之间的时间间隔。但是这是通过字词本身来表达的："在今天已无踪迹的那个时代""当时正走入坟墓的旧世纪"；叙事在这里造就了历史记述的表象，在这部作品中，这一表象的功能是让被叙述的材料的时政嘲讽意义一再显现出来。然而这部小说也是一部小说，一个虚构作品，它利用一切叙事在现代发展中所练就的手段，以虚构人物的虚构生活的此时此地来建构他们。在下面这样的描述中——这是从无个性之人乌尔里希的故事里和他圈子中的人物的故事里随意抽出的一段："当乌尔里希与克拉丽斯谈话之际，他们俩都没发觉，他们身后的音乐暂时停下了。瓦尔特随后走到了窗边。他没法见到这两人，但是他感到，他们紧挨在了他势力范围的边界。嫉妒折磨他。"（第一部，第十七章）叙事者的"历史的"叙述机关就像在所有小说里那样消失了，过去时并没有一丝一毫的过去价值。因为在叙事类文学作品中是如此一种情况，虽然叙事本身能造成这样的表象，是从过去，历史的或者捏造的过去取出了它的材料，但是过去时并没有证明或者根本也不可以之作为标准来判定，被叙述材料的每个情况都是过去的，或者是被设想为过去的。穆齐尔的小说和托马斯·曼的小说，还有我们的《高山森林》的例子都表明，这样的表象完全是用其他手段唤醒的，不论涉及的是用真实的历史还是捏造的、或多或少伪造历史的材料进行的叙事。[1]

然而，在将历史材料和捏造材料都"再现于当下"的《战争与和平》中过去状态的意识绝没有被唤醒，而是恰恰应该被遗忘，而过去时在小说中那些被人知道是历史的部分所发挥的虚构作用，为史诗类过去时的现象学提供了更多启示。我们又要用一个文本

---

[1] 这一点恰恰也在不论多么弱的暗示形式中有所体现，例如凯勒的小说《乡村里的罗密欧与朱丽叶》。H. 塞德勒为了撰文反驳我的理论，用这个例子来证明过去时具有表征过去的风格价值："在他们脚下远处坐落着一座村庄，里面有一些大农庄（前两句为现在时——译者注），在地势平缓的山坡上，许多年前伸展着三片优良的农田（这一句为过去时——译者注）。"（《有效词》杂志（1952 或 1953 年），第五期，第 271 页及以下诸页。）也可参考 H. 塞德勒的大部头著作：《普遍风格学》，哥廷根，1953 年，第 139 页及后页。塞德勒和我的论战见于《德语文学研究与精神史季刊》第 29 卷第 3 期（1955 年）。并不是跟在现在时之后出现的过去时，而是表时间的指示副词"许多年前"造成了，如塞德勒所说，"过去的空间的开启"；过去时在这个地方已经是相对不定调的了，随着故事"再现于当下"，也即进一步虚构化，它会更加失去音调，这个故事也就绝不会被体验为过去了的，而是被体验为在此时此地的，比如"两人安静地耕着地，在安宁的黄金般的九月地带，这看上去很美，他们这么在高地上擦肩而过"。已经过去的或者被设想为过去的，不可能"看上去很美"，历史文本，也即过去时真正作为过去时起作用的现实表述中不会出现这么一个句子（除非是在目击者的讲述中）。与《高山森林》中同样的状况在这里以简略的形式呈现出来了。

例子来说明。我们读到:"五点半,拿破仑骑马来到舍瓦尔丁诺村子。天已经亮了:天空变得清朗;只有东边还挂着唯一一片云。被遗留的烽火在微弱的晨曦中慢慢烧尽。"仅仅是这些动词的意义内涵成为了体验,不论它们是何种时态。但是语言以及语境的规律如此严格而诚实地发挥作用,以至于我们如果在一份历史文献中,比如在一个亲身经历了这战争中的一天,随拿破仑在早上骑马到舍瓦尔丁诺堡垒——历史上确证过的战争行动在此发生——的目击者留下的记载中遇到这个句子,情况立刻就会变得不一样。当然这时候描述动作和场景的动词的意义内涵也会位于读者意识的前端位置,但是当时发生过、如今已成过去的战争之日,这个"当时"的意义内涵还没有完全失去。因为作为历史表述,这段描述是在时间中的:表述主体的时间,由此也是读者的时间。如果我们就小说描述和历史表述中观察到的这些句子来测试历史现在时,那么这个测试恰恰由于其中符合真相的历史材料而对史诗类叙述时态的基本特征特别具有启发意义。历史表述中如果采用历史现在时:"五点半,拿破仑骑马来到舍瓦尔丁诺村子。天已经亮了……",它就会具有上文描述过的一种虚构化和生动化的作用。但是在小说描述中不需要这样的虚构化,因为这里本身叙述的就是拿破仑在这天早晨的此时此地,虽然不是由一个也骑马到舍瓦尔丁诺的在场目击人来叙述的,而是可谓独自一人的拿破仑的此时此地,是在讲述中生成的此时此地。这里产生了一种我们已经多次提过但还没有解释过的现象:我们会觉得过去时比历史现在时更恰当,在审美上更让人舒适,而后者——正如我们在《布登

虚构文类或演示文类

勃洛克一家》的例子中观察到的——很容易以过于催迫的方式让人注意到，我们面对的是虚构情况，由此也损害了幻象、假象，而虚构叙事的本质正是制造假象。在这里是一个审美-风格规律在起主导作用，它是如此直接地受制于所谓无意识的文学逻辑和语言逻辑状况，我们也就因为这个原因而必须进一步观察它。

风格方面

这个规律展示了两个方面。第一个是在审美上更为外在的方面，其基础是在事实方面多余之物在审美上也是多余的。因为历史现在时在虚构中不能实现真正的功能，所以它总是可以由过去时取代，而不会让虚构体验，即叙事者通过现在时想表达出来的虚构人物的体验中的一个特色受到损害。[1] 从18世纪到19世纪的很长一段时间里，德语叙事文学中一个定期出现的现象在我看来正好证实了这个观察：对两种时态的频繁切换，往往就在同一个

---

[1] 一个重要小说家的自我经验也许可以用来支持我们的证明："史诗作家用现在时、过去时或者完成时来写作，是完全无关紧要的纯技术性的问题。他会在他认为合适之处切换这些模式。起决定作用的是，需注意它并非无关紧要，人们经常读到的并不正确：戏剧作家制造一个在现时中进行的情节，史诗作家讲述已经进行过的情节。这个观点是肤浅而可笑的。对每个阅读史诗类作品的人来说，被讲述的事情经过都是在现在进行的，他是在现在一起体验它们，文中可以是现在时、完成时或者过去时，我们在史诗类作品中和戏剧作家一样，会将事物演示得如在当下，它们也会被接受为当下之物。"（阿尔弗雷德·德布林：《史诗类作品的建造》，《新德意志评论》第40期 [1929年]，转引自 F. 马丁尼（F. Martini）:《语言的大胆之举》，斯图加特，1954年，第356页）

句子里。即使可以猜想这是来自法语的影响，历史现在时对应于法语的 Imparfait，德语过去时对应于 passé défini，在最粗浅的意义上便是分别对应于状态描述和情节推进[1]，在我看来还是不可能在维兰德的史诗或者默里克（Mörike）的《画家诺尔腾》中辨认出一个有意义的秩序。从后面这部小说中可以找个测试段落来展示清楚："他怜惜地抓住了她的双肩，她温柔地向后折腰，把头靠在他身上，这样睁开着的水汪汪的眼睛便抬起来看到他下巴以下。（前几句为过去时——译者注）她友好而无所思虑地仰视他，他友好地落下双唇在这光洁的额头上。（这一句为现在时——译者注）很久很久，这呼吸着的宁静都没有遭到打断。（这一句为过去时——译者注）最后他欢快地说……（这一句为现在时——译者注）康斯坦泽摇了摇头，仿佛是要说什么……（这一句为过去时——译者注）他又一次没说出多的话来……（这一句为现在时——译者注）"

这种现象的风格问题是亨宁·布林克曼（Henning Brinkmann）对歌德的《亲和力》所做的小心翼翼的观察的对象。[2] 但是在我看来，布林克曼对歌德也用到的对过去时和现在时的频

---

[1] 对此猜想的一个证据是由 E. 莱尔希指出的事实，即法语里的 Imparfait 作为生动想象的时态在古法语中之所以这么少见，是因为古法语中被生动再现于当下的情节大多是用现在时给出的。这个时态后来越来越不受欢迎，Imparfait 就取而代之了。（《完成时作为生动想象的表达》，《罗曼语文学杂志》第 42 期 [1923 年]，第 327 页）

[2] H. 布林克曼：《论〈亲和力〉的语言》，《约斯特·特里尔纪念文集》，曼海姆，1954 年。

繁切换太过牵强附会，他将《亲和力》的核心章节（第二部，第十三、十四章）中的现在时解释为恶魔事件的意义载体。[1] 在判断这个现象的时候，有可能通过借用新近语言学影响下对历时和同时角度的区分来取得进展。时态恰恰是同时语法学的一个特殊研究对象。[2] 因为它们是语素，而动词本身倒是义素。在我看来，现代语言学并非不可能将我们对虚构叙事动词丧失了时间意义的证明用来证实它的观察方式。反过来，该观察方式也可以用来证实虚构的纯现象式事实内容："再现于当下"以及被叙述者的意义内涵不是建立在语素上，而是建立在义素及其各自的意义内涵上。联系到史诗类虚构的历史现在时，这也就是说，历史现在时在单个文本中的意义解释，从历时性观察来看，是不能推导出非常有意义的结论的。布林克曼将《亲和力》特定段落中的历史现在时解释为恶魔事件的意义表达，这就是一个必定比从情节、角色设定等来推断意义内涵的释义更偏于主观化和不确定的释义，因为时间语素是相对"沉默无言"的，也就是不会超出时间之外而承载意义。在特定关联中，对现在时附加更深层的意义功能，在我看来之所以是过度解读，是因为在同一部小说的其他章节，比如

1　H. 布林克曼：《论〈亲和力〉的语言》，第 257 页。布林克曼在这一语境中还认为，文本中的现在时会在人的行为失效，而物变得更强大，行为动词退缩的时候出现："小船摇摆，船桨脱了她的手。"但就在这两句之前，同样是用现在时写道："她跳进了小船，拿起了船桨，推起来……"在这里奥提利娅是主动的，行为动词在这个意义上也没有退缩。

2　L. 叶尔姆斯列夫，《普遍语法原则》，哥本哈根，1928 年。

在涉及夏洛特的段落里[1]，绝没有为这样的释义提供理由，而且也因为过去时和现在时的频繁切换还可以在这时期的其他作品中找到。语素，比如形容词的第二格后缀（好心的 [guten Mutes]）或者特定动词使用的第三格（他教我 [er lehrt mir]）在我看来是高度从属于语言模式的，并不能增进对特定作品意义内涵的了解。我认为，歌德对时态转换的使用，不仅仅在小说中，在传记类作品中也是如此：可以从同时角度来解释，但是不能从历时角度来解释。同时角度的解释就包括了在之前的分析中尝试过的证明，动词的时间意义和功能，事关时间而存在，是关联于现实状况，而不是关联于虚构状况的，在虚构叙事中会减弱并消失。所以这样的写作模式的作用，就如同一部歌德小说中过去时和现在时不停转换的作用一样是干扰性的，而不是指示意义的。干扰作用恰恰可以这样得到语法-逻辑的解释：虚构中的历史现在时是多余的，因为过去时并不具有表征过去的功能，所以对其施加干扰或强调（这样当然也是种干扰）都不会损害虚构效果。

在这里占据支配地位的审美规律，让一个不被现在时的插入干扰的过去时叙事形式得以发挥积极作用的规律，它的其他方面也可由此阐明。过去时的原初语法意义，即表述过去，由此就附

---

[1] 比如我们在第一部第十三章里（这只是从许多情况雷同的段落里挑出一个来反驳布林克曼的释义）："夏洛特让她的内心感觉通过了这种种考验。她意识到了自己的严肃决心，要放弃这样美丽而高贵的倾向——她多么希望能够帮助这两人啊。距离，她感受得很清楚，是不够治愈这样一种恶疾的。（前几句为过去时——译者注）她决心向这好孩子谈起这件事；但是她做不到；对她自己的摇摆的记忆阻碍了她……（这几句为现在时——译者注）"

有**事实性特征**（Eigenschaft der Faktizität）。从语义角度来看，它与其他时态的区别就在于，它是唯一一个清楚表达出事实性特征的时态。我们根本就不会考虑未来时，它天然就只是具有对可能性、对虚拟物的表达价值，而过去时区别于现在时的地方恰恰就是这种清楚无误的事实性特征。因为现在时，众所周知，具有多义性。在一系列语言中，现在时可用于表示未来，但是尤其能指称超越时间的逻辑关系和理念状况。"夜莺歌唱"（现在时——译者注）这句话既能表达一只夜莺现在的歌唱，也能表达夜莺的歌唱技艺这个超越时间的特征。"夜莺曾歌唱"（过去时——译者注）与此相反，只能指称一个过去了的事实。如果过去时被人感觉是叙事类文学作品的合适时态，那么将这感觉归于"过去幻觉"（比如"虚拟过去"之类）就是对这感觉的错误阐释。它的原因在于这种事实性的某种程度上的"转义"价值，该价值可以暗中强化对虚构所制造和唤醒的生活表象的体验，或者说得更好一点：它不会打破这种表象。因为不可夸大这个现象，认为叙事的过去时是**因为**它的事实性价值才成为虚构的叙事时态的。其中的因果更应是，过去时之所以有助于虚构，是因为它会在它表征过去的价值消失之际还保留了事实性价值。事实性虽然是它的语义单一性的最明显表达，但是这种单一性本身只有在与并不单一的现在时进行比较的时候才会显示出来。因而现在时的多义性是为何将它用作叙事时态，也即用历史现在时并非毫无风险的真正客观的理由。在用历史现在时讲述的段落里几乎总会有些地方，出于其他原因而必须用过去时（是**必须**，而不是能够）。这既适用于歌德的叙事艺术，也适用于弗朗茨·维尔菲尔（Franz Werfel）完全用现在时写的小说《伯恩纳德特》这样一部叙事方式如此非常规的小说。这部作品已经展示了主用现在时可能带来的逻辑混乱的一个经典样本，我们从中选一小段来看："所以才会**出现**此状况：**否认**宇宙的神性意义的时代会遭到集体疯狂的血腥打击，哪怕它们在自我意识中觉得自己是那么充满理性又开明通透。这些矫揉造作现象中的第一个就让伯恩纳德特的同学马德莱娜·希罗特**遇上**了。马德莱娜非常有音乐天赋。神性**占据**了它所赐福的这个人的全部本质。魔性也**想**占个便宜，所以**选择**了我们的天赋来给自己开路……在马德莱娜这里，它也**选择**了最具天分的器官，她的听觉器官。一天下午这女孩儿**跪**在岩洞里，做一连串祈祷……"

这些加了强调的动词指示出了与它们的现在时截然不同的意义，这些意义是如此明显，我们在这里都不需要进行深入解释。但是在《亲和力》中也能找到几处，由于现在时的多义性，历史现在时表现出了干扰作用："奥提利娅处处都想帮他（医生）：她做着手工，她送东送西，她操心不已，而且就像在另一个世界里逡巡。因为最高的不幸就和最高的幸运一样会改变所有对象的样貌：而只是在这一切努力之后那位正直的男士摇了摇头，然后轻声回答了一个'不'，她才离开了夏洛特的卧室……"

对历史现在时作为虚构的叙事时态的批评，是为了在此证明虚构中的两种时态的基本性质，也是为了说明过去时作为基础比现在时更受青睐的原因。但是过去时要减弱成基础，并正是通过此举让虚构要唤醒的生活表象显露出来，其逻辑原因便是——

虚构文类或演示文类

在此再次强调——过去时失去了语法上表征时间的功能，而以此为基础，一个叙事类文学作品的内容就是虚构的，也即不是叙事者的体验场域，而是虚构人物的体验场域，换句话说，虚构的"我"—原点取代了一个真实的"我"—原点。

在我们转向史诗类虚构中由此产生的其他状况，研究虚构的时空体系中的空间元素之前，在这里，在与时态的关联中，还必须再看一眼几个——自这本书首版以来——新出现的叙事文学的现象。这些现象有可能质疑我们对虚构时态的分析的可靠性。——首先是现在时形式，我们对历史现在时的批评无法击中它们，之所以击不中，是因为其中并没有历史现在时。我们从早一点的叙事文学中找到的例子，比如从施蒂夫特的《高山森林》中选出的几处，已经表明了其中出现的现在时绝不都是历史现在时。施蒂夫特对风景的描写就是一个图版状现在时，其基础是其中还保留的表述结构，还存在的作为表述主体的作者。实际上正是从这个文本可以产生出与在新小说（nouveau roman）的代表作品中出现的现在时形式的联系。阿兰·罗伯-格里耶（Alain Robbe-Grillet）的小说——《橡皮》《在迷宫中》《嫉妒》《幽会的房子》——都是用一种并非历史现在时因而也不能用过去时取代的现在时写成的。这种现在时也与一种表述结构相连，当然该结构远比在19世纪的"天真"叙事者那里隐藏得深得多，也因而演示出一种全新的结构元素。在小说《嫉妒》（1957年）中在场的表述主体并非作者；只是过了一段时间之后，读者才会发觉存在一个并没有发展为"他"或者"我"角色的表述主体，他最后收缩为单单一只眼睛：那位嫉妒的丈夫的眼睛，他观察着自己妻子和家中好友的举动（常常是通过百叶窗，作为标题的这个词*一语双关，表现出了在观察事物和被怀疑的情人的动作之际被客观化的嫉妒者的心灵状态）。小说因此更多地是具有"我"形式而不是"他"形式，但这个"我"并没有作为"我"显示出来，而这也正是——在本书第一人称叙事一章中还会详述的——表述的结构。这也包括——下一章中对此会有更清楚的说明——被描述的人物不是作为虚构人物，以他们的"我"—原点来塑造的，而是作为表述客体来描写的。因为这种描写是连续的，伴随着从一个时刻进行到下一时刻的观察，这部小说的现在时也就应当被称为图版状现在时。——在罗伯-格里耶的其他小说中，现在时的缘由更为隐蔽。在《在迷宫中》（1959年）中，是叙事的作者自己将自己局限在感知的眼睛上，并且在一则开场白中请求读者，"只去看给他讲述出的事物、姿态、语言和事件……"，而这些则令人困惑地呈现出在一个荒废了的小城里带着包裹四处游荡的士兵。在《幽会的房子》（1965年）中又安排了一个人物，他比《嫉妒》中更多地表现为"我"角色，但是归根结底他只是以"我"的称号登场，却没有获取个人的轮廓；这是一个在香港逗留的外地人，在他可感知的范围内，记录了一系列"显然"出自一家豪华妓院而最终发展为谋杀犯罪的事件和情景，而单纯的感知则是以"似曾相识"

---

*　小说标题原为 La jalousie，在法语中既是百叶窗，又有嫉妒之意。——译者注

的体验重复出现并且令人迷惑的人物相遇及情景的来源。需要提到的是，罗伯-格里耶的这种技巧，其原因是拒绝"全知叙事者"，也由此"局限"于描述感官感受及所感知者的叙事态度。这样也就无法制造一个全盘可见的清晰情节，而只能制造一个晦暗、模糊、不确定的情节，这是这些小说通过叙事技巧而展示的认知理论的方面。因为一切仅仅被感知的事物都会是碎片化的。

罗伯-格里耶的这些小说——也包括君特·格拉斯的《狗年月》这样的例子——都是特别鲜明的例子，说明我们的现代叙事类文学常常打破传统的第三人称和第一人称叙事形式，或者将其交错起来，小说的结构因而无法明确地确定。在这个关联中，还需要注意到这一点，以这种新型的叙事结构为基础，有可能出现并非历史现在时的现在时叙事。也许已经可以看出来，历史现在时的起因是偏离"真实"虚构的结构，也即真正的第三人称叙事，更准确地说是虚构叙事的结构。下一章中还会对此加以描述。但是在这之前，在分析过虚构类时态以及与之相连的指示性时间副词后，还要再补充对虚构的时空体系的空间要素的观察。

空间指示词

虽然我们已经通过最具说服力的语言现象，也即过去时可以与指示性时间副词连用，展示了史诗类过去时表征过去的意义的消失，但是在后来的一个语境中我们已经解释过，并不是如今天、明天或者昨天这样的时间副词，造成了小说情节和小说人物的此时此地的体验，完全可以不用这些副词而形成此时此地的体验。

小说虚构的虚构性此时此地可以以其材料为基础，扩展为想象以及流逝时间的表象，而这绝不是（像莱辛认为的那样）叙事（或者像戏剧那样展开的）演示过程作为确实在时间中完成的过程就已经自动给定的。对虚构的、流动的或者静止的时间的建构，是通过特殊的建构手段进行的，对空间的建构也是如此。这样的文学手段之一就是通过今天、昨天、明天、一个星期前等副词来指示时间，它们将现在的原点扩展为时间坐标系本身（而且延伸到过去和未来的无限远处）。它们从数学和物理学上看正好对应了概念化的空间说明，后、前、上、下、左、右等，这些词也将此地的原点扩展为空间坐标系（直到宇宙的无穷远处）。正是这些指示性副词——时间和空间副词都如此——成为了特别合适的标准，能够显示虚构结构的特质，它的非现实性的逻辑性质。它们之所以能作为标准，是由于它们的指示性质；因为能作为这标准的，必须是按照其天然属性不会真正在虚构中实现自身的，不能像其他现实材料那样转变为真实的表象的要素。这一点在空间副词上比在时间副词上更好地展示，因为空间中的"展示"是真实的展示，在时间中的展示仅仅是引申意义上的。

与之相关的是，为了说明直观想象的问题——这无疑是叙事类文学作品的一个核心问题——空间副词比时间副词用得更猛烈。比如卡尔·比勒在他的《语言理论》中就是这么做的。但是也因为他，和其他语言理论家一样，没能区分现实的和虚构的演示状况，他的理论在涉及后者的时候就是错误的。之所以第一眼看不出这个错误，是因为空间指示词本身在语言-语法方面不如时间指示词那么复杂。它们不像后者这样在使用的时候受到时态操控。所以也缺少能够指认虚构状况的有力证据：只有在虚构中才可能出现的时间指示词与过去时的连用。诸如这里、那里、左边、右边、西边、东边等的词语在语法的角度上是所谓自由的；没有它们不能插入其中的句法或词法语境。没有"明天是圣诞节了（过去时——译者注）"这种组合可以让人注意到空间设定中的特殊行为，并为证明该行为提供出发点。"右边（曾）立着一个柜子"这个句子在语法上放到任何一个语境里都是对的，不论在贝德尔克旅行指南还是在小说中。正是这种状况诱使比勒提出了在某种意义上具有普适性的"移置理论"，以显示直观想象，或者叙事（两者其实是同一个），也即"幻觉上的指示"是如何进行的。这种状况可以在说话者（和接收者）的"我"—原点的行为上看到，我们在上文中说过，这个概念取自比勒的语言理论。"这里"和"那里"这些副词的特点就是，"这里"（和现在）表达了一种"穆罕默德移山"*，也即将"我"—原点移到所描述地点的移置，而"那里"则表达了穆罕默德待在原地不动。比勒用了一个置身于罗马的小说主人公的例子来展示这个移置理论："作者面临选择，在叙事中应该用'那里'还是'这里'继续下去。在'那里'，他在可爱的长长白日里围绕着论坛踱脚……'那里'，完全也可以改为'这里'；有什么区别呢？'这里'暗示出穆罕默德自己走向了山，

---

* 伊斯兰教先知穆罕默德的传说，先知应门徒要求移山，山不动，他就带领门徒去爬山。山不过来，先知就要过去。——译者注

而在同一个位置用'那里'就意味着，穆罕默德留在了他的感知地点，进行了一次远眺。"[1]

　　这个例子在很大程度上适合用来模糊这里要论述的情况。这也是由于一个现实状况和一个虚构时刻被联结在了一起——这本身不是被禁止的，但是不适合用来阐明这里要讨论的问题。这个例子也表明，如前所述，现实表述和小说描述之间存在的区别没有得到关注和察觉。但是它同时也让我们看到是什么状况使空间指示词没法在字面上让人读出这个区别，而在时间指示词上就可以借助过去时来做到。比勒提出了"幻觉上的指示"，他用幻觉这个概念的时候眼中看到的是想象的另一个希腊语意义，不论这里涉及的是对真实事物的想象还是对幻想出来的事物的想象。并非偶然的是，他仅仅用空间指示词来宣扬自己的移置理论。不论认知理论和物理学上的空间和时间是如何相互关联的，空间范畴优于时间范畴之处就在于，空间是"外在感官的直观形式"（康德语），也即该范畴在心理上随时可以转换为具体的空间感知或空间想象。我们可以感知空间，也可以想象空间，而我们不能感知和想象时间，"内在感官的直观形式"，而只能知道它，也就是只能以概念化的方式将其带入意识中。我们在时间里不能像我们在空间里那样"展示"某物。当比勒想要显示指示词的直观化力量的时候，他明智地局限在了空间指示词上。但是他并没有指出，在空间想象这方面也有一个领域是我们没法展示某物，而只能知道

---

[1]　卡尔·比勒：《语言理论》，第137页及后页。

某物的——尽管这里涉及的知识有着与时间知识不一样的意义。我们在虚构空间里不能展示某物,移置理论在虚构领域里是无效的。

如果我们在比勒的例子中将小说情节的上演地点,地理上人尽皆知的罗马替换为一个凭空捏造的地点,这一点就会很清楚。比勒认为读者通过"这里"这个词会将自己移置到小说主人公的位置,而通过"那里"那个词却仅仅会完成一次"远眺",那么显而易见,对于一个杜撰的地点,不论是这里还是那里,作为我的真实存在和小说主人公活动的虚构地点之间的空间关系都是无意义的。比勒自己也感觉到了其中的不妥,他又补充说,"童话王国从心理学上来说,位于某个无法和'这里'在表达中联结起来的地方"。[1] 但是他没有认识到,其中的原因不在于多少是幻想出来的"童话"上演场地,也即文学中虚构世界的上演场地,而是在于在文学中发挥作用的虚构的关联系统。即使是设定在罗马的小说,"这里"也不意味着穆罕默德,也即作者和读者被移到了小说主人公的位置,"那里"也不意味着穆罕默德从他的地点做了一次远眺,"那里"和"这里"并无差别,都是关联到虚构形象,小说人物的虚构"我"—原点的。如果用一个指示性时间副词和这个"那里"相连的话,这一点会看得很清楚:"在那里,他今天一整天都四处踩脚"同样也可以说成"在这里,他今天……"

但是空间副词"这里"和时间副词"现在"一样都最不适合用来解释当空间指示词出现在虚构里的时候,它们在语言层面上

---

[1] 卡尔·比勒:《语言理论》,第134页。

发生了什么。"这里"起初的指示意义在语言使用中完全被用滥了。"这里"不仅到处(包括在历史记述这样的现实表述中)都能被"那里"取代,而不会让人察觉到有思想上的立足点变动,而且它也用在所有可能的指称语境里而绝不仅仅是空间状态里。比如:"这里我们必须暂停片刻",诸如此类。一方面是空间指示词在现实表述中如何行事,一方面是虚构中空间指示词如何行事,对此,我们通过由"这里"扩展出的空间说明如左边、右边、前面、后面、向西方、向东方等,可以认识得更清楚。我们首先当然可以问,在认可比勒的移置理论的前提下,我们在一部小说中是否也会感觉自己被"移置"到了一个被描述得生动可见的房间里,以至于我们可以和小说人物一样得到他们左、右、前、后的方向感。比勒展示了,这样一种在直观想象中的方向感是如何进行的,也就是通过参与"现场的身体触碰图像。科隆市道伊茨区:莱茵河左岸——莱茵河右岸——当我通过思考清楚地意识到这个事实内容的时候,我就会感觉到我的手臂准备好在此时此地为我指路。想象中的移置事实……从这样的观察中必定会得到它们的科学解释"。[1] 比勒说得对,只要这里涉及的是对确实存在于某处的空间处所的想象。因为不论在听到或读到由指示副词说明的空间演示时,建立想象中的方向感有多么艰难,原则上它总是可能的,不论如何,讲述者对于接收者来说处于有利地位,能够通过预先的感知来引导想象。换句话来说,真实想象"这里""那

---

1 卡尔·比勒:《语言理论》,第 136 页及后页。

里""右边""左边"等总是包含了与真实的"我"—原点的关联:言说是在语言的展示领域里进行的,"幻觉上的指示"是可能的。"就是如此,"比勒继续写道,"当穆罕默德将自己'移置'到山前的时候,他的现场的身体触碰图像是与一个幻想而成的视觉场景相连的。所以他作为说话者能像在直接感知情景中一样在幻觉上使用方位指示语如'这里''那里'和方向说明'前''后''右''左'。这对听众来说也一样。"[1]幻觉这个概念,这个"幻想而成的视觉场景"(这个表达在我们的语言使用中更多地让人想到虚构世界而不是真实地点,但是在比勒这里指的是所有想象)在其不区分的意义上绝不能涵盖想象现象,通过方位指示词在虚构的想象领域里来建立方位感是不成功的,我们将用一个小试验,从托马斯·曼的《布登勃洛克一家》中选一段话来展示上述观点,这段话是在描述蒙街大宅中的所谓风景房间:"穿过一扇玻璃门,正对着窗户,从门往外望得见一座有柱子的大厅沉浸在半明半暗中。而在进来的人的左手边有一对高高的白色双扇门通往饭厅。但是在另一边墙旁边……壁炉正烧得噼啪作响。"

这段描述尽管是在一部小说中——这部小说通过小说角色的出场已经证明自己是小说了——却是一个实况描述,就算人们不是恰巧知道托马斯·曼在这里描述的是自己家的住宅,也可以把它当作实况描述来理解。是一个纯语言上的、结构上的标记让这段描述不受小说人物的限制而成为"贝德尔克指南式说明"。叙事

---

[1] 卡尔·比勒:《语言理论》,第137页。

者用"在进来的人的左手边"这些词转向了一个被设想出的,但是并非虚构的人物,不论这是他自己还是读者,继而也诉诸每个能被设想走进这个房间的人,如此一来每个读者真实的"我"—原点就会被召唤出来,读者凭着他的"身体触碰图像"就能生成一个对该房间的空间状况的想象。但是如果我们在这里开始试验,将"进来的人"换成"布登勃洛克参议夫人",那么我们就完全没法获得这种方向感了。"在布登勃洛克参议夫人的左手边"——这位夫人被描述为在直线行沙发上坐在她的婆婆身边——这样的说明是没法通过读者的身体触碰图像来判断真伪的。因为现在"左手边"是关联到参议夫人这个虚构人物上的,因此我们没法从她在房间中的位置形成对空间的准确想象,因为她——在这个例子中——始终是纯虚构的。托马斯·曼正因为要尽可能准确地演示这个对他来说真实的房间,所以无意中遵循了认知理论原则,将这就其本身而言真实的空间关系说明关联到了一个真实的"我"—原点,也可以说是在这一刻离开了虚构的空间。

这个试验表明,空间指示词在虚构叙事中出现的时候所做的,正符合时间指示词所做的。对空间指示词来说,它们也不是关联到一个真实的"我"—原点,也即作者以及读者的"我"—原点,而是关联到小说人物的虚构的"我"—原点。它们在这种关联发生改变时,虽然没有像时间指示词那样带来语法变化,但它们比时间指示词更让人感觉到,这种在两种情况中都同样发生的关联改变的起因是什么。这个起因就在于,**虚构中的指示词从语言的展示领域转移到了概念领域和象征领域中**——但无损于这个事实,即它们在后者中保留了指示词的语法表象，正如史诗类过去时保留了表征过去的时态的语法表象。指示副词，不论是时间还是空间的，在虚构中都失去了它们在现实表述中具有的指示性、存在性的功能，而成了象征，此时空间与时间的直观就淡化成了概念。在小说《亲和力》中花匠描述苔藓小屋的位置时说："这里有绝妙的景观：下面是村庄，靠右一点是教堂……正对面是宫殿和花园……然后在右边展开了河谷……"——而施蒂夫特笔下的那些人物常常漫游"到午夜时分"或者"直到凌晨"，我们会接受这些方向说明作为如此一些关系的指称，我们知道这些关系属于空间，但是我们只能从自己真实的此地，而不能从虚构人物虚构的"此地"来想象它们。从空间副词的情况出发，就可以对时间副词看得更清晰："今天""明天"之类的副词在虚构中恰恰由于它们的原初指示性质而只具有淡化了的概念象征的功能，我们知道这些词指称的是时间状况，但是我们没法将其当作实存的时间来体验或了解。它们可以在虚构中缺席，而不会由此干扰此时幻觉，正如空间指示词也可以缺席，但不会干扰情节以及角色的此地幻觉。此时此地的体验，这是（史诗类以及，我们还会看到，戏剧和电影的）虚构要传达给我们的，是对行动着的人，也即虚构的、自行生活的角色进行演示的体验，这些角色作为虚构角色并不在时间和空间里——哪怕一个地理上和时间上已知的现实以蒙太奇的方式成为小说的演示场地。因为现实体验不是通过事实本身，而是通过体验主体来确定的。如果这个主体是虚构的，那么每一个已被人所知的地理和历史现实就会被拉入虚构领域，被转化为

"表象"。不论是作者还是读者都不需要操心,他所知道的现实是否,以及在多大程度上添加了超出现实的、依照幻想而生成的特征。语言逻辑在想要制造虚构体验而非现实体验时所发挥的功能,它所形成的每一个小说读者都熟悉的最终结果就是如此。

虚构叙事——一种(连续波动的)叙事功能

表述主体的消失和"叙事者"问题

我们到目前为止尝试揭示并解释的是现象或者更准确说是症候,它们作为症候已经让人认识到,虚构叙事从范畴上就和表述(基于真实的表述主体,表述总是和此前定义过的现实表述同义)有着不同的方式和结构:内在事件动词在第三人称上的使用;可以由此推导出的体验直述;叙事的过去时表征过去意义的缺失;由此造成的(并非必要的)过去时与指示性时间副词,特别是未来副词连用的可能性——这些症候都不是孤立的,而是相互决定的。它们已经是让人能将虚构叙事看作一种特殊的语言-语法现象的因素。但这还不是全部;虚构叙事特质中的其他特点,当该特质起决定作用的最终缘由得到确定后,还会显露出来。

我们已经认识到,至今展示出的这些症候都与真实的时空系统被转移到虚构人物、虚构的"我"—原点上相关,这个转移过程决定了真实的"我"—原点的消失,同时也让表述主体消失了。回顾我们之前对表述结构的分析,我们不妨用一个句子来开启下列思考,这个句子在孤立状态下无法让人猜到它出自什么样的语境:"然后,阿诺尔德森先生为致敬新婚夫妇,在桌边说出了他那滑稽逗乐又异想天开的祝酒词。"这个句子从形式上看可以是出自一个参加了句中庆典的人写给我的信(或者口头讲述)。在这种情况下,这个句子具有能将其组建成表述的下列特征:表述主体,即写信人讲述了这个事实内容,阿诺尔德森先生的祝酒词,而且讲述的是他亲身经历过的事件;动词是过去时,由此指明这对于讲述的时间点来说是已经发生了的,是在表述主体的过去。这个事件是真正发生过的,也即不受限于表述主体讲述它还是不讲述它。是表述本身让这个事件成为表述客体,表述一旦发生,它就成为了表述客体。反过来说,这里面也包括,表述主体自己意识到了这个不受限于他的现实(在这个例子中是已发生之事),不论这个现实能不能被证实——然而,这个关于阿诺尔德森先生的祝酒词的句子并不是真实的信中语句,而是《布登勃洛克一家》中的句子,也不是某个小说人物说出的句子,而是叙事讲述过程中的一个句子。作为小说中的句子,它虽然依然具有宣称语句的形式,但是不再演示宣称,因为它不再具有表述的结构。因为我们在提出表述主体的问题时得不到回答。过去时的"说出",其意义是被描述的事件,阿诺尔德森先生为新婚夫妇祝酒,发生在讲述这个事件的人,也即小说作者的过去吗?这个事件到底发生过吗?人们能对这个句子的内容进行考证吗,比如说质疑讲述者弄错了,不是阿诺尔德森先生而是贝尔托尔德森先生说了祝酒词,或者这句祝酒词根本不是那么滑稽?换句话就是说:作者是这个句子的表述主体吗,这里存在一种主客体结构吗?所有这些问题都必然得到否定的回答。这个句子"然后，阿诺尔德森先生……"作为小说语句，具有了与信中语句不同的性质。它是一个场景的部分，这个场景是自为存在的虚构现实，**它以其虚构而不受限于一个表述主体，正如一个"真实的"现实并不受限于表述主体**。这就是说：一个真实的现实之所以存在，是因为它存在，而一个虚构现实之所以存在，仅仅是由于它被讲述出来（作为戏剧则是由于它通过戏剧构型手段而被制造出来）。

我们能够看出来了：史诗类虚构，被叙述者不是叙事的客体。它的虚构性，也即它的非现实性意味着，它不是不受限于叙事而存在，而是仅仅依靠叙事而存在，它是叙事的一个产物。叙事，也可以这么说，是一个制造出被叙述者的功能，叙事功能（Erzählfunktion）。叙事的作家使用这个功能就像画家使用画笔和颜料。这就意味着，叙事的作家并不是表述主体，他不是就人和物进行叙述，而是叙述出人和物；小说人物是被叙述而成的人物，就如同画中人物是画出来的人物一样。**在被叙述者和叙事之间不是对应关系，也即表述关系，而是功能关联**。这是史诗类虚构的逻辑结构，它从范畴上就是有别于现实表述的逻辑结构的。在叙事类文学作品的与表述的 εἰπεῖν（言说）之间有着"诗与真"的分界线，其中没有从一个范畴到另一个范畴的过渡点。这个分界线，我们将看到，也是确定文学作品在语言系统中的位置的一个决定性标准。

说这个分界线是位于语言系统中间的，这在传统语法学和语言理论的意义上会是一个惊人而可憎的论断，如果我们不能通过被叙述的虚构领域中发生的语言过程对其进行解释的话。这个过程或者这些现象：过去时的意义变化，指示副词从语言的展示领域转移到概念或者象征领域，使用内在事件动词的可能性，这都是被叙述者和叙事之间的功能关联——虚构叙事的标志——的症候，也是其结果。因为这些语言现象是虚构世界的症候，这个世界在这里被制造出来，其中没有真实空间和真实时间。

如果我们认识到了，一个真实的"我"—原点的消失，也即一个表述主体的消失是这个虚构世界的具有决定性的结构因素，也就是上述现象的原因，那么看起来，这些现象就是出自两个不同的原因，它们虽然不互相抵触，但也并无关联。但是实情却是，**真实的"我"—原点的缺席和虚构叙事的功能性质是同一个现象。**两者只是不同的方面，甚至只是这一情况的不同表现方式：该叙事是由对非现实的体验所塑造的。这种体验出现在虚构人物或者虚构的"我"—原点登场的那一刻，或者，在我们从语境中已经倾向于认定他们的登场，期待他们的登场的时刻。而也正是他们将叙事文学作品组建为虚构，组建为演示（Mimesis）。而反过来看，这无非就是说，正是叙事文学作品的叙事制造了他们。只有在叙事文学作品里，叙事才会具有一个功能的性质而不是表述的性质，我们曾经在《于尔格·耶纳奇》的开头文本里，在《高山森林》的文本里则更为精准地追溯其形成过程，了解到正是虚构化过程让史诗类虚构叙事从范畴上与现实表述截然分开。但是这个过程之所以可以在人物造型（以及拟人化的动物造型或者拟人化的物品，比如在寓言和童话里）上完成，仅仅是因为只有人是一个人格，也即不仅是客体，也是主体。被描述的人物的虚构化也就意味着：他们不是被描述为客体，而是主体，也即"我"—原点。

然而，客体和主体的概念在这里显然不同于表述的极化关系中的主客体概念意义。表述的客体所指的无非就是被表述者，表述主体则是表述本身：他们是表述逻辑的概念。但是我把一个人物当作客体来述说的时候，我也就构造了一个本体论意义上的主体的对立物，这个主体是一个言说"我"的生命体：人是一个"我"，一个主体，是从自己出发对自己说出"我"的生命体。这与作为对象或者物的客体概念正好相反。"我"作为专门言说"我"者面对着一个客体的世界，一个对象世界，其他人，其他言说"我"的生命体也属于这个世界。"我"对于他们，只知道他们是客体，而不知道他们是主体，因为每一个言说"我"的生命体都只知道自己是一个主体；或者他只有在其他人表达自己的时候才知道他们是主体。我虽然能以不同于对待物客体的方式来理解言说"我"的客体或者人格客体：我能够根据他们自己的"我"之存在而与他们交流，把他们当作"你"。[1] 但是在我们的讨论中重要的是，一个人格客体是一个表述的客体，所以对于它，可以像对于客体一样做出表述——我们立刻用一个例子来解释：一个句子"她在这一刻记起了她对他说过的话"（穆齐尔），直接可证明自己是小说语句，是虚构叙事中的句子，而不是一个表述。只有在这样的叙事中，才会出现内在事件的动词，它们，如前所示，

---

[1] 关于"我"言说这一难题参见 P. 霍夫曼（P. Hofmann）：《对意义及其普适性的理解》，柏林，1929年。以及《意义与历史》，慕尼黑，1937年，尤其是第一章和第七章。

是史诗类叙事给定的基本手段，用以描述思考着的、感觉着的、回忆着的、处于其生活和体验的此时此地，处于其"我"—原点的人，也即具备人作为主体的主体性的人，而且是第三人称的人。[126] 史诗类虚构是唯一一个语言上和认识理论上的处所，在这里谈论第三人称的人物时不是或不仅仅是将其说成客体，而是也说成主体，也就是能展示第三人称的人本身的主体性。反过来看，也正是虚构人物从叙事文学作品的叙事中除去了表述结构，在叙事和被叙述者之间不再发生对应关系，而是产生了功能关联。而这又意味着，正如从《布登勃洛克一家》中选出的例子所展示的那样，一个叙事文学作品的作者不是被叙述者的表述主体。

叙事者（Erzähler）这个问题，或者我们说得平白一些：**叙事者**这个术语在这里必须要进行简短的说明。这个术语之所以无疑造成了一些混乱，是因为作为一种主客体关系的表述和作为一种功能的虚构叙事之间的区别没有得到重视。从术语学上来说，在描述一个叙事文学作品时采用人格化表达，当然是轻松适意的。因为在所有艺术手段中，叙事最会或者最能唤起一个"人格"（Person）的表象，这个人格不仅与它创造的人物，也和读者之间形成一种关系。如果为了避免与作者之间形成传记式的一致性而采用"虚构叙事者"的说法，也只是在表面上回避了"叙事者"的拟人化。一个虚构叙事者，显而易见，被理解为作者的一种投射，是"由作者创造出的一个角色"（F. 施坦策尔），它并不存在，即使是嵌入的"我"套式比如我、我们、我们的主角等也只是造成了它存在的假象，我们接下来就会专门对此进行说明。只有叙事的作家和他的叙事是存在的。当叙事作家真的"创造"了一个叙事者，比如"我"—叙事中的"我"—叙事者，只有这时，才能将其说成是一个（虚构）叙事者。小说家和小说理论家米歇尔·布托尔（Michel Butor），新小说派的代表，也只将叙事者概念留给"我"—叙事者，而几乎令人惊讶地将"他"—叙事称为一种"无叙事者的讲述"[1]，但这却证明了我们的理论。不过在关于叙事者的传统说法里，它指的是一个"他"—叙事者。就这个术语来说，为了描述文学体系，为了认识该体系严格的语言理论秩序，大有裨益的做法是不对叙事者这个概念施加让人混乱的歧义负担，不把它既用于史诗作家又用于 εἰπεῖν（言说），而是仅仅保留给前者。它和戏剧作家、诗人归于同一类，更广地也可和画家、雕塑家、作曲家算作同类，也即指称一个艺术家所代表的艺术类型，而不是指称他所使用的艺术手段。

关于"叙事者的角色"的论述实际上也和论述喜剧作家或画家的角色一样并无多大意义。克特·弗里德曼（Käte Friedemann）以这个标题发表的名作（1910年）反对施皮尔哈根（Spielhagen）的"客观性理论"而发展出了对她的时代而言

---

[1] M. 布托尔：《小说中人称代词的使用》（《保留剧目》第2卷，慕尼黑，1965年）。"当一则讲述完全是出自第三人称（当然对话除外），这也就是一则无叙事者的讲述，这时候所述事件和它被讲述的时刻之间的距离是不起作用的。"（第97页）布托尔这番话又为我们的文学理论提供了一个我们乐于见到的证明，它确认了虚构叙事功能和虚构的超越时间性。他在上文中接着写道："这则讲述所用的时间，在它和当下的关系面前是无所谓的；这是一个与当前完全分离的过去，但是它不会再远离我们了。这是一个神奇的过去式，在法语里就是 Passé simple。"

最重要，在文学理论上最先进的认识，直到今天也很少有人能超越。克特·弗里德曼将"叙事者"确定为"与文学作品本身有机融合的媒介"，这当然是正确的。但是因为她囿于本性而未能看透这一媒介的功能方式，所以她的这番话只是看上去正确而已："他（叙事者）是评价者、感受者、观看者。他象征了从康德以来普遍的认识论观点，即我们不能理解世界本身的样子，而只能把握它被一个观察之灵的媒介穿越过的样子。"[1] 或者这样的问题"作家是如何做到洞察角色的灵魂生活的？"[2] 也只是看似有理。当尤利乌斯·皮特森（Julius Petersen）三十年后如此描述这个方面，将叙事者比作一个"演戏的引导人""站在舞台上的人物之间，指导他们的姿态、动作和发音"，但同时又"实际上把他放入心理学家的角色，让他负担后者的任务"，具体而言就是要"负责描绘出心灵的经历"[3] 时——可以更清楚地看到，这里或多或少都对应于**形而上的表象描述**，这种描述在文学的语言使用中会被缩减或误用为常见的标语如"权威"或者"叙事者的全知"，甚至被比作上帝的全知，因而会招致批评。[4]

1　K. 弗里德曼:《叙事者在史诗作品中的角色》，莱比锡，1910 年，新版 1967 年，第 26 页。
2　同上书，第 77 页。
3　J. 皮特森:《文学的学问》，柏林，1944 年，第 151、160 页。
4　"是谁描述了巴尔扎克小说中的世界？谁是同时出现在所有地方，同时看到事物的正反面，……同时熟知每个冒险者的现在、过去和未来的那个全知的无处不在的叙事者？这只能是一个上帝。"这是罗伯-格里耶非常认真地说出的话。参见《"新小说"：新小说，新人类》，载于《重音》，1962 年 4 月期，第 175 页。

这种广为流传的，在我看来几乎独霸天下的观点[1]，其基础是对虚构叙事的性质和它与表述的范畴差别的误解。误解之处在于没有看到，叙事者（作为史诗作者）的"评价"态度与一个历史学家、一个文学阐释者或者心理学家在面对自己的观察对象时的"评价"态度是不一样的。史诗作者的评价态度是它特有的演示手段的一个方面，是叙事的一个方面，就像画家在一幅画上加入的阴影或光亮一样。它是制造性功能的一个方面，这个功能在完全不被人察觉的时候也能存在，不仅在戏剧作品中，在——我们会在下文中详细解说——史诗类作品中也是如此。剧作家是如何做到洞察他的人物的心灵生活的，问这个问题，和问与"叙事者"相关的那个问题如出一辙。但是正如我们不能这么来回答这个问题，说他在"检验"他的人物，"叙事者"观点的代表也不能得出这个结论。而这无非表明，与史诗作者相关的那个问题也是不合适的，换句话说，这样问就是没能认识到，史诗作者和剧作家一样是一个"演示"者，他制造了他的角色，但是不评价、认识、评判他们。

叙事的主观性和客观性问题

但是要证明，虚构叙事中没有与"叙事者"一致的表述主体在发挥作用，恰恰可以通过检验那些标志着表述结构的概念来达

---

[1] 在罗伯-格里耶笔下也出现了的这个观点（同上）并不会因为他作为现代叙事者拒绝它并创造新的叙事技巧而被消灭。

成，它们从来就不只是用于描述叙事类文学，也可以用来区分不同文学类型。这就是主观和客观的概念，它们往往是这样用于文学类型的：史诗和戏剧是客观类型，与抒情诗的主观类型对立，但是彼此之间又有程度差异，史诗由于"史诗之我"的缘故而比戏剧更偏主观，虽然它并没有抒情诗那么主观。施皮尔哈根和霍尔茨的自然主义小说理论就是这么认为的，要尽可能关闭叙事者，也即尽可能让小说对话化和戏剧化来达到叙事类文学的一种接近于戏剧作品的"客观性"。如果这样的要求遭到拒绝，那么也会是，就如皮特森所写，出于这个理由，主观的叙事要素不可以从叙事的文学作品中消除掉。这里要引用他的原话，因为这些话非常清楚地表达出传统的观点："叙事者的居中位置更多地是造成了主观者的客观化和客观者的主观化这样不断的交叉。主观的叙事形式努力让人产生叙事者的客观真理的印象，借助材料：回忆、见证人表述……客观的叙事形式则通过作家的个人介入，叙事者对其听众的呼告以及解释的、教诲的、观察的插入语来实现主观化。"[1] 让·保尔（Jean Paul）在比较史诗和戏剧的时候，说的也并无不同："比史诗要客观得多的是——诗人本人完全躲到他的画作幕布背后去了——戏剧，它必须在缺少将抒情时刻缀连成史诗的串连语汇的情况下进行表达。"[2]

这个观点，就像皮特森所说的，认为"客观的叙事形式通过

---

[1] J. 皮特森：《文学的学问》，第152页。
[2] 《美学预科班》，第62条。

作家的个人介入而客观化"了，尤其将主观的概念以及作为其反面的客观引入了史诗理论中。但是不仅仅是史诗类文学本身的结构，整个文学体系的结构，通过对这些概念的不当使用，都会变得更晦暗难解，因为这里涉及逻辑本身的概念。它们自己的意义必须说明得清清楚楚，这样才能看到，虚构叙事从来就不是"主观"的，即使它会显出如此主观的样貌。

我们首先用叙事方式或者叙事风格的三个例子来展示这一点，在传统术语中通常会按照其客观性及主观性的程度来对这三者进行特征描述。

例1：与自己较劲的这一场美好努力让她成名，她就像是突然用自己的手将自己从命运让她坠入的深渊里抬升了起来。撕裂她胸怀的内心动荡在她走到户外时停息了。她多次亲吻孩子，她亲爱的战利品。她怀着巨大的心满意足回想，她凭借自己的清白意识的力量，取得了怎样一个击败她哥哥的胜利啊。

（克莱斯特：《O侯爵夫人》）

例2：特赖贝尔是个惯于早起的人，至少作为商务顾问是起得够早的了。他从来没有晚于八点走进自己的办公间，总是穿着靴子和靴刺，总是一身最整洁的衣着……一般来说顾问夫人在他之后很快就会露面，但是今天却迟到了。因为只有寥寥几封来信，而已经提前展望夏天的报纸也没多少内容，所以特赖贝尔就陷入了微微焦躁的情绪里，从小皮沙发里快速起身之后,踱步走过了两个相邻的大间,大间里前一天还有一群人聚会……这场景就像昨天一样,只是没有了澳洲白鹦鹉,窗外看得到霍尼希用一根绳子牵着顾问夫人的博洛尼亚犬在水池周围散步。

(冯塔内:《简妮·特赖贝尔夫人》)

例3:他随后出门寻找过夜的床铺;旅店里的人还醒着。131 旅店老板虽然没有房间可以出租,他被这位晚来的客人着实吓了一跳而且感到困惑,但是他还是想让K在旅店小间里的稻草袋上睡下。

(卡夫卡:《城堡》)

例4:现在所有大师们都动了起来,坐在了椅子上——一个是提香,一个是弗拉·巴尔托洛米奥·迪·萨·马尔科,一个是达·芬奇,一个是考夫曼(很可能是安格利卡·卡夫曼)——往前,往旁边,往两侧,往后,在镜子前。所有人都美妙,不羁,用伟大而自由的风格画着——只是顺带才想起脸上要加个鼻子……

(让·保尔:《彗星》)

例5:可是,我希望,没有读者会把沃尔比勒的博学典故……轻蔑地看作太不可能而仅仅是从我手中抢来的典故。另外还必须提醒这些读者,现在这个作者自己在他莱比锡学术生涯的第一年里,也就是在还年轻的年纪,就已经为他的"格陵兰之案"制造并发表了千倍于此的比喻。因为沃尔比勒在被贺诺赫安插为王子教师的时候,比我才年长一岁半,也就是十九岁又多一岁半……

我要问整个世界,除了让尼古拉斯走过这些城市,还能怎么做?尤其让我高兴的是,就连丽贝特,他妹妹也都一一照办了,有的事儿还先行一步了……

(让·保尔:《彗星》)

例1到例3的文本按照传统术语都会被算作客观叙事的例子。这里没有一个"我"—叙事者说话。在三个例子中都描述了一个具体情境:O侯爵夫人是振作起来,走到户外亲吻她的孩子;商务顾问特赖贝尔和他的妻子先后走进办公间;K在旅店寻找过夜之地。所有三种叙事方式都毫无枝蔓,直截了当地以情境为导向。但是如果我们就以这个理由将它们称为客观的,那这个术语在我们看来还是不恰当的。我们没法直接回答这个问题:这些叙事方式中有没有一个比其他的更客观,也就是这里的情境更客观一点,那里的情境没那么客观。

我们首先比较一下克莱斯特和卡夫卡的文本。从《O侯爵夫人》中选出的段落含有比卡夫卡的《城堡》更强调情感的词汇。后者只有两个情感表达用以展示旅店老板的状态:着实吓了一跳而且感到困惑。前者中,我们看到了大量情感表达:美好努力,内心动荡,撕裂胸怀,巨大的心满意足,清白意识的力量,最后

虚构文类或演示文类

还有对自我振作的隐喻式书写："她就像是突然用自己的手将自己从命运让她坠入的深渊里抬升了起来。"但是 O 侯爵夫人在这里演示得就不如卡夫卡笔下的旅店老板客观了吗？

对于这个问题的回答，我们不想直接给出，而是通过一个小试验来间接给出，这个试验才让我们有可能对这里讨论的叙事状况做出准确定义。我们暂且假设，在克莱斯特的段落中涉及的是一个现实记述，是一个人对 O 侯爵夫人所做的讲述。这个段落里的一些构词，不是所有的，也都可以在这个记述中出现，比如刚引用过的"她就像是……将自己从深渊里抬升了起来"。我们在做这个假设，也即改变语境的时候，会立刻注意到，这些表达方式和讲述对象侯爵夫人之间形成了一种截然不同的关系，我们现在才能有意义地说这是一种"关系"，即使是一个表达方式的关系。表述者和事实本身之间形成了一种关系，这是一个非常有参与度的表述者，他将自己对侯爵夫人命运的参与以恰如其分的词汇表达了出来。如果另一个人对同一个事实进行了这样的讲述："侯爵夫人现在振作了起来，重又站了起来"，那么我们就有充分的理由，在真正意义上感到后者的表达方式比前者更客观，后者不像前者那样沾染了表述者主观的同理心感受。但是我们重新将小说文本里的第一段文字放进来，那么在现实表述中制造出的关系体系就会立刻崩塌。"将自己从命运让她坠入的深渊里抬升了起来"这句话不再表达一个表述者的参与，不再表达或多或少主观的评判（或者像克特·弗里德曼所说的评价）。因为这个事实内容不是评判的客体，而是一个虚构的、在此时此地完成的此在（Dasein）

和生活，一个虚构的生活，而该生活是表象，并不受制于表述主体这样的评判者，就像人的真实生活作为生活也不受制于评判者一样——我们现在将我们试验的第二部分再拿出来，用于这个目的。我们所造的句子"侯爵夫人现在振作了起来，重又站了起来"就不是显示表述，而是小说语句了。这个句子也不是一个表述者的评判，而是侯爵夫人此刻处境的一种构造。在克莱斯特笔下恰恰有许多叙事形式是类似这样的"客观"方式："弗里德里希先生听到这个消息陷入了极大的忧虑。"（《决斗》）"科尔哈斯在他被撕裂的胸膛里反复酝酿……一个把莱比锡烧成灰烬的新计划。"（《米夏埃尔·科尔哈斯》）

我们虽然感觉到了上述两段克莱斯特的话和出自《O侯爵夫人》的话之间存在差别。但是这一差别要如何定义呢？在面对《决斗》和《科尔哈斯》的这两段话，以及卡夫卡的例子时，"客观的叙事方式"这个概念几乎要脱口而出。但是对侯爵夫人的处境的演示就得被称为更主观的吗？我们会提出这个问题，这本身就表明，"客观的叙事方式"这个指称和主观的叙事方式的称法都一样不那么恰切。因为前者只有当后者有意义时才有意义，反之亦然。而区别在于，在这段话中更多地是描述出了侯爵夫人的内在状态，她的个人生活的"我"—原点，特定的形容词和谓语都表达出了这一点。在其他例子中并不缺少对在"此时此地"完成的内在生活的表达，但是由于要演示状态、事件、外在经历而必须有所限制，在每个例子中都限制在了一组能刻画处于事件中的人物的灵魂状态的词上：极大的忧虑，在他被撕裂的胸膛，着实吓了一跳而且感到困惑。但是在《决斗》和《科尔哈斯》中都有一些段落能让对灵魂状态的演示优先于对事件的演示，例如，"利特加尔德夫人看到弗里德里希先生的母亲走进来，就从椅子里站了起来，带着她特有的自尊表情，这种表情由于散布在她全身的痛苦而更显得感人"（《决斗》）。反过来，在《O侯爵夫人》里也有纯粹讲述事件的段落："这个广场很快就被占领了，指挥官力气衰竭，撤回到大门，此时俄国军官脸上发烫，从大门里走了出来……"

不需要再用更多的例子来表明，在虚构叙事中不论是这种情况还是另一种情况下都不涉及主观或客观叙事。因为在这里，在叙事和被叙述者之间不是主客体关系，不是对应（因而也不是联结）。我们所评论的区别，其基础在于虚构角色有时被描述成更偏于向外行动，处于事件之流中，有时被描述成更偏于体验，静静地（或不安地）处于自己的内在生活中。两种叙事方式在同一部叙事文学作品中会交替出现，就如记述和对话会交替出现一样。叙事文学作品的一个发展现象或者发展阶段就是，对内在生活的生动演示在19世纪越来越扩大。从小说的广泛对话化到体验直述形式，再到不只对有意识，也对无意识体验流（比如在乔伊斯小说中）的再现，这都是以此为目的的叙事形式。但是没有人会声称，《尤利西斯》中利奥波尔德·布鲁姆和斯蒂芬·迪达勒斯的意识联想比克莱斯特和卡夫卡的小说叙述得更主观，或者在戏剧化理论意义上叙述得更客观。在所有情况下制造出的是一个虚构领域，一个由人物和事件构成的虚构世界。对于使用和判断叙事的各个风格手段来说,具有决定作用的是,人物更多地是"从外部"还是"从内部"来看待和演示的,是更多地被演示为如此这般行动、感觉、思考的客体,还是更多地被演示为所谓"自我演示"的主体。在这两种叙事方式之间,有许多过渡形式,在某个作品内部,在时代风格和作者风格中也是如此。演示方式可以产生一种"客观的",也即以被描述事件为基准的现实讲述的假象;对行动着的人物的演示则不那么展示出人物的主观体验。事件会优先于人物。叙事文学作品的这种可能性,能以讲述的形式来演示事件,使其生动可感,是表述和虚构叙事之间的范畴区别一直不受重视,虚构的"叙事者"被拟人化而等同于历史的叙事者及讲述者、被理解为真实的表述主体,而文学作品的逻辑状况和现象学状况因此难以揭示的许多原因之一,也许是主要原因。在"客观的",以演示事实内容为导向的虚构叙事和不论多么生动可见的历史叙事之间有着不可逾越的分界线,它将虚构与现实表述分隔开来。这条分界线,虽然这样说显得自我重复,是如此来设定的:一个材料被"虚构化",行动着的人物被描述为在"此时此地"行动着,也必然在"此时此地"体验着的人,虚构的体验也就因而立刻与非现实相连。正如在上文中关于时态的部分已经详细论述过的,这一情况是通过叙事形式而形成的,这些形式按照逻辑是不可能出现在现实表述中的:内在事件的动词、独白和体验直述。此外也有一些形式得到了大量使用和扩展,它们在现实讲述中(比如在目击人报道中)虽然会出现,但是都受到真实的"我"——原点,也即真实的表述主体的时刻在场所施加的限制:对话和情境动词。即使是最简陋的虚构化，不那么展露虚构人物的"我"—原点的虚构化，也离开了现实表述的领地，由此也将叙事者"去现实化"而使其成为一个功能，用叙事和被叙述者之间的功能关联取代了极化的对应关系，主观、客观的概念也就不再适用于此了。

"主体性理论"阵营可能会有对以上论述的异议，他们不讨论我们分析过的（例1—3）叙事方式，而是指向后面例子的类型，比如让·保尔的例子，叙事者在这里是以"我"和"我们"，以及对读者的直接呼吁而显现出来的，让人可捉摸到，或者采用了强反思性的叙事方式。但这也是众多要点之一，它提供了机会，让我们可以指明诗的逻辑的观察方法，由此同时也能指明这种方法可以也必须有助于判断文学美学的难题。正如上文在讨论时态问题时那样，我们在这里也能，而且是能用更具原则性的方式来引入新近语言学的行为方式。诗的逻辑符合［由索绪尔、马提、叶尔姆斯列夫（Hjelmslev）、耶斯佩尔森扩展而成的］"普遍语法学"之处在于，它努力揭示普遍的结构性规则和形式，看起来互无关联的现象也能被认出是同一结构的变异。但是，诗的逻辑在我看来也处于比语法的逻辑更有利的境地。文学是作为已经显现并自身封闭的结构而存在的。语言多得几乎无法一目了然，但是众多文学作品却可分为仅仅三类不同的结构形式，不仅是现存的，可以想见的所有文学作品都必然要归到其下，也确实归于其下。当我们甚至将这三种结构形式：史诗、戏剧与抒情诗都化约为两类时，就已经是在用普遍的诗的逻辑的观察方法了，这方法在最特殊的文学形式的研究中也必须保留，除此而外就是在展示一整个文学体系。

　　用于我们现在面临的问题，这就意味着：这些叙事方式，比如让·保尔、斯特纳、菲尔丁和其他不那么幽默的叙事者的叙事方式，它们表面上的主观性在虚构叙事的逻辑视角下必然会消散，而呈现出另一种现象。假若这么做不成功，那么这就是一个信号，说明我们对虚构叙事的功能性质的证明不合适，无效。但是如果此举成功，这是我们希望能表明的，那么史诗类叙事的功能性质和它特有的品格就会表现得更清晰，同时也更微妙。

　　我们首先从我们的例5入手，这是让·保尔未完成的小说《彗星》中的一段话。这个文本按照传统术语来说是主观叙事风格的一个典型例子，因为"叙事者我"甚至"作者我"都介入了叙事，由此"让客观者主观化"了。我们首先比较一下例5和例4，两者出自同一部小说。这是有意从同一部作品中挑选了一段没有叙事者"我"（所谓"客观"叙事形式），和一段高度强调"我"的。我们再来做个小试验：在例4中加入这样的"我"的介入，比如，"现在所有大师们都动了起来，坐在了椅子上——一个是提香，一个是弗拉·巴尔托洛米奥·迪·萨·马尔科，一个是达·芬奇——读者也许会和我自己一样记起或记不起和他们重名的伟人——一个是考夫曼（很可能是安格利卡·卡夫曼，因为我们会有谁在读到这个名字时不回想起罗马的那位美丽女艺术家？）……"这样的"我"的介入，对读者的呼告，让这个被描述的场景就不如没有这些的时候客观吗？在冯塔内的文本（例2）中如果这么写："特赖贝尔是个惯于早起的人，至少作为商务顾问是起得够早的了（因为我荣幸地认识那些一般来说不会早起的商务顾问们）。他从来没有晚于八点走进自己的办公间……一般来说顾问夫人在他之后很快就会露面，但是今天却迟到了"，这个场景有丝毫的改变吗？正如我们立刻就感受到的，并非如此，而这已经表明，在虚构的"他"文本中加入"我"的介入，并不会让其发生改变而成为更有主观性的叙事形式。因为这些介入并不会造成被描述的事件和人与这个"我"发生指涉关系，也就是和他有什么联系，进入他的体验场域里。它们依旧还是和没有"我"介入时一样的虚构，也即，他们有没有"我"的介入，都不会是一个表述的客体，而是叙事的产物，是叙事的功能。当让·保尔在例5中拿自己打趣，说沃尔比勒在被安插成王子教师时比他，出版《格陵兰之案》的让·保尔，要年长一岁半，那么我们还是很难和作者一样在他和小说人物沃尔比勒之间建立一种指涉关系。就像我们没法在妹妹丽贝特的行为，所有事情"一一照办，有的事儿还先行一步"和"我"形式的叙事者所表达的快乐（"尤其让我高兴"）之间建立指涉关系。这就是说：对这些人物的叙事没有比卡夫卡的旅店老板、O侯爵夫人和商务顾问特赖贝尔"更主观"。因为只有涉及一个被体验过的，也即现实的事实内容时，主观这个概念才有意义。可是让·保尔对他的角色沃尔比勒和丽贝特的看法，比冯塔内、克莱斯特和卡夫卡对他们角色的看法更主观吗？在小说中这段话里让·保尔的看法比在其他段落，他没有用"我"的介入来叙述的地方更主观吗？比如丽贝特，如果这个事事照办的人是个现实中的人，对她的讲述是现实讲述，那么这个说法"尤其让我高兴"就有了一种对一个事实内容的评判态度的意义，该事实内容就其本身而言，是客观的，也就是不受制于表述者而存在的，也因此才能被他评判。这样我们才会接近一个被视为如此主观的叙事风格，让·保尔式风格的意义和功能。

这种风格是一种"浪漫派反讽"的游戏，这并不是新结论。作者对其叙事的介入，或者诗人、导演和伪造观众在（浪漫派）戏剧中的出现，总是被视为对幻象的打破。但是还没有人足够敏锐地看到，虚构的幻象与其说是被它们干扰，远不如说是被它们强调。其中原因，只有在虚构体验和现实体验、虚构叙事和现实表述之间的差别从逻辑上被阐明后，才能弄清楚。这种差异在史诗类虚构中能比在戏剧类中展示得更好，因为我们可以通过叙事与表述的差别来精确阐述它。在纯虚构，也即"他"——叙事中出现"我"来叙事的叙事形式，在那一刻就会唤起表象，仿佛虚构角色是现实的人。生产性的叙事功能就会部分地被一种表述形式打断，虚构领域由此变成一个表述主体，一个真实的"我"——原点的体验场域，在这一刻该原点不是被虚构而是被历史地叙述的。但是这意味着一个游戏，是用叙事功能，依照其本质也便是用虚构本身玩的一个游戏。虚构在一瞬间假冒了现实讲述，而没有将我们从它之中抛出来。因为在这样的情况下，读者尽管如此还是会知道自己是小说读者，所以"叙事者"这样剧烈的"我"随想曲不仅不会干扰虚构的幻象，还会让他真正地带着微笑意识到这是幻象——如同在以作者面貌出现的那一刻，叙事者会微笑着意识到自己这个角色一样。在这个用历史叙事和虚构叙事玩的游戏里——因为用其中一个玩游戏就是在和另一个玩——幽默风格自有其原因，虽然这原因不是世界观，而这游戏也是它最精巧的风格表达的可能性之一。如果谁对"我"之介入的"主观性"信以为真，将它当作一个真实的表述主体的表达，理解为客观者的主观化，那么他就会阻碍自己认识这一类型的幽默小说的文学-美学结构。这些介入在虚构文本中是曲线，是藤蔓花纹，是叙事功能与自己玩的游戏[1]，它没有"存在"意义，也就是说，它不是指涉一个真实的"我"，即使"叙事者"一直这样自诩。"我"在"他"小说，也即在纯虚构中的插入，不会让这部小说变为"我"小说，就像小说中嵌入的（下文还会提到的）诗歌不会让这部小说变成"抒情诗"一样。因为"我"叙事作为文学形式不从属于虚构的逻辑规则，而虚构中这些规则如此强大，它们绝不可能"当真"，而只能"游戏式地"被取消或失效——这就是说：根本不会被取消或失效。通过虚构人物建构出的非现实在它们领域中的任何地方都不会向现实开放，不会纳入一个真实的"我"—原点，不会成为后者的体验场域。

不过对此也能提出异议，我们自己的例子，施蒂夫特的《高山森林》就可以用作反例，说明一个历史叙事和一个虚构叙事的混合是存在的。我们因此要在此回到这个例子，因为在这个例子

---

[1] 参见 W. 普莱森丹茨：《幽默作为文学想象力》，慕尼黑，1963 年。他声称我将让·保尔的幽默叙事技巧绝对化成了幽默的独有意义（第 13 页），这需要纠正，这种说法并不准确，因为（除了我的阐述原文之外）这种叙事技巧只是用作展示本章中讨论的叙事主观性问题的材料。

中，一个类似于让·保尔的幽默风格的"非真实"的"我"形式，以及不可辩驳的虚构结构都显示得特别清楚。

我们可以直接感受到，在让·保尔笔下，"我"之介入没有取消虚构结构，在施蒂夫特这里则相反，在上文中分析过的两个段落里"我"之介入取消了虚构结构。在两种情况下，作者都将自己放入其中，由此和他自己的小说形成了一种关系。但是的其中区别在哪里？在施蒂夫特笔下，"我"之介入是在小说虚构之外进行的。当他，用现在时，在广为铺陈的导言里，以较短的篇幅在第二章的开头部分，将小说情节上演的演示场地描述为一个他所熟知的场地的时候，他还没有叙述小说。在第二章，在小说情节，也即虚构叙事已经开场的地方，情节再一次被打断。这也就是说：在这里登场的真实的"我"—原点不是与小说人物形成关系，也正因此是一个真实的、现实中的"我"—原点，是作者的"我"—原点。这种叙事的美学效果是一种，如果可以这么说的话，非自愿的幻象破坏，一种没有特定艺术目标或有意义的目标的幻象破坏，它纯粹发自作者追求历史地理志精确性的那种颇有些天真的渴望。在这里，不像浪漫派反讽的幽默的幻象破坏那样，对虚构的意识得到了加强，虚构反而可以说是对这种历史化的干扰无动于衷；对于虚构和读者来说，小说的演示场地是它的作者认识的还是不认识的，无关紧要。类似的天真的、非自愿的幻象破坏还可以在巴尔扎克的作品中找到，对他来说，写小说也是"历史"，他认为通过《人间喜剧》的系列小说，以无所顾忌的拼接技术能演示出"当代史"。还可以提到的是托尔斯泰在《战争与和平》中插入的在小说涉及范围内率性而言的战略论述和历史哲学讨论。所有这三位伟大的散文体作家都是他们的"热衷历史"的世纪的代表人物，这个世纪并非偶然地为我们提供了这种"天真"地混合了历史叙事与虚构叙事的例子。但是对于文学理论家来说，这些例子恰恰具有启发性，因为它们表明，这两种叙事在同一部虚构作品中还是如同水和油一样彼此隔离，绝不能融合成一个艺术整体。它们无法融合，也正是在混合是天真而无批判地，在某种意义上是无意识地——没有意识到将虚构叙事与历史叙事及表述从本质上区分开来的规则——进行的情况下。施蒂夫特的例子表明，现实表述的天真闯入，没能让虚构领域与现实的体验场域形成关系，这个例子也表明了原因何在。其中一个典型特征在于，现实表述在这里没有与虚构人物形成关系，由此始终不会干扰虚构，或者说得更准确点：只有将其中断这个行为是对其有所干扰的。

让·保尔的例子完全是另一种没有被"我"之介入干扰的虚构，这一点我们已经看到过了。在这里，与施蒂夫特的文本不同，真实的"我"—原点与虚构人物进入了关系，但是尽管如此，这些人物却没有陷入和这个原点的关系中，它们的虚构性反而只会更清晰地凸显在意识中。个中原因就在于这种关系发生的不天真的、幽默而有意识的方式。[1]

《彗星》是一部从材料来看也格外幽默，甚至滑稽的小说。我

---

[1] 如此一种精练的"我"之介入并不总是幽默的，这一点我在《欧福里翁》上发表的论文里已经以纪德的《伪币制造者》为例展示过（见前引，第67页）。

们在上文中已展示，文中叙事功能借助"我"的介入而开始了一场与自己的游戏，也即与虚构的游戏。也可以对此反驳说，这样的"我"之介入绝不只在让·保尔的滑稽小说中出现，也广泛存在于他的严肃而伤感的小说中，我们从《彗星》文本中所得出的叙事功能玩虚构游戏的结论显然太狭隘，不足以将这种叙事方式的主观性判为错误。但是我们现在就看一看，在一部《提坦》这样的小说里，"我"的介入具有怎样的功能，我们将看到，这部在狭义上而言滑稽幽默的小说只是这种叙事方式的一个特例，我们之所以能在广义上称这种叙事方式为幽默，是因为它将虚构叙事本身的问题作为问题纳入自身，而这与小说的内容无关。我们还必须在这种以塞万提斯为远祖，在18世纪这个批判哲学的世纪发展成型的幽默小说上停留片刻，因为这个在文学史上意义非凡的现象向我们具体而清楚地展示了我们在这里所关心的系统状况。因为文学的逻辑结构不是对文学现象的抽象，而只能从文学本身来解读。反过来，我们所找到的规则也是用来阐明现象的。幽默小说一方面可以通过现实表述与虚构叙事的区别来显示其结构，反过来它也为这种区别提供了最清晰的认知材料，也由此为精确描述虚构叙事，史诗类叙事本身提供了认知材料。

让·保尔的《提坦》和亨利·菲尔丁的《汤姆·琼斯的历史》一样不是狭义上的幽默小说。两部作品从风格和内容来说都无可比之处，它们的共同点就在于，它们都有与小说叙事本身相关的附加内容。在菲尔丁的小说中，这种附加一方面比让·保尔的小说更系统，另一方面更简单，所以我们从菲尔丁开始。菲尔丁有意在小说创作领域做一个"首开新声"者,"一个新的写作界域的开拓者",而这个意识清晰地存在于对虚构叙事的特殊种类的认识中,这个认识便是,这种叙事听令于与其他叙事不一样的规则,"所以我可以自由地按我的喜好来制定规则"(第二卷,第一章)。困扰他而他也尽力解决的问题是,一方面这部小说要给出一幅现实的图景,"一部历史"而不是"一部罗曼司"或"小说"(所以他给小说起名为《汤姆·琼斯的历史》),另一方面它只能演示一个虚构的现实,小说作者必须自己为之制定规则。这是因为被叙述的现实是为了被叙述者的缘故而不是真实的现实,其实从根本上也不能"演示"这个现实。但是菲尔丁是在一个今天才让小说理论家们费尽心思的现象上遇到这个问题的,这就是对时间的演示。虚构的时间和现实的或历史的时间之间的关系是他的基本问题之一。他已经试着这么来表达这个问题,他将小说时间放在了每一章开头的内容提示句里:"本章涵盖一年的时间,涵盖大约三星期,两天、十二个小时",等等。他在这里看到了一个问题,因为他在叙述他的历史时注意到,时间根本没法叙述,对时间的意识恰恰会在虚构中丧失,因为虚构不像历史的叙事仅仅说明事件并标明日期,还要唤醒一种生活的假象,这生活和现实生活一样,在进行过程中不会反思它所经历的时间。他发觉了这一点,但没有完全明白虚构叙事所内含的这种现象的逻辑结构原因,当他说:"如果有任何非同一般的场面,我们会毫不厌烦也不惜笔墨,将其毫发毕现地呈现给我们的读者,但是如果整年整年过去,不曾有过任何值得一记的事情发生……我们对这一段时间就完全不予理会。"(第二卷,第一章)他没有发觉,他用这句话又将他想通过每章标题来指称的小说时间取消掉了,不论是叙事者还是读者都不会注意被叙述的事件和体验所占用的时间,因为"叙事时间"不是"被叙述的时间",根本没有时间被叙述,被叙述的是事件、生活——这样的话,在他这部小说和其他任何小说里标明时间的章节标题都成了多余的。但是对于菲尔丁来说,演示作为体验范畴的时间并不是问题(时间在小说的现代发展阶段才成为问题),对他来说,这是对小说现实的虚构性质的一个判断标准,一种十字架之负担,对于这个时代(1745年)来说这是一种超常敏锐的观察,尽管是文学技巧上的实用考虑,却达到了这一目的,获取了对虚构在思维体系和语言体系中的独有位置的洞见。正是要在这个视点下来判断这些理论化观察的附加内容,菲尔丁在《汤姆·琼斯》十八卷的每一卷开头都有这样的内容做引子。它们包含了他的小说理论,对"历史"和小说之间的异同的论述,诸如此类。他以这种有意识的批评方式将小说理论砌入小说中,由此让这部小说,在无损其内容的情况下,变成了一个幽默事件。《汤姆·琼斯》的基本格调是幽默的,非常奇特的是,这既不在于理论观察,也不在于故事本身。两者就其自身而言都不具有真正意义上的幽默。但是幽默的基调还是如此形成了:小说理论的阐述总是让人清醒地意识到一部小说不是现实,而是幻象,假象,虚构,并非生活——就像诺瓦利斯后来所说的——而是作为一本书的生活。小说所叙述的这种假象现实,不论多么不滑稽,它被这种幽默照亮,正由于它是被"造出"来的(一个 ποιεῖν),它的制造者能和它游戏，取消它又重新制造它，这个现实可以说并不需要认真对待自己。我们也可能只能在幽默小说里找到每章引子的提示，提示我们这章里要叙述的，都只是一本书的内容，因此不会带有现实生活的沉重、血淋淋的严肃和残酷的专断。书里一再写道："我们在前一章已经看到"或者"我们整个历史中最具悲剧性的这个事件，我们必须为其单列一章"诸如此类。这里很清楚地表明，叙事者对叙事的介入，如果被称为主观风格，在文学理论上就是错误的描述。这里涉及的不是叙事者本身，以其作为叙事者或作者的特质，对自己的主观兴趣，而是反过来，是作者对他作品的一种特别"客观"的态度，这里涉及的是自由游戏的意识，该游戏可以用无物质、风格化、虚构的小说现实，包括其各章引子、任意的压缩、合并和扩展来玩。

从菲尔丁的这些理论和构造上的问题出发，我们能认识到，这种优越的美学幽默也是幽默得不明显的让·保尔的小说的特征。在《提坦》里，正如在《彗星》或《吴茨》中，叙事者与自己和他的产品展开了"游戏"，他让人意识到，这个世界仅仅是有赖于他，有赖于被叙述，才出现的。"我想，我从惠斯顿所绘的扫帚星的图片上为人们剪下来的这个角已经足够宽了。在我继续讲下去之前，我想提一个条件，我偶尔也可以称唐·盖斯帕尔德为骑士，而不用给他挂上金羊毛勋章。"（《提坦》，第一个廿五期）在《提坦》和《金星》中或者《看不见的包厢》中都不缺少由这个时代的幽默风格所决定的对小说创作、印刷、成书经历的说明，比如内容丰富的"提坦出场大纲"（第一个廿五期结束的第九循环周）

或者对书名和章名的多种解释。

我们在这里不是要对那位英国作家和让·保尔的幽默风格进行深入分析,我们是要借用在那个时代表现得如此显著的叙事方式,因为这个方式尤其清楚地展示了史诗类叙事功能的本质,而且并非偶然地被这方式的代表人物当作虚构叙事——有别于历史叙事——的独有之处来理解、阐释并艺术化地运用(上文中仅仅是浮光掠影地点明了这一点)。让·保尔与他的角色所开的玩笑——在幽默作品和严肃作品中,不过在他的所有作品里这两者之间的界限是不确定的——有他自己或多或少意识到的原因,这原因在于他一再逗笑地思考着小说叙事者独特的"造物者行为",不是就人物进行叙事,而是叙述他们,在叙事中展示出他们存在的"主观性"。这个过程只在叙事文学中有着唯一的逻辑位置,并确定后者的规则。正是作家没有完全服从叙事规则,也就是没有完全进入所叙述的事物,却意识到这个规则的地方,是史诗类幽默的来源所在,或者说得谨慎些,是来源之一。这样的幽默也许必须以超过迄今为止所做的强度,追溯到"虚构的逻辑"。但是虚构游戏按照其本性就只能发生在幽默小说中,因为不幽默的叙事假如不认真对待自己的产品,即虚构,不自己意识到或让人意识到它的虚构性,那么就会取消这个虚构,连带也取消自己。正因为此,史诗类幽默对于虚构叙事的认知而言就是一个尤其能让人将其看清楚的手段,虚构叙事正是在它不是被——在康德意义上——"天真地"而是被"批判地"处理的时候,才会展露它的特质。

但是这样一种幽默风格让我们能清楚掌握的认识也就是，尽管有种种"我"的介入，将这种风格称为主观者，是不符合事实的。我们无疑能感受到让·保尔叙事方式中的藤蔓花纹游戏，叙事功能与自己玩的游戏，是一种"对正题的偏离"（正如他自己所坦言），是横生的枝蔓。但是其他不与自己游戏的叙事方式，我们也能体验为节外生枝，并且按照我们自己的品味，在某些情况下对其感觉乏味。

可以想到的就有强烈的**反思性叙事**，这种叙事或多或少都在直接阐释情节和人物：解释，注解，揭示他们背后更重大的关联，往往也由此显得"跑题"。但是如果我们对这种叙事方式也就近观察，虚构叙事与表述有范畴区别的本质也会越来越清晰。正是在这个关联中，不能被印象欺骗。如果不是向前推进到结构因素，就容易被骗。在此又要举几个例子：

> 例1：威廉的思绪很快又转到了他自己的状况上来。他觉得自己并没有平静多少。人能遇到的最危险境况，莫过于外在的处境造成了自己状态的巨大改变，而他自己还没有准备好去思考和感受变化的样式。那样就会有一个不知是何时期的时期。人越是没有发觉他还没有足够的修养来应付新状态，由此造成的矛盾就越大。
>
> 威廉认为自己在远没能与自己统一的时刻是自由的。他的思考是高贵的，他的意图是单纯的……
>
> （歌德：《威廉·迈斯特的学徒年代》，第五书，第一章）

例2：大多数人，即使是最优秀的人，也都是有局限的；每一个人都会欣赏自己和别人身上的某些品质；只有这些品质他会青睐，只有这些品质他愿意发扬。

（同上，第八书，第五章）

例3：假如乌尔里希要说出，他到底是怎样一个人，那他就会陷入尴尬……他是一个强大的人吗？他也不知道，他也许由此而置身于一个严重的错误中。但是他肯定一直都是一个相信自己力量的人。现在他也不怀疑，具有还是缺乏自己的经历和个性，这之间的差别只是一个态度上的差别……说简单些吧，人对于自己经历过或做过的事情总能更泰然或者更个人化地对待。人除了能将一个外来的打击感受为痛苦，也能够将其感受为屈辱，而这个打击就会由此增强到无法忍受；但是人也能以竞技的方式接受它，当它是个障碍……一个经历是通过它在一连串具有后果的行为中的地位才获得它的意义的，正是这个现象，会出现在每个不把这当作仅仅是个人的遭遇，而是当作对自己精神力量的挑战的人身上……

（罗伯特·穆齐尔：《没有个性的人》，第一书，第三十九章）

在这三个文本之外还可以再任意添加，它们的共同之处是，它们都以一种反思的方式"拖长"了。那它们也跑题了吗？它们"偏离正题"了吗，我们会忍不住对它们叫出"言归正传"吗？当我们如此来说出这些问题的时候，我们发觉，这样的问题并不合适。这个事实又会随着我们引入与现实表述的比较而得到说明。只有在涉及现实表述时，言归正传的要求才有意义。因为正题在现实表述中总是不受制于讲述而存在的，这样的正题就不受讲述和讲述者的影响。我们假设，出自《威廉·迈斯特》的第一个例子的第一句话"威廉的思绪又转到了他自己的状况上来"是如此一个现实表述，有人向另一个人讲述前者认识的威廉所处的一个特定的人生状态。威廉的思绪转到自己的状况上来，是这个人听威廉亲自告诉他的。在这种情况下，接下来的句子演示的就会是讲述者的反思，这些反思仅仅与他有关联，表达了他对人和事物的主观的观察方式，它们和文中的人和事毫无关系，讲述的收听者就有可能朝他叫道："好了，你对一个人的人生中有可能突然出现的改变所做的这些泛泛之谈，我根本不感兴趣。言归正传吧，威廉到底怎么样了，他的状况是什么样的！"因为一个真实的人物威廉在他人生中的这个或那个时间点是何状态，有何举动，都没有得到更仔细、更深入的描述，虽然讲述他的人将这么深刻的哲学心理学观察与他这个人物联结了起来。（就算可以通过对一个真实人物的性格、社会处境等决定他行为的因素进行心理学阐释来理解和解释他的行为，这些阐释始终还是讲述者的主观观点，与表述客体这个人本身没有关系。）我们直接就能感觉到，这种关联在涉及小说人物威廉·迈斯特的时候就会截然不同。我们不会在看到"人能遇到的最危险境况"这样的观察时有喊出"言归正传"的冲动。因为我们必须交代清楚，这里的"正题"是什么。正如我们借助我们对虚构结构和表述结构进行比较的方法在一系列关联中已经确定的：虚构的状况脱离了"可交代性"。正如虚构的时空状况是完全无法交代的，因为这里是时空状况的概念，而不是它们本身，所以追问一部小说的正题是什么，这个问题就是怎么都不能交代清楚的。在小说《威廉·迈斯特》中，我们不能将人物威廉·迈斯特与对这个人的叙事分割开。因为他不是叙事围绕的一个人。在上述句子之后出现了这样的观察，他很快就想到了自己的状况，觉得并不平静，这也不是一个讲述者的只和他有关而与威廉无关的主观思考和离题讨论。这个观察是用来塑造威廉的形象的，正如对他的行动、言谈和思考的说明一样。我们在"威廉的思绪很快又转到了他自己的状况上来"或者从同一部小说中的具体情境语句"伯爵给自己的夫人递上手，携她走了下来"（第三书，第二章）中都同样不能将一个"叙事者"与他所叙述之事区分开来，在反思语句里这样一个分界也是无法交代的。这在逻辑上是怎样形成的，我们比较一下例1和例3，出自我们这个时代的小说穆齐尔的《没有个性的人》，就可以看得更清楚。

例3这段话与威廉·迈斯特的例子是类似的类型。这里直接指涉人物乌尔里希的叙事也过渡到了对普遍情况和问题的论述，从这个句子开始："说简单些吧，人对于自己经历过或做过的事情总能更泰然或者更个人化地对待。"我们觉察到在较早时代的文本和现代文本之间有一定的差别。这差别就在于，后者中普遍的反思与人物乌尔里希，比威廉·迈斯特文本中的反思和人物威廉，在某种程度上更紧密而内在地相连。尽管在穆齐尔的例子中后面的句子和歌德的例子中一样都不太指涉被描述之人的思想，但是这些句子还是更像是乌尔里希的思想，在迈斯特的例子里那些句子就不太像是威廉的思想。这个差别不是原则上的，而只是风格上的。它直接向我们透露，穆齐尔的小说比歌德的更现代。我们已经多次指出过，虚构化描述的手法在19世纪的进程中被发展得越来越精巧，对内在人生的演示越来越用对角色的直接主观化来进行，这就是说，虚构人物的虚构"我"—原点得到了越来越清晰的刻画，直至乔伊斯的大胆手段出现。就算这个句子"威廉的思绪很快又转到了他自己的状况上来。他觉得自己并没有平静多少"比"假如乌尔里希要说出，他到底是怎样一个人，那他就会陷入尴尬……他是一个强大的人吗？"更具有真正意义上的表述的风格，这个差别也只是程度上的。只是叙事风格让我们不能将第二个句子像第一个一样也放到一个现实表述中去。虚构叙事的风格在第二个句子中立刻就现身了。尽管如此，《威廉·迈斯特》的句子有着同样的结构特质。仔细察看之下就会看到，它已经显示出了在一个现实表述中不可能出现的虚构叙事的特征，比如"他觉得自己并没有平静多少"（在表述中动词"觉得"会被拿掉）。内在事件的动词表明威廉处于他自己感受着、思考着的生活中，在虚构的此时此地中，只是不如现代小说形式表现得那么充分和强烈。这就意味着：这个角色显得没有乌尔里希那么主观化。所以歌德这段话中接下来的观察就显得比穆齐尔文中更脱离了角色,也不妨说是"更客观",因为这个角色也是以更客观的演示风格来描述的。但是我们不可以将风格差异的指称与主观-客观概念的真正意义弄混。主观性与客观性并不指涉作者,作者虽然在现实讲述中与叙事者一致,但是在虚构叙事中并非一致(就像画家与他的画笔并不一致)。这些概念在虚构中,如上所述,仅仅指涉虚构人物所展示出的面向,值得关注的差别则是叙事风格上的差别。因此,我们在面对歌德和穆齐尔的文本的时候都不能对叙事者提出"言归正传"的要求。反思性观察的这两种形式都是有所阐释、有所指点的构型,而不是表述,两者只是在程度上而不是在范畴种类上有所区别。[1] 哪一部小说里什么才是"正题",这个问题也不能得到回答,因为这个问题根本就不能提出来。穆齐尔的例子,通过比照歌德的例子而得到阐明,它恰恰让人看清楚,绝没有任何像现实讲述中会有的"客观事实",一个情节,一个事件,一个情境等能成为可以以某种方式脱离其演示而独立的小说正题,小说"内容"。所以我们基本上没法再现一部小说的"内容"。如果我们这么做或者误以为这么做了,那么我们只是在努力给出几个支撑点,让我们能藉此回忆起小说内容来。也有这样的

---

[1] 在他的专著《虚构与反思:对穆齐尔和贝克特的思考》(美因河畔法兰克福,1967 年)中,乌尔夫·施拉姆就从有反思风格的这些段落里推导出了穆齐尔小说的一个以"可能性思考"为标志的特色。这在我们的视角下仅仅被理解为波动型叙事功能的一个外在现象,而施拉姆却将其描述为一个"过渡区,这里面到底是思考包含了虚构,还是虚构覆盖了思考,并不分明",结果就是"两种手段都失去了它们的确定性,再没有什么能够确定无疑地得到传达"(第 160 页)。

情况，最长的小说"从内容上"可以通过一句话复述。

虚构叙事中的"离题"观察是怎样一种情况，最终对叙事本身有何作用，我们还能从另一个方面，通过对比例1和例2来阐明。例2也出自《威廉·迈斯特》，但是这里的引号已经说明，这是一次对话：是亚尔诺在与威廉的谈话中说出的观察。这些观察和例1中的具有同样的普遍性质，但是因为它是"放在"一个虚构人物"嘴中"的，所以我们从一开始就不会把它归在枝节性的甚至离题的那一栏中。因为我们面对的是小说的对话系统，这是虚构系统或者虚构领域中的核心部分之一。这些观察也就作为人物的，而非（作者意义上的）叙事者的事务出现。但是恰恰这个现象是一个虽然间接但也正因如此尤其有说服力的证据，证明叙事者的叙事也是虚构人物的事务，而不是他自己的。要表明这一点，歌德文本的风格尤其合适。人物的对话在本质上并不是叙事之外的另一种风格。我们能够直接将我们这两个例子中的观察相互替换，让例2成为叙事讲述，例1中从"人能遇到的最危险境况"开始的部分都放入一个对话中。这种替换尤其可行，因为《威廉·迈斯特》的对话风格也是不那么个人兼私人化的；但是这里也并不是种类上的，而只是程度上的差别。小说的叙事机构与对话实体之间的分界是弱的，而这正表明，叙事的功能最终也不过就是对话构造的功能，以及由其本性所定的，自言自语和体验直述的功能。如果真的能要求"叙事者"尽可能消失，让小说融化在一个对话系统里[1],那么这在理论上之所以是可能的,也是因为叙事功能,严格来说,讲述的叙事功能只是整个虚构构型结构的造型手段之一——出于这个原因,该功能就能和其他造型手段融合。这种情况在体验直述中表现得尤为清楚。

体验直述在上文中,在涉及时态问题的时候,为我们提供了解释虚构的"我"—原点的决定性启发,并给出了最有力的证据,证明虚构叙事通过内在事件动词而得以制造。体验直述也可用于此处的论证,这当然并非偶然,而是与这里的情况,与认识虚构的叙事功能本身这个目的有着紧密关联。我们已经多次观察到,体验直述的形式不总是能与"叙事者的声音"截然区分开,在哪里叙事者停止说话而交由小说角色发言,这个边界并不总是能准确划出的。[2] 就这种形式在中世纪文学作品中的存在进行的研究[3] 正是在这个边界上移动,因为在中世纪文学中体验直述无疑还没有扩展为一种有意识的技巧,而是在某种程度上通过叙事者来进行

---

1 最早提出这个要求的不是施皮尔哈根,而是亚里士多德,他之所以称赞荷马,是因为后者尽可能不"自己",也即作为叙事者来说话,而是尽快让一个男人或女人登场。按照施皮尔哈根的观点,这个要求是奥尔特加·伊·加塞特(《对小说的思考》,《我们时代的任务》,斯图加特,1930年)和亨利·格林(《交流》,《新评论》,1951年)提出的——关于施皮尔哈根,参见 W. 黑尔曼的优秀批评:《客观性、主观性与叙事艺术:论弗里德里希·施皮尔哈根的小说理论》,《本质与现实》,《普勒斯纳纪念文集》,哥廷根,1957年。
2 E. 莱尔希:《言谈的过去时的风格意义》,《日耳曼-罗曼语研究月刊》,1914年第6期,第470页及以下诸页。
3 W. 京特:《言谈演示的问题》,马堡,1928年。

虚构文类或演示文类　　　　　　　　　　　　　　　　　　*177*

的。它之所以能通过叙事者进行，也是因为中世纪史诗的叙事者是一种虚构叙事功能。E. 莱尔希（Lerch）也指出，在对小说人物的有意识或无意识想法的转述中，叙事者几乎不知不觉地如此发出了自己的阐释声音，他用自己的词汇来想他们的想法。[1] 实际上仅仅将体验直述概括为：从人物的视角来演示人物未说出口的想法也即意识流的手段[2]，是绝对不够的。当然有些形式唤起的主导印象确实是这样的："她说'我的伊丽莎白在这儿'的方式让他心烦。为什么不简单地说'伊丽莎白在这儿'？这挺虚伪。伊丽莎白也不喜欢这样。因为他是懂年轻人的；他喜欢他们。克拉利萨心里总有点什么是冷冰冰的，他想。"（弗吉尼亚·伍尔夫:《达洛维夫人》）

　　但是体验直述能够占有的层面往往也宽广得多，它可以如此广泛，甚至能完全实现叙事功能，以至于能分隔以这种演示形式在我们眼前展开的"内在"的心灵事件与外在的客观化解释的分界线可以划在哪里都无法确认。我们的穆齐尔的例子非常清楚地展示了这一现象。那些普遍性观察，并非像以上两例一样是与小说人物相近的另一人相关，而同时是乌尔里希和叙事者也即作者的观察。但它们之所以是出自叙事者的，仅仅因为它们是出自乌尔里希的，也就是说是用来构造他的内在和外在处境的。这是判断我们仅仅是和叙事本身而不是在和某个叙事者打交道的另一个

---

[1] E. 莱尔希:《言谈的过去时的风格意义》。D. 科恩很好地区分了讽刺构型与严肃构型（《叙事独白》，第 11 页）。

[2] R. 汉弗莱:《现代小说中的意识流》，伯克利，1954 年。

标准。

这里重要的是要认识到，体验直述尤其能清晰地映现虚构叙事是功能而不是表述，是因为体验直述是虚构叙事能从自身推导出的最极端后果，而这是现实表述由于其本质而永远无法达到的。像穆齐尔这段话中的形式，在结构和内涵上都可以与《威廉·迈斯特》的段落进行对比，由它出发可以表明，这样的观察并不是一个毫不受制于虚构故事的观察者或叙事者的事务，而是服务于对小说角色的构型的，虽然它们在形式上与小说角色连接不紧密。威廉也和乌尔里希与彼得·沃尔什（《达洛维夫人》中的人物）一样并不是叙事可以偏离的"正题"，如果要偏离，那么他就真正成了正题，是一个真实的人，叙事也就不是虚构的，而是历史的了。在乌尔里希和彼得·沃尔什这里，最后一个假设根本就不会提出，而这仅仅是源于从一开始就更具有虚构化性质的叙事风格形式，但是在原则和结构上这三者之间并无差别。

我们如果为了比较，再看一眼克莱斯特的文本，就会更清楚。我们能够就此认识到，广泛的反思类叙事构造说到底无非就是对叙事功能本身的一种大力扩展，这种扩展只是在风格上而不是在范畴种类上与以下文本段落区分开来。克莱斯特的文本中如此写道："她怀着巨大的心满意足回想，她凭借自己的清白意识的力量，取得了怎样一个击败她哥哥的胜利啊。"我们对此当然必须更仔细地倾听，才能发觉在这里叙事和被叙述者也是融合在一起的，也无法找到在某种意义上自动完成的心灵事件也即侯爵夫人的虚构生活和加以阐释的叙事者声音之间的分界线。这个分界线

虚构文类或演示文类

也是无法给出的，因为它就不存在。对心灵事件的阐释就是心灵事件，如果有另一个阐释的词——正如我们在上文中从另一方面展示的——就会制造另一些心灵事件。因为它们就是通过被叙述而存在的。叙事即事件，事件即叙事。而这对于外在事件和内在事件的叙事都是同样适用的。

为了再次阐明这一点，我们再来看看冯塔内的例子，这个例子描述了一个外在情景，因为更为详细所以有别于卡夫卡的例子，也比后者显示出更强的虚构化特征。在演示外在情景的时候，这些特征，尤其是在新近的文本里，除了在每一个史诗类文学作品中都充分利用的情景动词之外，还可以通过指示性副词的运用让人识别出来，比如，"这个场景就和昨天一样"，还有对行动和不行动、动作，简而言之，有生命力的"场景"的详细描写。这样的描述让人不能那么好地展示叙事与被叙述者的融合一致，因为我们最初的体验就已经完全是这种一致了，我们不能从这个更偏于讲述的描写层面中精确分离出阐释性的构型层面。而这当然是源于被叙述的是虚构的。比如"最整洁"的衣着，"没有什么内容"的报纸，这些形容词都是和被描述的事物本身连接起来的品质，这些品质不会通过特别阐释而与这些事物的称述脱离（而这种特别的阐释则会以更强或更弱的程度出现在现实表述里，这些概念在那里有可能遭到别人的相反评价，报纸可能被一些人看作毫无内容，而被另一些人看作内容丰富）。但是这一小段文本还是包含了一个让我们仍然能看出融合过程的时刻，这个时刻并非偶然地暴露了不少冯塔内的特殊风格。这个句子"只是没有了澳洲白鹦鹉，窗外看得到霍尼希用一根绳子牵着顾问夫人的博洛尼亚犬在水池周围散步"会让我们不自觉地露出一个被逗乐的微笑。我们觉得其中有幽默。但是这是和让·保尔的幽默不一样的幽默风格。它不是通过叙事功能与自己和虚构的游戏而形成的。冯塔内的句子完全是"直陈事实的"：澳洲白鹦鹉不在，霍尼希在屋外牵着博洛尼亚犬散步。让我们微笑的是一个小词，一个小的句子结构，这个"只是没有了"（statt）和这种将澳洲白鹦鹉和女宾客相连的方式。"没有了澳洲白鹦鹉，看到的是博洛尼亚犬"这个句子不会让人微笑，而用这种方式将一个人和一个动物相提并论却具有滑稽幽默的效果。但是这里的幽默是隐而不露的，因为它指涉的最终是特赖贝尔顾问夫人，在她的小资格调的眼中，陪伴的宠物和陪伴的女宾客是处在同一个服侍的阶层上的，就在同一个句子中霍尼希又只是在服侍顾问夫人的另一只陪伴宠物，小博洛尼亚犬。阐释性的幽默在这里浓缩在唯一一个小词，一个介词上，与讲述性的描述难以区分地融合在一起。

对话体系

我们尝试证明虚构叙事作为一种功能结构与现实表述作为一种关联结构或主客体结构之间的差异，这一尝试已经通过引入体验直述而揭示了一些让叙事得以制造和扩建自己的元素。这些元素里包括对话，只要有叙事类文学作品，对话就是叙事实体中一个核心的组成部分，这无须加以确认。但这也尤其让人意识到，这样的确认并未发生过。正因为对话看起来提供了一种相对简单的叙事手段，它才需要更仔细的分析。

对话初看起来似乎很游离在真正意义上的叙事，即那种描绘式或者反思式的讲述之外，我们所指出的后者与其他构型形式尤其是体验直述的融合，似乎也不是普遍适用的。但是我们可以表明，这种某种程度上挺传统的对我们阅读体验的描述，以及小说结构并不符合真正的现象。如果对我们的阅读体验做一次考察，它就会告诉我们，在一部小说的叙事（更准确地说是讲述）实体与对话实体之间并没有明显的差别进入我们的意识。这并不是说人们在阅读的时候没有发觉，也不能随时确定什么是讲述，什么是对话。这里的现象其实是另一种，是以此为根基的：**叙事功能是以一种特殊方式波动地显示出来的**。我们已经在体验直述中观察到了这一点，在体验直述中叙事功能仿佛已经消失在了角色里，被它们吸收了，以至于我们无法分辨角色到底是"自动"演示自己还是被演示。但这只是一个体现得尤其强烈的判断标准。虚构叙事在其进展的每一刻都为这种波动的叙事功能左右，因为它在每一刻都或强或弱地制造了负载意义的"存在"（Sein）。叙事功能在此过程中以生产的方式围绕着这个存在，角色和它们的世界，有时紧密，有时松散，有时完全与它们融合，有时又从它们中退出，但是并没有让它们"脱离视野"，所以能直接地、无须接口地，通过完全放弃自己来将自己分配给它们。这在对话和独白中进行得比在体验直述中更绝对。几乎不需一提的是，这三种形式是彼此近似的，以不同的剂量和微妙来呈现虚构叙事的特质。它们也是最有利的证据，证明叙事不是对过去的叙事，而总是造成现时的表象。对话和体验直述一样只是在"他"——叙事中，在纯粹的虚构中有其原生的位置。因为只有在这里，叙事才会如此波动，"讲述"和对话体系融合为叙事功能的统一体。这种情况之所以能出现，是因为叙事已经是虚构的了，它在每一刻都准备好化身为虚构的角色。

但是我们如果对对话的功能做更为仔细的查验，就会看到，对话就其自身而言，就是对史诗类叙事的"非个人"功能性质的一个明证，是史诗类叙事能够采用的多种形式之一。这表现在，对话绝不仅仅要演示这些角色本身的此在和如其所是，它也在很大程度上替代了叙事的纯描述功能。我们在小说中不仅仅是通过讲述，也通过对话来了解当前状态、外在状况和事件、其他人物。而这已经在广义上出现在了西方史诗之父荷马那里，而亚里士多德正是为此对他大加赞扬。歌德将理查森的书信体小说理解为史诗类文学戏剧化的一个征兆，他对荷马笔下的这个现象本不会视而不见，如果他有可能修正他对游吟诗人的定义的话。因为如果像亚里士多德所赞颂的，叙事者尽可能少地"自己"说话，而是在简短的开场白之后让一个男人或女人登场（《诗学》，第24章），那么该叙事者真的就会显示为"展现完整过去的人，一个在宁静的特殊条件下能尽览全局的有智慧的男人"（歌德，1797年12月）了吗？荷马自己恰恰如前所述，驳斥了依靠叙事者进行叙事的叙事定义，这个定义以或多或少改头换面的形式保留到了今天的文学理论中。在荷马史诗里叙事材料几乎完全被分配给了言谈和辩论，"我"——叙事和自言自语。这些言谈并不像现代史诗类作品一样是对心灵事件的心理学-存在式演示，其原因在于古典史诗的本质，这些事件不是为了人物的缘故而被构造出来的（以症候甚至象征的方式），而是反过来，人物的功能是承载事件，成为一个变动的世界状态的组成部分。但这一点对于我们的研究来说并不具有本质意义。重要的是西方史诗的创建者给我们传达的认识，这种将事件材料分配给说话的人物和"叙事者"的做法恰恰让叙事者失去了人们错误地施加给这个概念的性质。就连歌德也在某种程度上撤回了他的第一个定义，他后来说了这么几句话："游吟诗人作为一种更高的存在，不应该在自己的诗中显示自己；他最后在一帘幕布背后吟诵，好让人们抽离了所有个人性，而相信自己只听到了普遍的缪斯声音"，这也就是感受到了，用我们的术语来说，"游吟诗人"不是一个表述主体，通过叙事和被叙述所展示出的内容与叙事者，与游吟诗人毫无关系，这样"我们只会听到普遍的缪斯声音""叙事的精神"，就像现代的史诗类作家托马斯·曼所说的。的确，我们从荷马的叙事形式中已经能看得一清二楚，虚构叙事是一个功能，有时采取这种形式，有时采取另一种形式，并不受制于一个主体就一个客体以及一个事实内容所做的表述所要遵循的语言逻辑和语法。因为这个逻辑阻碍了被讲述的事件在与第三人的来回对话中得到扩展，或是在独白中让人知晓。谁要是在荷马史诗中"对自己的高贵灵魂"说话，他既不是"他说话"这一表述的客体，也不是戏剧中的谈话者，尽管这个谈话是由"他说话"这个说明引入的。这个说明也是能省略的，虽然在荷马这里没有省略，但是在新近的小说文学中经常有足够多这样的例子,而这本身就表明,如果表达得极端一点,在虚构叙事中重要的并不是叙事。这意味着:叙事是一个构型功能,一个演示功能,对此也完全可以说,它与其他构型功能如对话、独白、体验直述一样得到使用,虽然说得准确点,它是以波动的方式有时采用这个形式,有时采用那个形式。

在一个叙事虚构的织体中,这些形式是相互交融的,所以我们在阅读的时候不会对讲述和对话体系进行区分,我们用几个例子对此加以说明:

例1:"挺美的,很有诗意",索尔提终于开口说话了,"但是要上演的话"——"没有人会印刷",卢布莱希特脱口而出。——"变化太多了",另一个人说。"没有一个闪亮的退场。但是所有这些该死的玩意儿和我的作品有什么关系?"奥托带着诗人式的天真,惊讶地问道。"会有关系的,我最亲爱的,"索尔提平静地回答,"随着舞台经验的增长,就会慢慢有关系了。"现在所有人都把鼻子伸进了这本册子,每个人都开始按自己的方式来挑毛病。对话写得太离奇,应该再修改修改,降低调门,要显得自然。这个主角又太简单,妇人热恋过了头。这时候奥托再也受不了,这个女孩形象对他来说正是最美的形象。就像年轻作家身上常见的那样,他在写作过程中渐渐自己爱上了她。"我写出来的,是我所能想到的最可爱,"他叫了出来,"最亲切、最真实和最好的东西。整个剧本里我一个字母都不会改的。"他一边说一边怒气冲冲地把手稿扔到桌上,飞快地走到花园里去了。他走了没多远,似乎听到了演员们在他身后大笑。

(艾兴多夫:《诗人和他的同伴》)

例2:旅馆从外面看和K住的旅馆非常像。村子里这些房子外表上也许根本没有什么更大的差别了,但是小一点的差别还是很快就会察觉到。门前楼梯有栏杆,门上方钉着一盏漂亮的灯笼。他们走进去的时候,一根布条在他们头顶飞舞。这是有伯爵颜色的一面旗子。到了走道,他们立刻就遇到了旅馆老板,显然这是一个有人监视的圆形走道。他睁着小眼睛,睡眼惺忪地打量他们,看到K走过身边,说:"测量员先生只允许走到酒吧里。""当然,"奥尔嘉说,她马上把K拉到身边,"他只是来陪我的。"但是K并不领情,挣脱了奥尔嘉,把旅馆老板拉到一边。奥尔嘉就待在走道尽头耐心地等着。"我想在这儿过夜",K说。"这可惜不行,"旅馆老板说,"您看起来还不知道。这座房子是专为招待城堡里的先生们而保留的……"

(卡夫卡:《城堡》)

例3:杜施卡在第二天的午休时间敲响了叶卡特丽娜·伊华诺夫娜的门,要找副主祭,而她是这么严肃,看起来这么警觉,让对方一下就注意到了。当她听到副主祭神父一大清早就离开了,去了乡下,要下午晚点才会回来,晚上还要再出去，就变得更严肃了。"下午晚点，是什么时候？"杜施卡半是问自己，半是问叶卡特丽娜·伊华诺夫娜。然后她决定七点左右再来试试。

她在下午的课开始之前还回了趟家，还在街上她就感觉到，伊尔加正站在他房间的窗边。她还没把身后的门关上，他就敲了她的房门，走了进来。她觉得，他脸色比平常更苍白，他的招呼也打得很仓促。"你见到他了吗？"他问。"没有"，他出门了，去乡下了……她听到，他是用"你"来称呼自己的……"我今天要走了"，他说。她吃惊地看着他。

（埃德查·沙普尔：《圣诞节前最后一个周日》）

这些文本都是随机抽取的，但它们不能太短，好让我们讨论的现象清晰可见可感。每个人都知道，它们是所有叙事类文学的范式代表，不论它们的风格、内容和文学水平有多么不同。这三个文本，每一个都展示了讲述与对话相结合的一种风格。但是它们有个共同点，即各自（小说选段或小说关联）的材料都是部分靠讲述，部分靠对话来传达的。我们当然可以费点力气，"以统计方式"分两栏来整理它们。但是我们无须这么做。我们可以直接看到，在每一个文本中，以各自不同的方式，在讲述和对话部分之间都存在一个如此紧密的内容与风格上的关联，以至于它们——我们不妨说，在构型心理学的严格意义上——汇合、交融成了一个美学构型。然而我们在三个文本构型之间能感觉到融合方式和程度的差异。我们会有这个印象，卡夫卡的文本中讲述和对话部分不像艾兴多夫和沙普尔文本中那么流畅地相互汇通。这当然有它自己的原因，但这原因不损害这个现象。卡夫卡的《城堡》的这段话是在演示物象，以栏杆、灯笼和伯爵旗子为标志的旅馆。K、奥尔嘉和旅馆老板这些人物所说的话，对房子外貌没有直接指涉，却指涉了这个房子的特殊性质：K不能在那里过夜，因为它是为城堡里的先生预备的。但是，尽管在讲述内容和对话内容之间有界线，但这个内容在我们眼里显示为唯一一个紧密结合的复杂体。在对话中，这个令人悚然的旅馆得到了进一步构造，161某种程度上是构造出了它的"内部空间"，在讲述中则有欲盖弥彰的一句"外表上也许根本没有什么更大的差别了，但是小一点的差别还是很快就会察觉到"为之埋下伏笔。

如果说在卡夫卡这里，讲述和对话以极为精巧的方式融合起来，构造出了一个让人看不透因而悚然的外在领域，那么例1和例3的文本则是传统的，因而简单得多的例子，展示了讲述和对话如何成为构型统一体。它们彼此相隔一个世纪，也正因此尤其能证明对虚构叙事来说必不可少而符合本质的特征。从艾兴多夫的《诗人和他的同伴》中选出的段落中，材料也是分配给叙事和对话的。但是这种分配在这里进行得流畅自如。这里的事实内容具有情感性质，说话者演员和奥托，全都按照自己的方式与得到关注的对象发生了内在联系：摆在演员面前供他们评价的奥托的首部剧本。讲述所用的词汇已经是在指涉对物件的各个体验方式，而不是像在卡夫卡的例子里那样指涉物件本身："奥托带着诗人式的天真，惊讶，平静，挑毛病，脱口而出"，等等。尤其是对这物件的态度已经在讲述中得到了表达，不论是没有直接复述出来的对话的内容："对话写得太离奇，应该再修改修改，降低调门，要显得自然。这个主角又太简单，妇人热恋过了头"，还是年轻诗人的内心活动的内容："这个女孩形象对他来说正是最美的形象……"这里所说的、所想的、所感觉到的——对话和讲述——都不可区分地彼此混合，构造出了**一个被心灵活动所激荡的场景**。

在构造上与之相近，但又类型不同的，是从沙普尔的《圣诞节前最后一个周日》里选出的段落。这是对一段事件的如此朴素而自然的演示，我们几乎不能将分配在讲述和谈话中的对事件本身的演示和杜施卡对事件的理解分割开。尤其给这种分割造成困难的是，这个事件的一部分是通过间接引语来叙述的，也就是作为对话来讲述的，这样直接引语也就不能与讲述区分得那么明显，讲述又保留了对话的声调，虽然没有任何一处完全被体验直述所吸收，但这里让人印象更为深刻的，是杜施卡激动不安而忧心忡忡的灵魂而不是事件本身。

162　　**间接引语形式**在沙普尔例文中如此强地用于融合讲述与对话，在这里正应当研究该形式在虚构叙事中的功能。它有别于体验直述，不仅仅能转述人物所想，还能转述人物所说，人物说出口的话。尤其区别两者的是形式本身，间接引语前会出现引用动词。体验直述仅仅是虚构叙事的演示形式，而众所周知，间接引语是转达表述中的常见形式，在那里是复述第三人的表述的唯一合法形式。尽管在这个形式中，两个有本质区别的讲述方式被拉得如此近，但它们之间的分界绝不会因此消除，反而会存留得很清晰。当然必须仔细听，仔细辨别，才能感觉到这个分界。而能帮助我们的，无非就是直接引语了，它的唯一自然而合法的位置则又是在虚构叙事中。我们在现实表述中如果用间接形式来转述第三个人的话：他说，所有的票都卖光了；或者用双重形式：他说，他听说所有的票都卖光了；或者在转述一个多人之间的讨论：他说事情是这样这样的，她的意见则相反，认为事情是另一个样子——那我们就不会被诱惑，让这些转述与直接引语交替出现。因为我们总是将我们自己作为转述者引入了被转述的话语中。我们这么做是通过说出引用动词，用标准德语来说，就是采用了虚拟式*。这两者都意味着：我只是转述他人所说的话，也就是对这些话不承担责任。转述人对被转述的话，根据事实内容或多或少都会强调自己的态度，这种表态总是附加在这个非独立的话语中，它能更多地指向信息提供者或者更多地指向其表述的内容。不论怎样，间接引语在现实表述中是一个（至少）三重分层，由初级表述主体、次级表述主体和表述客体组成。这样的分层，也即初级表述主体、真实的"我"—原点的存在，在口头的间接引语中比在书面的间接引语，尤其是极为客观的实事描述中表现得更加清楚（常常包含情感）。但是在后者中这种分层也是存在的。我们在这里插入另外两个例子，它们会显示间接引语在现实表述和在虚构中的差别。因为我们只能用一个现实表述的书面记录来进行

---

* 在德语中，转述第三人的话，也即使用间接引语时，这些话在语法上要用第一虚拟式。——译者注

这样的比较。历史学家兼诗人里卡达·胡赫（Ricarda Huch）给我们提供了一个可用的比较材料，它也能用来继续阐明上述例3，并从这个问题出发阐明整个波动状的虚构叙事功能。

里卡达·胡赫的纯历史研究《华伦斯坦》中写道："华伦斯坦做了世界上最傻的事，他也攻击了天主教徒，萨克森的枢密大臣勋贝格说：如果他只是压迫新教徒，那么他就会轻易得手；他这番话说明，他对华伦斯坦理解甚少。"

我们从她的作品《德国大战》*的开头部分选取一段来进行对比。这本书是"诗化"历史写作的最美例子之一，但因此也不能和不宜用作历史文献，因为这个诗化恰恰就是对历史事件进行了虚构化——一种特殊的、非一般意义的"小说式"虚构化，而这已经是处在分隔虚构和现实表述的界线的另一边了。这一点我们从间接引语的形式上就能感受到，间接引语是这部作品制造最具艺术性的虚构化的基本语言手段。这在作品开头部分立刻就能看到，而这个开头对于整部作品的叙事方式极具典型性：

> 1585年在杜塞尔多夫的宫殿里举行了年轻公爵杨·威廉与雅各蓓·冯·巴登隆重而华丽的婚礼，这一盛典是与富有的于利希王侯家族的声望相称的。庆典结束后，科隆选帝侯恩斯特·冯·维特尔斯巴赫与新娘，他的侄女告别，对她说，他离开的心情比来时更轻松；因为他之前常常受着良心

---

* 下文中简称《大战》。——译者注

煎熬，不知道他满心好意为她的幸福着想而将她托付给的这场婚姻会不会真正让她满意……

雅各蓓弯眼抿嘴，半是好心半是嘲讽地微笑，回答说："我觉得这环境没有那么精美，这家人也没有您那么有礼貌……我的公公……是个笨老头……"是啊，选帝侯有点尴尬地说，他不知道老公爵是这么糟糕……只是她得承认，杨·威廉对她来说还是般配的。边说着，选帝侯边抚摸了一下她红得发紫的圆润脸庞……她对她的夫君还是满意的，她说。

这里的间接引语与华伦斯坦研究中的间接引语有着清晰可感的差别，这个差别到底在哪儿？这里的间接引语不是三重的，根本就不是分层的。这里没有一个初级表述主体在说话，没有第三人的表述得到转述。第三人都是直接说话的。而这是由于在现实表述的间接引语里动词"说"建构了三重性，这个动词的意义在虚构中则发生了改变。在《大战》中不像在《华伦斯坦》中所传达的那样，某人说了某事（这个言说是归于判断的），而是，人物们是在"此时此地"说出某事的人，也即他们是虚构人物（尽管他们是"历史"人物）。间接引语在这里不再是真正的间接引语，正如"叙事者"也不是表述主体；它比直接引语更不受引用动词限制，因为动词"说"在这里不是引用动词，而是一个情景动词，和动词"微笑""抚摸"一样。所以这里和在沙普尔的例子中一样，（貌似的）间接引语形式都可以毫无障碍地与直接引语交替出现。明显偏爱间接形式而不看重直接形式，这在《大战》中是一个风格手段。这种手段让历史事件在虚构得栩栩如生的角色背后——这些角色自己被描述为在这个事件中行动着和感受着的人——始终能让人感觉这是一个历史事件，是被历史科学研究过和记载过的事件，但同时又将历史事件变换成一个此时此地发生的事件。将现实变为虚构的这个还算精简，还算克制的变换有着如此大的力量，以至于语言形式的意义内涵也随之改变并遵循一个规则，这个规则仅仅是如此施加给它们的：人物不再是客体，而是被描述为具有虚构主体性或虚构"我"—原点的位于此时此地者。历史记述和虚构叙事之间的界线也就立刻显现为一个从范畴上将两者分隔的界线。在虚构中叙事和被叙述者之间的所有关联体系都脱落了。对话和自言自语、间接引语形式和体验直述都与讲述融合为一个波动状功能的构型，这个功能时而采用这个形式，时而采用另一个形式来制造虚构。这个功能，虚构叙事所体现的所有形式，也让虚构叙事，如我们之前在各个形式上看到的那样，从范畴上与现实表述区别开来，这些形式都有这个特征：叙事功能不会像现实表述那样描述出一个客体，也不能对这个客体进行这样或那样的理解、解释、判断、评价，而是以解释的方式制造一个世界，制造和解释由此成为唯一一个创造行为，被叙述者就是叙事，叙事就是被叙述者。

　　这个等式，我们在这里再次用它来概括之前研究（和对"叙事者的角色"观点进行的批评）的结果，它可能也会遇到矛盾。在接受了叙事和被叙事者之间的功能关联后，会遇到阅读体验带来的矛盾。虽然从认知理论和语言理论来看存在这样的功能关联，但这难道不是仍然符合我们的阅读体验吗？——这种阅读体验还是能够区分一个叙事者和他所叙述之事。我们对小说的体验不也正因此而区别于我们对戏剧的体验，不论我们是读剧本还是看舞台演出？这两种虚构形式在长度上的差别也作为一个或多或少被意识到的元素进入了这个体验中。——那我们就拿起这个读者问题，仔细查看一下，它是不是得到了正确的解释和解答。我们并不满足于一个不确定的印象，而是追问人们描述和阐释一部小说和一部戏剧时的方式。这个问题从戏剧的情况来看最能得到让人明晓的答案。我们阐释情节、角色、思想内涵之际都是依赖于作家"让"剧中角色"说出"的话。但是我们在阐释一个叙事类文学作品的时候，不是以完全一样的方式来进行的吗？我们会区分作者让人物说出的话和他让叙事者说出的话吗？我们会说，现在是叙事者说，杜施卡在午间休息的时候敲了叶卡特丽娜·伊华诺夫娜家的门，然后杜施卡自己说："下午晚点，是什么时候？"166（因为这是上述引文中第一句直接引语。）不，我们顶多会讲述：杜施卡敲了叶卡特丽娜家的门，她看起来严肃，等等。讲述和引语对我们来说是交融在该作品构造出的世界里的，就如同叙事功能采用的不同形式都交融为了文学作品的构型整体一样，这和一幅画的各种颜色融合成画要演示的对象并无不同。因为一部小说中作家让他的人物进行的对话也是小说的叙事，就如可以用来复述这些对话的间接引语一样。

但是，也许有人会反驳，我们难道不能将一部小说中的反思部分，也即作者的观察，从小说中剥离出来，视为不属于叙事功能的部分，以此来清楚地区分叙事与被叙述者吗？我们用《威廉·迈斯特》的例子展示过，就算没有明确标记，反思也能分配给言说着和思考着的小说人物和讲述。就算特定段落倾向于被剥离，那也无非是像出自古典戏剧的许多"格言金句"一样。就算这些名言这么"流行"，以至于我们常常有必要在格言辞典中查找它们的出处，但其中的原因可以说，既不在它们自己身上也不在将它们放在他的退尔*或华伦斯坦那里的作者身上。那位在提到他的威廉时说"人能遇到的最危险境况，莫过于外在的处境造成了自己状态的巨大改变"的作家作为叙事者，并不比一个让自己的华伦斯坦说出"年轻人总是急匆匆说出如刀锋般难以持握的话来"的剧作家更足以充当"评价者、感受者、观看者"（克特·弗里德曼）。

可是从阅读体验的角度还可以提出另一个与之相反的异议。就算我们不是总能通过阐释将特殊的反思部分作为叙事部分和对话部分分割开来——难道就没有这样一些情况（尤其是在现代小说文学中），人物角色由他们的言论与思想的方式而具有了如此强的特征，在我们的阐释中这些人物会直接与这些方式相连？我们只需要从托马斯·曼的小说《魔山》中塞特姆布里尼与纳夫塔之间的争论里找出几段引文来听一听，就立刻会知道那些言论和

---

*　威廉·退尔，瑞士传说中带领瑞士人反抗奥匈帝国统治的英雄，也是席勒著名剧作的主人公。——译者注

思想分别属于谁而不会混淆，也会知道这些是一个小说人物而不是叙述的作家说出来的。这里适用的推论，或多或少也适用于所有让角色获得鲜明个人特征的小说叙事。然而，这个现象也只是对叙事的功能特征的一个证明。恰恰是在着眼于思想内涵的这种"肉身化"时，阐释的想象丢掉了这个事实：这些角色和他们所说的，都是被叙述的，是通过一个叙事功能制造出来的。读者的这种感知经验在《精神修炼》这一章中表现得尤其具有症候意义，塞特姆布里尼、纳夫塔和汉斯·卡斯托普之间的争论的主干都是用间接引语构造出来的，而间接引语，如前所示，在虚构中不具有复述第三人话语的结构，它和对话一样都是在构建发出表述的主体，所以才容易与后者交替出现。从《魔山》的这一章中抽出一小段就可以让我们看清楚阅读体验的这一面：

……他的论敌所鼓吹的博爱主义力图剥夺生命中一切最重要和最严肃的特征，它的出发点是阉割生命，在这一点上，它同自命为科学的决定论一样。可是实际的情况是：犯罪的意识不仅不会由于决定论而消除，而且还会通过它变本加厉。

这并不坏。那么他是否要求这个社会的不幸的牺牲者真正能意识到自己有罪……？

当然。罪犯对自己的罪恶像洞悉他本人那样心中有数。……一个人可以随心所欲……他情愿死去，因为他觉得这是极大的兴趣而心满意足。

极大的兴趣?

是的,极大的兴趣。

大伙儿把嘴唇咬得紧紧的。汉斯·卡斯托普干咳起来。费尔格先生唉声叹气。塞塔姆布里尼先生尖刻地说:

"不难看出,有种谈论一般话题的方式,却会让其对象染上个人色彩。您有兴趣杀人吗?"

这个例子比从里卡达·胡赫的《大战》中选出的例子让人看得更清楚——正因为这段话语不仅仅是讲述,也有反思的性质——间接引语形式证明了叙事的非个人功能性质,不论叙事采取什么样的形式都有此性质。不仅仅是对作品的事后想象,就是在阅读过程中也已经无法区分了:讲述、直接引语、间接引语、体验直述这些形式都波动状地交融在一起。它们以同样的程度汇入了叙事与被叙述者的整体性中,因为叙事即被叙述者,被叙述者即叙事。叙事元素中的哪一个在一部叙事文学作品中占据主导地位,会赋予这部作品怎样的性质,是文学史还是个人抑或民族语言所决定的性质,只会造成风格上的差异,而不是结构上的差异。在18、19世纪的"他"小说中,一般来说是讲述构成叙事的基本材质,对话和独白显然就受到抑制。而海明威或者塞林格的叙事,句子图式就是以对话为基本材质(而这又和狄德罗的对话体作品《宿命论者雅克》和《拉摩的侄儿》并非同类,这两部不属于小说、史诗类虚构作品的范畴,因为它们在结构上和从柏拉图到黑姆斯特赫伊斯［Hemsterhuys］*的哲学对话类似，文中对不同话题进行论述或者讲述轶事的对话都不具有构造虚构人物的功能）。有一些叙事，比如汉斯·埃里希·诺萨克（Hans Erich Nossack）**的《不可能的取证》基本上都是间接引语构成的，而体验直述，内心独白则是娜塔莉·萨洛特（Nathalie Sarraute）***小说中的主流。但是所有小说里都不过是波动状叙事对其元素的剂量分配，而这些元素的数目用一个手的手指就能数过来。本不需一提的是，这个或那个元素占据主导地位，对该叙事的意义和方式都有意义。[1]

所以我们现在可以总结一下我们对虚构类叙事的研究了，我们可以说，（叙事的作家或者叙事者所做的）叙事不再是一个在叙

---

* 黑姆斯特赫伊斯，18世纪尼德兰重要语文学家。——译者注
** 汉斯·埃里希·诺萨克，当代德国作家。——译者注
*** 娜塔莉·萨洛特，当代法国作家。——译者注
[1] 上述F.施坦策尔的那本语气迫切并且提供了许多细致观察的研究著作《小说中的典型叙事状态》对于叙事功能的波动及其文学理论上的一致性也无意中给予了证明。他在文中尤其精确地区分了"全知型"（叙述者在讲述和评论中让人注意到自己）和"人格型"（目光焦点落在小说人物，比如在对话和直述体验上，等等）小说，而正是在此过程中，他没有忽视，每部小说中会出现两种状态，依照时代和作家风格而按不同比例分配。"和'我'小说中类似，"他承认，"在人格化小说中也可以看到这一个趋势，在人格化的叙事状态中加入全知元素"（第93页），"反过来在阅读一部全知型小说的时候也可以观察到，和人格化叙事状态中相似的对被叙述者的完整重现也不少见。比如在比较长的对话场景里就有这一现象……"（第94页，也可参见第48页）这当然都是事实，却又不仅仅可以视为事实，也可以视为症候，表明"全知叙述者"往往比从文本中直接读到的要复杂得多。

事作品中超越戏剧作品而存在的**人物**，而是一个具有演示功能的**形式**，这是叙述者超越戏剧作家而可以起作用的形式。[1] 这个功能也可以归于零，但还可以产生一个虚构，比如戏剧类的，或者电影类的虚构。而这就意味着，史诗类叙事功能被其他功能取代了，我们在下文中会进一步了解到这一点。

以上提示也再次指明了对文学的逻辑观察和审美观察之间的界线，如果我们要确定戏剧类虚构与史诗类虚构的关系的话，对该分界就要尤为注意。

戏剧类虚构

戏剧类虚构与史诗类虚构的关系

170　　如果诗的逻辑提出诉求，要将戏剧作品也归于叙事类作品这一类型中，那么在将诗的逻辑与诗的美学分隔开来的边界上，尤其会形成剑拔弩张的边界插曲。在文学美学看来，两种虚构形式在结构上、艺术上和内容上的差异性太大，它无法接受文学逻辑学一开始要提供的冷静的、看似表面的、技术性的论据。文学逻

---

[1] W. 凯泽在保留叙述者概念的时候称这个概念是"造设的、虚构的角色"，属于文学作品整体（《现代小说的源起与危机》，斯图加特，1954年，第17页）。这种论述虽然可以让人感受到虚构类叙事与现实表述情况不一样，但是术语上还是不确切，因为这让人辨认不出叙事与进行叙述者，即叙事的作者之间的关系。作者是进行叙述的人，但他不是就他的人物形象进行叙述，而是以叙述造就了他们。

辑学指出这一事实，即史诗类的，也即虚构化了的材料一再诱惑人构造出戏剧来，这样的例子有浮士德传奇的故事，《尼伯龙根之歌》的材料，还有从被叙述的材料创造出严肃而欢快的歌剧类艺术的例子，比如瓦格纳的《特里斯坦》、穆索尔斯基*的《波利斯·戈登诺夫》（改编自普希金的史诗）、奥芬巴赫的《霍夫曼小说系列》，等等。（不那么常见但具有症候意义的情况则是，一个作家将自己的史诗类作品改写为戏剧，比如佩尔·拉格奎斯特[Pär Lagerkvist]**改编了自己的小说《刽子手》。）这样的提示和症候之所以不会得到美学重视，是因为它反对这里暗含的对叙事类文学作品的叙事结构的低估，反对将叙事在结构和风格上的特征置于叙事的虚构化功能之下。它在涉及戏剧的时候会担心，如果史诗类文学和戏剧类文学之间的类型差别被一个不论在逻辑上多么有道理的合并所消除，那么戏剧的敏感的构造机理就没有得到足够的考量。

但是如果查看一下在史诗和戏剧的诗学之间进行的众多内容上的和形式上的比较，那么恰恰能看到，尽管这些比较并没有自觉意识到，但它们都是在一个类型的范围内进行的。能够看作背叛性评判标准的是，将戏剧与古老史诗进行比较得出的结论和将戏剧与小说进行比较得出的结论截然相反，对史诗和小说的比较又不能从根本上区别于对戏剧和史诗的比较。歌德和黑格尔认

---

*　穆索尔斯基，19世纪俄罗斯作曲家。——译者注
**　佩尔·拉格奎斯特，瑞典当代著名作家，1951年获诺贝尔文学奖。——译者注

为史诗中的事件优先于"转向内心"的人，也即"内在角色"[1]，在戏剧中则正相反，而一个现代的文学理论家沃尔夫冈·凯泽（Wolfgang Kayser）则在比较戏剧和小说的时候得出了相反的结论，认为在戏剧里是事件优先，而将"人物角色"（Figur）即人物的存在归于"小说的私人世界"。[2] 但是对小说和古老史诗的比较也得出了类似的结果。[3] 而在另一些视角下比较小说和史诗演示世界的方式，又得出了与之相反的结论。[4] 这样的比较的可能性和矛盾可以用戏剧类和史诗类文学作品在文学理论中彼此相连来解释，它们都是对行动着的人的演示，这些人与他们的"世界"之间的关系不是由演示形式的结构，而是由世界状态和与之相连的对人与世界的理解的历史发展所决定的。歌德认为只有戏剧才演

---

[1] 歌德："史诗作品展示的是……向外作为的人：战争、旅行、种种追求一定感性外延的举动，悲剧则展示转向内心的人。"（1797年12月23日）黑格尔："在情节中一切都会回溯到内在角色；而在事件中则相反，外在这一面也有不可割舍的权力……我之前就已经说过这个意思：史诗文学的任务就是演示一个情节的发生，因此也会让外在状况拥有和内心在行动中仅仅为自己谋求的那同一个权力。"（《美学讲演录》，第三章，第357页）

[2] W. 凯泽：《语言艺术品》，第369页。

[3] Chr. Fr. v. 布兰肯堡的杰出的小说理论（《试论小说》，1774年，1965年新版）已经在论述维兰德的《阿加通》之后认识到"人的存在"，人的"内心状态"（第18页）是小说的主题，而与之相反，史诗是要描述公共的"行动与事件，公民的行为"（第17页）。

[4] 1938年 Th. 施珀里还在他的著作《人的形式化》（柏林，1938年）中表达了与黑格尔和菲舍尔相似的观点：他认为"日常生活的世界"是小说的描写对象（第60页及后页），是"具有散文体秩序的世界的史诗"，正如黑格尔所认定的（《美学讲演录》，第三章，第395页），而以神话为特征的史诗世界则与之对立。

示了"朝向内心的人",但就连他在论及自己写的"史诗"《赫尔曼和朵萝提亚》时也承认,"这部作品也因此离史诗远,而更接近戏剧"(1797年12月23日)。这样一个完全不顾及美学结构和处理形式的判断,已经足够有症候意义,无意中指明了文学体系赖以为根基的秩序。

从戏剧类和叙事类文学之间以处理形式为基础的区别,可以推导出精确的结论。但是要获得这些结论,恰恰不能以处理形式的区别,即叙事和对话式人物构型来作为文学类型区别的标志。这里所说的状况,尤其清楚地体现在文学理论上的那些尝试中:将三个并列的文学类型,各不相同的史诗类、戏剧类、抒情诗类文学作品从结构上相互联结起来。在不同的出发点下,有时是史诗与抒情诗对立于戏剧,有时是戏剧与抒情诗对立于史诗,当然也有将史诗与戏剧对立于抒情诗的。最初尝试建立分类秩序的是尤利乌斯·皮特森,他用对一个行为的独白讲述来定义史诗,用对一个状态的独白演示来定义抒情诗,用对一个行为的对话演示来定义戏剧。[1]独白的概念在这里比讲述和演示的概念更有决定意义,因为他的观点的根据就是,"史诗中的我"与"抒情诗中的我"具有同样的特质(这是一个错误观点,从这个观点出发会误以为,史诗类讲述也是演示的,而抒情诗的表述则不是演示的,对此我们会在下文中详述)。将戏剧和抒情诗归于同类而对立于史诗,这是从"现时性"角度推出的观点:"一首抒情诗或一

---

[1] 皮特森:《文学的学问》,第123页。

部戏剧的内容是绝对现时的,不仅仅是被诗人或我观察到的,也是直接体验到的。"奥伊肯·格特罗普·文科勒(Eugen Gottlob Winkler)引用了利浦斯(Lipps)的这个说法,他当然也提到,在抒情诗和戏剧之间存在一个重要差别。但他确认这个差别是"感情体验类型"的差别——抒情诗的感情体验是状态式,而戏剧的感情体验是运动式、动态式[1]——由此也就仍然制造了抒情诗与戏剧的彼此连通,从现象上来看这却是无法解释的。

史诗和戏剧以它们的演示-虚构性质而彼此相连,如上文所述,文学理论之所以不乐意强调这一点,是因为两种形式各自特有的美学-技术特征会因此而遭到掩盖。但是对于史诗类文学作品来说,演示冲动也是第一位的——而不是叙事本身作为特别受关注的意识倾向和情景——这是亚里士多德在结构上的洞见,这个见解在往后这些时代里却很少得到重视。史诗作家不是为了叙事而叙事,而是为了叙述**某事**,为了被叙述者而写作。在这里要引用马克斯·克墨勒尔(Max Kommerell)的佐证观点:"一部小说在语言之前有它的内在生存。在它被写成文字之前,人物、他们的相遇和让他们交往的偶然事件都已经存在了,包含意义重大的登场和画面、那令人难忘的让流动事件暂停的空间就已经在了……"[2] 如此描述出来的一部叙事作品的构想过程无疑也适用于一部戏剧作品。虽然不能对叙事功能在风格上的特有价值置之不理,但是不能因此误解,叙事的作家首先也是一个"演示者",

---

1　E.文科勒:《文学艺术品》,海德堡,1924年。
2　M.科默雷尔:《让·保尔》,法兰克福,1933年,第30页。

是他叙事的内容才决定了叙事的形式。作家们本人的言论也证实了亚里士多德已经提出的见解。阿尔弗雷德·德布林就"不承认戏剧和小说之间有任何差别……两者的目的在他看来都是直接逼近的当下再现"。[1] 但就是在托马斯·曼这样的叙事作家在自己定义戏剧作品和叙事作品在塑造人物方面的不同并青睐后者的时候（《试论戏剧》），也流露出了这一意识：作为叙事者要进行演示，虽然其手段和前提条件异于戏剧作家。

在文学类型的秩序这一视角下，重要的既不是各自类型的风格，也不是叙事功能的原则性强势：能用和戏剧不一样的、更广泛的方式演示出人物角色的内外生存。重要的首先只是叙事功能作为特殊的虚构功能。因为戏剧在文学体系中的语言逻辑位置仅仅是以叙事功能的缺失这一结构性事实来给定的，戏剧的人物是以对话来塑造的。[2] 戏剧特有的戏剧类美学特征也是由这个事实造

---

[1] 转引自 F. 马丁尼：《语言的大胆之举》，斯图加特，1954 年，第 354 页。

[2] 如果我们要说得准确，那么肯定要说，在波动状叙事功能里只有对话是残留的戏剧类构型手段。因为在史诗类虚构中，如上文所示，对话是叙事功能的一种形式。但是这样一种定义不仅会在术语上太剧烈地抹除虚构文学作品中史诗类和戏剧类形式之间的差别，而且它也不合时宜，因为戏剧类对话在结构和风格方式上还是和史诗类不一样，戏剧类对话是唯一的构型手段，它具有其他功能。W. 凯泽也让人注意这个差别，他论述道，史诗类对话"是叙述出的而不是演示出的"，一个史诗类对话的吟诵者因而不可以尝试"唤起完全不同人物的幻象"（《语言艺术品》，第 182 页）。对此还可看 B. v. 维泽："对话在戏剧中承担了特定功能，这些功能与情节发展的问题是紧密相连的。"（《关于戏剧作为对话和情节的思考》，《德语课》，1952 年，第 2 期，第 29 页）——N. 弗莱："戏剧是一种对话的演示。"（《批评的解剖》，斯图加特，1964 年，第 269 页）

就的，正如史诗类作品的美学特征是由叙事功能造就的一样。正是这个事实让戏剧有了可以上演的基本特征。因为不论戏剧形式的产生是以纯演示动力还是以文学的演示动力为基础：以对话来完成人物塑造这个局限也带来了演示的可能性——作为言说者而且仅仅作为言说者来塑造的人物能在言说中演示自己。在我看来，这个视角不仅仅是文学逻辑上的，也是前定现象，即戏剧作品，读也好，演也好，都可以在此视角而不是那个经常被强调的，对戏剧比对小说用得更多的"情节"概念下得到体验。因为情节是一个非常相对性的概念，只有在与两种演示形式的相对关系中才会有效，戏剧形式却不会确保其情节是一个"戏剧"情节，史诗形式也不会确保叙述出的情节是"史诗"情节。克莱斯特中篇小说的戏剧性质就常常得到强调，歌德的戏剧《塔索》里包含的史诗类可能性也不难辨认。对于其中公主那个人物，胡戈·冯·霍夫曼斯塔尔（Hugo von Hofmannsthal）就曾感到遗憾，这是一个戏剧人物而不是史诗人物。[1]这种状况无疑是新近的文学理论不再愿意将"戏剧式的""史诗式的"这样的范畴（与此相关，"悲剧式的""喜剧式的""幽默式的"范畴）归于"文学类型"（埃米尔·施泰格[Emil Staiger]）的原因之一。但是另一方面，一部戏剧在文学美学意义上或者仅仅从感觉的意义上看不那么戏剧化的情节，也是受到戏剧的文学逻辑形式，对话体系，以及由此导致的演示自我的人物所限定的，因为后者具有以场景化演示来实现

---

[1] 霍夫曼斯塔尔：《论歌德的〈塔索〉》，《文集》（散文卷II），法兰克福，1951年，第212页。

的肉身化可能性。[1]这就意味着从想象模式转为感知模式的可能性。但是这又意味着，人物能从无限的想象领域走入有限的现实空间，该空间的物理条件是他们与剧院观众共享的。最终也是这个现实空间要求情节的集中，这是一个戏剧情节的结构内核。而这个情节在不断变化的时代风格里如何屈从于舞台，也即感知法则，或者如何实现突破，这是文学美学研究的，而文学美学不需要再考虑让戏剧情节得以出现的语言理论上的基本情况：对话和演示自我的人物。

戏剧的定位

我们现在走到了这一步：能更准确地描述戏剧在文学体系中的位置了。回顾我们观察的开端，首先可以确定，戏剧从语言逻辑角度来看远不如史诗类和抒情诗作品那样可供探究。戏剧作为语言艺术品不能提供直观依据，让人在与非文学语言的比较中认识到文学语言的规律。因为，在逻辑的意义上，戏剧仿佛是从史诗类质料中被剔除了出来，但它也恰恰因此属于这种质料。但是，戏剧从所有演示形式中保留下来的构型手段，也即直接引语这一语言形式，就其本身而言恰恰无法提供文学理论的评判标志。该形式只有作为波动的叙事功能的形式，才能做到这一点：叙事功能正是通过对话来证明自己是虚构叙事。戏剧在文学体系中的位

---

[1] 奥托·路德维希也这么认为："如果将整个戏剧艺术从这个问题，也即要给表演艺术提供一个根基来推导，那么就会形成可以带来积极成果的视角。"（《文集》，第5卷，第115页）

置是在普遍语言体系的飞地之中，这是演示的文学作品构成的飞地，远离了虚构叙事功能划出的与它们分离的界线。如果考虑到了戏剧，黑格尔就很难得出这个观点，即认为艺术消解了，转化成了科学思考的散文体。因为戏剧是如此一类言词艺术作品，言词不再自由，而是受到了束缚。言词成了造型，正如石头被用来造出雕像。换句话说，这里不像在史诗类虚构中那样是人物构型以言词为媒介，而是反过来，是言词以人物构型为媒介——而这又只是对下列事实的另一种公式化表达：叙事功能已经等于零。"考虑到形式的话，"黑格尔在论及悲剧（在此也就代表了戏剧）时说道，"语言由于已经进入了内容，所以停止了叙述，正如内容不再是被想象出来的。"[1] 戏剧的这个公式，即言词以人物构型为媒介，就是戏剧虚构的逻辑位置不像史诗类虚构那样可以用语言功能来定位的原因所在。现实表述作为比较工具也正因此而失效了，因为虚构的叙事功能已经消失。但是可以取代现实表述的是现实本身，它能作为定向因素进入戏剧虚构的逻辑学和现象学。这是以极为隐含而曲折的方式来实现的，这种方式自古以来就给戏剧理论造成了某些困扰，但另一方面也让戏剧虚构与史诗类虚构相比更为完整、更为集中的特殊虚构性质体现得格外清楚。

戏剧的公式，即言词以人物构型为媒介，是说戏剧的定位首先不是通过言词本身，而是通过人物构型的问题来确定的。而这也是为什么戏剧的逻辑如果没有认识论的视角就难以展开——其

---

[1] 黑格尔：《精神现象学》，拉松编，莱比锡，1921年，第471页。

中也包含了，如上文暗示过的，现实问题本身对阐明戏剧结构具有一定的重要性。

戏剧人物构型，如前所述，是如此建构的，它不仅像史诗类的人物构型那样，是以想象模式存在，而且按其属性也注定要走向（舞台的）感知模式，也即进入一个和观众共有的物理意义上的现实中。但是这就意味着，它是在文学和（物理）现实的双重视角下被设计出来的，它深受这一状况，即虚构的物理现实化和肉身化所带来的表现形式的影响。[1]但是由此形成的层面，绝不是等到我们看舞台上演出戏剧时才会显示出来。对于戏剧的逻辑来说这是具有决定性的，戏剧已经是这双重模式下的文学造物了。

言词以人物构型为媒介，包含了相反相成的两个方面。这也就是，**词成为人物构型，人物构型成为词**。从这两个公式中才会读出虚构层面和现实层面独特的相互碰撞，而这正是戏剧人物构型世界里文学存在和文学创造的条件。

词成为人物构型，并且仅仅成为它，是指戏剧人物的对象性、物性特征，这来源于叙事功能的消失，待演示的材料被分配给自由演示自己和叙说自己的人物。但是人物也正由此获得了现实的人在物理现实空间里具有的属性，他们是在我之外，在我面前的"其他"人，我看得到听得到并且跟他们说话。他们对我来说是客体，是物，就算他们具备"我"的灵魂，他们站立在我对面，我

---

[1] 参见我以前写的论文：《论史诗类与戏剧类文学的结构问题》，《德意志季刊》总第25期，1951年，第1期。这里仅取用其中对确定戏剧的文学逻辑位置具有本质性意义的论述。

178 绝不能获得一个他们的整体的、完整的图像，而只能知道他们向我演示出来的那部分自己，不论是通过他们的言词还是他们的行为（后者也可能改变通过言词传达的形象）。但是这幅处于我对面的、客观体验到的世界图像总是碎片化的——这是现实体验的一个最基本特征。戏剧人物构型、戏剧作品也拥有了现实作为体验形式的这个碎片性质，虽然是以特殊的、改造过的方式。戏剧人物构型在某种程度上展示出了柏拉图关于在碎片中体验到的现实这一纯粹理念——观众在面对舞台上朝向他的演员时，这个情景确实就是这个事实的真正症候。因为面对活生生的现实时，对碎片的体验会处于持续的完整化过程中，直到一个很高的，虽然永不会完满的程度。我能"认识"其他人，与我相处的人，正如我能扩展我所得到的碎片化的周遭世界，当我在它之中运动的时候。而这种认识不仅有赖于客观地位于我对面的其他人以任何形式给我的信息；我自己的理解的共情和心理解释也会一同工作，这是原则上毫无界限的工作，因为客体本身是一个在其自身无穷无尽，鲜活地发展着的整体。——当然文学人物构型也总是提供了新的解释可能性，文学史和文学批评对此给出了一幅在时代中变换的直观图景。而这说明，一部戏剧作品的实践阐释者，也即导演和演员能够赋予，并且也往往赋予了同一个剧中人物极为不同的肉身化。演员 A 在舞台上会演出一个和演员 B 不一样的哈姆雷特。但是人们可以直接感觉到，对文学，对文学人物构型的解释和对生活的解释，对活人的解释是不一样的。在前者中，变化的不是解释的客体本身，而是解释者（与此相关的是，正如上文在其他语境中提到的,解释的概念只有运用到艺术上才是恰当的)。文学人物构型并不变化;它们的解释可能性会遇到边界,这个边界可以这么来看,不是人物构成了言词,而是言词构成了人物,人物"是通过句子构造来建立的"[1],而不是句子构造通过人物来建立。这不仅适用于戏剧,也适用于史诗类人物构型——在虚构文学的空间里,恰恰是史诗类人物构型不能否认这种"存在方式"。而戏剧人物构型将建构它们的"句子构造"吸收进了自身,所以才能用物理现实的手段得到"肉身化",呈现出生活的,"类似生活"[2]的表象。

从这个状况出发,戏剧人物的语言理论问题也可得到阐明。它们仅仅是作为表述主体,纯粹靠对话来建构的。但戏剧人物和戏剧虚构还是与语言的表述体系相分离的,而且与史诗类虚构相比,这种分离更绝对,这也许看上去是自相矛盾的。但是如果能考虑到,所有的表述只有依靠一个"真正的",也即真实的表述主体才能是现实表述,那么这个矛盾就会迎刃而解。一个虚构的表述主体的表述就是一个虚构的现实表述。这会让人觉得是一个循环论证,但这个论证自有其原因,那就是戏剧缺少让现实虚构得以建构成的标准:主客体极性。我们不能就一个"通过句子构造建立起来的"虚构人物说出,它做了一个主观或客观的表述,正

---

[1] G. 米勒:《论文学的存在方式》,《德意志季刊》总第 17 期(1943 年),第一卷,第 144 页。

[2] M. 德索瓦:《艺术学研究》,斯图加特,1929 年,第 137 页;参见 F. 容汉斯:《戏剧中的时间》,柏林,1931 年,第 37 页。

如它的表述也无从证伪。而这里又是功能关联与对应关联的本质区别在起作用。虚构人物的言谈无非是它们的构型元素，它们的"如此而非彼"的被造方式；对于戏剧虚构和史诗类虚构来说，主客体极性在它们的领地都如此不起作用，就像时间和空间，现实的建构要素也不起作用一样，虽然如前所述，戏剧人物能比史诗类人物在更高程度上呈现现实的表象、生活的表象。

戏剧人物构型的这一结构还会得到进一步揭示，只要我们来分析戏剧公式的第二个方面，即**人物构型成为词**。在这个观察下，戏剧人物构型的存在所具有的独特的双重性才会完全显示出来，它完全显示为碎片化之物，一方面作为虚构不同于现实，另一方面作为戏剧虚构又有别于史诗类人物构型。在它的现象学这一点上，几乎可成悖论的是，恰恰是能展示现实表象的戏剧以比史诗类文学更高的强度，在某种程度上更基本地显示出虚构文学的虚构性质——而且正是以它的"类似生活"为基础。

首先，"人物构型成为词"这个公式让戏剧人物更接近现实，因为在现实中一个人让另一个人认识自己也是如此做的。这便是这一现象：一方面我们作为读者和观众，戏剧人物对我们自己有所作用，对我们理解他们有所作用；另一方面我们看到了戏剧人物彼此作用，携手表演，也就是看到了内在于戏剧的情节本身。在戏剧结构这个某种程度上太过于"类似现实"的点上，还有新旧种类的扩充技术，从合唱队、独白到让沉默的思想发出声来。尤金·奥尼尔（Eugene O'Neill）在他的戏剧《奇异的插曲》中就

虚构文类或演示文类

让演员说出思考，打破了戏剧作家加给自己的局限。[1] 不论是这些扩充技术还是单个戏剧的内在结构，在我们的语境下之所以富于启发性，是因为它们指明了戏剧的双重文学存在形式，说得极端一点，是戏剧所处的分裂状态：作为文学应该演示一个更广泛的现实，同时又受限于可感知的现实。这里所开启的现实难题，两个伟大的现代作家已经有过直接论述了。

胡戈·冯·霍夫曼斯塔尔是这么来说明自己对歌德的《塔索》中公主的态度的批判的，她作为戏剧人物没能通过沉默来演示自己。"我认为，她本该成为这样一个沉静无语的女人……《一个美好心灵的自述》里那样的贵妇，或者《亲和力》中的奥提利娅。* 但是在戏剧里可能没有位置给这样一种透明的直观表现，因为在戏剧里人物总是只能通过言说来展示自己，不能通过宁静的存在和直观可见的内心对世界的无声反思来展示。所以我认为，是写戏的行当逼迫歌德如此败坏了最美好的人物，让她言说自己并发表高论，但她作为伟大的贵妇和美好的心灵，其本分正是不说话。"[2] 在更早的散文《论小说和戏剧中的人物角色》（1902年）中，他

---

1 详见我的论文：《关于结构问题》。也可参见乌娜·埃利斯-弗莫尔：《戏剧的边境》，伦敦，1945年。扩充技术就其本性在每一个戏剧理论中都得到过讨论，但是在我们文学逻辑定位的视角下则不那么重要。在此可以引用一个现代戏剧作家的经验之谈："戏剧里的人是一个说话的人，这是他的局限。" F. 迪伦马特说，这在某种方式上也维护了今天多少受到唾弃的独白。（《戏剧问题》，苏黎世，1955年，第33、35页）

* 《一个美好心灵的自述》是歌德在《威廉·迈斯特的学习年代》中插入的单独一章。《亲和力》是歌德晚年创作的小说。——译者注

2 霍夫曼斯塔尔：《论歌德的〈塔索〉》，第217页。

以巴尔扎克和东方学家哈默-浦尔戈斯塔尔（Hammer-Purgstall）之间的对话为形式，借巴尔扎克之口将戏剧中的人物角色描述为"对现实人物的压缩"。"现实人物让我着迷之处，正是他的宽度。"[1] 这两段评述从不同角度揭示了戏剧人物构型的碎片化。霍夫曼斯塔尔让巴尔扎克这个自认为自己的众多有广度的小说能在某种程度上复制他民族的现实世界之广阔的作家否认了戏剧构型及其世界是"现实"。对公主莱奥蕾娜这个人物构型的批评也在于，这样一个女性的本真现实在戏剧形式中没能得到体现，因为她不能演示出自己本质的宁静深度，"她的直观透明的内心"，她的独处，沉默，而在她不适宜说话的时候说话，仅仅是作为"相应现实人物的变异体"，正如上述巴尔扎克散文中另一处所写。[2] 托马斯·曼在他的《试论戏剧》（1908年）中用类似的词表达了同样的观点。在"缩略了的"舞台世界前的观众在他眼中是戏剧的"剪影艺术"的典型症候。"哪里会有这样的戏剧演出，"他问道，"能在视象的精确性、强烈的现场感、真实性上超越现代小说中的一个场景！……在一切涉及对人类肉体和性格的认知方面，小说都比戏剧更精确、更完整、更知情、更仔细。我与那种认为戏剧是真正可塑的文学作品的观点相悖，我要坦言，我更觉得这是一种剪影艺术，而只有被讲述的人才是圆满、完整、真实和形象的。人面对一场戏只是观众，面对一个被讲述的世界则远不止于此。"[3]

1　霍夫曼斯塔尔：《论歌德的〈塔索〉》，第44页。
2　同上书，第43页。
3　托马斯·曼：《演讲与论文》，第一卷，美因河畔法兰克福，1965年，第79页及后页。

在霍夫曼斯塔尔和托马斯·曼的这些论述中谈到的现实性问题，远比他们通过自己的创作以如此高的程度来启动的，洞悉内情的文学理论要复杂。他们将戏剧里能构造出来的"现实"与叙事文学作品中创造出来的进行比较而更青睐后者，将后者等同于真正的、完整的现实。但是如果看得仔细一点的话，可以看到舞台前的观众——他们正如席勒所说，"被可感的现场牢牢锁定"（1797年12月26日致歌德）——所处的情境最终符合上文已经阐述过的可感现实的碎片化性质，戏剧中的人物构型和世界比叙事类作品中的更贴近这个碎片化。史诗类人物构型和史诗类世界向我们展示自己的方式，远远超过了物理和历史现实所能展示的。具有"透明直观的内心世界"的人，我们只能在唯一一个"认识论"位置，也即在叙事类文学作品中体验到——作为生产性的叙事功能的"产品"，而这一功能的本质，也即从事生产而非讲述，也正是在这一现象中获得了最强有力的证据。在缺少该功能的地方，在戏剧作品中，它就被限制在构型上的文学功能取代了，这一功能的标志就是倒转公式：言词是人物构型，人物构型是言词。我们再次强调，这两个公式仅仅描述了文学创造的戏剧虚构本身。它们描述出了戏剧虚构碎片化的一面，这个方面让戏剧虚构比史诗类虚构更贴近——物理的和历史的——现实，但也是由于这个原因，戏剧虚构恰恰让这个现实的"演示"比史诗类虚构更加可见。戏剧的演示基于它的认识论-逻辑上的双重结构而比史诗类作品更明显地揭示出演示的文学理论问题，将其理解为摹仿就会完全掩盖这个问题：对现实的演示并不是现实本身，后者无非是文学工作的原料，直到多少可感知的现实消失之前都可能经历各种程度的——通常所说的象征式的——征服和变化。在此进入虚构文学理论的问题，就其本身而言已经不从属于文学理论的逻辑了。但是这些问题的根源还在文学体系的特定位置上，在这里现实的演示与现实本身之间的关系比在任何地方都更加得到显现，并且需要阐明：这就是戏剧虚构所在的位置，它的存在方式不仅仅像史诗类虚构那样是被想象的，而是能作为物理可感的存在而得以全部展开的。但这就意味着，戏剧不仅仅是作为文学作品，也是作为剧本或者表演而移到了如此来理解的演示视角下，讨论已久的舞台问题也就由此可以回溯到戏剧的根本性、基础性元素上来。

舞台现实与现时问题

实际上，戏剧虚构的问题如果不考虑到舞台现象学，是不可能完全解释清楚的。后者也处于演示的视角之下，该视角甚至能看作对自古以来多番讨论过的剧院舞台的"现实"问题，以及时间问题的解决方案。从文艺复兴的三一律理论繁荣期以来，舞台的现实问题就以时间问题作为它的基本表达形式。

但也正是在这一点上，考虑到现代文学理论关于时间的讨论，首先还是要对叙事文学作品进行一番比较对照。对叙事文学来说，时间问题甚至比涉及戏剧作品时更为时新，对于后者而言，在某种程度上确实可以说讨论差不多穷尽了。但是如果真是这样，那么对戏剧逻辑的精确定位，就要求我们强调，唯有戏剧的时间问题才是真正意义上合理的，史诗类的时间问题则不是。初看起来这是个悖论,时间作为构型的问题和有意义内涵的内容问题,只有在叙事类作品中才能作为主题来阐述。这个表面上的悖论与下列情况有关,并且可以以此来化解:恰恰时间作为物理现实的形式,也即物理现实本身,不能进入史诗类作品的结构中。该作品所造就的虚构,是固守于想象模式而不需要通过感知模式来实现的。但是它作为虚构,正如上文中详细展示过的,已经脱离了那种存在于想象模式中但仅仅对历史思考有效的时间形式:过去。在新近的研究中,京特·米勒(Günther Müller)也对此做过理论论证[1],时间作为物理现实的要素,成了"叙事时间",也即用来量度一部叙事作品作为书的生产和物理存在的时间和长度的标尺,它也被用作在作品中描述的虚构世界和情节的标尺。"叙事时间和被叙述时间"的关系则为解读特定叙事作品的结构和意义内涵提供了钥匙——这都是由于误解了史诗类作品的存在形式和时间问题。叙事时间不仅用来叙述史诗类情节的时间进程,也用来演示对象和修辞(这或多或少都是"冗长"的),举个最简单的例子,描述"金色头发"所需的叙事时间就比"闪闪发亮的金色头发"这个表达所需的叙事时间要短。但是这个时间在叙事作品中只是虚构世界的虚构元素,作为材料元素,它与这个世界中得到描述的空间并无不同。时间元素在大多数情况下都是和情节进程一同给出的,或多或少都没有突出强调。在这里只能捎带说明,

---

[1] G. 米勒:《论叙事的时间框架》,《德意志季刊》总第 24 期(1951 年);《叙事时间与被叙述时间》,《P. 克卢克霍恩与 F. 施耐德纪念论文集》,图宾根,1948 年。

它只有在被当作主题的时候才会成为结构问题或者意义内涵问题，比如在现代史诗类作品中，在乔伊斯的《尤利西斯》、托马斯·曼的《魔山》和约瑟夫系列小说、弗吉尼亚·伍尔夫的《达洛维夫人》中就是如此。在叙事时间这方面，戏剧也可以如此，如果它只是作为书存在于物理现实中的话。《华伦斯坦》在百周年纪念版的《席勒全集》中单独占了整整一卷，它的叙事时间也比《强盗》的长，而后者的情节在展开时显然比华伦斯坦三部曲占有更长的虚构时间。

但是戏剧的"叙事时间"应该转换为"表演时间"，戏剧作品应该从想象模式进入感性感知模式，由此置身于时空现实的限定条件下。这就是对戏剧的时间进行讨论的发轫点，这就是时间很早便作为戏剧艺术的要素进入人们意识的原因。时间被视为一个问题，它的解决更多的是舞台技术的事儿而不是文学作品本身的事儿，更多的是一个戏剧编导问题而不是戏剧问题。[1]并非偶然，这些讨论到了这样一个时代才变得热烈，在这个时代——如 D. 弗赖所展示的——戏剧被观众接受为客观的，尤其是以图像来体验的舞台作品，一种与他们自己的现实相分离的不同的美学（或虚构）现实：这便是文艺复兴时期和——戏剧的这种发展充分繁荣的——巴洛克时期。经典的统一律问题——纵然它总是与亚里士

1　意大利文艺复兴时期的诗学家特里西诺就已经对此有过评论，他在其著作《文学六分法》中，在讨论亚里士多德的时间规定时说，这规定更多地出自"意义再现而不是艺术"。转引自 D. 弗赖:《哥特与文艺复兴》，奥格斯堡，1929 年，第 200 页。

多德拿出关于太阳公转的疑难论述相连——是以框架舞台为基础的,而且是"观众席"的时空现实与虚构但又"真实"的舞台时空现实之间的关系问题,后者在体验中既与观众空间分离,又在物理-生理意义上从属于观众空间,在戏剧史发展过程中对此已经有过相关探讨。[1]

因此在这里只能对经典的讨论做一个简短回顾,因为在这个讨论中隐含的思想错误正会显露出不仅为戏剧作品所有,也属于舞台现实的演示形式。众所周知,这里涉及的是将情节的虚构时长与该情节上演的真实时长等同起来,法国古典主义的五幕剧就是两个小时。高乃依(Corneille)在他的《论三一律》中将二者合一树立为理想状况;而并没有清楚表达出来的前提则是,观众要将现实及他身处剧院的在场转化为在他面前上演的情节和出演的演员的现实和在场,尤其是演员本身要在这个现实中。这两个时间之间的差别被认为可能存在并且"很可能"被体验到,高乃依在其辩论中也接受了这一差别,但正是在这个差别里出现了认识论错误。如果情节不被压缩到两个小时的话,"就用上四个、六个、十个小时;但是不要超过二十四小时太多,以免因为陷入混乱或者让这幅图景缩小到不再合适的尺寸而有损其完满"。[2]

这里没有看到,情节时间和上演时间之间即使是相对较小的差别,也包含了虚构时间和真实时间的本质差别,对此而言,这两个时间之间的差别是几小时,几天,几星期甚或几年都无关紧

---

[1] 参见 D. 弗赖:《观众与舞台》,《文化学基本问题》,维也纳,1946 年。
[2] P. 高乃依,《全集》,巴黎,1963 年,第 844 页。

要。[1]这个差别就算是在两个时间合一,或者准确地说,被认为合一的时候,也是存在的。只有对于上演可以说它持续了多久,对于情节则不行。一个持续时长,只有用钟表才能确定,也正因此并不重要,因为观众并不会留意,正如一部小说的读者并不会留意他读书所用的时间。[2]因为下列适用于叙事虚构的情况,不仅适用于被阅读的戏剧,也适用于被上演的戏剧:有意识的感知者,在这里就是观众连同他的"我"—原点,都**并不**置身于他眼前上演的虚构的、想象的世界里,不论这个世界是在他的心灵之眼面前,也即想象中,还是在他的感知之眼面前上演。舞台的物理可感知形式容易掩盖这个洞见,这种形式和一个被叙述的上演场地一样是一个被设想出的、想象的、虚构的空间,在这个领域里空间和时间同样具有概念化的、非指示性的形式。我们在上文引出要讨论的问题时首先说到过,戏剧的人物构型和世界都是通过场景化的肉身而进入与观众共有的同一个物理现实中,而现在我们要修正一下这个表述,舞台上这个自为存在的物理世界和观众的、

---

1 这样的思想错误已经有 A. 施莱格尔发现过,他在评论高乃依的三一律时说:"因为这个规则的唯一原因就是观察到了一种人们所臆测的,为了蒙骗而必需的拟真性,想象的时间和现实的时间仿佛一致。如果在这两者间插入间距,比如两到三十个小时,那么就能在同样好的情况下走得远得多。蒙骗的概念在艺术理论中造成了巨大谬误。"(《戏剧艺术与文学讲演稿》,第 2 卷,E. 洛纳主编,斯图加特,1967 年,第 22 页)

2 也可参见容汉斯:《戏剧中的时间》,第 16 页及后页,第 51 页及后页。在这本书中,作者用丰富的材料对戏剧的时间问题(被区分为时间延展、时间征用与持续时间)进行了穷尽式的讨论,在许多方面证实了在这里仅仅从认识论角度来处理的问题。

演员的物理现实都不是同一个。

其中包含的问题并没有通过经典的三一律理论解决，也是由于舞台技术的原因，这个问题反而不受动摇地构成了三一律的基础。尽管一直在进步的舞台技术通过它发展出的可能性，比如以空间效果和灯光效果、旋转舞台等描绘出情节的想象时间的流动，越来越多地取消了情节时间的问题，但是经典理论直到今天还是没有如人们以为的那样被超越。该理论在现代戏剧诗学中以如此一种理论的形式保留了下来，即戏剧的时间就是当下。[1] 当下理论对应于与史诗类文学相关的过去理论，而且比理论自己所估计的可能更有道理，虽然是出于不同的理由。实际上剧院舞台无非对应于叙事的过去时。并非对话的戏剧形式本身，而是上演剧本这个现象是如下观点的起因："情节被演示为当下发生的"[2]，"戏剧是一套封闭的情节……演示为直接当下的经历"[3]，"它发生在一个持续的现在时之中。在舞台上总是现在"[4]。（这是从异口同声的大量

---

[1] 那些将当下保留给抒情诗的理论家，则认为戏剧应是未来时。让·保尔就这么认为："戏剧演示的是为了未来，朝向未来展开的……情节。"（《美学预科班》，第75条）而最新的相关言论来自S.朗格："正如文学制造了一个虚拟过去，戏剧创造了一个虚拟未来。"（《感觉与形式》，第306页及后页）韦勒克与沃伦（《文学理论》，纽约，1949年，第237页及后页）正确地略微嘲讽了文学理论中种种借助时态来确定主要文学类型的时间形而上学，但是他们自己并没为解决这个问题提供答案。

[2] 歌德致席勒，1797年12月2日。

[3] 黑格尔：《美学讲演录》，第三卷，第479页。

[4] Th. 怀尔德：《艺术家的意图》，第83页，转引自朗格：《感觉与形式》，第307页。

定义中随机选出来的几个例子。)这些定义如此忠实地复制了观众体验的表象,它们几乎不需要特地写出来。但是如果我们检验一下,这样的对戏剧当下性的定义作为一种时间体验是否真正有别于被叙述的情节,就会发现这样的定义是很成问题的,是错误的。当蕾贝卡在易卜生的《罗斯莫庄园》第二幕里对罗斯莫说"昨天晚上,在乌尔里克·布伦德尔走的时候——我将写给莫腾斯嘉德的两三行字交给了他"的时候,观众在他们的时间里的几分钟前已经在第一幕里体验过这个昨天了,当时布伦德尔和蕾贝卡一起离开了舞台;她"随后"在(被隐藏的)戏剧情节(并非在舞台后面)中交给了他一封写给莫腾斯嘉德的信,我们是通过她的话语才得知这一点的。这个虽然被感知但仍是虚构的昨天,我们体验它的方式和我们对冯塔内文本中那个被想象的昨天的体验方式并无不同:"这场景就像昨天一样。"这里的昨天我们也是在我们的时间里的几分钟前体验到的,虽然是在我们的阅读时间而不是观看时间里。反过来,我们体验特赖贝尔房间中的"今天"的情景,就是商务顾问走进房间,坐到沙发上,打开报纸这个场景,就和我们体验蕾贝卡·韦斯特和罗斯莫之间的场景一样"如在当下"。不仅仅是在舞台上,就像桑顿·怀尔德(Thornton Wilder)所说的那样,在小说里,在史诗里,也总是"现在"——只是我们在舞台前感知,在小说前想象,不是借助直观,而是借助直观性效果。只有通过这样一种比较的观察,我们才会发现,场景式肉身化了的戏剧世界的此时(此地)到底是何状况。它和史诗类虚构中的此时此地并无不同,和后者一样并不是时间意义上的当

虚构文类或演示文类

下。戏剧情节是在此时此地的,就算在整个剧本中都没有任何说明,能将一个虚构过去或未来与一个虚构当下关联起来。这是虚构的"我"—原点的此时此地,戏剧虚构的事件和史诗类虚构的事件一样与这个原点相关联。虽然极其可触、凭感官可感知的舞台兼演员现实一开始会隐藏这一点,这一点看上去也与我们的"感官"体验相悖,但是这个凭感官可感知的现实是失去了功能的现实,正如叙事中的过去时失去了作为过去的语法价值,而表面上的当下,舞台的现在时作为时间模式是和虚构的过去时一样无效的。虚拟过去时作为语素是淡化的,只有动词本身的意义内涵对于创造虚构世界才是重要的,舞台也是如此,就像一句古老的箴言早已确认过的,它只是木板,不过这木板也意味着世界——这些木板,虽然是在另一种媒介中得到使用,但是其使用就和虚构的叙事者使用过去时一样,罔顾一切语法规则。当下理论混淆了真实的当下和舞台现实——在舞台上演的戏剧作品使其具有了虚构现在时,这些理论所犯的错误就和人们混淆演员和他们所演的文学人物一样。舞台和演员当然和观众一样都属于现实;他们改变然后消失。1767年5月6日星期三是恒塞尔夫人的当下,她当时在汉堡民族剧院的舞台上演了萨拉·萨姆逊小姐,那也是坐在观众席的戏剧批评家莱辛的当下(《汉堡剧评》,第十三节)。但是萨拉走入的密勒封的旅馆房间,萨拉自己、密勒封和其他人都不存在于任何更真实的当下或具有更真实的当下性,而不过是具有以小说人物的形式存在的那种真实当下性。我们如果仔细研究我们在剧院中的体验,就会察觉到,我们在那里就和在一个阅读情景中一样意识到，舞台的真实的此时此地，以及我们在观众席上的此时此地，和戏剧情节虚构的此时此地并不一致。生活在展现出来的情节中，我们会忘了作为舞台的舞台，正如我们会忘了叙事动词的过去时态，说得极端一点，我们会忘了叙事本身。歌德将演员和游吟诗人看作戏剧类和史诗类展现形式的标志，是因为他在脑海中想到了荷马史诗，是把史诗作家设想为了吟诵作家（这样就已经将叙事拟人化为叙事者了[1]）。这里起关键作用的却不是史诗的吟诵，不是游吟诗人（他随着书籍印刷术的出现而消失，但是史诗这种形式保存了下来），而是 εἰπεῖν（言说），是游吟诗人所发挥的功能。戏剧的演示可以与史诗类演示相比，戏剧作家也可比照于叙事作家。而与叙事，也即史诗类再现的演示功能类似的是演员。后者无非就是舞台本身，演示功能，说得更准确点是戏剧作家的演示功能的一部分。

舞台，连同演员，只是戏剧作家演示功能中的一部分，戏剧作家的作品和史诗类作品一样是一个语言作品。但是舞台是非文学的部分功能，以对话构成的语言作品能够（但不是非得）使用这一功能。舞台以场景式肉身化的戏剧作品整体出现，来取代那部分叙事功能，那是在仅仅构造人物的戏剧结构中缺失的部分，是创造肉体和世界的叙事功能。舞台不是在真正的文学意义上代替了这部分演示功能，而是以替代功能出现，它和所有替代品一样是由和所替代者不一样的物质材料构成的。舞台和演员是与史诗类叙事功能不一样的材质或者媒介，它们不像后者属于文学作

1　上文中已经引述过，歌德自己又减缓了这个太强的拟人化。（第144页）

品本身，而是文学作品的材质；它们不是由作家构造和描摹出来的，它们超出了他的能力范围。正因此，这样的替代功能才能成为单独一门艺术，独立为舞台艺术和表演艺术。正因此，纯文学虚构才能以舞台的物理现实来实现，给理论造成困扰的不同时代和当下交错的游戏才会上演。

但是其中也包含了舞台艺术为什么要采用不同性质的努力和方法让人忘记木板的现实而投入虚构世界，即它所"意指"的世界的纯文学逻辑的理由。当然是由于场景式肉身化必然要以特殊的方式来取代史诗类叙事功能，也由于这种肉身化的物理条件，戏剧表演的虚构才会有此倾向和可能性，总是能展示一个与观众的现实类似的现实假象。

在不同的时代，剧院会依照理解、技术能力、时尚和品味的不同而对这些可能性有不同的运用和评价。特别有装饰性的舞台艺术，幻景舞台，以巴洛克宫廷戏剧的背景布置、透视法、雷鸣机器等为开端，追求一种日益精确的现实模拟，这也可以理解为一种标志，表示人们当时要赋予可感知的虚构最大可能的可感知现实的表象、幻象。其中必然是充当主导基础思想的艺术观，在普遍意义上仍然存在于今天的剧院中。它追求的目标，就是让人忘记纯粹虚构的在场而偏于真实的在场，忘记仅仅有所意味的木板而偏于真实的木板——为了达到这个目的，木板也就和演员自己一样必须乔装打扮。而从认知论上来看，正相反的方式则是现代导演的基本追求：尽可能缩减舞台上模拟出的假现实，让舞台不显眼从而被人忘记，让人看到剧本的纯虚构世界，这个世界的"当下"是不会与舞台当下混淆的。这种舞台艺术的思想尽可能让戏剧文学摆脱其场景式肉身化带来的感官副作用,也就是尽可能不让感官化(Versinnlichung)干扰和局限意象化(Versinnbildlichung),后者是所有艺术的本质。[1]

足够独特的是这个极端的结果,即要将舞台现实从戏剧作品的结构中排除出去,先得借助技术手段。广播剧也许是完全纯粹地实现了(或者看上去实现了)戏剧公式的第二个方面即"人物构型成为词"的唯一形式。但是广播剧的问题在于,场景式肉身化以及可感知性都压缩到了听觉上。这就造成了,文学的人物构型本身被压缩为特别的文学性的存在方式。听处于看一部戏剧和读一部戏剧之间独特的中间位置。想象在全方位的感官感知中被完全关闭,在阅读中会完全开启,而在依靠听觉的感官感知中则开启了一半。听戏剧与读戏剧的不同之处在于,人物构型通过广播剧经历了一场所谓的内在构型,但是只能通过声音的不同才

---

[1] 倒退过来也可以比较现代抽象舞台和赤裸的莎士比亚小舞台。伊丽莎白时期的诗学家菲利普·西德尼就发表过一番批判的言论:"现在来了三位采花的妇人,我们必须将舞台想成花园;然后我们在同一个地方听到有船遭遇海难。我们没有看到礁石的话,这就是我们的错误了……"(《捍卫诗歌》,1595年,E.弗吕格尔编,1889年,第102页。转引自D.弗赖:《哥特》,第194页。)这一言论揭示出了仅仅"意指"的舞台和制造现实幻景的舞台的问题。倾向于文艺复兴时期图像-具象化的观看方式的西德尼,嘲笑了在16世纪"仍然活跃的中世纪莎士比亚舞台传统"。但是这个传统擅长让表演单上仅仅有所意指的、具有象征意味的内容唤起通感,将尽管在场却被认为不在场的演员视为不存在,在同时出现的装饰物上表达仅仅象征式地暗示的空间关系(参见D.弗赖:《哥特》,第192页)。在最后一点上,埃尔温·皮斯卡托的抽象舞台也有类似操作。

能让读者区分出来。这是一个让人混乱的过程，有些人更愿意读广播剧而不是听广播剧。这是因为纯粹的想象会为仅仅设计成言说者的文学人物补全他们的肉体灵魂整体。此时多少都显得活跃的，以视像来进行的想象原则上与在阅读一部小说时的想象并没有方式上的不同，只是后者获得了——绝非在每个叙事风格中都已穷尽的——可能性，能更准确地引导想象。但是广播剧造成的半感官化，完全阻断了自在的想象。言词在想象中不再成为人物构型，而依旧是词和声音。是的，恰恰是成为声音的词从纯文学的词——这样的词仅仅由其意义而不由特定的他人的理解来决定——这里剥夺了它的构型功能。

但这里并不是要对广播剧、幻景舞台和抽象舞台，简而言之，对场景式肉身化的不同方式和实验进行审美评价。对它们进行简短的特征刻画，是为了展示替代功能的各种操作形式，这一功能是舞台在戏剧整体结构中体现出来的，由此也是可感知的功能，在结构上仅有这个是关键所在。因为被人多次讨论过的时间问题，虽然其原因在于戏剧文学的舞台肉身化，但是在认识论上却被错当作了文学本身的问题或者舞台的问题。舞台尽管具有物理现实和感官可感知性，但它也是演示，和纯粹活在想象中的史诗类世界一样。当然舞台是个替代演示，其存在方式不是作为文学作品本身的一部分，而仅仅是为文学作品服务。舞台和它与戏剧作品之间的关系的悖论之处在于，舞台从另一方面来看又对戏剧的文学结构有影响，因为舞台作为仅仅可感知的演示，要求文学的人物构型能演示自己，能从文学的想象世界转入演示的感知世界。

对虚构的这两个类型的认识论观察所带出的问题也让我们能够，并且有必要分析虚构的第三个——虽然并没有完全得到认可的——类型，电影。

电影虚构

194　　在讲述诗的逻辑的框架下也对电影予以关注，这初看起来并不恰如其分。电影之所以能存在有赖于摄影技术，而这个技术在语言的艺术品这个领域似乎并没有恰当的位置，诗的逻辑的问题恰恰是以文学作品的语言结构为基础，它不适用于电影。但是正如戏剧的逻辑要通过引入它作为剧院作品、舞台作品的结构，由此也引入舞台现象学才能得到充分的说明和实现，电影的技术要素也无损于它作为虚构形式以及文学形式而存在。下文中将展示，这个形式不但不搁置摄影技术因素，而且正是由于这个因素才显示出一个特定的逻辑结构。但是另一方面，摄影因素当然也导致电影逻辑比戏剧逻辑和叙事逻辑更为错综复杂；这是因为电影逻辑由于这个因素而不是完全原生的，只是在关联其他两个不同的"真正的"文学虚构形式的条件下才生成的。

　　错综复杂的电影问题和电影现象学最容易从电影观众、电影院访客的处境出发来展开。这些观众以一种特有的方式一方面区别于剧院观众，一方面又区别于小说读者，而这个方式首先可以用一个简单的论断来说明，即在他看一部电影的时候，电影观众不像剧院观众和小说读者那样能完全明白他在做什么，他在体验什么。他是在观看一部小说或者一部戏吗？一个被讲述或者以戏剧方式演示的情节？这个问题绝不是能轻易、直接地回答的。只有仔细比较电影观众和剧院观众与小说读者，才能分辨出电影虚构的结构特征。

首先，电影观众的处境会让人想到剧院观众。两者都是观众而不是读者的处境。我们在看和听，我们是通过感官感知的路径，而不是像理解小说那样通过想象的路径来理解电影的。但是我们在电影院看电影的方式却不同于在剧院里看戏剧的那种方式。我们看到的——因为这里第一重要的就是看——也和在剧院里看到的不一样。我们在剧院里看到的，是在剧院舞台上演出来的内容。这个舞台是一个自然的，也就是三维的空间，是观众席的延长，阻止我们走上舞台混入演员中去的是习俗规定而不是物理条件。电影银幕则与此相反，这是一个二维平面，我们在它上面看到的，与我们自己的物理存在的时空条件没有任何关系，就像一幅画那样。但是我们会经历奇特而又包含悖论的这一点，恰恰是因为二维的电影给我们带来了一种比三维舞台更自然的空间体验。是的，如果要对这个现象说得精要一点的话，那就是二维的电影带来了三维的空间体验，而三维的舞台则带来了二维的，至少是高度碎片化的空间体验。

分析到这里，有必要进一步研究一下电影的技术结构条件——摄影。这个技术之于电影的关系显然就如同叙事之于小说，对话构型之于戏剧。在这三种情况下，各类作品，史诗类、戏剧类和电影都是它们的艺术技术的产品。但是在做这个比较的时候，我们就能察觉或感受到，这个比较不完全正确。首先摄影不同于其他两种文学技术。但是就连这个断定也不完全正确。将与电影相关的摄影技术截然分离出文学技术，不完全正确。文学技术，也即史诗类和戏剧类技术虽然是言词，是语言，而摄影技术本身则不是语言技术而是摹像技术。但是电影不像摄影技术本身那样属于造型艺术领域，而是属于文学领域。摄影作为艺术是可以与绘画进行比较的，而且也确实有人比较（是予以积极还是消极评价在此无关紧要）。但是电影则不能与绘画比较，而只能与史诗和戏剧这样的文学艺术比较。我们如果要问为什么，就又回到了一个悖论现象，该现象的起因在于技术。电影并不是通过摄影图像本身来与文学艺术做比较，而是**运动起来**的摄影图像让电影可以与文学艺术相比。但是这运动起来的图像和文学有何关系呢？当我们提出这个问题之际，我们的关注点自然已经不仅仅落在史诗与戏剧的演示手段即语言本身，而是落在了语言所制造和演示之物：人类的生活，行动着的人。在此可以看到：以技术来摹仿的艺术，摄影，如果它只能拍摄静止不动的人或物，就顶多能与绘画进行比较甚至竞争；但是一旦它能拍摄活动的物和人，它就可以转入文学艺术领域并在更高程度上与其他类型竞争了。因为这样它就掌握了——尽管只是临摹式地——生活的秘密之一，也即运动，它就能和文学艺术一样制造人类生活的幻象，也即其虚构。

但是这样还没有回答如下问题，即我们作为电影观众体验到了什么。这个问题不是我们看一部电影就能回答的。这个答案不像我们说我们读了一部小说，我们看了或者读了一部戏剧作品那样具有同样明确的意义。不论是小说还是戏剧，作为文学形式，它们都不需要通过其他文学形式来进一步说明。一部小说就是一部小说。一部戏剧就是一部戏剧。我们直接就能知道，是什么原因让它们成其为小说和戏剧。但是我们如果看一部电影，我们可能就会问，我们看到的是一部小说还是一部戏剧，这就是说我们为了说清楚它的文学结构，需要其他文学形式，也即小说和戏剧的形式。对电影观众的处境做进一步观察时就会出现这一状况。如前所述，这无疑也是一般观众都有的处境。我们看和听。但是特别之处在于，我们同时也置身于小说读者的处境——只要我们现在把重心放在小说的概念上而不是读者的概念上。因为并非所有我们在电影中看到的，都能在剧院舞台上看到；却能在一部小说中读到。比如当电影在远处的天际线缓缓沉入海中，比如一架飞机从地上起飞而消失在天空中，比如情人跳着舞穿过宽阔的大厅，雪花盘旋着降落到树枝和栏杆上——我们虽然看到了，但是我们看到的是讲述出来的。活动的画面具有一种叙事功能。这就是我们在电影中能看到没有人的纯背景而剧院舞台上不能没有人的原因之一。因为舞台在剧本内部没有独立功能，不是戏剧作品的一部分。但我们在电影中看到的，毫无例外地属于电影，正如我们在小说中读到的一切都属于小说。发挥叙事功能的活动的画面让电影更靠近史诗类虚构而不是戏剧虚构。我们在这里看到了被叙述者，我们看一部电影的时候，看到了一部小说。

但是这个定义完全正确吗？在我们看电影的时候，我们不是也看到了，而且甚至是首先看到了一部戏剧，一部舞台上的戏剧？一部扩展了的戏剧，加入了活动画面的图像叙事元素？因为我们也会看到我们在读一部小说时无法体验到、无法看到，但在舞台上却能看到的：说话和行动着的演员，戏剧人物。自从有声片出现后，电影的这个方面，戏剧性的方面就表现得尤其充分，电影艺术从此也广泛征用既有的戏剧文学：莎士比亚的《哈姆雷特》《恺撒大帝》《仲夏夜之梦》，斯特林堡的《朱丽小姐》和其他或多或少堪称世界文学的戏剧都被拍成了电影。在有声片中，叙事的画面看起来真的只是发挥了扩展的舞台的作用，以最佳、最能制造幻景的方式突破了舞台的碎片化限制并改善了环境氛围的作用，用活动的画面能达到的自然的空间效果取代了舞台的不自然的空间效果。但也正是在这里隐藏了电影特有的理论问题。这是一个独特的现象。融合在电影结构中的史诗类和戏剧类元素之间的关系是文学形式领域里最复杂的。

我们首先再次注视一下电影的戏剧结构元素。为了不造成误解，还要再强调一次，这里理解的戏剧结构无非是戏剧的纯对话形式，这也是戏剧能上演的终极原因。我们首先比较一下电影的戏剧形式和舞台作品的戏剧形式。这时就会出现一个在上述既有戏剧作品的电影改编中体现得尤其明显的现象，比如在《哈姆雷特》、《恺撒大帝》和《朱丽小姐》中。这些剧本与它们的电影改编之间的关系截然不同于它们与舞台表演的关系，即使电影毫无改动地保留了剧本的台词，也还是不一样。这个我们马上要进一步描述的现象的一个症候就是，戏剧舞台绝不会对这些作品的文学存在（与文学价值）产生影响。剧本的存在并不受制于它们上演不上演，它们演得好还是坏，它们是在莎士比亚式、莱因哈特式还是皮斯卡托式舞台上上演。对于每一个通过阅读或观看再次体验它们的人来说，作家为它们创造出的形式不受干扰，不受遮蔽，在每一个时期都能重现活力。这些作品存在，它们是永恒的，保存在各自作家的作品中。电影《哈姆雷特》《恺撒大帝》《朱丽小姐》则相反，它们并不会存在于电影银幕之外。它们不永存，它们会过去，在上演完之后，只是在下次上演的时候重又存在。它们就算是有毫无改动的戏剧文本，也不是作为不受限制、脱离了转瞬即逝的命运的文学作品而存在，而只是作为剧本存在，剧本在电影整体中没有独立的意义，只是电影艺术众多功能中的一个。尽管保留了源文本，这些文学作品通过改造变为剧本，作为文学作品则遭到了毁灭。它们作为电影就不再是莎士比亚或者斯特林堡的作品了。它们由此也发生了改变，原生的戏剧形式与一个不属于该形式的史诗类元素结合起来。电影《哈姆雷特》的背景不再仅仅作为上演戏剧作品的舞台发挥作用，而是电影作品《哈姆雷特》的一部分，正如在一部史诗类作品中被叙述的那样。通过电影改编，戏剧也会遭受它被改造为一部史诗类作品时可能遭受的改变。这个过程不仅涉及演示出来的环境氛围，还统摄了电影人物，演员们。他们不仅像戏剧人物那样以言说来演示自己，也被着重描绘出来。如莎士比亚戏剧中的奥菲利娅，在舞台上不会被展示为溪水中的死人，而是由王后讲述出来的。但是在电影《哈姆雷特》中会看到她在水里漂浮，被树枝和鲜花环绕——她不再是戏剧人物，不再是莎士比亚笔下的人物造型，而是一个被叙述的史诗类人物。因为她作为史诗类人物可以死去，作为水中漂浮的尸体而具有合法的文学存在，作为戏剧人物则不行。这个例子也让人特别清楚地看到，活动画面如何将本身从所谓认识论上来说属于造型艺术的摄影引入了文学领域：一个被画出来——比如被当作画拍摄下来——的溪水中的奥菲利娅就和文学领域没有任何关联（除非作为书籍插画，但是一眼就能看出这个情况和当前的问题无关）。

但是我们也要进一步研究电影问题中的史诗类元素，要注目观察，这种说法是不是真的完全准确：电影人物具有史诗类的存在形式而不是戏剧类的存在形式。说得广泛一点，这个问题是这样的：如果一部戏剧通过电影改编而史诗化了，以至于尽管有说话的演员，我们却在看一部小说，这个说法是正确的，那么说电影小说和被叙述的小说具有同样的结构，这个说法是不是也正确呢？如果一部戏剧通过电影改编史诗化了，那一部被电影改编的小说还是一部真正的小说吗？

毫无疑问，这不是个巧合：电影公司更偏爱将小说改编成电影。小说为电影提供了比戏剧更好的基底。因为电影能大规模追随小说的描述，用画面来展示这些描述。电影画面就和叙事功能一样运作，能和该功能一样建造出被叙述的世界的全景图。它能和该功能一样把细节组合成整体：一个房间角落——我们也不知怎么弄的——就能成为房间，房间能成为房子，房子能成为街道，街道能成为城市，如此以往。电影画面能和叙事功能一样不仅展示无生命之物，也能展示沉默的人——漫游的、坐着的、思考的、默默忙碌的。面部表情能以与舞台上截然不同的方式具有一个独立功能，不需要像在舞台上那样只是言谈的伴随表情。手势，表情，眼泪，微笑都为自己说话，常常比口头说出的话表达得更清楚。的确，被看到的微笑在直接、客观的力量上无疑超过语言叙述出的微笑，后者仅仅是借助语言叙事想象出来的。我们不再区分说出来的话和用图像叙述出的内容。图像功能是波动的，叙述空间、身体、言谈，就像史诗类叙事功能一样。它和后者一样也叙述回忆、梦、幻想：它可以通过"回闪"从情节的此时此地退回到小说人物的过去，一个受欢迎的电影手法，尤其清晰地显示了图像功能与叙事功能的趋同。[1] 总而言之，电影的叙事力量如此强大，史诗类元素在决定其文学分类方面看起来比戏剧元素更起决定性作用。

但是我们又要暂停一下，重新问一问，这是不是完全正确。史诗类和戏剧类元素的关系在电影中一再变得错综复杂，但这个问题依然没有得到令人满意的回答，即我们坐在电影院里的时候是在看一部戏剧还是在看一部小说。这里出现的错综复杂，是极其独特的。为了解开这个谜团，我们必须再次回到活动画面的现

---

[1] 这个手法不需要——虽然已有此类尝试——与框架—"我"—叙事做比较。叙事类文学提供了合适得多的类比，比如托马斯·曼在《魔山》的一章《关于洗礼盆和双重性格的祖父》中描述汉斯·卡斯托普童年时代的方式："汉斯·卡斯托普对于父母家只有模糊的记忆；他几乎记不得父亲和母亲了……"这一章绝不是严格保持了回忆的角度，那样就必须用过去完成时来进行。对那时的叙事重又虚构化为此时此地——用过去时。但是我们在电影中正好体验了这样描述过去的回闪场景，这里仅举一例，即描述画家图卢茨·劳特雷克生活的大师级电影《红磨坊》（1952年版——译者注）。

象。正由于有活动画面，正如上文已经尝试展示的，电影虽然本身是摄影产品，但其现象学定位不在造型艺术而在文学艺术领域。而电影画面作为活动画面也极大地实现了叙事文学的叙事者功能。活动画面是叙事的，看起来将电影构造成了一个史诗类形式而非戏剧形式。但是如果我们现在继续比较电影叙事和真正的史诗类叙事的话，我们就会遇到边界。但这个边界是如此形成的，活动画面也还是一个**画面**。电影画面作为画面会留在边界以内，边界的另一边就开始了想象领域，关联式思考的领域。所以电影画面作为画面的特征是，一部被改编成电影的小说在主要部分上又被压缩为戏剧结构，准确说是舞台戏剧结构，而这是我们会将一部改编成电影的小说当作一部被戏剧化了的小说来体验的原因。电影画面的画面本质意味着什么呢？它出于什么原因构造了电影的戏剧结构元素呢？它意味着，我们只能像对待舞台戏剧一样以看和听感知电影。[1]

这个事实在多个方面发挥了影响。我们首先继续观察电影人物。他们作为史诗类人物以下列方式受到了限制。虽然我们能在电影里看到并懂得他们作为沉默的人，用手势和表情表达自己并在不受局限的时空里进出的人，但是我们无法从电影人物这里，就像无法从戏剧人物那里了解到他们在沉默中的所想和所感。但是我们在一部小说里就能获知这一切，小说，如上文中深入阐释过的，是语言体系中唯一能演示出人的内在生活、无言的思考和

---

[1] 戏剧作为文学作品本身是以什么方式在结构上趋向于舞台作品的形式的，上文中已有说明。

感觉的场地。在文学中，戏剧和电影形式以一种现实形式构造出了人，我们在这现实中生活而那些人和我们一起生活：这就是被口头或书面表达出的话语的传达形式。只有小说，也即叙事作品能用一种不受制于话语传达，不和听觉连在一起，不受其局限的，非碎片化的形式来进行构造。

但是另一个方面，活动画面的叙事功能又受到它的物理条件，也即可感知的模式的制约。这不仅仅涉及人物构型，也涉及物品世界的构型。这里有个例子："埃及法老阿蒙霍特普-内布马拉的遗孀正襟危坐在他对面的带高脚凳的高椅子上，背朝阳光，身后是中等深度或者极深的拱窗，于是她本就在衣服衬托下显出古铜色的肤色在阴影中颜色更深了。"

这是托马斯·曼的约瑟夫小说中一个有高度画面感的场景，几乎可以直接被设想成让人印象深刻的一帧彩色电影画面。但是以史诗类方式构建出来的场景还是传达出了和被人看见的画面不一样的体验。在小说场景中多出来的元素就是关联性的阐释元素。叙事的这种阐释在这里局限于完全贴近对象的手段，没有隐喻或者其他改写。通过这个轻微的比较描述——"本就……显出古铜色的……在阴影中颜色更深了"——也只有埃及王后泰伊的外貌从这一刻的情境中抽离了出来，形成了她的一个特写画面。是的，这个情境本身不再是在图画的固定框架里，在某种程度上是处于起因的结构里，以至于这个纯粹客观的物体关联——"背朝阳光……极深的拱窗"——也引导了对如此直观化的对象的想象。因为这种直观化是以阐释的方式造就的。电影画面就缺少这一类的直观化，或者普遍的直观化。因为只有看不见的东西才会被直观化。在我们的例子中这就意味着，在电影里无法显示出小说描述出的丰富关联：脸部的阴影来自身后的窗户，这扇窗户是深陷的。观众的观看不会受到导引，他会不会在脸部阴影和身后的窗户之间建立联系，这都取决于他自己。

我们在这里就触及了一个分界点，史诗类和电影的叙事功能在单纯的事物描述领域中在这一点上是根本分离的，每一个功能都在追求由它自身的可能性所设置或者在原则上可行的目标。史诗类叙事功能，正如我们已经尝试深入展示过的，是以阐释的方式创造虚构世界的；这个世界通过有所意指的词语而活，而"存在"。从最简单的贴近客观的事物描述直到对一个小说世界和小说情节进行各式各样、各个程度的思想阐释，是这些词建构了虚构世界。这个世界也是按照这个而非其他的创造方式而被读者接受并在理解中体验的。电影叙事则相反，它仅仅显示，尽管电影导演也很想在画面中添入解释的功能。因为这样一种解释并不是通过概念来确定，而是像自然现实中的物体一样，是交付给了感知的，所以对电影画面的体验就和对自然现实的体验一样，是交由每一个观众来形成个人体验的。

我们已经能精确定义电影与戏剧作品和史诗类作品的关系了。正由于活动画面这个原因，电影既是史诗化了的戏剧，又是戏剧化了的史诗。电影摄影的活动元素让该技术成为一个叙事功能，而叙事功能又在很大程度上让演员成为史诗类人物。摄影的图像本质这个元素，却将电影的人物构型局限在戏剧的，也即对话的形式里，而且让物体世界描述失去了最初的结构。戏剧和史诗在电影中融合成了史诗化戏剧和戏剧化史诗的特殊形式——在这一融合中，两个元素都以奇特的、从结构认识论上来说有精确理由的方式同时得到了扩展和限制。

　　回顾本章的阐述，最后作为总结还要再来看一看文学虚构，也即虚构类型的逻辑结构。出于语言体系的原因，我们是从史诗类虚构开始分析这个逻辑结构的，史诗类虚构也占据了这一章的主要部分。史诗类虚构不仅仅是在逻辑和语言上最纯粹的虚构造物，它也是唯一提供了精确发展出文学虚构概念的可能性的。只有将虚构叙事的功能和特征与现实表述的功能和特征进行比较，非现实或者虚构领域的本质才会得到展现，这个领域并非一个叙事者的体验场域，而是叙事功能的产物。所有的虚构造物由此都通过一条不可跨越的界线来界定，这就是虚构叙事与表述之间的分界线。就算在戏剧和电影虚构里这条分界线不那么明显，因为叙事功能被其他从属于感知领域的功能取代，但是作为语言逻辑的标准，它对这两类虚构造物还是具有决定意义和启发意义。表述，正如在所有单个研究中已经阐明的，是作为催化器用于分离和区分部分归于语言、部分是演示的功能，是这些功能创造了虚构造物。

　　我们相信已经能沿着这条路径展示和证明，叙事功能和戏剧（如亚里士多德所见）功能是出自同一个文学构型的原动力，史诗作家首先不是为了叙事而叙事，而是为了创造一个虚构的人物世界——而这无损于以下事实：构型的叙事功能看起来是可以独立的，甚或可以忘记制造虚构的任务。但是虚构的结构规则还是纯粹地保留了下来。我们还试着说明，这个规则在大多数情况下能揭露这一独立为幽默的假象。

在这个视角下，电影虚构也属于文学虚构的逻辑领域，虽然是在一个与史诗类和戏剧类并不平等的位置。电影虚构本身也不是通过活动的摄影这个技术手段决定的，该手段部分地取代了叙事功能。它是由文学化的演示冲动来决定的。在这里又要再次提到我们一开始观察过的文学与现实的概念构造，作为提前预告，同时也完结虚构这一章。诗的逻辑这个角度，也即本书的主题，也许会让人忘记，演示性的作品更多的是由思考规则和语言规则组构的构成物，也即**文学作品**，艺术。演示是美学规则，它所造出的都置身其下。演示就是对现实的"摹仿"，是古典时代用来指代虚构的词，用于文学构造物。我们展示过，亚里士多德已经将这个意义和它联系起来。摹仿的概念在诗学理论中得到了一种太过自然主义的色彩。如果我们将它和虚构，也即非现实和假象的意义相连，那么它就得到了扩展，并且能揭示：以虚构类型的不同方式，以不同的构型手段构建的伪现实，正因为它是假象、非现实，它才具有象征的存在方式。现实本身只是**存在**，而没有**意指**。只有非现实具有将现实转化成意义、含义的力量。

虚构的象征本质，就其本身而言，并不属于文学的逻辑观察。但是它有别于文学的第二个大类，即抒情诗的象征性质，这一点只有在文学的逻辑结构不被掩盖的时候，才会在特定的方式上得到阐明。所以只有在观察了抒情诗文类之后，才能对虚构文类的象征性质有所说明。

抒情诗文类

现实表述的体系与抒情诗的定位

　　接下来的解释和做定义的尝试都在更大程度上面临着之前就遇到的危险：遭人误解。抒情诗理论和抒情诗阐释在今天受现代抒情诗本身的发展状态左右，比以往更甚地定向于纯语言艺术现象，即一首抒情诗歌本身；这些理论和阐释认为，只有从这个现象出发才能接近抒情诗作品。这是有道理的，因为诗歌没有虚构文学那样的形式结构问题——叙事、时间设计、虚构本身的存在方式等，它和它的语言形式是绝对一致的。下文中会把抒情诗作品这个就其本身而言居于首位的方面仅仅用作一个标记，一个次级现象，这里再次强调一下，我们是在本书唯一主题的视角和框架下这么做的：在语言理论上可以论证的文学体系秩序，也即文学类型与语言的表述体系的关系。

我们回到黑格尔的那句话，诗是那种特殊艺术，艺术在其身上开始自行消解并过渡到科学思考的散文体，这样我们就能通过语言理论上的研究说明来确认，这个句子在哪里，在多大程度上有效，以及在哪里，在多大程度上无效。如果在现象中看到伟大的奠基性思想家的见解得到证实（尽管将他们的话当作指导性的教条不会有多大收获），会让人感觉快慰，那么我们就能看到令人快慰的证实性结果，黑格尔这句话正是在此处有效：亚里士多德在演示类和感伤类艺术之间设置了分界线，将 ποιεῖν 从 λέγειν 中分离了出来。黑格尔的句子对于（在德语中尤为典型的整体形态的）文学领域来说，是无效或者说尚且无效的，只要这个领域是一个 ποιεῖν 的领域，也即演示的领域。这条不可逾越的界线将虚构叙事从语言的表述体系中分离出来，它阻碍文学作品进入"科学思考的散文体"，也即转入表述体系。这里是在"制造"，也就是构造、塑造和复制。这里是"制造"或者"演示"的构型工作坊，将语言用作构型的材料和工具，正如画家使用颜料，雕塑家使用石材。文学作品在此完全置身于造型艺术的空间里，该艺术创造的是现实的表象。这个表象，也即虚构的规则要在文学作品中发挥作用，首先要创造出虚构人物，而一幅画出来的风景没有人物也能表明自己是演示——其中原因正在于文学作品的特殊材料，即语言。语言除了在虚构领域之外都是言说的媒介（包含种种变体）。是的，我们也可以反过来说，语言只要**不构造虚构的**"我"—原点，它就都是表述。这个说法并不是像它实际显示的那么极端,因为它实际上表达出了两个针锋相对的逻辑可能性,这是用语言来显示自身的思考所能起用的两种可能性:一个主体对一个客体的表述,或者(在叙事者或者戏剧作家手中)制造虚构主体的功能。——但是分隔这两种功能的分界线绝不是(我们上文中提到的)分隔文学创作语言与非文学创作语言的分界线。造就抒情诗歌的文学创作语言属于语言的表述体系。从基本结构上来说,这一点的理由就来自我们将一首诗感知为文学的方式完全不同于我们感知一部虚构的、叙事的或者戏剧文学作品的方式。我们是把诗感知为一个**表述主体**的表述。**多次惹发争议的抒情诗之我是一个表述主体。**

把这一句话说出来,似乎只是证实了将抒情诗当作主观的文学类型的传统定义,这样似乎从"诗是语言构成物"的现代描述往后倒退了一步,回到了黑格尔这个德语文学现象学的真正创建人。他写道:"在抒情诗中……满足了(主体的)言说自己并在自己的言说中听到情绪的需求。"[1] 在这句话里,德国诗学所称的体验诗(Erlebnislyrik),也就作为专门的体验主观性获得了依据,这个"主体"作为人,指的是诗人的个人自我,是他的内心,而抒情诗的主观性和史诗的客观性形成了对立。主观性和客观性的概念在文学作品领域虽然提供了趁手好用的方向定位,但也是不准确的、模糊大概的方向定位(在对叙事功能的分析中已经体现出来了)。这对概念不准确,因为人们容易忽视,它们是相对概

---

[1] 黑格尔:《美学讲演录》,第三卷,第 422 页。

念，所以只有在相互关联有效的时候才有意义：在判断和表述的逻辑中。如果情况是，抒情诗——在这里被理解为抒情诗作品的全体——的结构原则是一个表述主体，是抒情诗之我，那么这个文类就不能与不是通过表述主体来组建的文类进行比较。只有在它从范畴上作为语言结构而隶属于其中的领地里，它作为文学作品的位置才能得到确定，这就是语言的表述体系。但是抒情诗之我并不仅仅按照"主体"概念的人格化意义而定位于"主体"，而是作为表述主体成其为主体，这样一来，我们将试着展示，主观性概念就从抒情诗理论中剔除掉了，也就有可能在抒情诗的文类概念下来研究最现代的抒情诗形式和理论，比如文本和文本理论。这一点初看起来也许自相矛盾，因为表述主体概念，也即表述自身，都连带有主客体关系。我们在第一章中用一系列句子情态的表述，和所有三种表述类型——历史的、理论的、实用的——来展示这一关系内部的种种程度和状况：从一个数学法则的绝对客观性——其表述主体只具有跨个体的普遍性，到一个有感情色彩的命令句的可接触主体。我们也展示过，决定主客观性程度的并不是表述的类型，也不是句子情态，而是表述主体的态度——所以一个理论的表述，比如康德和海德格尔的哲学语句的例子，才有可能比一个历史的和一个实用的表述主体的表述更主观。

我们之前满足于在描述普遍的表述体系的时候说明一下主客体关系，现在在考虑抒情诗的表述主体的情况下，我们要检验更多的状况。值得问的是，抒情诗的表述主体是否参与了三种表述类型，或者是否以某种方式与它们区别开来，如果是后者，对于抒情诗的性质也即存在方式，对于抒情诗作品的创造又会得出什么结论。

要达到这个目的，首先还必须注意另一个表述的本质层面：最广义理解上的**传达**性质。其中包括，即使如此有主观烙印的表述也是朝向它的客体之极的，也即是作为声明的、询问的、祈愿的、命令的表述而具有如下目的或者功能，在它的内容也即表述客体所给出的关联中发挥作用：声明给出信息，询问获取信息，命令或祈愿造成效果。胡塞尔在论及哲学作为极为主观的科学时则非常精练地阐述了这一状况："哲学是从事哲学者的完全个人化的事物。哲学涉及的是**他的**普遍智慧，是**他的**不断趋于普遍性的知识，但是是真正科学的知识……"[1] 胡塞尔在这句话的语境中要说明的不是理论表述本身的性质，而是从事哲学者的存在性决定，"想要朝这个目标而活"。但是在胡塞尔的这些话中暗示了哲学的表述行为的方向。但这么"个人化"地从事哲学者也不愿"言说自己"（黑格尔），而是要让其论述的事物"实现被给予状态"（在此再次使用一下胡塞尔的术语）。所有三个范畴的表述，都是描述我们的有所传达的语言生活，都要离开主体这一极而走向客体这一极。也可以这么来表达，它们想要在一个客体关联——这也总是一个现实关联——中发挥功能，不论具体所指的现实是哪一种类型。再次强调，表述主体在此过程中在多大程度上让人察觉自己，是无关紧要的。对于表述的结构和功能来说，表述具有

1　E. 胡塞尔：《笛卡尔式沉思与巴黎演讲》，海牙，1963年，第4页。

哪一种语言质量,虽说不是毫不重要,但也是次要的。我们举例过的康德在《实践理性批判》中写的句子,它所具有的抒情诗式的——或者我们说得老套但更少歧义一点——诗意化的渲染并没有让这个表述主体成为一个抒情诗主体。而里尔克写的信以一种特殊的方式带有他自己的诗人风格,他将斯科纳的滑雪之旅和升向"虚空"的阶梯描写得这么美,但这些描述的抒情诗色调并没有让这位——恰恰是要传达信息的——写信人,这个历史的表述主体成为一个抒情诗主体。语言在这里也是服务于信息传达的。

这些论断都是理所当然;它们对认识抒情诗之我以及抒情诗的文学类型还无所助益。但是有一个现象和表述主体的关系就不那么理所当然,也没那么容易理解了。祈祷手册和颂歌集就有这个现象,这里要引用几个例子来加以说明:

> 主啊,我的心仰望你。
> 我的神啊,我素来倚靠你。求你不要叫我羞愧,不要叫我的仇敌向我夸胜。
> 求你转向我,怜恤我,因为我是孤独困苦。
> 我心里的愁苦甚多,求你救我脱离我的祸患。
> 　　(《圣经·诗篇》,25:1,25:2,25:16,25:17)

> 神啊,我的心切慕你,如鹿切慕溪水。
> 我的心渴想神,就是永生神;我几时得朝见神呢?
> 　　　　　　　　　　(《圣经·诗篇》,42:1,42:2)

我的所有事功
我都求援最高者，
他无所不能，无所不有；
若他人要成功，
他必会对万物
给出良策。

所以归于他吧，灵魂　　　　　　　　　　　211
独信他一个吧
他是造你的神。
事当成便成，
高空中你之父
灵智通万物。

　　（鲍尔·弗雷明:《为符腾堡新教教堂所作歌集》，
　　第 324 号）

只要我拥有他
只要我为他所属，
只要我心直至坟墓
都绝不忘记为他效忠；
我就不会经受苦痛，
所感者无非信、爱、乐。

> 只要我拥有他,
> 我愿放弃一切事物,
> 拄着我的行路杖
> 忠心耿耿只随我主;
> 让其他人静静漫游
> 走宽阔、明亮、充盈的路。

(弗·冯·哈尔登贝格[*])

大卫的赞美诗、弗雷明、哈尔登贝格等人的教堂颂歌都显示出了抒情诗的所有特征:语言表达、诗句形式、押韵。它们也是以大多数抒情诗的现身形式来现身的:"我"形式,一个在此情况中歌颂、请求、祈祷、坦白信仰的"我"的表述。可是我们要确认,赞美诗和教堂颂歌,在行礼拜时采用的这种形式的**祷告**[1],并不属于作为文学类型的抒情诗领域(通常也不会算作抒情诗)。原因并不在于赞美诗和颂歌的内容,而是在于在诗中现身的表述主体。这是一个**实用的**表述主体,而作为实用的表述主体,它和历史的、理论的表述主体一样都是定位于客观的。祷告和布道、教士和教徒所从事的仪式行为一样都属于礼拜。它置身于教会仪式的语境

---

[*] 也即下文中的诺瓦利斯(Novalis),诺瓦利斯是作家给自己起的笔名。——译者注

[1] F. 海勒证明了,教堂颂歌属于或者可以算作祷告的类型:"产生于个人的祷告体验的祷告诗歌应被视为真实的、个人的祷告的明证……《旧约》中的《诗篇》,不同国家语言中的教堂颂歌。"(《祷告》,第五版,慕尼黑,1923年,第31页)

里，处于客体关联或者现实关联中，这个关联是由宗教-教会现实所决定的，也将教徒个体与这个现实联系起来。祷告中的"我"是教徒之我。教堂里的单个祷告者在多大程度上将这个教徒之我体验为自己，则无法说明，也与祷告的结构无关，祷告本身是事先给定的。因为就算教堂里或祈祷室里的单个祷告者说出祷告是在对自己的虔诚信仰或求救困境进行个人表达，祷告之我仍然和每个个体一样是一个实用的"我"，个体可以出于个人目的在祈祷的那一刻认同这个"我"。个体并不会将祷告体验为抒情诗，哪怕祷告采用了一个美丽的抒情诗形式——而这正是因为他是根据自己实用的宗教热忱程度来将预先给定的"我"关联到自己身上的。

但是赞美诗和教堂颂歌当然也是感伤的，因而对于文学的结构和逻辑来说也是有启发意义的作品。因为它们是诗人的造物，不论其诗人的地位和声名如何。实际上如果它们不是在礼拜仪式和颂歌集中，而是在诗人的作品集中和我们相遇，它们就会改变自己的性质。比如对于那些从来没有在教堂里听过"只要我拥有他／只要他为我所属"这首教堂颂歌，而是把它体验为诗歌，体验为诺瓦利斯收录在自己诗集中的第五首"宗教歌曲"，那它就完全脱离出了新教礼拜的现实关联。他体验到了诗歌的宗教内涵、真挚情感、诗句的温柔韵律，也会将它体验为表述宗教情感的"我"的宗教情感，也即这个"我"的体验。那么他体验到的是怎样一个"我"呢？是这首宗教抒情诗的抒情诗之我，是为自己的虔诚赋予了这个而非其他的表达，这个而非其他形式的那个"我"。这个现象是怎么形成的？无非就是由读者面对这首诗时所处的语境造成的。因为这并非偶然的语境，这是诗人将诗歌放入其中的语境。诗人将一首诗收入自己的诗集，而不仅仅是用于一个礼拜仪式的目的，他也就借此表明了，这首诗不具有实际目的，诗中的表述主体不是一个实际的我，而是想做一个抒情诗之我。虔诚的诗不具有现实关联中的功能，而仅仅是一个虔诚灵魂的艺术表达。

我们不妨继续让诺瓦利斯的这首具有所谓"两面性"的宗教歌曲引领我们进入抒情诗之我的现象学，由此进入抒情诗和抒情诗文类的结构。在之前的关联中，我们用它来标明抒情诗作为文学类型在语言的表述体系中所处的位置。作为一个诗人所写的也能服务于礼拜的实用目的的诗，它展示了一个临界状态，我们在这里能认识到，我们什么时候是在面对一个抒情诗之我或表述主体，什么时候则不是。这个标记在这里无非就是在诗中说出"我"的那个意义会变化（不论我们是否意识到，在多大程度上意识到这个变化）的我，而不是诗歌形式本身。因为原则上所有表述都可以采用诗歌形式，而不会让这个表述成为一首抒情诗。如果祷告能够根据其内涵、其精神-宗教意图而得到诗人的构造，获得一个美丽的文学形式，它依然还是和一首应景诗（平凡的而非歌德的作品）和宣传诗位于同一个路线上，虽然在美学上是在与后者对立的另一极。如果要对文学类型进行语言理论上的论证并建立秩序，那么在这个角度之下，就要严格区分组建起抒情诗的**抒情诗表述主体**与抒情诗（所有抒情诗作品之整体）用以演示自己的**形式**。基于这个事实，即抒情诗驻扎在语言的表述体系之中，它所特有的形式也就可以转用到所有表述上；反过来，一个抒情诗的表述主体出现之处，这个主体用以"言说自己"的形式，不一定就满足一个抒情诗作品作为艺术品的审美要求。糟糕的诗歌就是这样的情况。以下这个说法极有可能遭人误解：每一个把自己作为抒情诗主体也即想要完成一个抒情诗的（而非历史的、理论的或实用的）表述的表述主体，都是在构建一个抒情诗作品。这和把每一部庸俗小说都归入史诗类虚构文类的做法同出一辙。只是后者这个过程更容易让人琢磨，可以直接辨认，因为虚构叙事显示出可以证实的使其与现实表述分隔开的特征。这些特征，则是抒情诗的逻辑生成过程中并不会显示出来的，因为抒情诗立足于表述体系中，它的形式可以转用到所有表述上。抒情诗这个文类是由表述主体的所谓"自报家门"的意志来构建的，该主体要把自己确立成抒情诗之我，而这就意味着抒情诗这个文类是我们遭遇这首诗的语境来构建的。但是不论在虚构文类还是在抒情诗文类中，美学形式对于单个作品归属于某个文学类型，虚构的或者抒情诗的，都不是起决定作用的。[1] 所以，一部写得再糟糕的小

---

[1] 英伽登对此有如下阐述：在进行哲学-理论上的分析，探讨"文学作品"的现象学的时候，这个称法是用来"指称每一个所谓'纯文学'的作品，不论它是一件真正的艺术品还是毫无价值的作品"。（《文学艺术品》，第1页，注释1）在英伽登和我的著述中，讨论的是语言逻辑（或者本体论）上的结构现象，而不是美学现象（这一点我多次强调过），以文学史和文学美学为方向的研究者并不容易看到和接受这一点。R. 韦勒克对我的文类理论，尤其是我对抒情诗之我的分析，做出了大量批评，他指责我忽视了美学现象，把我的文类理论说成是"心理主义"。（《文类理论、抒情诗和"体验"》，《R. 阿勒温纪念论文集》，科隆，1967年）我在这里，在这个语境下谨对韦勒克

说也属于文学体系（这里的文学不是从美学意义上来理解的），而写得再精彩的散文就不是。弗里德丽克·凯姆普纳（Friederike Kempner）*所写的（无意而成的）滑稽诗就属于文学，而大卫的第42首赞美诗就不是。诺瓦利斯的第五首宗教歌曲，如果是在诗集中，就属于文学，如果是在新教歌本中就不属于。

如今大概已经可以清楚看到，这样的定义无非就是要确定抒情诗在文学体系中的位置。这个位置，再次总结一下，是在语言的表述体系之中，有别于与表述体系分离的虚构文类。但是抒情诗在表述体系中的位置又不同于三类范畴的传达性表述，可以说它是在这个领域的界线之外的。我们是这么来定义传达性表述的，不论它们有多大程度的主观性，它们都会离开主体这一极而走向

的攻击进行统一回复，我要提到，本书第二版的"抒情诗"这一章在他的论文发表之前已经修改过了。我希望，引发某些合理批评的起因已经消失了，一部分被纠正，一部分被完全删除。但是原则上，韦勒克的批评是源自对我关于表述和表述主体概念的理论的误解。德语中的表述（Aussage）作为判断逻辑及语法概念，在英语中是用 statement 来翻译的，后者除了 assertion（声明）之外还有普遍意义内涵。在维特根斯坦的《哲学研究》英文版中，偶尔出现的术语"表述"就是用 statement 来翻译的。也可参见我的论文《表述理论》，见《荷兰哲学与心理学综合期刊》第65期（1964年）。这个概念完全不可以用 utterance 翻译，我进行过精确定义的概念"现实表述"（Wirklichkeitsaussage）也不能用 real utterance 翻译，而是要用 reality statement 来翻译，同样，表述主体（Aussagesubjekt）的概念也不是一个"speaker"，而是语言的表述体系的结构因素。——我谨捍卫一下我的文类理论而反对韦勒克用来批评我的简单公式："分类标准是说话者（speaker）：在抒情诗中是诗人自己，在史诗类和戏剧中作家让别人说话。"（第393页）如果是这样的话，那么这本书就没有什么需要讨论的了。

* 弗里德丽克·凯姆普纳，19世纪下半叶德国著名女诗人。——译者注

客体那一极，也就是在一个客体关联或现实关联中具有一个功能。在祈祷诗的例子中就有此暗示：抒情诗之表述并不"想要"（我们必须这么说）这样一个功能，它的主客体两极关系也有所不同。对这个关系也即抒情诗表述主体的行为和特质的进一步研究，将阐明抒情诗作为语言艺术产品的（逻辑）生成过程。

抒情诗的主客体关联关系

我们继续考察一下诺瓦利斯的祷告诗这个特殊的临界状况，再次而且完整地引用一下第五首宗教歌曲：

> 只要我拥有他
> 只要我为他所属，
> 只要我心直至坟墓
> 都绝不忘记为他效忠；
> 我就不会经受苦痛，
> 所感者无非信、爱、乐。
>
> 只要我拥有他，
> 我愿放弃一切事物，
> 拄着我的行路杖
> 忠心耿耿只随我主；
> 让其他人静静漫游

走宽阔、明亮、充盈的路。

只要我拥有他
我会欣然入睡,
他的心之洪流于我
永远是琼液清凉甜美,
它将以温柔的强迫
软化万物,渗透万物。

只要我拥有他,
我便也拥有世界;
如同天国男童一般有福,
为处女手持面纱。
在凝望中坠落而下
凡尘之物不会让我惧怕。

只要我拥有他之处,
便是我的祖国;
一切恩赐都落入
我手如同一份遗产;
早已失落许久的弟兄
我在他的门徒之中重获。

我们现在不再将这首宗教歌曲当作祷告，而是看作一首抒情诗，也就是按照此前所定义的将其视为一个抒情诗表述主体，一个设定自己为抒情诗表述主体者的表述。作为抒情诗，它适于用作出发点，来观察诗歌所造成的过程。这个过程，如果理解透彻的话，就不可理解为个人的，这个诗人所特有的，甚至可以从诗人生平来解释的过程，而仅仅是一个语言逻辑过程，是在抒情诗表述的主客体关联关系内部发生的过程。这个过程就其本身而言当然有变化无穷的显现形式，其差异化构成了抒情诗表述和由此制造出的艺术产品的无尽可能性；只有在这个意义上，从每首单独的抒情诗和抒情诗人，也从时代风格上来看，这个过程才具有个体性。较早的抒情诗的结构也是从这个角度上来看，而与现代抒情诗有所不同。

诺瓦利斯的"宗教歌曲"第五首尤其适合作为我们研究这一构成的出发点，因为它也可以作为礼拜的歌曲来使用。作为后者，它是在一个现实关联中，而且是在宗教-礼拜的现实关联中，对他的天主，对基督的爱心的表白。我们之前已经看到过，如果我们是在礼拜关联之外读到或听到这首诗，诗歌中非个人化的教徒之我就会变成诗人的我。表述主体的性质会改变，但是表述客体不变，这是本性决定的，因为**这首诗**没有改变。诗中显示出的客体关联保留了下来，即使这个关联没有了礼拜功能，这就是说：客体关联是以它的单义性而保留下来的"他"（er）——也就是对于这首诗的音调来说并非无关紧要的第四格宾语"他"（ihn）在五个相同的诗节开头，作为定音之词，出现了五次——天主，能得到他便会让心充满幸福,而在这五个诗节中分别对应了五种不同的状态,有的是直接指明,有的是以隐喻来称道。这个表述的客体关联是如此清楚明了,阐释者所要的无非就是宣称这是在这里"言说自己"的抒情诗之我在表达虔心的幸福。这个以诗歌为形式的宗教表述,其主体极和客体极之间并没有很多事情发生。没有很多,但还是有。在第四诗节中就发生了事情——在收入这首诗的歌本中去除或修改了这一节,这并非任意为之。[1] 当然,其中原因也许是这一节第三、第四行隐含的情色意味,但也可能是理解它有一定的困难。这却也体现出了一个对主客体关联具有本质意义的时刻,一个标记。不仅仅是第三、第四行本身,它们与前两行和接下来两行的联系也为阐释造成了困难。我们的讨论不是对这个诗节的阐释——比如说,为处女手持面纱的天国男童的福乐这个比喻,灵感来源是不是一幅天使为圣母手持面纱的画,是不是"世界"所指的是"凡尘之物"的反面,即更高的神界,由基督所充盈的世界,看到这个世界的时候凡尘之物就会落下,不再包含恐惧。——我们不关心这些细节问题,而是关心表述的过程,这个过程也正是通过对文本提出的阐释问题而被人察觉。因为在第四节中客体关联变得**不清楚**了(所以才要求人们进行解释)。这

---

[1] 在收录了第四节的歌本,比如阿尔萨斯-洛林地区的新教歌本(1914 年)、新教教徒的基督教歌本(比勒菲尔德,1854 年)中,第三行和第四行被改作:"天国的丰富馈赠 / 让我目光始终向上仰望";在瑞士德语区改革新教教会的歌本(伯尔尼,1891 年)里则是:"他给予的,是永恒馈赠 / 有他相伴的人有福了。"

六行中的三个表述，每两个彼此相连，比其他四节更相互抵触。我们可以将歌本中剔除第四节这个现象当作一个标记，它指明这一节的"我"无法再和其他诗节一样轻易地转移到教徒之我上。这便可以让人感受到那个主导了抒情诗表述并由此无法再满足一个祷告的"单义"目的的过程。

不过，这首祷告诗尽管有第四节，但这个过程还是没有得到充分展现。这首诗对我们来说只是位于实用的表述主体和抒情诗表述主体之间的边界上的一个现象，它也因而是第一个指示对抒情诗表述发挥主导作用并让它区别于非抒情诗表述的过程的例子。这个在表述主体和表述客体之间进行的过程，还应当再用几个例子来展现；这些例子是按照时间先后顺序来挑选的，它们会让人看到这个过程不断增加的阐释难度。这同时也是——作为许多可能的解释之一——在解释，较早的抒情诗在理解上的困难何以少于现代抒情诗。

默里克的著名咏春诗《是他啊》是我们选出的第一首诗：

> 春天让它的蓝色丝带
> 再次飘舞于空气中；
> 甜蜜的熟悉香味
> 满怀预感拂过大地。
> 紫罗兰已经做起梦，
> 想要快快到来。
> ——听哪，远处一声轻柔的竖琴响！

> 春天，是啦，就是你！
> 我感受到了你的到来！

这首诗没有给人造成理解上的困难。我们很快就能认识到它要讲什么。诗歌表述的客体极很清楚：从第一个词开始就被呼唤出来的春天，说得准确点，是正要到来的春天，第四、第五、第六行通过"预感""已经""快快"这些词来召唤它。不过开端的两行包含了一种截然不同的想象：一条飘舞在空中的蓝色丝带。它不是自己飘舞起来的，但是如果我们要回答是谁让它飘舞的这个问题，那么**我们**就必须说：是春天。但是我们这样回答，所做的却不同于这首诗。诗中说"春天"时，通过去除冠词而让这个季节变为一个专有名词，一个人，一个阳性的人*，而唯有这么做才能使春天飘舞起它的丝带。但是阐释者不能将这个隐喻当作表述来重复。阐释者说：这是个隐喻，要表达的也许是春天的蓝色天空。那么他这样做就有别于诗歌，诗歌没有提到天空，而仅仅将一个蓝丝带飘舞的画面放到了我们眼前。这个画面就其本身是远离了那个容易确定的客体极，即春天的。接下来的四个表述都更靠近客体极；它们毕竟点明了"熟悉"的春天现象：甜蜜的香味、紫罗兰。而这个用来形容甜蜜香味拂过大地的副词"满怀预感"则直接传递出对春天的预感。但是仔细察看之下，对紫罗兰的表述

---

* 德语中"春天"是个阳性名词，作为季节一般要加定冠词。这首诗的第一句第一个词是不加定冠词的春天。——译者注

则不那么确定。它们已经做起梦来,它们想要快快到来。虽然这些表述这么简单,这么明了,但是我们并不能解释,这里说的是已经在场的紫罗兰(也许是作为花苞),还是它们只是空气中的对春天的预感,还是更不确定地,仅仅存在于诗人的想象中。对客体的指涉几乎不知不觉地脱离了我们的问题,我们的阐释。在最后一个表述中这样的指涉则完全脱离了。这个表述就像是诗人改变意义走向的标志性隐喻,但它并没有再成为视觉想象,而是变成了听觉想象,却也不是一个具体的可听到的春天现象,比如云雀的歌声这样的浪漫派咏春诗歌中的任意道具——而是又成了不指涉真实的客体关联的一个事物:一声轻柔的竖琴声,从远处传来。最终,对春天的预感就汇聚在了这个完全想象出来的音调中:这个音调就是春天,此时登场的抒情诗之我就感受到了这个音调。

我们来想想,在仔细聆听这首短小简单的诗时,什么样的布局式结构时刻呈现了出来。一个孩子都听得懂这首诗,因为它所讲述的内容很清楚。预报自己到来的春天是抒情诗表述主体所表述的客体极。但是现在显露出了这个现象:当我们将这首诗作为整体来接受的时候,最后作为诗歌造成的印象和体验而留存下来的,根本不是即将到来的春天这个客体指涉本身,而是春天的飘舞的蓝丝带,做梦的紫罗兰,一声轻柔的竖琴响。这些表述的主客观结构经历了在传达性的表述中不会出现的事情。它们可以说是从客体极又退了回来,向着彼此排列,与此同时纳入了完全不涉及,至少不直接涉及客体关联的内容。它们不是以客体关联为导向的,也不受客体关联操纵。它们不构成客体关联,也

220

不构成传达关联，而是构成另一种关联，我们称之为意义关联（Sinnzusammenhang）。这意味着，这些表述离开了客体极而迁移进了主体极的领域。而这个过程也正造就了抒情诗的艺术产品。这个产品正是如此形成的：各个表述相互对应排列，受到抒情诗之我想用它们来表达的意义的导引。诗是如此做到的，采用了哪些语言的、节奏的、韵律的、声响的手段，让内部关联能达到多大程度的可见，多大程度的不可见，——这是写诗行为的美学方面。已然形成的诗，在其成果中并不能分辨，到底是表述的归整和形式造就了意义关联，还是后者在导引前者。意义和形式在诗中是一致的。

默里克的诗，我们会觉得是简单而容易理解的，因为虽然它的表述有种种包含涵义、隐喻的伪装，但是客体指涉还是清楚地保留了下来。造就这首诗的意义，即预感到春天的幸福，是直接展示出来的。只有对词汇、图像、联系进行仔细考察，才会注意到表述从客体极撤出的过程。**可以列出这样的公式：客体关联越清楚或越不清楚，意义关联就越容易或越难呈现出来。**

第二个例子是一首具有更高的，但仍是中等阐释难度的，已经属于现代派的诗，格奥尔格·特拉克尔（Georg Trakl）*的《米拉贝尔城堡里的音乐》。但同时要说明一下，难度高低完全不是由诗歌的时代所决定的，虽然一般来说确实是现代抒情诗比前现代的更难。但是如歌德的《极乐的渴求》就已经显得意义晦暗不明，

---

*　格奥尔格·特拉克尔，20世纪初奥地利著名诗人。——译者注

更不要说马拉美的作品了，胡戈·弗里德里希（Hugo Friedrich）就认为马拉美是现代派的开端。马拉美的诗歌——与歌德的诗歌不同——也确实是出于"现代"的原因而难解。特拉克尔的这首诗是出于同样的原因而有着与默里克的诗不一样的阐释问题。我们挑选它来实现我们的目的，因为这里的抒情诗的主客观关联，恰恰由于抒情诗的表述主体没有以第一人称来展示自身，而能被清楚地认识。（抒情诗的表述主体的不同本性和显示方式将在下一节中详细阐述。）

米拉贝尔城堡里的音乐

一口井歌唱。云朵静立
在清澈的蓝色里，白色的柔软的云。
从容而娴静的人
在傍晚穿行于古老的花园。

祖先的大理石已变灰。
一排鸟儿漂移向广袤远方。
一尊淫神以死的双目望向
正滑进黑暗的影子。

树叶从古树上红红地落下
穿过敞开的窗户盘旋而入。

>　　一片火光在屋内燃起
>　　并画出阴郁的恐惧幽灵。
>
>　　一个白色异乡人走进房门。
>　　一只狗穿过倒塌的走道扑来。
>　　女仆熄灭了一盏灯，
>　　耳朵在深夜听到奏鸣曲在响。

这首诗第一眼看起来也没有特别的难处。三个不同的长的陈述句构成了第一诗节的四行，我们会觉得从中可以获悉一个客体关联：一座古老的花园，其中有一口井在唱歌，井上方有白色的柔软的云在清澈的蓝天里，有从容而娴静的人在花园里穿行。但是我们虽然用了这一诗节里所有的信息来建立这个客体关联，但是这个诗节本身并不完全切合这个关联。我们使用了诗中没有的介词结构：在花园中的水井，水井上方的云；我们发现，这些介词的缺失重又消解了我们借助它们才得以建立的关联。像"一口井歌唱。云朵静立 / 在清澈的蓝色里"这样的句子彼此之间是不相连的，它们没有关涉彼此，而正是这种关涉的稍加建立，显示出了在传达性的和抒情诗的表述之间已经存在的界线。在接下来的诗行中，这个现象以不同的方式延续，并由诗句扩展到整个诗节。第二诗节的表述仅仅显示为暮色昏蒙的花园的散乱符号，但是这些符号化解了第一诗节中还相对闭合的关联，开启了一种方向感的缺失，也就形成了密集化的可怕氛围，最后落在第三诗节的最后一个词

"恐惧幽灵"上。但恰恰是这一个诗节又设置了一个意料之外的定位点，一个透视法的视点，表述主体似乎隐藏在了整个点之中：敞开的窗户前的一棵树，一个让人可以往花园里看的房间，通过"盘旋而入"这个方向感副词暗示出来；但因为这样一个信息说明还是缺失的，我们无法建立这样一个客体关联。的确，这正好表明，由于缺少这样一个视点，尽管有对空间的指称，方向感的缺失还是在加剧，直到诗句"一个白色异乡人走进房门"和"耳朵在深夜听到奏鸣曲在响"拒绝回答任何关于客体关联的疑问，比如谁的耳朵听到了奏鸣曲，这样的乐曲在哪里响起，等等。这首诗的标题连带它具体的地点说明——尽管音乐这个词似乎能较为精准地确定最后一句诗——也奇特地化解为不确定和无法定位的状态。

对这首米拉贝尔诗的诗句和诗节的这番审阅，显示出了一个引人注目的，近乎悖论的现象。与默里克诗歌中的诗句表述相比，所有这些具有客观陈述句形式的表述要具体得多，写实得多。这里没有出现隐喻。客体指涉也更确定，更具体：一个地点，房子和花园，突然降临的黑暗。但还是可以确认，这些表述更为极端地从客体指涉中退了回来，也正是借此化解、散落在了迷失而悚然的让人恐惧的气氛里，这首诗就浓缩为这种气氛。正是随着客体关联被化解而变得无法辨认，意义关联也在同样的程度上变得晦暗，无法再像在默里克的诗中那样能作为一个确定而可轻易指称之物而得到言说。

保罗·策兰（Paul Celan）的这首由六句简陋诗句组成的短

诗，可以用作客体关联几乎完全隐藏起来的例子，它属于我们的现代：

进入雾之号角

嘴在藏匿的镜子中，
膝盖在傲慢的柱子前，
手带有栅栏条：

给你们彼此传递黑暗，
说出我的名字，
带我到他面前。

(《罂粟与记忆》，第 45 页)

第一诗节的三个句子说出了三个身体部位，将其设立为孤立的物体，其中每一个都处于一个既有准确说明又难以看穿的关涉之中。这个诗节末尾的冒号显示，构成第二诗节的三句诗，也即对复数第二人称的祈使句，是指向已经召唤出的身体部位的。它们被要求对在这里发出表述的抒情诗之我，以第一人称的物主代词和指示代词来显示的"我"有所举动。而第二个和第三个祈使句"说出我的名字／带我到它面前"比第一句"给你们彼此传递黑暗"更清楚。一个客体关涉，正如经常出现的那样，至少会被最后一个词照亮。而这里则是"他"，阳性名词的第四格宾语指示代词。我们假设，这是指向一个男人，那我们就找不到关涉对象；这样一个人物没有出现。从语法上来说，这个代词就只可能是指向一个诗中出现的阳性事物名词：嘴，镜子，傲慢，名字。最有可能的是前面最近的名词"名字"。这样的话就可以通过构建起一个可能的但非常不确定、非常隐含的客体关涉来这么解释：这个抒情诗之我不把自己体验为一个人格统一体，而是彼此分离并且在各自不同的处境中的嘴、膝盖、手，它们彼此疏离，尤其疏离于它们所属的"我"，对"我"保持晦暗。这个表述"给你们彼此传递黑暗"有可能就是指向这个意义。这个"我"与自己的同一性不是通过身体部位来建立的，它们彼此完全不同，或者能被感受为截然不同，以至于可以提出这样的疑问，嘴、膝盖和手之间有何关系。"我"与自己的同一性是通过名字来建立的。名字远比嘴、膝盖和手更能胜任充当人。后者被召唤来认可（"我"的）名字，然后再将抒情诗之我带到名字面前，也就至少让"我"面对名字。

　　解释策兰这六句诗的这一尝试必然要有和解释默里克的简单的诗不一样的操作，这也和对特拉克尔的诗的解释不一样。在这里已经无法再找出一个或多或少清楚可识的客体关涉并看到抒情诗之我如何从这个关涉中抽回表述了，在默里克那里这个撤回还是轻柔而透明的，在特拉克尔那里已经更为极端和晦暗了。而对策兰，我们则必须反其道而行之，从单个词语、单个表述出发，将它们放入一个联系中，而且这只是一种可能的联系，而不是肯定的、单一意义的联系。我们必须试着建立一个意义关联，通过这条路径往前挺进，抵达一个可能的客体关联。但是不同于默里克的诗，也不同于特拉克尔的诗，意义关联和客体关联在这里是合一的，不像默里克笔下的春天和对春天的预感，不像特拉克尔笔下突如其来的黑夜和恐怖气氛那样彼此分离。在策兰的诗中没有外在于主体的对象，没有客体关联。因为看不出诗背后有没有客观经验，有什么样的客观经验。这首诗，就像我们的解释近乎恰切地展示出的，似乎只是说出了"我"与自己的一次可能的同一性或不同一性体验的隐喻。我们只能将这个体验或者这个经验解释成这首诗的一种可能意义。客体关联越是隐匿，意义关联越是难解。

我们相信，用这些例子已能够证明抒情诗的主客体关联的发生过程。这个过程看似首先符合抒情诗的象征主义理论。这里要引用马拉美的一段名言，维尔纳·福德特里德（Werner Vordtriede）说这段话"用凝练的形式包含了象征主义美学"[1]："对一个物象直呼其名，就损害了诗歌四分之三的乐趣，而这乐趣就在于逐渐猜到所言之物：一旦点破，梦就消散。如此来利用象征所造就的神秘才是完美：逐渐地暴露一个客体，以便展示一种心灵状态，或者反过来，选择一个客体，通过一系列解码从中提炼出一种心灵状态。"[2] 马拉美所称的象征，象征主义关于诗歌的理念所指向的或多或少玄奥飘忽的意义，在他的第二句——和第一

---

[1] W. 福德特里德：《诺瓦利斯和法国象征主义者》，斯图加特，1963年，第103页。
[2] St. 马拉美：《全集》，巴黎，1956年，第869页。

句正相反——中展示出了我们尝试描述为表述从客体极撤回的过程。只不过马拉美在这里回溯到了体验与客体的关系，即心灵状态（état d'âme）。但是这两个说法，"暴露一个客体"（évoquer un objet）和"选择一个客体"（choisir un objet）都让人能看出抒情诗的主客体关联，在其中客体发生了变化。象征在这里无非意味着抒情诗之我对对象的攫取，该对象变为了心灵状态，对象由此对于心灵状态而言成为了象征。但是多大程度上能识别出客体，取决于"解码"方式，也即解码让诗歌得以生成的词语构造、语言构造。因为纯诗就是象征主义自诩的目标。胡戈·弗里德里希在对马拉美的诗歌《神圣》和《（题马拉美夫人的）扇子》进行分析的时候，也跟踪观察了从客体撤回的过程，说："这里并没有任何物被置于当下，而是对物的逃离；物不再清楚，但是去物化的过程却是清楚的。"[1]

这里对象征主义的核心理论的简短引用，只是为我们以表述理论来论证的抒情诗的结构公式提供一个尤其清楚的证据。但是我们的目光要从纯诗所强调的诗的词语的自由（纯诗并不由此就得到了充分描述）转向我们当今的现代诗中几种极端的抒情诗形式，以及归于这个现代派的，借助语言学和文本理论而发展出的诗学。这两个发展所共有的现象和问题可以描述为语言的前主导，也即强调或过分强调这个事实：诗是从词制造出来的。需要检验的是，抒情诗的主客体结构以及其对应的理论在面对这个现象时

---

[1] 胡戈·弗里德里希：《现代诗歌的结构》（扩展版），汉堡，1967年，第102页。

是否能屹立不倒。或者，提前预告一下答案，我们相信，主客体结构能用作定义工具，让这一现象归于抒情诗体系。

以诗歌语言的革新者如马拉美和阿尔诺·霍尔茨（Arno Holz）[*]、20世纪的格特鲁德·斯泰因（Gertrude Stein）[**]为范式，马克斯·本泽（Max Bense）在他众多讨论该问题的文章之一中说，"对于这样一类诗歌，词不是客体的借口，而是，客体是词的借口。在某种意义上，诗人是朝后看的，也就是说背朝物象来言说词、隐喻、语境、诗行、发音、词素和音素。这是在元语言层面上的诗歌，是自成世界的诗歌"。[1] 一个非常有启发意义，当然也相对粗陋的例子是阿尔诺·霍尔茨的一个文本，本泽也引用了它来做例证：

> 古老的
> 钢木纨绔风格的
> 驼背图样的、驼背环状的、驼背牌状的
> 青铜加农炮、
> 青铜榴弹炮、青铜迫击炮、青铜曲射炮
> 青铜巨蜥、
> 青铜加尔陶炮和青铜法尔考炮
> 在下方港口被

---

[*] 阿尔诺·霍尔茨，20世纪初德国重要诗人。——译者注
[**] 格特鲁德·斯泰因，美国现代主义重要诗人。——译者注
1 马克斯·本泽：《实验式写作方式》，红文本系列第7卷，斯图加特，无年份。

卸下：
……

(《幻想集》)

问题可以这么提，这种无疑是崭新而极端的语言和描述事物的方式最终是不是仅仅演示出了抒情诗主客观结构的一个极致后果。实际上我认为本泽的论断，即对这样的诗歌而言客体是词的借口，就是对抒情诗的普遍表述过程的另一种表达。此外，词是客体的借口也是一种推到极致的说法。我们要强调，这两种说法都是针对纯粹描写物的诗。这两个针锋相对的公式表达出抒情诗的表述过程中的极端位置，在此过程中，客体极可以或多或少是可辨识的，可以或多或少是无法辨识的。词作为客体的借口出现，是第一种情况，而反过来则是第二种情况。但是在这两种说法中，词都是决定性要素。它们是抒情诗的表述主体用以描述物象的工具。而在我们要观察的情况里，要思考的则是如此一些咏物诗，它们不会让物变得像象征或者象征主义那样透明，而是以抒情诗的方式描述或者构造"事物本身"。这一类咏物诗因而是尤其具有启发性而又微妙的范例，因为抒情诗的表述主体在这里也是以客体为导向的，它会努力对事物做出恰当的描述。所以并非偶然地，这样的诗歌尤其容易被称为"文本"，某种程度上会聚集在抒情诗和传达性表述的分界线左右。里尔克的一首咏物诗，比如《罗马喷泉》，就没有任何一处超出了被描述的对象，即三层喷泉池之外，而又远离了这条界线而位于抒情诗领地里，因为它以商籁体的形式呈现为诗,而且使用了一种诗意的语言。该语言通过一套绝不急切,而是温柔的、保存在精心挑选的词中的隐喻——微微折弯,对轻声言说者保持沉默,蔓延而并无乡愁——表达出表述主体抒情诗式的表述意志。本泽的公式,即客体是词的借口,就符合这首诗,至少是在大体倾向上,因为客体是一首诗,更准确地说,是一个抒情诗表述的缘起,该表述会撤回到词。而这样一首置身于抒情诗形式传统中的诗,就让人无法辨认,客体"仅仅"是缘起,还是得到了提升,成为语言的"事件",抑或这个事件,也就是词,是朝向客体的。用我们的结构公式来说,在这样的咏物诗里,表述主体通过自设为抒情诗的表述主体,开启了将表述从客体极撤回的过程,这不仅从外在的商籁体形式上可以看出来,而在结构上更为本质的标志是诗意化的隐喻语言,这就与默里克的那首咏春诗相似,尽管客体关联如此清楚,但留下来的却是词的隐喻所召唤出的想象。

阿尔诺·霍尔茨的文本情况则不一样。文中的客体,那些大炮在这里是词的借口,这符合霍尔茨的这一理论探索及文学实践努力:从语言上征服所谓现实。这种努力的结果就是语言,也即为了征服而必需的"差异化"走向了独立,制造出了词联想和词链条。"霍尔茨……尝试着让语言走向所指之物的全面词语化;而这就意味着让语言进入了这一过程:语言不是在沉默的语义区域里,而是必须在暴露式的词的累积中寻找它的可能性。"[1] 实际上,

---

[1] 英格丽特·施特罗施奈德-科尔斯:《阿尔诺·霍尔茨作品中的语言与现实》,《诗学》第一期(1967年),第62页。

"所指之物的词语化"既符合本泽的公式，也符合我们的结构公式。客体，那些大炮消失在了获得了独立，作为元音发音而存在，自有价值、自成世界的词之中。这一部分的表述被缩减为名词和形容词，缩减为词链条，脱离了客体极而彼此呼应。但是这种做法并没有像我们的特拉克尔例子和策兰例子那样让诗变得晦暗难解。正因为这个过程是一个纯语言的，不妨说抽空了意义背景的过程，文本的主题仅仅是被描述的事物和描述的语言之间的关系，客体极反而清楚地保留了下来。这与客体消失于词、被词语化或者应当被词语化的说法并不矛盾。抒情诗表述的意图就在于，让客体在词语唤起的"印象"中复活，这些印象应当理解为是由对象物呼唤出来的（这正是与绘画上的印象主义的亲缘性之所在）。这么来看的话，咏物诗就接近了抒情诗表述与传达性表述的边界。

尽管风格上有种种差异（由时代所决定），从阿尔诺·霍尔茨到弗朗西斯·蓬热（Francis Ponge）这样的现代抒情诗人之间还是一线贯通的，后者最著名的作品是《采取事物的立场》（1942年）。这部文集由三篇短文组成，它并没有或几乎没有让人觉得是抒情诗，并不是由于文本的散文形式本身（散文体也可以是一种特殊的抒情诗形式，比如特拉克尔的《灵启与堕落》）；但是散文形式在这里支撑了对事物和现象的恰如其分的描写，作品中涉及的就是这些事物和现象，短文标题就已经点明了这一点：《雨》《橙子》《蜡烛》《香烟》《牡蛎》《火》——这是那些长短不一的文章中的一部分例子。蓬热在他最重要的诗学文集《我的创新方法》（尽管标题是英语，但正文是法语）中非常精确地定义了他这种描述的创造性方法，并用大号字母写出的句子对这种方法的结果做了总结：

> 采取事物的立场
> 　　　正如
> 斟酌词。

这里所说的也是词语化，或者在蓬热的例子里，说得更准确点，是让被描述的对象变为词。他针对自己的文章《卵石》如此来表达这一点，他要"用一个对应的逻辑（词语）方程式来取代"卵石。如果在字典里没有恰当的词，他就必须创造出它们来。这个创新方法的本质是对词的功能的洞悉，词指称的其实不是客体，而是客体的理念（或者概念），而这个客体-理念可以说并不是客体的事，而是主体的事。把主体称为语言主体，大概就很切中蓬热的意图了。因为这里所说的不是抒情诗主体，不是一般意义上的表述主体，而是在预先给定的语言中存在的那个词。"这是作为理念的客体。这是法语中、法国精神中的客体（真正的法语字典词条）。"[1]法语中的客体就是用以指代客体的法语词。

就算蓬热所想的语言和客体或者现实之间的关系其实是语言意向性的普遍问题，但是对他来说这是一个诗歌特有的问题，而

---

[1] F. 蓬热：《我的创新方法》，《文法三学科》第 7 期（1949 年），第 2 季，第 96、101、107 页。

不是维特根斯坦那里的一个哲学问题；诗人因此高于哲学家："诗人高于哲学家"[1]，尽管他犹豫地问道，"诗人"这个词在这里还可不可用。实际上对于蓬热的文本而言，"诗人"这个词仅仅用来讨论为了获取能表达出客体理念的词而做的纯语言上的努力，但并不是韵律、节奏、发音，也即抒情诗形式上的努力。从传统抒情诗的立足点，也从现代得多的接近散文形式的抒情诗的立足点来看，下面这个文本就会被读作一首诗的**原料**，它虽然已经包含了比较和隐喻之类的文学手段，但是还没有进入造诗的过程：

火

  火在排序：首先是一切火焰，如果朝一个方向……

  （我们不能将火的前行比作动物的：它必须离开一处地方，好占有另一处；它走动起来既像一条阿米巴虫又像一头长颈鹿，用脖子跳跃，用脚爬行）……

  然后，当受方法侵染的群体萎缩，逃逸出的气体会变为一条蝴蝶斜坡。

(《里拉琴》，1965年，第48页)

因此，蓬热的文本按照我们的理论标准已经跨过了抒情诗表述的边界而落脚在了传达性表述的领域，正如他自己把它们称为

---

1 F. 蓬热:《我的创新方法》,《文法三学科》第7期（1949年），第2季，第109页。

定义式描述。语言的强势主导，语言的绝对化或者"具象化"在我看来就是以形式来毁灭抒情诗形式的原因——这个变化在"具象诗"这一最新现象里得到了延续，具象诗用词、音节、字母做图像，制造出"可视文本"。把语言元素当作制图材料的改造抵达了边界，在这里，抒情诗的主客体关联不再有限。在我们看来，这种具象-视觉化的诗歌形式也就由此不再位于抒情诗的范围中。[1]

以上几个例子让我们观察到了抒情诗的主客体关联，包括它如何抵达甚至越过了与传达性表述相隔的边界，但是在这个语境中还要考虑一个抒情诗领域的现象，可以称之为——与咏物诗不一样的——专门朝向客体的现象：政治诗。政治诗的概念在这里仅仅被理解为，以一个政治境况为对象的诗，但是这个政治境况不仅仅是情感体验和写诗的缘起，比如安德里亚斯·格吕菲乌斯（Andreas Gryphius）[*]的哀怨诗《关于自由城的灭亡》，或者由纳粹罪行所引发的诉说哀怨与痛苦的诗，比如奈莉·萨克斯（Nelly Sachs）的诗集《在死亡的寓所里》或者保罗·策兰的《死亡赋格》。在以政治事件和境况为契机而产生的偏重情感的和客观批判的诗之间肯定有一个宽阔的过渡谱系，但是仅仅将后者理解为真正的政治诗也是有合法理由的。如果说偏重情感的诗这个范畴具

---

[1] 关于蓬热参见伊丽莎白·瓦尔特采用现代语义学手段所作的奠基性论述：《弗朗西斯·蓬热：一次美学分析》，科隆/柏林，1965年。关于我们的问题尤其参见第64页及以下诸页。

[*] 安德里亚斯·格吕菲乌斯，德国17世纪著名诗人，巴洛克文学代表。——译者注

备所有抒情诗主客体关联的标准特征,并且远离了接壤以客体为主导的传达性表述的边界,那么真正意义上的政治诗就其本质而言则是邻近这一边界的。海涅或布莱希特的一首时政诗——我们用相隔一百年的两个政治诗高峰来做导引——中的抒情诗之我在许多情况下都非常接近一个历史的、理论的或者实用的表述主体。当海涅在诗歌《三月后的米歇尔》*(1851年)中写下这样的诗句:

> 我所认识的德国米歇尔
> 是个游手好闲的懒鬼;
> 我在三月曾以为他振作自新,
> 后来却又成了胆小鬼。
>
> 他曾那么骄傲地抬起金发脑袋
> 与他的国君相对!
> 他曾那么——违反禁令地——议论
> 身居高位的国贼。
>
> 这些在我耳朵里听来
> 仿佛是童话传说那么甜美
> 我就像个年轻的傻瓜觉得
> 自己的心重又跳动翻飞。

---

* 下文简称《三月后》。这里的三月指1848年德国的三月革命。——译者注

可是当黑红金色的旗帜,
古日耳曼的破旧物件,
重新显现,我的癫狂散去
甜美的童话奇迹也消失不见。

我认得这旗子上的颜色
和它以前的涵义:
关于德意志的自由
它们带来最坏的消息。

233　我已经看到了阿恩特,体操之父杨*——
另一些时代的英雄好汉
走出了坟墓赶过来
为了皇帝而奋战。

……

如今米歇尔逆来顺受又乖好
开始睡觉打呼噜,

---

* 阿恩特是 19 世纪作家。杨是教育家,曾创办体操运动。两人都是德国爱国主义运动先驱。——译者注

> 再醒来时又领受了
> 三十四个君主的庇护。

海涅对破灭的自由希望发出了非常个人化的、尖刻讽刺的怨词，而布莱希特在斯文堡[*]组诗中则言简意赅而带有教育意味地描绘了他所预见的希特勒发动的战争。

> 当那个画匠^{**}在喇叭里
>   谈论和平
> 筑路工人看向公路
> 看到了
> 齐膝高的水泥，为了
> 沉重的坦克而设。
>
> 那位画匠谈论和平。
> 铸工们挺直了有伤痛的背
> 大手掌放在加农炮炮管上
> 仔细听着。
>
> 轰炸机飞行员关小了引擎

---

* 丹麦小镇，布莱希特从1933年至1939年曾在此居住。——译者注
** 希特勒在从政前学过绘画，想做艺术家。——译者注

听着

那位画匠谈论和平。

……

抒情诗的生成过程就其本身而言，在某种程度上是明显弱化了的。按照诗歌形式来组织的表述在很大程度上还是朝向客体的，由此也是直接的，并且通过各自列举的政治或同时代人物而得到了强调。但是尽管这两首诗中诗歌的生成过程是弱化的，表述看起来几乎没有从客体极撤回，但还是有塑造形式的元素在发挥作用，将表述组织成一首诗。这两首诗虽然时代和作家各异，但有异曲同工之处，这就是一种**内部分歧**（Diskrepanz），在海涅的诗里是用第一人称表述出的希望与失望的经验，在布莱希特的诗里是轻易就能断定的筑路工、铸工、轰炸机飞行员等人的备战工作这一事实与"画匠"谈论和平的大喇叭声音之间的矛盾。不过，当内部分歧现象成为塑造形式的元素和主题时，这种现象就随之扩展为抒情诗的意义时刻，引导了表述并且——以各种不同的方式——使其成为诗。很容易看到，海涅的押韵诗行和规则的诗节完全可以用海涅的散文体来替代，而显得悖论的是，布莱希特不押韵、无格律、不规则的诗行诗节却抗拒这种替代——因为这里的内部分歧与海涅的《三月后》诗歌相比，更是结构上的正反对立，所以会体现为更为内在也更具有决定性的意义层面。不过，对两首诗歌而言（它们在这里作为范式代表了普遍的政治诗），它们尽管与传达性的表述如此接近，但都借助一个特殊的抒情诗的主客体关联而成为诗，它们都设置了一个抒情诗的表述主体；布莱希特的斯文堡组诗则表明，外在形式并不是诗成其为诗的决定性标准。

我们已经尝试通过少数几个例子来描述抒情诗的主客体关联。这个关联是如此一个结构，它与朝向客体的传达性表述相区别之处就在于，客体在它这里不是目的，而是缘起，换句话来说：**抒情诗的表述不想在客体关联或现实关联中承担功能**。但是客体不是目的而是缘起这个状况——这也是抒情诗表述有别于传达性表述之处——是抒情诗的主客体关联有无穷变化的原因，这也决定了理解上的难度。如前所示，这可以说是世界抒情诗发展史的一个普遍标准，现代抒情诗里的客体关涉比此前时期的抒情诗更为隐蔽（分别出自默里克、特拉克尔、策兰的三首诗正是依照结构上的发展史而挑选出来的）。但是这个普遍标志，如前所述，并不符合所有的单个现象。歌德的《极乐的渴求》比奈莉·萨克斯的《蝴蝶》更难解——做这样的比较，对许多情况来说都有示范意义。之所以挑出它们来，是因为想借这两个例子讨论另一个抒情诗表述结构的现象，虽然这个现象是次要的。这就是诗歌标题的现象。

奈莉·萨克斯的诗是这样的：

> 怎样美的一个彼岸
> 画入了你的粉尘里。
> 穿过地球的火焰之核，
> 穿过它的石壳

你被传递来，
是告别的织物，以过往为尺度。

蝴蝶，
万物之安好夜！
生与死的重量
随你的翅膀降落
在玫瑰上，
玫瑰随那返乡而成熟的光枯萎。

怎样美的一个彼岸
画入了你的粉尘里。
怎样的国王符号
在空气的秘密里。

在这里，客体关涉不仅仅是通过对其对象蝴蝶的呼告式陈述而出现的，它也已经通过标题交代出来了，标题因而也引导了对第一个诗节的理解。但是在抒情诗中，标题还有一个远比在虚构文类中更具本质性的功能。它在诗歌的表述结构中承担着功能，并且通过它在主客体两极关联中发挥此功能。它就像在上述例子中一样，能够通过点明客体而照亮诗歌表述的意义关联。但是它，就像在《极乐的渴求》中那样指向意义关联，指向主体关涉，而不会就此立刻照亮后者。在这首诗里也出现了一只蝴蝶：

> 路途遥远你也不觉艰辛，
> 你振翅飞来，深受吸引。
> 而最后，带着对光明的渴望
> 你，蝴蝶，在火中消亡。

这只昆虫连带如此描述出的它的生活经历，在这里不再是客体关涉，而是象征了在爱的火焰中烧毁自己的热恋中的心，这颗心就在这幅蝴蝶的图像中被呼告。抒情诗表述的主客体关联有多么敏感，以及可以说有多么容易被推移，我们只需假设歌德也给他的诗加上"蝴蝶"这个标题，就可以看到。这个标题立刻就会演示为最初的客体关涉，随后被拉入这个发生了象征变化的抒情诗之我的主体领域。这个过程与奈莉·萨克斯的蝴蝶诗正好相反。所以，标题既可以指明客体关涉，也可以指明主体关涉。在这两种具有不计其数的变体的标题类型中，有时候客体关涉和意义关涉会被照亮，而有些标题反而会使其晦暗不明。对于我们的研究来说，只有两个现象是要说清楚的：1.即使是一个指明客体关涉的标题也不意味着，诗的表述是朝向客体的，也即在一个现实关联中具有功能；2.初看起来完全倒转的事实，即在每个如此内含意义的抒情诗表述中都保留了一个客体关涉，不论这个关涉是多么消融在意义中或者被意义淹没而由此难以阐明。因为，正如之前强调过的，抒情诗表述作为表述的本质就已经为此确立了根基：它是一个主体就一个客体所做的表述。就算这个客体不再是表述的理论或实用目的，就算客体的现实基质已经不再可辨认，它还是没有从表述中消失：它仍然是抒情诗表述的关涉点，但不再是由于它本身的价值，而是作为造就意义关联的核心而成为关涉点。但这只是对我们说过的抒情诗现象的另一种描述，我们说的是，表述退出了现实关联，退回到了自身，也即回到了主体极。

在此，为了结束对抒情诗主客体结构的分析，必须解答一下之前提出的问题，为什么抒情诗是一个现实表述，尽管它的表述不具有一个现实关联中的功能。因为我们如果检验一下我们对一首抒情诗的体验，我们看似首先一定会有这个感受，即我们将它体验为现实表述，如同体验一个口头或以书信传达给我们的特殊的体验报告，只是到了第二步，在某种程度上，在对一个抒情诗表述的意义进行分析式的检验（就像我们对以上一些例子所做的）时我们才会对直接的经验做这样的修改补充：我们从中获悉的，或者期待获悉的不是客观的现实或真相。我们期待获悉或追随体验的，不是客观之物，而是蕴含意义之物。我们的这种态度不是面对抒情诗时的一种全新的内心经验。我们也会在传递给我们的非抒情诗讯息中，以略微不同的方式体察到这一点。当某人对我们活灵活现地描述他在享受大自然、艺术或者一次生活经历的印象时，也会是这样：我们对说话人的主观印象和表达比对事实本身更感兴趣，事实只是那些印象和表达的缘起。我们也许会说：他对那个节日做出了这么引人入胜的描述，听他说话就是一次真正的享受。这个平庸的，从我们的日常经验中取出的例子却已经在我们对抒情诗中表述出的意义关联进行解释之前，指明了我们体验抒情诗的方向。我们对于诗歌以外的描述也可能更着迷于描述的方式而非内容，但是在这个描述中，内容作为所指的现实关联还是会或多或少一同发挥作用（取决于我们的兴趣或者该内容独立的重要性），而在面对抒情诗时，如前所示，我们则通过诗的语境、诗本身作为诗的存在，而摆脱了所有对于这一内容的自我价值（在这里也就是现实价值）的——康德审美体验意义上的——"兴趣"。我们对抒情诗的体验包含了这一事实，即我们只会就其对于诗的意义指涉所发挥的功能，而将一个可能的、或多或少可辨认的客体关涉纳入我们对于诗的阐释之中。而这一事实无非就是说，我们原则上摆脱了对客体本身的价值的任何兴趣。诗的体验者、阐释者就以这种方式回应了抒情诗之我的意志：后者通过语境来表明他要被别人理解为抒情诗之我的意志，这一语境又引导了我们的享受和阐释体验。我们体验到了抒情诗的表述主体，再无其他。我们不会超出他的体验领地，是他将我们吸引进了这个领地。[1] 但这也意味着，我们将抒情诗的表述体验为了现实表述，一个真正的表述主体的表述，而这些表述也仅仅是关联到这个主体而已。正是这让我们对于抒情诗的体验有别于对于一部小说或一部戏剧的体验，我们**不会**将一首抒情诗的表述体验为假象、虚构、幻象。我们对诗的理解、阐释的操作在很大程度上

---

[1] H. 莱纳特在他的著作《结构与语言魔力：诗歌阐释的方法》（斯图加特，1966 年）中将抒情诗之我解释为作者与读者（或听众）合一的过程（参见第 47、57、67、120 页），而在我看来，这样的阐释过程，作为该著作的主题，被解释为诗歌本身的结构因素有点太牵强了。

是一种"追随体验",如果我们要理解一首诗的话,我们必须追问自己。因为我们总是直接面对它,就像面对一个真正的"他者",一个"你"对我们的"我"说出的话一样。这里没有任何样式的转述。因为只有词,再没有其他(这里当然不是指上文中解说过的"词"的绝对化)。

说完这个,我们还要停留片刻,对词语艺术的其他虚构文类投去比较的一瞥。抒情诗和我们对它的体验的与众不同之处就在于,我们必须以词为导向吗?词,语言是所有文学的"材质",而正是它,或者看起来正是它将所有文类统一成了艺术的整体。在这一点上比在其他任何点上都更清楚的是,我们不该仅仅把这个材质当作材质,当作在所有文类中以单一性质发挥作用的东西,而是必须非常注意语言在虚构文类和在抒情诗文类中发挥的不同功能。我们现在哪怕不去考虑它在虚构叙事中发挥的不同于表述的纯逻辑功能,词本身在虚构文类中发挥的功能也不同于在抒情诗中的功能。它在抒情诗中具有直接的功能,就像在每个非文学的表述中一样,而它在虚构文类中则具有转述的功能。它在后者中没有蕴含意义,也即美学的独立价值,而是服务于另一个艺术倾向,服务于构型:构造一个虚构的假象世界,一个演示行为。只有在虚构文类而不是抒情诗文类里,词才是词实际意义上的材质。它是材质,如同颜料是绘画的材质,石头是雕塑的材质。但是在抒情诗里,词就像它在非抒情诗的表述中一样不是材质。它不服务于其他目的,而仅仅服务于表述本身。它与表述融为一体,不是彼此隔离,而是直接相融。它是我们在抒情诗里遇到的直接的抒情诗之我。

抒情诗之我的特性

我们迄今为止关于抒情诗主客体结构的阐述，使得对抒情诗之我或表述主体的进一步说明显得多余。然而鉴于抒情诗表现形式的无穷变化，我们还没有给出普遍的表述理论的证明，来说抒情诗之我是一个真正的、真实的表述主体。因为抒情诗的现实表述不想在一个现实关联中承担功能，抒情诗的表述主体就成了一个问题，这个问题也不是偶然地在文学理论中引发讨论和争议。引起争议的，在我们对抒情诗表述的分析也还没有解答的，是抒情诗之我和诗人之我是否一致的问题。对此，针锋相对的观点各执一词。较早的、较"天真"的文学史毫无顾虑地将抒情诗之我等同于诗人本人，并乐于发现一首爱情诗要献给的那个女孩儿，而今天人们则往往谨小慎微地考虑解开诗中之我和诗人之我的所有联结。"读者们相信'我'就是歌德，而'你'就是弗里德里克——传记主义！"[*]歌德阐释者保罗·施多克莱因（Paul Stöcklein）既愤愤不平又被惹笑地呼喊道，他认为"每个词在诗歌中都已经改变了意义，尤其是每个'我'和'你'"。[1]抒情诗之我是一个"虚构的我"，韦勒克和沃伦如是说[2]，而沃尔夫冈·凯泽

---

[*] 弗里德里克是年轻歌德的意中人，相传歌德许多诗歌都是为她而写。传记主义指将文学作品中的一切内容都还原为作者的生平经历，视其虚构作品为自传的倾向。——译者注

[1] P.施多克莱因：《诗人眼中的文学作品》，《能动之词》，第一期，特刊（1952年），第84页。

[2] 韦勒克-沃伦：《文学理论》，纽约，1949年，第15页。

至少对现代理论对于抒情诗的主观性质的攻击提出了疑问——虽然他也认可这些攻击——因为主观概念"还是会将注意力转移到说话人的真实主体上"。[1] 但是，我们先来看一看施多克莱因的精辟语句的来历。有一位歌德的女读者绝不放弃认为这个"我"就是歌德，这个"你"就是弗里德里克。而这位读者是伟大的歌德爱慕者，拉尔·瓦恩哈根（Rahel Varnhagen），她在1815年10月11日重读了《用一条绣了画的丝带》，并给她的丈夫写信说，这里如何见证了一个尤其直接而又以笃定的直觉把握这些现象的灵魂：

> 而最后的结尾是：
> 感觉吧，这颗心的感受，
> 自愿地递给我你的手，
> 将我们联结起来的丝带，
> 愿它不是柔弱的玫瑰丝带！

我就像心上放了正凝固的冰一样久久坐着！我的四肢感到冰冷的死亡恐吓。思想都受阻。等思想重又回来，我完全能感受到那位少女的心。它，它**必定**毒害了她。难道她本不该相信这颗心？……我感到这些词**永远**都会抱紧她的心：我感到这些词有生之年都不会再松开……我第一次对歌德有了

---

[1] W.凯泽:《语言艺术品》，第334页。

敌意。不必写出这样的词的；他深知它们的甜美，它们的意义；他自己已经流过血……[1]

我们不能完全排除，就连"最客观"的抒情诗理论的追随者，至少就连今天的不受拘束的读者还是会将《用一条绣了画的丝带》体验为一首出自年轻歌德最直接的恋爱经历的诗，虽然他们不会像拉尔这样将诗人的人生关联延长到诗之外。但是这样的关联也暗含在对"柔弱的玫瑰丝带"的声明里，因为我们不能将我们关于歌德在这个抒情诗创作阶段放入诗中的与其生平相关的知识，从这些诗歌，或从其他弗里德里克、莉莉、夏洛特诗里消除。在《用一条绣了画的丝带》和《五月之歌》里"，结构风格学的创建者埃米尔·施泰格就和之前的拉尔一样坦然说道："都有弗里德里克在场。她让歌德魂牵梦绕，而他自己则觉得他也让她朝思暮想，并为此感到幸福。"[2]

关于抒情诗之我的这样完全对立的观点，绝不是（正如拉尔·瓦恩哈根和施泰格不约而同地表明的）用时代差别，也即文学研究方法的进步可以解释的。对此可以说些什么呢？首先我们从我们的诗的逻辑的角度来看，必须如此回答：说这个"我"不是歌德，这个"你"不是弗里德里克，与说这个"我"就是歌德，这个"你"就是弗里德里克一样，都是不可容许的传记主义。但

---

[1] 拉尔:《一本思念之书》，第二卷，柏林，1834年，第352页。
[2] E.施泰格:《歌德》，第一卷，苏黎世，1952年，第56页。

是这也无非是说，不存在一个严格的标准——不论是逻辑的还是审美的，内部的还是外部的——可以告诉我们，我们能不能将抒情诗的表述主体和诗人视作同一个。我们既不可能，也无权宣称，诗人在诗中的表述——不论这些表述是不是用"我"形式来完成的——就是对他自己的体验的表述，也不可能宣称他说的不是"他自己"。[1]我们对此，就像对所有其他非文学表述一样，无法判定。诗歌形式是这些表述的形式，而这意味着，我们将他们体验为表述主体的体验场域——正是这一点让它们可以被我们体验为现实表述。

这样的状况是如何形成的呢，如何来解释它们？这难道不是有悖于我们对抒情诗的主客观关联的证明，或说得更恰当点，我们的阐释：抒情诗的表述在一个现实关联中不承担功能？我们的阐释不就是要指明，表述主体不愿被视为一个"现实"的主体，正如它不愿让它的表述被解释为与现实相关联，也即朝向客体的吗？但是这里出现了可以说禁止抒情诗主体过分自由的逻辑现象。因为抒情诗主体虽然有权力将自己的表述构建成不朝向客体、不朝向现实的表述，但是它没有权力消除自己作为这些表述的真实、真正的表述主体。如果它将自己设立为抒情诗之我，那么这个

---

[1] 我此前的论述中应该已表达得足够清楚，我引用拉尔、施泰格和施多克莱因的话，都只是为了证明抒情诗之我及其与诗人之我的一致性是难以确定的，也即仅仅以抒情诗在语言理论上的定义为根据。这些引文是否像韦勒克所指责的那样，是"歇斯底里的""夸大其词"的，并不重要。韦勒克再次引用了他们，并且误解了它们在我书中作为证据的功能。(《文学理论》，第394页)

"我"就会对客体极有所影响，但不会对表述的主体极产生影响。客体，也即可能的现实关涉或者关联能够在它的干涉下，被主体改变。但是表述主体本身**不能**被改变。因为当主体——说得形象一点——说"我不想被看作理论的、历史的或者实用的表述主体"的时候，它说的只是——我的表述不应该被理解为理论的、历史的或实用的。

那我们作为阐释者该拿这样的抒情诗表述之我怎么办呢？我们如果害怕陷入前现代的传记主义，而说这个呼喊着"大自然在我面前闪耀得多美妙！"的"我"不是歌德的"我"，而是一个虚构的"我"，一个不现实的、捏造出来的"我"——那么我们也就相当于说，《纯粹理性批判》的表述不是康德的表述，《存在与时间》的表述不是海德格尔的表述，而是一个虚构的表述主体的表述。从我们已细致论述过的表述结构中就已经显示出，表述主体总是与表述者、言说者或者一个现实文件的作者一致。所以抒情诗的表述主体与诗人是一致的，正如一个历史的、哲学的或者自然科学著作的表述主体和这些著作的作者是一致的。这个一致是逻辑意义上的一致。不过，这些现实文件例子中的一致性作为事实之所以不成为问题，是因为表述主体对这些文件的内容不会发挥作用，这些文件是完全朝向客体的。但对于抒情诗之我，说法就需要稍作改变。逻辑上的一致性在这里并不意味着，一首诗的每个表述或者整首诗都必须符合写诗主体的一个真实体验。研究已经确认，中世纪爱情诗所进献的女主人大多数情况下都不是真正存在或者作为情人而存在的人，在诗中表达出的爱恋之情不是真实的、被诗人体验过的爱情。对于中世纪爱情诗作为诗歌的结构来说，这一点却无关紧要。被表达的，在文学上如此形式化地表述的爱情，是抒情诗之我的体验场域，不论它是后者的真实体验还是幻想的体验。非文学的谎言、梦也都是说谎者和做梦者之我的体验，只是我们在面对非文学的、目的取向的、为某个现实关联而捏造的表述时，有权对表述的内容进行证伪的检验。如果这个说谎的或者做梦的"我"设立自己为抒情诗之我，将自己拉回到"无约束性的"诗歌语境中，由此让自己的表述脱离了客观现实的目的和强制力，我们就无权检验它们了。这时候我们就再也不能，也不可以确定表述内容为真为伪，客观真实还是不真实了——我们这里只有主观现实和主观真实，只有表述之我自己的体验场域了。

　　我们在这里，在联系到抒情诗之我的特性并涉及德语文学制造的体验诗概念的情况下，要对体验以及体验场域的概念稍作澄清。体验诗是一个有历史条件的概念，出自狄尔泰的心理学文学理论，众所周知是用来指称18世纪末形成的专注于个人情感和情怀的文学表现的诗歌的，这些诗歌对立于此前时代主要遵循习俗、由社交决定而偏于形式的诗歌。体验概念在这里具有心理学和传记意义。可是，体验也是德语中认知理论的法定概念，尤其是胡塞尔用它作为涵盖一切意识事件（感知、想象、认知、幻想等）的总括概念。他说到意识体验，也将意识等同于体验，虽然他明确将其用作一个体现意识的意向性，也即关于某物的意识的术语，所以他也称其为"意向性体验"。[1] 按照认知理论以及现象学上的广义理解，可以合理地将体验概念用到抒情诗表述上，而不让它局限于体验诗这个概念里狭义的体验概念。体验可用于普遍的表述主体，只要后者是以表述来展示自己的体验主体（认知主体在此得到扩展，它与表述主体的关系前文已有阐述）。但是在传达性表述中展示出来的体验主体，也即胡塞尔意义上的体验本身，从意向上是朝向一个客体的，那么可以说，在抒情诗表述中展示出来的体验主体，这个抒情诗之我，就通过将客体引入自身而取代了意向性，不论程度如何。我们可以这样述说这个状况：抒情诗的表述主体不是以体验的客体，而是以客体的体验作为自己的表述内容——而这也就是说，参照我们对表述结构的描述，主客体关联并没有被取消。这也可以表明，关键不是"体验"的类型：这里所说的，对于咏物诗、理念诗、政治诗与对于个人化的情感诗同样适用，对所有抒情诗都适用。**体验可以是凭空造设意义上的"虚构"，但是体验主体连同表述主体、抒情诗之我只能是一个真实的，而绝非虚构的主体**。因为这是抒情诗表述的支撑性结构元素，作为这样的元素，它就和非抒情诗表述的主体一样，与以"我"来表述的和无"我"的句子有着同样的结构。

---

[1] 参见 E. 胡塞尔:《逻辑研究》，第二卷，第一部，哈勒，1928 年，第 343 页及后页（第五章：关于意向性体验及其内容）。胡塞尔对体验意向性的定义，其前身尤其可追溯至 W. 狄尔泰在《精神科学基础研究》第二部，《知识的结构关联》中的论述（《全集》，第七卷，莱比锡，柏林，1927 年），体验在此处被描述为"行为方式和内容的结构统一体"。关于"体验"的词源史和概念史，参见 H. G. 伽达默尔:《真理与方法》，图宾根，1960 年，第 56—66 页。

然而抒情诗的表述主体毕竟还是和非抒情性的表述主体有所区别；这不仅仅是因为它对表述客体的作用不同，也由于它比传达性的表述主体**更加分化，更加敏感**——对应于抒情诗表述本身的分化、敏感程度。抒情诗之我可以演示为一个私人化的个体之我，以至于我们，如前所述，无法判定它与诗人之间是否一致，准确说，也就是这里是否表述出了体验上的一致性。提奥尔多·施多姆（Theodor Storm）*就将自己震撼人心的哀悼冠以《致一位亡人》之名：

> 这是我无法承受的煎熬，
> 太阳还一如往日欢笑；
> 就像你生前那些时日一般
> 时钟在走，大钟敲响，
> 日夜千篇一律地更换
> ……

他就此交代了与"我"的关联和与生活的关联，这首诗是从一个私人的存在处境中生长而出的。而在我们时代的一种抒情诗形式里，在希尔德·多敏（Hilde Domin）的《带着轻便行李》里，抒情诗之我要求自己摆脱对一个家的习惯：

---

* 提奥尔多·施多姆，19世纪下半叶的著名德国诗人。——译者注

抒情诗文类　　　　　　　　　　　　　　　　　　　　291

不要习惯。

你不可以习惯。

一朵玫瑰是一朵玫瑰。

但是一个家

不是一个家。

……

一把勺子比两把好。

把它挂在你的脖子上,

你可以拥有一把,

因为用手

太难取热食。

……

你可以拥有一把勺子,

一朵玫瑰,

也许一颗心

以及,也许,

一座坟墓。

(《船返航》,第49页)

在这里,艰苦的经历成了艰涩的表达,表达背后透出哀怨,尽管,或者恰恰因为这种哀怨并不大声,也没有发为声响。尽管在文学形式上有种种差别,诗中与生活的关联和早前时代瓦尔特[*]的欢呼之诗并无不同:

> 我有了自己的封地，全世界！我有了自己的封地！
> 现在我不会再害怕二月冻伤脚趾，
> 也再不会对任何黑心君主有所乞求。

在这样的诗里——它们当然只是作为例子代表了不计其数的与之结构相同或相似的诗——抒情诗之我是以个人的，或多或少带有自传色彩的形式显现的，这与我们描述过的现象并不矛盾：抒情诗的表述并不在一个现实关联中发挥作用，并不是在传达什么。歌德所讲述的诗人经验，即在诗歌里"没有哪一行不是他体验过的，但也没有哪一行和他体验过的一样"[1]，在不同程度上适用于所有抒情诗，也符合一切如此个人化的、转化成了诗的生活经验。歌德的这句话也禁止了两件事：否定抒情诗之我与诗人之我的一致性；确认抒情诗所表述、构建的内容与"真实"体验的一致性。

这样的解释当然是大量此类诗歌所触发的：在这些诗里，抒情诗之我将自己演示为或多或少个人化的"我"，以语法上的第一人称出场或者将自己隐藏在对"你"的呼告中，这样的呼告可能是自我呼告或者指向一个真实的"你"。但是关于抒情诗之我的特性的问题会变得越来越不重要，当这个"我"变得越来越非个人化和

---

* 这里指德国中世纪的著名诗人瓦尔特·冯·福格尔怀德。引用的诗原文是中古德语。——译者注

1 参见和艾克曼的谈话（关于《亲和力》），1830 年 2 月 17 日。

不确定，以至于没有确定的写诗情境，甚至在内容上也没有与诗中做出表述并以"我"来称呼自己的那个"我"的个人联系可以有机地进入诗歌的内涵和体验作用。某些较早形式的理念诗就属于此类。在席勒的《信仰之词》中，"我"在对一个"你们"说话：

> 我要对你们说出三个词，其内涵沉重。

这个"我"就接近一个哲学原理的理论的表述主体，它苍白、抽象，作为"我"无关紧要，但是它和理论的"我"并不相同，还是以其语境和形式而成其为抒情诗之我。这样的例子体现了逻辑上极端化的"我"之关联。这之间还有形态各异而无穷的其他情况。与《信仰之词》的这个抒情诗-哲学之我不同的是年轻的霍夫曼斯塔尔的一首三行诗：

> 我们是由造梦的材料造成，
> ……
> ……我们的梦也如此浮现

这里的"我们"包括了进行表述之我。而另一个"我"则是在之后的诗《有的人自然……》中突然闯入了客观表述中：

> 完全被遗忘的族系的疲惫
> 我无法从我的眼皮上消除，

> 同样无法让受着惊惧的灵魂
> 避开远方星辰的无声坠落。

我们怎么才能把握这样的"我"？这行对人类的划桨苦役表达同情的诗，出自存在的深渊，而在这个深渊里无法看出，一个作为形式元素的"我"——也可以被"我们"和"人们"取代的"我"，和一个有所体验的诗人之我之间有没有分界，界线在哪里。"我"也可以在其表述的一种幻想的超现实主义联系中，一种稍显怪诞的童话史联系中报出自己来，下面克里斯多夫·梅克尔（Christoph Meckel）[*]的这首诗就给出了一种角色扮演诗之我的可能性（下文中还会提到）：

> 一夜之间到我这儿来的
> 动物，我拿它们做什么呢？
> 我把狗儿骑坏
> 整垮小猫儿
> 蛇留给我自己。
> 我吃掉的兔子在我肚子里叫，
> 撕裂了杀掉了熊，
> 让乌鸦开口说话了。

（《荒野》，第 27 页）

---

[*] 克里斯多夫·梅克尔，德国当代诗人、作家。——译者注

卡尔·科罗洛（Karl Krolow）的诗《睡》中所放入的"我"：248

> 在我睡的时候
> 一个孩子手中的
> 玩具变老，
> 两处呼吸之间
> 爱情变换了颜色。
> 门柱中的刀
> 徒劳地等着，
> 刺进我的胸口。
> 凶手现在也做梦
> 在他们的帽子下。
> 一段宁静的时光。睡眠时光。
> 人们听到想要
> 隐身的人的脉搏。
> 没有说出口的话语的智慧
> 增长。
> 现在植物
> 开花开得更谨慎。
> 没有眼睛
> 能为它们而惊讶。

（《诗集》，第192页）

这个"我"将他对睡眠时间现象的这些思考作成了一首自我或者体验之诗了吗？而里尔克的《玫瑰盘》里那个自说自话的"你"：

> 你看到愤怒者闪耀，看到两个男孩
> 揪斗缠绕成一团，
> ……
> 但是你现在知道，如何忘记那一切：
> 你面前立着满满一盘玫瑰
> ……

在这首经典的咏物诗里具有一个个人化的功能吗？

如果海因里希·黑内尔（Heinrich Henel）正确地将体验诗概念确定为形式概念，"如此一类诗歌，诗中的事件是以一个体验的形式来演示的"[1]，并将"我"形式称为体验诗的决定性标准，那么有鉴于"以'我'自称"的抒情诗之我有着无穷多的意义变化，就应当将体验诗的专门概念归入我们在上文中阐述过的更广泛的结构上的体验概念。这样就可以确认不计其数的过渡性诗歌类型，并得出这个结论，说得极端点，即无"我"的咏物诗或者现象诗在一定条件下，在个人化体验的意义上也是体验诗。另一方面，

---

[1] H. 黑内尔：《体验诗和象征主义》，《论抒情诗话语》，达姆施塔特，1966年，第223页。

正因如此，我们就难以排除异类，因为诗无非就是抒情诗的体验场域，并且具有其**自我意义的变动性**和**不确定性**。但是这种变动性是另一个让抒情性表述区别于非抒情性表述的结构标准。我们已经用几个例子展示出来了，这样的例子几乎可以扩展到无穷。但最后，我们对于抒情诗之我的特性问题——这是在对其虚构性或真实性的讨论中引发的问题，也许还要重申，这种不确定性也包括了抒情诗之我和诗人之我之间的差异或一致。就其本身而言，这对于诗的结构和阐释来说是最不重要的问题，只有其不可判定性本身成了我们的证据，说明抒情诗作为现实表述也即一个真实的表述主体的表述的性质，该主体作为抒情诗的主体与非抒情诗主体行为有所不同，建立了一种不同的主客体关系。

抒情诗的逻辑的任务是揭示抒情诗体验所包含的这一现象的原因，即与一个现实表述对立的体验——不论表述内容多么不真实，表述主体多么无法让人感觉到。正是在这里存在一条在纯现象学意义上将抒情诗文类和虚构文类区分开来的界线。逻辑研究在处理虚构文类时可以用语言理论和语法学上较为粗糙的炮火进攻，由此来为非现实，也即虚构说明理由。上文中已经展示，（让人可以看出虚构的现象学和逻辑的）虚构叙事为何以及如何可以运用在现实表述中必须清除出去的语言形式和语法形式。只有在这个结构状况得到揭示之后，才能澄清本书开端便已提示过的，多次未能解决却又常常被弄得过于流行的问题，即文学与现实的问题。现在可以看到，这个关系在逻辑上和现象学上只是对虚构文类才有意义。抒情诗的现实表述不能与某个现实进行比较，就像非抒情诗表述那样。这两种情况下，比较都只可能是在验证的意义上进行的，但这并不是要提出文学与现实的问题。我们已看到，这个验证正是由于表述之我将自己设立为抒情诗之我而被禁止。我们要面对的这个现实，只是抒情诗之我向我们宣称的**它的现实**，主观的、存在式的现实，无法与客观的现实比较，后者也许是它表述的核心。因为只有彼此不同的两个孤立的现象才能进行比较。

一部小说或戏剧的虚构现实、非现实却能以最为不同的方式与一个真实的现实进行比较。这也体现在一个相反的、几乎平庸的现象中：我们能够生活在一部小说的世界里，仿佛这个世界就是现实；我们在阅读时会对虚构人物的命运那么感兴趣，仿佛他们都是现实中的人。我们能检验一部历史小说中叙述的状况的历史真实性，或者指责一部小说或戏剧说"现实中不可能有这样的人和事"。不需要再多提这个多少有些平庸的问题了，不过这个问题在这里具有逻辑上合理的位置。虚构文学作品之所以是对现实的演示，是因为它们不是表述，而是构造，是"拟造"，而语言是其材料，正如大理石或颜料是造型艺术的材料。虚构文学作品是演示，因为人类生活的现实是它们的原料。它们对这些原料所做的改造，就算具有超现实主义的绝对性，在范畴上也还是和抒情诗的表述主体对其表述客体所进行的改变不属于同一类。后者将客观现实改变为主观的体验现实，所以这个现实依旧作为现实而存在。但是虚构文学作品将现实改造成了非现实，也即它们造出了"现实"——这里要给这个概念加引号，因为造出的现实与非现实，与虚构是一致的。认知理论上与抒情诗的区别，正如此前所详述的，其根基在于，虚构世界不是作者、叙事者或者戏剧作家的体验场域，它之所以能被构造为一个虚构的世界，就是因为它被构造成了虚构人物的世界。

这个区别也是一首抒情诗具有一个开放结构，而一部虚构文学作品具有一个封闭结构的原因。这里同样并不涉及审美状况：一首诗自身从艺术上来说可以比一部小说更封闭。这里涉及的是建构性的语言逻辑状况，它对不同方面的现象负有责任。抒情诗是一个开放的逻辑结构，因为它是由一个表述主体建构的；这个主体就其本身而言是"最终的不可解释性"的原因，"（诗歌）就出自这个不可解释性并存活于其中"，正如现代女诗人希尔德·多敏所言，她也将一首诗可做不同解释的现象归结于此。[1] 诗是对释义开放的；而这在原则上也适用于最简单的、直接就能看懂的诗。反过来，对于最晦暗的、超现实主义的小说则意味着，它在原则上也是可解释的。因为它是个封闭结构，它通过演示功能而从开放的表述领域里分离了出来。几乎不需要说明的是，分析一部费解的小说或戏剧［卡夫卡的小说或者皮兰德娄（Pirandello）*的戏剧］的困难和解释诗歌的困难不在一个层面上。

与这一区别问题相关，我们还必须再看一眼尤其出现在德国浪漫史诗类文学中的**小说中插入诗歌**的现象。在我看来，正是以

1　希尔德·多敏：《双重阐释》，波恩，1966年，第31页。
*　皮兰德娄，意大利20世纪剧作家，戏剧以怪诞著称。——译者注

诗的逻辑的观察为根基，我们能获取对小说中的诗歌的美学功能和作用的认识。这里并不适宜对包含诗歌的小说逐一进行深入分析[1]，而只会简短地说明两个彼此截然不同的类型的特征。其中一个的代表是《威廉·迈斯特的学习年代》中插入的迷娘曲和竖琴歌，另一个则以艾兴多夫的几部小说为代表。作品中直接提供给我们的现象，也会通过其逻辑结构来加以论述。

我们在论述之前，还必须提出原则性的问题，从诗的逻辑的视角来看，这一问题是不能回避的：在史诗类虚构作品中插入诗歌这一事实，难道不是将此前发展出的逻辑理论都推翻了吗？如果说抒情诗是被当作现实表述来体验的，我们就抒情诗之我与诗人之我的关系无法说出任何确定的论断——那么在虚构中的情况又将如何？与虚构相关联的诗人之我，小说作者根本就不存在啊。但是当我们这么发问的时候，《威廉·迈斯特》和艾兴多夫的《预感与现时》《诗人与随从》《无用人》等小说中的抒情诗就表现出了直接可感的差别。在我们的记忆里，《威廉·迈斯特》中的一首诗如果是这么开头的："谁若从未和着眼泪吃下面包""谁但凡有过这渴慕，都知道我的痛苦""你认识那国度吗？"，那么它就立刻会被归于说出或者唱出这些诗歌的小说人物。不论这些诗歌如何凭借自己的文辞之美在叙事的散文体中耀眼夺目，并且看似具有抒情诗的独立声明，它们始终还是关联到小说语境中的，而

---

[1] 这样的分析可参见 P. 诺伊布格：《小说散文体作品中插入的诗歌》，图宾根，1924 年。

抒情诗文类

这就是说：我们立刻就会意识到，它们各自的抒情诗之我是琴师、迷娘的虚构之我。这些诗从这些人物中获得自己的意义内涵，同时也参与塑造了这些人物形象。即使是就自身而言具有如此普遍的意义内涵的诗，比如"谁若从未和着眼泪吃下面包"，也同样如此。当然如果将它从小说中取出来，而由此进入抒情诗的表述形态，它就会获得一种特殊的独有意义。但是在小说中，它又失去了自己独立的意义，而是通过它塑造和表达了琴师悲惨的生存状态。这里就像和所有这些诗中一样，是比散文体叙事形式的可能极限（以歌德的艺术意图来说）更为神秘的造型，是更深邃、"更沉默"、由于无可言说的原因泉涌而出的表达。这位诗人在抒情诗上的表述力量在这些诗中是服务于他的史诗类造型力量的：迷娘和琴师的神秘诗是塑造这两个神秘形象的顶峰。

艾兴多夫小说中的人物所唱的难以计数的歌曲则给人完全不同的印象。如果我们在诗集的框架里读到它们（附有"出自《预感与现时》""出自《诗人与随从》"的标记），那么即使是对这些作品了如指掌的人也很难在脑海中确定是哪些小说人物唱出了它们，它们到底属于哪一部小说：

> 我的心，不要为了
> 过往的尘世之欢担忧，
> 啊，从礁石的墙上
> 你的目光徒劳地飘悠。

（《预感与现时》）

> 你没听到屋外的树
> 有穿透宁静的簌簌声响,
> 难道你不心生好奇
> 要从阳台往下听到地上?

(《诗人与随从》)

> 还没有漫游者高过
> 猎人和骏马而驰行的地面,
> 晚霞中的岩石高垂
> 仿佛一座云中宫殿。

(《诗人与随从》)

> 人类的喧嚣纵乐已经静默:
> 大地如在梦中一般
> 以所有的树木低声吟唱。

(《无用人》)

不需要例子,不需要归类。这些诗里有低吟和倾听,有声响和歌唱,有黑暗和幽光,有潇潇簌簌,到处都是同样的旋律。到处都是用相似的氛围图像、隐喻和象征让大自然和灵魂互相映照,到处都是出自德国的童话和故事空间里的相同形象:吟游诗人、猎人、出行的伙计、贵族少女和乡村少女散布在浪漫派的气氛空间里。我们在这里涉及的还不是小说中插入的诗歌的风格关联。仅仅是这样的观察对我们讨论的问题才是关键的，这些诗和威廉·迈斯特小说中的诗正相反，演示出的是史诗类和抒情诗文类倾向的断裂处。不论这些诗是如何引入的，是一个弗里德里希伯爵，一个列昂婷，一个罗塔里奥，无用人之我等自己唱出来的，还是一个人听到另一个人在近处或远处听到的，诗一旦自己出声，就从唱歌的小说人物这个媒介或者整个小说语境中脱离了出来。在很大程度上具有典型意义的是，很多情况下唱歌的人物在文中只剩下了"传向远方"的声音。不论文中有没有写出来：唱歌的人物总是成了声音，其他人合唱中的一个声音，或是整部小说的声音合奏曲中的一个声音。但是对于一部这样的具有"抒情诗-音乐性"的小说的现象学而言，这意味着，结构上的统一被打破了。我们没法将这些唱出的歌，准确地说是以唱来讲述的歌与各自的虚构人物放入一个有意义的关联里，它们不像"迈斯特小说"中的诗歌那样有助于人物塑造，所以我们将诗中的抒情诗之我体验为独立出来的我。它们的小说的抒情诗体验和虚构体验是相互脱离的。尽管如此，这些还是建造了一个虚构的人物与事件世界的小说，因而我们绝不能直接将这两个元素一起投射到一个共同的气氛层面上。我们可以说，一再惊讶地认识到这些元素并列共存而无联系，对于虚构的结构来说意味着：小说人物不被他们自己的歌曲、他们自己的"音乐性"存在所触动。"迈斯特小说"中的诗歌在虚构空间里完全满足了抒情诗的存在本质，艾兴多夫的诗歌则位于小说大虚构空间里的小非虚构空间，它们自己的抒情诗空间里，而并没有融入大空间。所以从逻辑视角来看，后者比"迈斯特小说"中的诗歌更多地展示了抒情诗的本质：属于一个从范畴上与虚构相分离的体验和语言的领域。[1] 它们在艾兴多夫的诗集中拥有合法的位置，即使不一定比小说中的位置更合法，这只是它们本身的状况所决定的表征而已。但不应由此推论，小说中没有它们也可以，正相反——尽管是以多种方式进行的——考察这一状况对小说的审美分析大有裨益。

文学作品领域所分裂成的这两个基本文类或者范畴，其逻辑和现象学的基本特征都已经得到阐述。虚构文类由于其演示手段和演示功能方式的多样，是由众多显现形式集合而成的，而抒情诗文类就没有这么分化。因为只有当我们体验到了一个真实的抒情诗之我，一个为抒情诗表述的现实性质担保的真实的表述主体时——不论这个"我"有没有作为"我"亮相——我们才会体验到一个真实的抒情诗现象。我们试着展示，这一状况决定了抒情诗本生性的核心本质，同时也决定了它在普遍的语言表述领域里的敏感处境。这个敏感的、标示得模糊的差异必须加入抒情诗的结构定义中。这个差异是敏感的，但原则上在所有单个作品中都是可以指明的。将抒情诗表述与非抒情诗表述分隔开的界线不是通过诗的外在形式来设定的，而是如前所示，通过表述对客体极的作为来设定的。因为我们之所以将抒情诗感受为体验场域，而

---

[1] 赫尔曼·布罗赫的《梦游人》里插入的诗歌则有着完全不同的结构，参见多丽特·科恩：《梦游人》，海牙-巴黎，1966年，第103页及以下诸页。

且仅仅是表述主体的体验场域，是因为它的表述不是以客体极为指向的，而是让它的客体进入主体的体验域而由此发生变化。

我们在此稍作总结，因为正是通过这样的状况，才可以给出判定一系列文学现象在文学系统中的位置的标准，它比迄今为止从作品内部研究的文学理论立场出发所做的判断更准确。这一方面是"我"—叙事的大形式，另一方面是小形式，其中尤其突出的是叙事谣曲。两种文学种类都在两大主要文类之外，因此可以称为特殊形式。它们在语言逻辑结构上是特殊形式，对于叙事谣曲及其近似种类来说，这就是虚构结构；对于"我"—叙事来说，这就是表述结构。更准确地说，它们之所以是特殊形式，是因为它们可以说是"否认"了自己所出生的那个结构，而在另一个结构不同的文类里求得了居留权：叙事谣曲居留于抒情诗，"我"—叙事居留于虚构文类。这是由于其形式而自然形成的，为了预先防止误解，我们要说，这并不是说这一形式对于叙事谣曲和"我"—叙事的现象学来说居于次要地位。正相反，形式是这些现象在文学系统中占有特殊地位的条件。

特殊形式

叙事谣曲及其与图像诗和角色诗的关系

叙事谣曲（Ballade）这个特殊形式作为一种置身于抒情诗空间里的史诗类-虚构类文学种类，是无法直接阐明的。它所展示的现象，我们只有在对它所占据的抒情诗空间部分进行更细致的研究后，才能了解其中缘由以及系统的生成过程。但是抒情诗概念在这里是在其严格意义上有效的，我们是在将它从范畴上与虚构文学相区分而得出这个意义的：抒情诗是位于一个真实的表述主体的体验场域空间里的文学类型。我们确立这个意义为出发点，就能观察到，抒情诗的体验场域里已经包含了一些元素，它们本身就具有充分发展为虚构文学并由此从结构上脱离出抒情诗表述空间的倾向。这些元素是什么样式的呢，或者更关键的，抒情诗表述的这些客体是什么样的呢？

它们必须是这样一些客体，即按照其本性比其他客体更远离主体极的存在中心。但它们又要是这样的客体，即不是理念类型，而是构型（Gestalt）类型。因为理念客体也能相对远离主体极，比如一首劝谕诗或者格言诗的客体，或者哲学诗的特定内容。而叙事谣曲中可归于抒情诗表述领域的那个部分，构成它的并不是思想上的，而是构型上的表述客体。出于这个理由，不仅从系统角度，从历史生成角度也与叙事谣曲的位置相近的诗歌种类是图像诗和以暧昧方式存在的角色诗。

从抒情诗表述的结构来看，构型这个概念具有双重意义。首先这是一个客体，"我"与它更多的是观看-描述而非感受的关系。但是另一方面，构型也是一个有着特别变动或层次多样的特性的客体。构型概念属于艺术领域，而不属于自然或人的生活领域。在其专门意义上，它指的是人物形象。在艺术领域，它一方面由造型艺术制造出来，另一方面则是由虚构文学创造出来。当它作为艺术产品出现在抒情诗空间里时，就会形成艺术总体系统里独一无二的现象，即图像诗，这是我们现在首先要将其放在与叙事谣曲的关系中研究的。

一首图像诗，出自古典时代的题词诗，描述一幅绘画或者一座雕塑。赫尔穆特·罗森菲尔德（Helmut Rosenfeld）颇具价值的研究《德国图像诗》表明，一首不以人物画为对象的图像诗是少数例外。[1]（对于雕像诗来说完全没有例外。）对于我们的讨论至关重要的抒情诗空间中的位置来说，人物诗是本质性的，如前所述，它们意味着文学系统中一个独一无二的点，在这个点上，抒情诗和两种形式的虚构文类的线交汇了，而且是如此交汇的：图像诗在抒情诗空间中的位置格外敏感，诗的结构能通过抒情诗之我的态度的微小移动而发生变化。因为由造型艺术造就的人物构型既可以是纯粹无生命的——不论如何从审美上得到体验——也可以是获得了人类灵魂的观察对象。如果我们现在用几个例子来考察图像诗中的抒情诗之我所持有的态度，那么从这个在文学系统和文学史中都隐藏得较深之处就可以看出，前者的逻辑结构无非就是为人物构型，也即客体的艺术构型所决定的，而这个客体同时也能被构造为主体。

我从德语文学中的大量图像诗里首先选取了赫尔德的一首雕塑诗和里尔克的一首画像诗。——赫尔德承接古典传统，写了一首所谓的图像题词诗[2]，诗中描绘了一对希腊雕像：

爱神与心灵之神

手，触摸这优美的头颅
静静引它垂向恋人，

1　H. 罗森菲尔德：《德国图像诗》，图宾根，1935年，多处。
2　同上书，第122、124页及以下诸页，这里讲述了希腊图像题词诗的产生。

> 气息轻轻，在唇边飘浮
> 温柔地将手臂举高，让胸上升——
> 目光，无法转变为语言
> （因为灵魂对视，看入至深）
> 此时心羞怯地逼近心
> 灵靠近灵，唇挂于唇——
> 重获彼此的享受只因索求
> 而最甜美——看啊，就是这一吻。
> 其中浮动着最纯粹的天国福乐。
> 上前观看吧，再静静退回重温。

就算不知道这首诗描写的是一尊雕塑，它也向我们传达了抒情诗之我观看而描述的态度，尤其表现在祈使句式的"看"和"退回"的字面上。让构型获得灵魂的，在其中放入情感的词语所传达的意味并没有超出雕像的轮廓，就它所做的表述也不超出能从它的样貌特征里读出来的那些——另一个观察者会不会从中读出其他情感是无关紧要的。具有本质意义的是，抒情诗之我将这些构型保留在了主客体关联的张力里，没有将它们放逐出自己的体验场域。尽管有赋予灵魂的主观阐释，但是这个关联是明确纳入了诗中的，就像在里尔克著名的雕像诗《阿波罗古残像》中那样。我们现在用里尔克另一首不那么出名但对于我们讨论的问题非常有启发性的肖像诗来做比较：

出自八十年代的贵妇肖像

她伫立在褶皱重重而黑暗的
地图帷幕一侧等待,
似有错误的激情泛滥而
在她头顶将帷幕收紧起来;

自那尚未去远的少女岁月起,
她仿佛已换作了另一人:
高耸发髻之下形容疲惫
身着镶边长袍却缺乏经验
仿佛被所有褶皱偷听

怀着乡愁和虚弱的谋划,
谋划这生活该如何继续:
要不同,要更真实,像小说中那般
惊心动魄而灾难频发,——

这样才有物件可存入
小首饰盒中,能在回忆的
味道中昏昏入睡;
这样才终于能在日记中

> 找到一个开端，它不会
> 写着写着就失去了意义，成了谎言，
> 这样才会有一朵玫瑰的一片花瓣
> 装进这沉重的空空的项链盒中，
>
> 存在于每一次呼吸中。
> 这样才终于能朝窗外挥一次手；
> 这纤纤细手，刚戴上戒指，
> 才几个月却已觉足够。

这首诗，我们至少可以按照诗人自己的意愿理解为一首画像诗[1]，而且几乎也不能理解成其他种类。它里面发生了与赫尔德的爱神诗中不一样的事件。这个非常引人注目的过去时就已经让这个人物脱离了图像性[2]，使之不知不觉转变成了一个小说情境，而这情境又通过一种直述体验技巧——"这样才有物件可存入 / 小首饰盒中"，……"这样才终于能朝窗外挥一次手"得到了增强。这个

---

1 里尔克在《新诗集》里以精湛的技艺所做的图像和物象描写，常常是在一个相反的意义上实现的，以至于不具图像性的事物，一个被体验过的人之现实也会被重塑为一个图像情境。其中有完全处于临界点上的诗，比如以"图像"冠名的诗。那首诗的标题指的是演员杜瑟的画像，其意义可能是一幅想象出来的画面，而上文中的《贵妇肖像》则是另一种情况，它透露出其灵感来源是一幅肖像画，也可能是一张照片。
2 这个过去时与图像诗的性质并不矛盾。雕塑诗《克里特岛的阿尔忒弥斯》也使用过去时，造成的效果就是，在雕塑背后，浮现出了这位女神在神话中的"原初图像"，以及神话时代本身，由此艺术领域也就被转移进了历史领域。

人物构型开始从它自己出发而具有生命，以它的虚构自我抑制诗的抒情诗之我，不再表述后者，而是轻轻地转变成一个虚构叙事功能，该功能在这里由记述向着体验直述形式波动。然而，诗人的艺术还是保证了这一意识：是一个图像提供了这样小说式的阐释契机，一个抒情诗的描述之我和一个从事创造的叙事功能之间引发的张力不仅赋予了这首画像诗魅力，而且也为我们洞察人物构型在文学系统结构中所扮演的独一无二的角色提供了很多启发。

我们来观察里尔克的另一首诗《最后一位布雷德罗德伯爵逃离土耳其之囚》，它仅仅因为自己的历史素材就已经接近了叙事谣曲的空间。画里的场景（依据的是一幅并不重要的历史画[1]）仿佛因为过去时的帮助而转变为一个史诗场景：

> 他们追击得可怕，从远方
> 向他扔来彩色的死亡，而他
> 落荒而逃，无非就是：被逼至此。
> 他父辈的远方看似不再
> 对他有效；为了逃命在猎人前
> 做一只兽就已足够。

骑马逃命可以被认出是运动，是行动：

---

[1] H. 罗森菲尔德:《德国图像诗》，第252页。

直到河水
　　　淙淙响起在近旁有如闪电。一个决断
　　　将他连同他的困苦举起,让他

　　　重做具有王侯血脉的男孩。
　　　贵族妇女的一个微笑再次
　　　灌注甜蜜进入他那早熟的

　　　圆满的脸上。他催迫骏马
　　　如他心一般飞驰,他心热血滚涌：
　　　它载他入河流如同入他的王宫。

这首图像十四行诗之所以对于叙事谣曲的问题富于启发性,是因为在这里已经看不出它的起源是一幅绘画作品的主题。在这首诗里,抒情诗之我也几乎要被一个虚构化的叙事功能取代了。但是也正因如此,我们选了里尔克的一首接近叙事谣曲的图像诗,因为在这样现代的形式里——也由于这位诗人高度的艺术自觉——还是可以感觉到边界之所在,这首诗还是被限定在抒情诗的本生空间里,以致对虚构情境、事件、构型的叙事都仍然保留为抒情诗现象。其秘诀就在于,人物构型是作为一种诗意的视象被召唤出来的,仿佛被提升到了更高的图像性里,而演示性的虚构化叙事功能手段没有被滥用,仍然局限于某种程度上依然是抒情诗的可能性里。(一种艺术操作手法,也是里尔克其他并非出自图像素材的人物诗的特点，比如《奥尔菲斯》、《欧律狄刻》、《赫尔墨斯》和《阿尔克提斯》。）并不令人意外的是，在 C. F. 迈耶的图像诗《河妖》中充满了一种远为天真的叙事谣曲感。在这里，出自画家施温德（Schwind）的一幅画的图像完全化解在了叙事中，所有的叙事功能手段都运用了起来，呈现为记述和直接对话。经过这一番精巧的、戏剧化且简短的、以人物对话实现的对河妖现身的象征意义的解释，抒情诗之我也就不再出现了。

　　这种一首画像诗同时也是叙事谣曲的情况并不太常见。但是这些情况对于叙事谣曲和抒情诗领域的关联，具有系统性的、增强认知的重要性。这一关联，以及叙事谣曲所置身的抒情诗边界地带的错杂的现象学，还可以通过"角色诗"现象而得到扩展。角色诗在文学系统里的位置比图像诗更有趣。它位于文类交叉点，从图像诗伸展出的线在这里走向叙事谣曲，但是从抒情诗领域出发的线也会通过这个点向"我"—叙事扩散。它多义而矛盾的地位在语言逻辑上的原因是它的"我"形式。这个形式首先是这一现象的原因所在：从历史上看，是角色诗构成了经由图像诗而形成叙事谣曲形式的萌芽。罗森菲尔德已经确认古典的图像题词是角色诗形成的根源之一，这就是"那种虚构作品：图像作品有所言说并对自己加以说明"[1]，他展示，这是一个在中世纪的画中题诗、条幅标语诗和后来所谓的文艺复兴连环画中重复出现的现象。如果这样一幅连环画包含众多人物，那它就成了叙事谣曲的图像

1　H. 罗森菲尔德:《德国图像诗》，第 13 页。

诗形式的雏形，它首先是一种对话形式，但是在担任图画解读者的诗人手中，就会形成一个真正的虚构叙事。[1]——但是正如图像诗仅仅是叙事谣曲的形成来源之一，而且主要是文人叙事谣曲的来源，角色诗作为图像诗也仅仅是后者的生成原因之一。最清楚的一个例子就是瓦肯罗德（Wackenrode）[*]的《一个喜爱艺术的修士的内心倾诉》中的《对两幅画的描述》：

> 我为何得此殊荣
> 受选而获至高福乐
> 尘世之中无与伦比？
> 玛利亚如此说，
>
> 我周围的世界五彩缤纷赏心悦目
> 可我却不像其他孩童

"被描述的"画像《圣母与圣子基督及小约翰》中的耶稣如是说。显然，这首图像诗作为角色诗立刻也必然要失去图像诗的性质，因为画中人物自己演示了自己。而这种与独角戏类似的"我"形式也让角色诗成了一种"含有双重意义"的作品，它既可以是真正的抒情诗作品，也可以是虚构性的叙事谣曲作品。尽管不是那

1　H.罗森菲尔德：《德国图像诗》，第38页。
*　瓦肯罗德，德国18世纪末的浪漫派作家。——译者注

么常见，这样的角色诗也出现在民间叙事谣曲中。以下引用的是叙事谣曲《游吟诗人之子》（从19世纪初流传至今），这个主人公追求着一位公主：

> 当我还是个小男孩，
> 我躺在摇篮中，
> 当我长大了点，
> 我走在了自由的大路上。
> 我遇到了国王的小女儿，
> 她也走在自由的大路上：
> ……

《男童的神奇号角》*中也收录了一个被逼无奈而做修女的少女的独白角色诗：

> 上帝请给那人一年坏光景，
> 他逼我做了修女一名
> ……

也有将叙事谣曲分成较长的主角独白和随后的叙事讲述两部分的，

---

* 德国浪漫派诗人克莱门斯·布伦塔诺和阿希姆·冯·阿尼姆在19世纪初收集的民歌集。——译者注

比如这首幽默的英国民间叙事谣曲《深肤色女孩》：

> 我的肤色要多深就有多深
> 我的眼睛黑得就像一双鞋
> ……
> 我的爱人给我寄了情书一封
> 他就在不远的那个镇子住
> ……
> 当她走到自己恋人的床边
> 他重病在身奄奄一息，
> 她禁不住大笑起来
> 踮着脚站得笔挺。

在阿格尼丝·米格尔（Agnes Miegel）*的《棕色贝贝尔》中也用了同样的操作手法（并没有为诗歌增色）。由于这些现象，角色诗被称为叙事谣曲的分支。[1] 毫无疑问，我们会将这里的"我"人物比如游吟诗人之子、美丽的贝贝尔或者冯塔内笔下的克伦威尔（《克伦威尔的最后一夜》）体验为和大多数叙事谣曲的"他"人物一样的虚构人物，将这些角色诗体验为对人物构型进行虚构化的不同形式之一，是与对白（比如爱德华叙事谣曲和布伦塔诺的

---

* 阿格尼丝·米格尔，德国20世纪女诗人、作家。——译者注
1 W. 凯泽：《德国叙事谣曲史》，柏林，1936年，第140页。

《祖母蛇厨娘》叙事谣曲）和完整形式并列的独白（往往是独角戏）形式，是叙事文学作品来回波动的叙事功能形式中的一个。

如果我们不是将叙事谣曲仅仅刻画为史诗类小形式，由此将其归入虚构文类，而是把它当作一种特殊形式——其特殊性来自它与虚构文类和抒情诗文类都有的关系——那么这就让我们回到了歌德著名的"最初之蛋"定义，这是1821年他在《艺术与古典》杂志上对自己的直接冠以《叙事谣曲》标题的作品，以被放逐后返乡的伯爵为主人公的叙事谣曲进行评论时下的定义。他没有考虑发展历史，没有考虑内容和形式上的种类差异，没有考虑民间叙事谣曲和文人叙事谣曲的不同，而将叙事谣曲视为一种"神秘的"文学形式，"展示了整个诗学，因为在这里各种元素还没有分离，而是如同一个最初之蛋彼此融合在一起……"。[1] 在《对〈西东合集〉的笔记与论文》中，他又用叙事谣曲作为例子，说"三种真正的诗的自然形式……史诗、抒情诗和戏剧……都常常汇聚在最小的诗歌里"。[2] 在对叙事谣曲的评论中，歌德称正是副歌部分，同一个结尾音调的循环往复"为这种诗歌类型赋予了决定性的抒情诗性质"。但是在《笔记》中，抒情诗的概念更普遍，被设定为"诗的自然形式"。在我看来，在歌德之后，对叙事谣曲的描述也都如此这般，继续把抒情诗或抒情诗性质的成分当作一个比史诗类成分和戏剧成分模糊得多的概念，建立在一个比它们

1　《歌德文集》（汉堡版），第一卷，第400页。
2　同上书，第二卷，第187页。

更模糊的观念之上。因为史诗类成分——尤其是在从古老的诗体史诗引申出来的意义上——也即对一个事件连同登场人物的叙述，是叙事谣曲的明确而又不可或缺的基本元素。戏剧元素是包含在其中而又走向极致的戏剧化叙事方式。抒情诗成分可以以不同方式来理解：从诗节构成（或多或少，但有限的诗节数量）的形式角度；从民间叙事谣曲可以吟唱的角度，它常常以副歌部分作为支撑。但是另一方面，抒情诗性质也会与氛围和抒情诗的诗意语言风格联系起来，尤其是18世纪末至19世纪的文人叙事谣曲，那时的诗人都是按照这种方式来构造作品的。将抒情诗性质视为氛围要素的不确定观念也体现在沃尔夫冈·凯泽对海涅和艾兴多夫的诗以及葡萄牙诗人A.加勒特（Garrett）关于水妖罗赫莱的诗的论述中。在后者这里，是"遇见与水妖相遇的担忧"，在海涅的《罗赫莱》中是"回顾这场相遇的感伤情绪"。凯泽还补充说，艾兴多夫的《林中对话》和《宁静之地》"恰恰保持了叙事谣曲和抒情诗的分界"。[1] 我们先搁置葡萄牙语诗歌，《罗赫莱》是大家都熟悉的，我们就引用一下凯泽在这一视角下概述并归于一类的艾兴多夫的两首诗。正因为它们具有显著的不同，它们恰好可以用来在文学系统中对叙事谣曲进行精确定位。

---

1 W. 凯泽：《语言艺术品》，第356页。

宁静之地

月光让人分不清
四方山谷，
小溪仿佛陷入迷惑
穿行于孤独。

我在对面看到
森林立于陡峭高峰，
幽暗的杉树看向
一座深邃的湖中。

我看到一叶轻舟扬起，
可没有人掌舵，
船桨都被砸碎，
小舟即将坠落。

岩石上一个水妖
用自己的金发编着辫子，
她说她孤零零一个，
唱歌唱得美妙旖旎。

她唱了又唱，树林里

泉水里都有簌簌轻响，
低声耳语如在梦中
这月光皎洁的夜晚。

可是我却骤然惊醒，
因为在林木与深渊上空
已经从远方
传来了穿透空气的晨钟。

假若我没有在这好时辰
听到这钟声，
我绝不会再从
这宁静之地脱身。

林中对话

时辰已晚，天已转凉，
你为何还孤身一人走在森林里？
森林漫长，你却孤单，
你这美丽的新娘！我带你回家去！

"男人们的谎言诡计巨大，
我的心已因伤痛破碎，

围猎号角此起彼伏地响,
啊,逃吧!你都不知我是谁?"

马和女子都如此满身装饰,
年轻身体又有如此曼妙风采,
现在我认出了你——愿上帝伴我不离弃!
你是女巫罗赫莱。

"你认得我——在高高的岩石上
我的宫殿将莱茵河静静俯视。
时辰已晚,天已转凉,
这森林你再也出不去!"

《宁静之地》(1837年)与海涅的无疑受其影响的《罗赫莱》(1824年)从文学结构上来说都属于抒情诗的本生领地,如果按照海因里希·黑内尔的定义,它从形式上甚至属于体验诗。因为水妖形象作为表述客体,与月光照耀的风景(她也是其中一部分)一样都位于以"我"形式作表述的抒情诗之我的体验场域,而没有获得自己的"我"—原点。但是在《林中对话》中,说话的"我"不是抒情诗之我,而是一个虚构的"我"人物,他和另一个虚构之我,女巫罗赫莱一起上演了一个对话场景。这里就出现了一个叙事谣曲结构。(假如是一个"我"形式的角色,它就能象征式地表达中魔,而不会影响诗的结构。)两首诗并不是一起位于抒情诗和叙事谣曲之边界线的一边,边界线从它们之间穿过。

重要的是,凯泽将叙事谣曲与抒情诗区分开来,并且指出两者之间有过渡形式;他正确地强调说,"理论上的严厉分界就和对'不纯'形式的草率判定一样不可取"。[1]没有区分当然也就无法确认过渡,但是这区分本身就已经是对现象的——虽则不是理论上的,但也是结构上的——分界了。所以将叙事谣曲定义为一种"将事件作为充满宿命感的相遇来把握和叙述"的形式是不够的。因为首先有虚构化叙述这个状况,这就是可以促成更精细的分界的结构标准。这意味着,我们不再认为叙事谣曲作品的内容是一个抒情诗之我的表述,而是接受其为虚构主体的虚构存在。只要有叙事功能在起作用,我们面对的就不是抒情诗现象。但是另一方面,诗的形式又淡化了史诗类虚构现象。

将抒情诗-史诗类作品,也即叙事谣曲按照这种方式来拆分,而不是确认它如其本身,是文学史的现实,并不会带来多少收获。但是面对比其他诗歌形式都更让人关注其历史发展和历史现象的叙事谣曲,必须再次强调的是,在我们的主题框架内,我们并不是要描述叙事谣曲的素材、风格、象征特点随时代风格发生的变化,而仅仅是要确定它在文学系统中的语言结构定位。在这一视角下进行仔细的界别就是合理的,为此要把叙事谣曲指称和确定为一种虚构的人物诗。在这个意义上,叙事谣曲的概念作为一个总概念,也适用于从其他视角(比如类型和语言风格)来看多少

1　W. 凯泽:《语言艺术品》,第 356 页。

有些细微差别的街头说唱和罗曼采形式，实际上它们也都被收录在以叙事谣曲为名而出版的歌集里。另一方面，另外一些诗歌虽然有叙事谣曲之名却没有其结构特征，它们就不得归于其中。比如霍夫曼斯塔尔的《外部生活谣曲》或是最近的克里斯多夫·梅克尔的《叙事谣曲》，这首诗展示了威尼斯毁灭的景象：

> 威尼斯飞起来
> 像它常常戏耍鱼和贡多拉一样
> 为了助兴而翻腾起幽暗的水
> 连同所有堤坝和宫殿
> 飞离喃喃自语的卵石滩。

（《荒野》，第 12 页）

这里作为例证仅用了五段结构相同的诗节中的第一段。不用提的是，这里不会评论这些诗人将自己的诗歌称为叙事谣曲的初衷。

最后，关于叙事谣曲（同时也是为了预告下一章），还要再谈谈角色诗。它在抒情诗中的地位还远未确定，模棱两可。我们迄今为止都是联系图像诗和叙事谣曲来观察它的，但它还包含了另一个方面，那就是它与抒情诗表述，抒情诗之我本身的关联。在这里起决定作用的是这个简单的时刻：当角色诗是一首"我"之诗的时候。当然图像诗并不总是角色诗的萌芽，它并不总是呈现为特有的独角戏形式，也即让说话的"我"说出一个捏造的、虚构的人物构型的话语。倘若如此，那么情形看起来是（大多时候也确实如此），角色不仅是通过标题给定，也通过诗的内容而明确地得到指涉。在抒情诗领域的情形是，一首冠以《一位少女的第一首情诗》标题的诗就向我们展示自己是角色诗，因为我们知道这首诗的作者是男诗人默里克，而他的另一首诗《一个热恋男子的歌》的角色性质就表露得不那么明显了。这样的角色诗可以和一首真正的自我之诗一致，这个注明有"一个热恋男子"的模糊标题只是诗人之我的一种或多或少显得透明的伪装。简而言之，尽管有这样的角色形式，还是会有真正的抒情诗，而我们此时对于抒情诗之我和诗人之我之间的关系就无法做出任何表述。但是如果据此就简单地将所有"我"之诗都标记为角色诗，那么这个结论就是错误的。这里是或多或少清楚可见的伪造之我的设置。而我们要说诗中的是一个伪造的抒情诗之我，只能是在诗人让人能够识别这种伪造的情况下才可以如此。这个"我"在已经表明自身的、明显可辨认的角色诗中具有最清楚可见的伪造性，这种性质随着角色性清晰度的减弱而减弱，在怎么都不会显示出自己是角色诗的诗里则完全消失了。所以对于角色诗来说，标题是有一定意义的。

角色诗就其本身而言——在结构方面——在抒情诗领域里是无足轻重的现象，它对于我们的研究来说也只有一定的系统性意义。因为角色诗是"我"—叙事这一史诗类大形式在抒情诗中的对应物。因为包含了伪造的表述主体这一问题，它在一种奇特但又恰恰符合逻辑的倒转意义上对于"我"—叙事的现象学具有一定的重要性。而正是这个伪造的表述主体让"我"—叙事在文学理论上不仅仅对应于角色诗，也对应于叙事谣曲，而且也是以倒转的方式与之相关。如果说叙事谣曲是抒情诗空间中的一个结构上的异类，那么"我"—叙事则是虚构文类空间中的一个结构上的异类——对于后者来说，这个归类初听起来让人吃惊。所以在这里还要再强调一下，"我"—叙事并没有失去叙事文学的性质。只是这个性质在我们的语言理论和表述理论的语境下是个有趣的问题，它是叙事文学，但它的结构却是非虚构的，从而与"他"—叙事相区别，也受制于与后者不同的规则。

"我"—叙事

"我"—叙事作为伪造的现实表述

在这里，首先要从其实际意义来观察"我"—叙事，将其视为一种自传体形式，记述的是直接指涉"我"—叙事者的事件和体验。这里也暂不考虑"我"—叙事者就第三个人进行讲述的那种框架叙事。对于"我"—叙事在文学系统中的位置，具有决定作用的仅仅是真正的"我"—叙事，诸如《痴儿西木传》《少年维特之烦恼》《晚夏》《绿衣亨利》这样类型的小说，从《吉尔·布拉斯》*到《菲力克斯·克鲁尔》**的流浪汉小说，还包括普鲁斯特的《追忆似水年华》。因为在这些小说中展示出来的"我"才是史

---

* 《吉尔·布拉斯》是 18 世纪的一部法国长篇小说。——译者注
** 德国作家托马斯·曼的一部小说，也即下文中的《大骗子菲力克斯·克鲁尔的告白》。——译者注

诗类空间里的一个结构上的异类。正如叙事谣曲将它的虚构结构带入了抒情诗领域，"我"—叙事也将它的表述结构带入了史诗类领域。因为它的本质来源是自传性的表述结构。

这个就其本身而言并不新颖也不惊人的论断，对于将"我"—叙事归于文学的逻辑系统的归类意味着什么呢？可以看到，实际上正是这样的归类才照亮了"我"—叙事的自传起源的特征，并且揭示出它因其文学性质而有别于真正的自传的原因。我们在这里会遇到在抒情诗中已经遇到过的结构上相似的状况，这是由抒情诗和"我"—叙事所共有的语言逻辑结构，也是由它们在表述体系中的位置所决定的。但是这里马上就会出现问题，而这也正是"我"—叙事的结构问题，部分地也是美学的问题。如果回到我们在论述文学的两个范畴或两个类型时遇到过的两个原初现象：虚构文类的非现实现象和抒情诗的现实表述现象，那么我们就不愿意承认，"我"—叙事在与抒情诗同样的意义上传达给了我们一种现实表述的体验。但是另一方面，我们也不能直接说，它们给了我们虚构的、非现实的体验。或者说得更准确些：如此一种非现实体验，它在某些"我"—叙事中尽管那么"自我暴露"，但还是那么不容反抗地中断了，比如在斯蒂夫特的《晚夏》或者托马斯·曼的《大骗子菲力克斯·克鲁尔的告白》和其他许多作品中。这些体验无法像真正的虚构、真正的叙事那样从逻辑上得到解释。因为这就是所有"我"—叙事的本质，它们将自己设置为非虚构，也即历史文献。但它们是以自己作为"我"—叙事的特征为基础来这么做的。

为了说清楚这个状况，我们必须再次让构建起"我"—叙事的这个特殊的"我"概念进入考察视野。这个"我"所具有的形式无非就是所有用语法上的第一人称所做的表述的形式，在每一首"我"—抒情诗（不论它是不是角色诗）和每一个非文学的"我"—表述中都呈现为这个形式，其中最接近"我"—叙事而可做对比的就是篇幅较长的自传。这就是说，"我"—叙事的"我"是一个真实的表述主体。我们还能这样来更准确地定位这个"我"：我们可以像区分历史-理论的或者实用的表述主体和抒情诗之我那样，用同样的精细程度区分它和抒情诗之我。"我"—叙事的"我"也不想成为抒情诗之我，而是成为一个历史的我，他也不会采用抒情诗表述的形式。它叙述自己所体验之事，但没有在这一现象的突出意义上将其演示为仅仅是主观的真相、它的体验场域的倾向。它就像每个历史的"我"一样以被叙述者的客观真相为准。如果我们想到《维特》或者其他表达了具有浓烈情感色彩和主观性的氛围的"我"小说（包括书信体小说）而质疑这一观点，那么要予以反驳的是，或多或少带有主观性并且反之也或多或少带有客观性的自传性讲述，具有同样的程度深浅序列，这也是"真正的"自传性表述（作为所有表述中的特例，它们如前所示都有此类情况）的特征之一。

实际上，正是在这里自动插入的概念——"真实的"现实表述导向了"我"—叙事所代表的特殊文学样式。这个概念的对立物是不真实的现实表述，后者等同于**伪造的现实表述**。伪造性这个概念，对于角色诗来说也具有本质定义的意义，它标示出了文学系统中的一个特殊地点，而"我"—叙事的逻辑位置则位于该系统中。为了了解这个地点的样貌，还必须再关注一下上文中论述过的"伪造"和"虚构"之间范畴上的区别。伪造性的概念是指一种冒充的、非本真的、仿造的、不真实的状态，而虚构概念则相反，指的是不现实之物：幻想、表象、梦、演戏之类的存在方式。做扮演游戏的孩童虽然会伪装成一个成人，但是当他不是以欺骗的方式而是演出并号称自己是一个成人的时候，他就是在扮演一个成人的虚构角色，正如演员不是伪造他所扮演的文学人物形象，而是将它演示为一个虚构形象。虚构的设置与伪造是截然不同的意识态度。语言也会听从这一区别，它会相应地制造出不同的文学形式。在制造史诗类虚构作品时，语言的工作方式与在"我"—叙事中不同。

伪造概念用在"我"—叙事上就能让我们洞察不同的"我"—叙事传达给我们的频频变换的体验现象。这是我们在将"我"形式和"他"形式也即小说的虚构形式进行对比时就会察觉的第一个差异。一个"他"—叙事，不论是在古老的史诗形式还是现代的小说形式中，总是会联合上述所有现象唤醒同样的非现实体验。并没有更强或更弱的虚构性这样的程度差别。我们已经表明，叙事者假扮作者而实施的干涉，大多数时候是出于幽默的目的，并不会有损虚构现象。让·保尔的《彗星》让人体验到的虚构性不会比冯塔内的《简妮·特赖贝尔夫人》提供的少，不会比任何虚构叙事提供的少。但是《痴儿西木传》在我们看来——首先说说普遍感觉上的印象——就比托马斯·曼的《大骗子菲力克斯·克鲁尔的告白》更贴近体验，更被体验为现实；《绿衣亨利》也被体验为一部比《晚夏》"更真实"的自传。出于易于理解的理由，我们不需要讨论维尔菲尔的乌托邦式"我"小说《未出生者的星星》的伪造性程度，也不需要讨论这个名为特里斯塔拉姆·项迪却未出生的"我"的伪造性程度。重要的是程度深浅排序，如果费点力气，可以将世界文学中的"我"—叙事统统按照这个排序归类。一个伪造性程度的序列意味着，伪造性程度的区别可以如此之小，以至于我们甚至无法肯定地区分我们是在面对一本真正的自传还是一部自传性的小说作品。这样一个例子出自公元前 2000 年，是著名的古埃及诗体"我"—叙事作品《辛奴亥的故事》，辛奴亥极有可能是个历史人物，地位极高。但是按照京特·密西（Günter Misch）的观点，几位现代历史学家认为这是一部真正的回忆录的看法并不正确。[1] 要认识"我"—叙事的逻辑和现象学的话，这样一种状况是富于启示性的，因为年代如此久远的古典文献没有给我们任何依据，可以确凿地认定它作为自传的真实性或虚假性。"我"—叙事的逻辑位置是通过伪造的现实表述这个概念来确定的，这个概念让它一方面有别于虚构，另一方面也不同于抒情诗。用这个概念首先描述出的只是"我"—叙事提供给我们的现象。现在要做的，是让这个现象作为必要的症候呈现出来。

在伪造的现实表述这个概念里包含了一个关键层面，也即其中有现实表述的**形式**，一个主客体关联。对这个关联来说具有决

---

[1] 京特·密西：《自传史》，第一卷，哥廷根，1949 年，第 51 页。

定性的是表述主体,"我"—叙事者能把其他人仅仅当作客体来叙说。他绝不能让这些客体离开自己的体验场域,他的"我"—原点始终在场,不会消失,否则如前所示,就会导致虚构的"我"—原点出现而取代他的"我"—原点。这个规则已经被人注意到了,被称为视角、注目点的统一性规则。它发挥的作用就是,在一个"我"—叙事中出场的人物始终都要让人看出是和"我"—叙事者有一定关系的。这并不意味着他们所有人都必须和"我"存在一种人际关系,而只是说,他们会而且只会被他看到、观察到、描述出来。京特·密西不想将自传,也即真实的自传性的现实表述视为"我"—叙事的唯一形成源头,他认为另一个同等重要的起源是"生产性想象的生动鲜活",该想象"作为'我'的演示比用第三人称的客观化设置展开得更容易也更有情趣"。[1] 他是从原始部族的童话故事和奇幻故事中经常出现"我"形式而得出这个结论,并由此联系到传统的解释:自古以来出于让人相信神奇事物的目的,这些故事就爱选择这样的形式,而且如今还在选择这个形式。这到底是怎样一种情况,我们在下文中还会论及。在现在的讨论中,首先要检验一下密西的这个论断:生产性的想象用"我"之演示的形式比用"他"—叙事更容易展开自身。如果在逻辑结构的视角下来比较这两个形式,而这个结构作为这两个形式的审美体验直接发挥作用,那么这个结论就行不通,这一点我们立刻就能体会到。如果从(狄尔泰-密西的)心理学视角出发,恰

---

[1] 京特·密西:《自传史》,第一卷,第60页。

恰并不能了解这一点。正是逻辑形式让人认识到，生产性的想象、兴致勃勃的幻想、将自己当作"次级创世者"的姿态，在虚构领域也即"他"——叙事中正好反过来，比在不论伪造得多么强的现实表述，即"我"——叙事的形式中要展开得更容易、更无危险。因为正是后一种形式和它的规则为自由创造的、生产性的幻想，为 ποιεῖν 设定了界限，而虚构是不用操心设立这些界限的。所以在虚构化时发挥决定作用的演示形式——采用第三人称的内在事件动词、体验直述还有独白，简而言之，用第三人称来构造主观性的做法在"我"小说中不能出现，不论是与第三人称有所关联还是和"我"——叙事者本身有所关联——否则，后者作为叙事者就会取消自己而成为叙事功能。这并非偶然，而是从结构上就决定了的。这些形式都标出了绝对界线，超出这个界线，"我"——叙事就不能离开现实表述领域了。"我"——叙事者如此昭昭可见的伪造性不会改变这一点，不会让"我"——叙事成为虚构。

在叙事文学作品的空间本身中就存在着这条界线，它从范畴上将史诗类虚构与史诗类小说的现实表述分离开来。这就意味着，虽然至少初看起来，纯审美的、关注内容或内涵的观察方式不需要将"我"小说标示为或者感受为史诗类领域中的一个异类，但是逻辑的观察方式却需要如此做。如果看得仔细一点，我们就能在一些有决定性的方面看到，最终逻辑结构还是为"我"小说的审美方面赋予了另一种特征，将阐释引向了与一部"我"小说不同的方向。因为阐释者也仅仅是通过"我"——叙事者来"知道"这个世界和这些人，但是要说我们通过"叙事者"来知道一部虚构作品的世界和人,却也是错误的。从"我"—叙事者这一边来看,会再次让人看清,虚构作品不是通过一个"叙事者",而是通过一个叙事功能来组建的,叙事者这个概念在术语上仅仅当用在"我"—叙事者上时才是正确的。"我"—叙事者"制造"不了他所叙述的,而只能以所有现实表述的方式来叙述:就他的表述客体来叙述,他也只能将这个客体演示为客体(如果涉及的是人,也就不能将其演示为主体)。所以一部"我"小说的阐释也绝不能完全丢掉其他被表述的人物世界与"我"—叙事者的联系。这个人物世界,正因为它是"我"—叙事者的表述客体,所以绝不会是完全客观地描述出来的:主观理解在逻辑-认知理论上是以与任何表述相同的方式进入描述中的。佩尔·拉格奎斯特的小说《侏儒》就是以格外鲜明、堪称范式的方式展示了"我"—叙事的这个结构。这部文艺复兴叙事的意义内涵也包括,对于宫廷侏儒所描写的人物,读者也只能通过这个"侏儒视角"而知晓:在"自下而上"的目光所导致的变形中,人的高大就被演示为扭曲的、变形的、矮化的。这里开启的问题就是,这样出自下方的视像会不会是,以及在多大程度上是正确的视像。"我"的视角是有意作为意义层面而植入这部小说的。如果对这部作品做更仔细的分析,我们就会看到,"我"—叙事的形式是多么仔细地对应于这个视角的,这也就是对应于虚构的叙事形式无法达成——不仅体验直述不行,对话也做不到——的表述形式。

书信体小说

我们这个时候已经到了另一个节点，可以直接面对、研究"我"小说作为小说的真正问题了，这就是：它在史诗类虚构的领域里却拥有一个表述结构，这个文学逻辑上的悖论状态是如何形成的。这样一来就能看到与叙事谣曲恰恰是颠倒的状况。我们以"我"小说的一个特殊形式，即书信体小说为研究的出发点，我们首先在书信体小说中最清楚地看到了在这里上演的过程。这类小说展示了"我"小说中让人觉得最不像史诗类形式的那种形式。在这一视角下，我们也可以将日记体小说归入这种形式，日记体小说在形式上也几乎与书信体小说没有区别。书信体和日记体小说的本质都决定了，它们都仅仅描述了有限的一部分外在和内在现实，以至于持续扩展的"我"—叙事总是会遭受的那种想要跨越由表述形式设定的界线而进入虚构史诗类文学的诱惑，对于它们来说几乎并不存在。书信总是回望一段刚逝去不久的时光，一部分有限的世界和事件，而重述"昨日"或者"最近"展开过的对话，并没有超出这一现实表述的可能性。在这里要注意书信体和日记体小说的一个尤其显著的特征，即"我"小说的过去时**不是**史诗类的过去时，而是一个真实的、存在式的、语法上的过去时，它指明了写作者在时间中的（尽管是）伪造的位置。"我"—叙事的伪造性程度依据其本性转移到了时间上。一部"我"小说的伪造性程度可以多么小，对于这一点，《少年维特之烦恼》中具明的日期体现得几乎让人感动：1771年5月4日，等等。研究并不难确认这些日期和歌德在维茨拉尔小镇的现实日期是完全对应的。但是对于"我"小说的逻辑结构而言,重要的不是这样"自传性"的日期说明。不需要提及的是,它们也可以放置在一个虚构作品中。在结构上重要的是,"我"小说中的"我曾是"或者"曾经有"指的是"我"—叙事者的过去,而虚构作品中的"他曾是"指的是小说人物的虚构当下(现在时态和未来时态也是如此)。单单是这种语义学-现象学上的差别,已经包含了我们从"我"—叙事和虚构作品中得到的体验的差别:在前者中,我们体验到了——不论包含多少伪造——现实,而在后者中我们体验到了非现实。

在书信体小说中,由于上述原因,过去时显得尤其贴近现实且自然,这一点已经让我们觉得它比《痴儿西木传》或者《绿衣亨利》这类"我"—叙事更不像"史诗类"形式。——但是书信体也不是真实的,而是伪造的现实表述,是这样一种文学作品:按照它的结构来说,它努力成为史诗类虚构形式。这是怎么发生的,又怎么可以让人察觉到呢?让我们来观察《少年维特之烦恼》中的一段文字:"8月12日。当然了,阿尔伯特是天下最好的男人。我昨天和他经历了一个奇特的场景。我走到他跟前和他道别……'借我这些枪吧,'我说,'我旅行要用!''我随你,'他说,'只要你愿意费劲给它们上好子弹;它们在我这儿挂着只是摆设。'我取了一把手枪下来,他又继续说:'自从我的小心谨慎给我闹了一次恶作剧以后,我就不想再和这些家伙打交道了。'我好奇,想听这个故事。'我曾经,'他讲述道,'在乡下一个朋友那儿待过三个月,带了没上子弹的几把枪,睡得挺安稳。在一个下雨的下午，我无事坐着，也不知道我自己怎么动了念头，觉得我们有可能被人袭击，我们可能需要用到枪，可能……你知道那是怎么回事。我把枪给了仆人去擦干净，装上子弹；他和女仆们玩闹，想要吓一吓她们。天晓得怎么回事，枪就走火了，因为通条还在枪膛里，通条就一下子射进一位女仆右手拇指肌，把她的拇指打烂了。她向我哭诉了一阵，我还得支付她的治疗费，自此以后，我所有的枪支都不装弹药了。亲爱的朋友，小心谨慎有什么用？并不是所有的危险都能预见得到的！虽然……'现在你知道了吧，我很喜欢这个人，甚至还包括他的'虽然'二字，因为任何大道理都会有例外，这不是不言而喻的吗？……"

  这个段落简练明确地展示了"我"小说可能遭受，在大多数情况下也确实遭受了的诱惑，即采用如此一些虚构化手段的诱惑，这些手段刚刚可以说是被允许的，是可行的，不会就此取消"我"结构或者表述结构。由此可以区别"我"小说与抒情诗，小说不仅想要描述"我"的体验场域本身，还要从这个体验的客体自己的客观性和特殊性来描述它们，从这个方面来看，它包含了成为史诗类文学的趋势。这一趋势同时又受到表述规则的限制，该规则只容许史诗类文学以所谓前虚构的形式出现。这样一种没有超出逻辑可能性，却超出了表述的惯常状态的讲述形式就是用"我"—叙事者一字不差地直接转述第三人的话语，就像维特信中阿尔伯特的叙述，这是所谓二次方的"我"—叙事。复述另一个人的话的自然形式就是间接引语，在德语中是用虚拟语气来插入的，但是引语拓展得较长的时候又可能转为直陈语气。信中出现这样一种直接的讲述形式或者一段对话的段落，就已经证明自己具有小说的性质了。展开成史诗类虚构文学的趋势在此清晰可见。因为引语和对谈，如上所示，属于最重要的虚构化手段，在其中史诗类形式和戏剧形式是相互联系在一起的。在直接引语中，每一个人物构型都会展示自己的自为存在，自己的不受制于任何表述关联的现实性。直接引语就其本身而言是人类现实本身的显现。在整个语言系统中，它的恰当位置只存在于现实的演示被制造出来的地方，即史诗类和戏剧类虚构作品中。因为在史诗类虚构中，它也——在戏剧类虚构中这是不言而喻的——并不意味着就是通过另一个人，那个被误称为"叙事者"的人来复述一段话语，它与人物构型本身一样是被叙述的、在叙述中制造出来的虚构现实。上文已经展示过，波动的叙事功能如何在对话、体验直述和类似形式之间转换。但是"我"—叙事具有表述的形式，书信、日记或者回忆录写作者不论如何伪造都是一个历史的表述主体，而不是波动着的叙事功能。因为这种叙事不是演示。这些写作者讲述中的直接引语不是演示手段，而是在某种程度上"将话语赋予"他所讲述到的人。在书信体小说中，直接引语将这一点表现得很清楚。在这样一部书信体小说里的直接引语，虽然已是史诗化的明显的萌芽，但由于书信的特性，它还是自然的表述形式的一个可能因素。之所以如此，是因为信讲述的是一个过去没多久的情境，所以在这个情境里发生的一段对话也还是置身于或能够置身于记忆的空间，也即可以逐字逐句回忆起的言谈情境的空间里。现实表述的界线还没有被跨越，或者说得更准确点，还没被拓展到未必真实的状态。语言形式上的观察也证明，书信体小说在"我"小说中最少被人感觉是史诗类文学。它将回忆到的大量现实分配到和叙事过程一起往前推进的各个时间段和情景中，伴随每一封信都会重新生产清晰的写作者的自我关联，"我"—原点。

回忆录小说

在真正自传性的小说或者回忆录小说里的对话还有另一个方面，这个方面也是"我"—叙事从一个与现实表述贴近的形式，比如书信体小说，走向一个史诗类虚构形式这条路径的一个典型特征。通过对作为回忆录之我的"我"—叙事者的深入分析就能认识到这一点。

首先，最基本的是书信体小说和回忆录小说在叙事情境和写作情境上的区别。在书信体小说中，刚过去不久的情境和时间点是从书信所指称的一个现时点迈向下一个现时点，以这种方式融入人生或一个人生阶段的——或多或少碎片化的——整体中。回忆录写作者则与此相反，他是从一个固定的现时点，通过回忆来回顾自己过去的整个一生。在这种基本情况中包含了一系列层面，它们合起来共同构成了使回忆录小说在本质上有别于书信体小说之处。

这个基本情况首先意味着，和书信体小说不一样，书信写作者此时此地的原点在每一封信中都要重新建立一次，由此——这一点是本质性的——每次都会重新被意识到。回忆录小说此时此地的原点是固定的，不移动的，不会再改变的。这又导致了另外两个最终彼此相关的结构特征。自传体小说（有别于真正的自传）中固定的"我"回望自己已经过去的人生并将其复制出来，他也由此会忘记自己过去的人生阶段。但是这意味着，他之前的"我"的人生阶段被体验为与他现在的阶段不一样的阶段，而书信或者日记的写作者仅仅知道和体验他们的自我的此时此地。不论是真实的还是伪造的自传都客体化了他以前的"我"—阶段。他看待年轻时候的自己，是将其看作与现在的"我"不一样的"我"，也是和稍晚的人生阶段的"我"不同的"我"。"那时候，"痴儿西木如此讲述自己在哈瑙男仆时光里的童年状态，"对我来说没有什么比纯洁的良心和真正虔诚的心灵更珍贵的东西了，与其相伴相护的是高贵的天真与单纯。"（第一卷，第24页）但是后来"好心的读者在前一卷书中已经理解了，我在苏斯特变得多么爱慕虚荣，我通过行动寻找，也找到了荣誉、声望和恩赐，这些行动换作在别人那儿都是要招致惩罚的"（第三卷，第1页）。我们对这样绝非少见的例子感兴趣，只是因为它的结构意义和其中包含的"我"—叙事的变化的可能性。"我"—叙事者客体化他以前的"我"—状态——就像每个人作为言说者以一定的时间间隔来谈论自己那样——小说就在一定程度上失去了"我"小说的性质，虽然这初看起来是个悖论。客体化了的过往人生阶段的"我"不会总以一样的强度被体验为与"我"—叙事者一致，在某种程度上他成了独立的人物，与"我"—叙事者分离开来，成为叙事中的众多人物之一，以至于现实表述的主客体关联虽然没有被取消，却也让位于在叙事中扮演角色的"我"—人物，可以说它是作为众多客体之一，众多人物之一而现身的。因为，我们再次提醒注意，在"我"—叙事中，被描述的其他人物也始终只是被当作客体，而绝不会成为主体（就像在虚构作品中那样）。

"我"—叙事越是不仅仅演示自我，也展示自己，上述现象就表现得越强烈。这个联系并非偶然，只要展示世界，或者展示世界的可能性也是以"我"—叙事者固定的回望状态为根基的。叙事者通过回望自己人生的整体，也回望了一个世界关联，一个历史的、地理的，时代特有的世界，他的人生就在其中上演，他过去的自我就在其中和其他人相遇，在这里发生了联结、命运、"故事"。这一切都由固定的回望的"我"演示成或多或少与他脱离者，"已死去的"，如同一切往事，不再属于人生在世的当下之流。

在这两个彼此联系并共同发挥作用的方面，也即在自己的"我"—阶段的客体化和在回望中汇集起来的世界关联的整体性之中，伪造的（常常也有非伪造的）"我"—叙事面对着这样的可能性和"诱惑"，从现实表述形式发展为虚构形式。这里最清楚的表现之一就是**对话**，对话在回忆录小说中具有和书信体小说中截然不同的功能和另一种面向。书信体小说中的对话还不具有虚构性质，而是具有话语传授的性质。对话可以直接从记忆中复制出来。但是当对话和其他展示性的演示手段共同展示一个过去了很久的情境或轶事时，它就不再具有话语传授的性质，而是具有被凭空造设的性质，它和真正的虚构一样虚构化了人物。它不仅仅虚构化了其他人物，也在同等程度上虚构化了这个之前的"我"。固定的"我"—叙事者一旦让他的过去中的人和他那个早前阶段的"自己"来回对谈，就已经很接近虚构的叙事功能了。就像在逻辑结构被隐藏的深层，所有的元素和症状都相互决定，所以这个想象也会和固定的"我"这个基本情况相连。这个"我"不像写信人的"我"那样在每一封信中都会重新意识到他自己——后者意味着：必须让被描述的生活和体验与自己形成一个关涉，于是就会出现这样的情况，他有可能完全忘记了自己是关涉点，是表述主体。过去了的生活，曾经的有人、有物、有故事的世界压过了表述主体，即使表述主体在过去生活的每一刻也都以早前自我阶段的形式让自己随同在场——"我"—叙事的形式也算由此聊以保留。这里就出现了回忆录小说的史诗类可能性的结构性萌芽，但是这里同时也有"我"小说易变性如此之强的缘由。这种易变性是由敏感性决定的，敏感性又是由不论如何都保持下来了的现实表述形式所决定的。毫无疑问，就像文学的其他领域一样，这种敏感性在批判性的、有风格自觉的现代，比在之前的文学时期表现得更强烈，在更早的时期里，绝非伪造的歌德自传中关于塞森海姆的场景就已经能转化为在来回交谈中获得活力的小说描写。在《绿衣亨利》中——小说从一部不完全的"他"小说转变为了一部"我"小说*也对此造成了影响——虚构化的趋势如此强烈，以至于在逻辑上超出了"我"—表述边界的叙事形式也潜入了文中各处并留存于其中。文中如此描写在慕尼黑的狂欢节上身着狄安

---

* 《绿衣亨利》作者写过两版，第一版1854/55年出版，第二版1879/80年出版，两版差别很大。——译者注

娜*装扮的阿格涅斯："她的眼睛幽幽地燃烧，寻找着情人。与此同时，银光闪耀的胸中，她所做的莽撞一击让心儿怦怦直跳。"而"我"—叙事者顶多能观察到胸上或者胸本身发生了什么，而观察不到胸里发生的事儿。[1]但是这样一段话也明显体现了"我"—叙事者的分裂，他客体化了他那个过去的自我状态，后者和其他人、第三人的状态融合成了一个关联体。而这也可能是以另一种不同的方式来进行的：在场的"我"始终都是完全不被察觉的，他的叙事编织出了他面对的世界图景，其他人、其他人的独立于他而发生的事件和体验，这一切又获得了自己的、不依赖于"我"—叙事者的生命。它们远离了他的体验域；但是当它们跨过这个体验域的边缘时，"我"—表述的形式就被打破、被取消了。赫尔曼·麦尔维尔（Herman Melville）令人震撼的小说《白鲸记》就是这种情况——不过是源于自觉的艺术意图——书中的"我"—叙事者，水手以实玛利就经常整个儿消失，而阴郁的主角船长亚哈突然独自一人，作为虚构人物，以他自己的"我"—原点来描述。这样一种特色鲜明的迈向虚构的"越界"形式本身已经表明，重要的不是"我"—叙事者本身，他的自我演示和"存在"，而是其他人物的不关涉他的自为存在。在《白鲸记》这个例子里，最终

---

* 狄安娜，罗马神话中的月亮和狩猎女神。——译者注
1 比较两个版本也会发现，上引语句和其他类似的语句在第二版完整的"我"小说里也保留了。这几句话在第一版中（第三卷，第4页）是在"少年故事"里，采用了"我"形式，因而与其他部分的"他"形式分离，当然从纯文学角度来观察，这对凯勒来说最初是形式感仍然不稳定的症状，但这也表明，这段慕尼黑情节更多的是世界展示而不是自我演示。

重要的是有引诱性的邪恶存在，它化身为大白鲸莫比·迪克。与此相反，托马斯·曼的《浮士德博士》中有少数几个处于中心地位的场景，主角阿德里安·列维库恩就脱离了他的传记作者蔡特布罗姆的讲述和体验域，但仍然是由后者来转达的。这就说明，蔡特布罗姆对他的传记客体的关联有着更深的根基，他自己作为讲述者被卷入了主角所铸造的人生与世界范围里。

伪造性问题

285　　从大量"我"小说中选出的少数几个例子已经表明，现实表述的形式在对"我"—叙事的阐释中不容忽视。这个形式是对审美和世界观领域产生深远影响的结构法则——正是在这个法则被打破的时候，也恰恰非常有启发意义。表述形式在这个时候也会设定"我"—叙事和虚构之间的边界。我们一开始是从叙事的形式上将这一点解读为这种规则性的典型特征，但是"我"—叙事的现象学并未由此分析穷尽。它在文学系统中的逻辑位置也即作为一个伪造的现实表述所提出的问题，并没有由此得到解答；伪造而成这个概念本身还需要更深入的分析，这样才能表明，实际上是这个概念解释了决定性的标准，阐明了"我"—叙事与史诗类虚构，与抒情诗之间的关系。

　　抒情诗是一个**真实的**现实表述，这意味着，现实性的概念在此得到了充分实现。因为就算这个现实不是客观现实，而是主观现实，就算——因为现实总是被体验的现实——对现实的**体验**比它的客观实质更多地铸造了表述，现实概念也还是得到了实现。

特殊形式

这又意味着：就算表述出的现实还是那么"不现实"，现实概念也得到了实现。因为在这里，最极端的、梦幻或幻象式的、无法从经验上再体验的非现实也是一种现实体验，是抒情诗之我的体验（就像它也可以是非抒情诗的、做梦的、产生幻觉的"我"的体验一样）。这个"我"的真实性，以及对于抒情诗表述的真实性是毋庸置疑的——而抒情诗的体验正是以此为特征。这就是说：在抒情诗中，不是形式，而是现实概念的完全实现召唤出了真实的现实表述这个现象。

在"我"—叙事这里，情况恰恰相反。是现实表述的形式而不是内容，是表述形式而不是现实内容让"我"—叙事能将自己演示为一个现实表述的易变文学形式，一个伪造的现实表述，其伪造程度也正受制于其易变性。抒情诗有着如此大的非现实内容却并不削弱它的现实表述性质，而"我"—叙事的非现实内容越大，它就越显得不那么现实，也就更显得是伪造的。恩斯特·荣格尔（Ernst Jünger）*的《大理石悬崖》是一个在形式上得以严格贯彻的"我"—叙事。文中没有任何一处是通过虚构化的手段来展现所描述的环境、状况、事件和人物的。一切都是讲述者的纯客体，没有任何人物是通过直接引语来演示的，没有制造对话情境，历史的、纪年式的讲述形式毫无例外地一以贯之。然而，这个"我"—叙事的伪造性程度是如此之大，非现实内容是如此明显，它远不如《绿衣亨利》那样将自己演示成现实表述，后者

---

* 恩斯特·荣格尔，德国 20 世纪重要作家。——译者注

中的"我"形式就用得松散得多。这个形式并不会保证文中的现实内容。但是另一方面，这个形式还是保证了，这样高度伪造的讲述内容也不含虚构性质。在这一点上，从另一个方面又可以看到，非现实者（Unwirkliche）的概念是不能和不现实者（Nichtwirkliche），也即虚构者混淆的。一部"他"小说的内容可以包含如此具有自然主义特色的现实材料，可以如此和经验现实契合——它还是被认作不现实的，是虚构人物的虚构现实。一部"我"—叙事的内容可以如童话般非现实，可以和可经验到的现实如此不符，但它还是和所有表达幻想的表述一样并没有达成虚构。是"我"—表述的形式让最极端的非现实表述仍然具有现实表述的性质。

但是这还没有完全解释，为什么尽管如此，非现实内容也没有像在抒情诗中那样充分实现现实这个概念。在这一点上要再次指出，"我"—叙事之所以在文学系统里拥有如此富于启发意义的逻辑位置，正是因为它以各种各样的方式既区别于抒情诗又区别于真正的现实表述。在与抒情诗的关系中，它具有和真实的表述一样的态度：它不要做抒情诗之我，而是要做一个历史的"我"。这个态度导致了它在外部形式上不像抒情诗，而是看上去和扩展了的"散文体"现实表述一样，不论是书信体还是回忆录小说。它是**对现实表述的演示**，如果理解得当的话，这有别于对现实的演示，从后者中形成了虚构文类。作为第一人称的现实表述，它虽然说的是自己，并且不得不将主观真相也纳入自身，但是就和一切真实的"我"—讲述一样，它同时也要展示客观真相和客观现实。它不仅仅想将世界叙述成自我的体验,也想将世界叙述成自为的、独立于"我"的、对立于"我"的现实。因而"我"——叙事的现实内容对它的结构而言,就像对真实的非抒情诗的现实表述一样重要。这就是为什么它作为非真实的、伪造的现实表述不能实现现实概念,为什么它专有的非现实内容不能归之于抒情诗之我的主观真相,而要归之于伪造现实的客观非真相,由此也归之于伪造主体的客观非真相的原因。

只有以如此解释现象的结构分析作为基础,我们才能发现,通常对于"我"形式的说明是多么不充分,多么错误:认为它是被叙述者,尤其是非现实的、奇幻的事件的可靠性之保证。这对于单个的"我"——叙事也许是成立的。但是我们不会有这样的印象,恩斯特·荣格尔是想通过"我"形式让人相信大理石悬崖的世界就是一个现实世界。但是只要有一个例子不符合,这种解释基础就不牢固。伪造性概念没有被"让人相信"的概念遮盖,这在《大理石悬崖》这样一部作品中得到了体现。不过在格里梅尔斯豪森(Grimmelshausen)*小说中的穆默尔湖段落中也早已出现了"我"——叙事的非现实描写。这里的意志并不是要把大理石悬崖及其周围那些非同寻常的、不符合我们熟知的世界的现实状况的人群冒充成一个经验现实,由此让他们"更可信",让他们被演示为一个"我"——叙事者的体验。而是正相反,是要将这些被缩

---

* 格里梅尔斯豪森,德国17世纪巴洛克小说家,前文中《痴儿西木传》的作者。——译者注

减到原始状态的人类集体状况展示为"我"——叙事者所知的另一种现实的解释与象征。一个类似的象征意志则造就了西木对穆默尔湖的好精灵的叙事，这也是显而易见的。但是天真的、非象征式的奇幻故事的"我"形式也不能以这种"让人相信"的意图来解释。这里出现的现象的含义正好相反。这里体现的是"我"——叙事者的伪造性，表述内容越是非现实，伪造性程度就越高并且越明显。并不是"我"形式让非现实显得"更现实"，而是反过来，讲述的非现实也让讲述者"我"显得非现实，显得是伪造的。在"我"——叙事中则相反，它具有高度的现实内涵，不需要对可信度进行解释。因为"我"——叙事本身就已经如此接近真实的自传，在某些情况下只有对文献的研究才能确定文学与真相的比例关系。但是如果我们将"我"——叙事所有可能的和现存的形态都保留在视野里，而不是从单个现象来推出结论，那么就可以认识到它们的结构轮廓，或者说得更恰当些，它们的文学逻辑规律。这个规律决定并要求伪造特征具有多变性。如果用数学方式来表达，那么伪造性就是在从 0 到 ∞ 这两个边界点之间的范围里运动。一边有《大理石悬崖》这样的例子，另一边则是歌德的《诗与真》[*]中的塞森海姆场景，它们共同表明，在表述形式上变化着的叙事形式并不会决定伪造性程度。歌德这部真正的自传在这些场景里使用了虚构化的、小说式的叙事形式，荣格尔高度伪造的"我"——叙事则保留了历史的表述形式。两种情况都是例外，是极端情况。

---

[*] 《诗与真》是歌德所写的自传。——译者注

如果大量"我"—叙事在我们的阅读体验中并没有与"他"—叙事，也即虚构作品产生明显的区分，这是因为，它们大多都采用了丰富的虚构化手段：情境描写、对话等，叙事越是充满世界和人物，采用这些手段就越是不由自主而无拘无束。

在这一点上还要再次确认"我"—叙事区别于虚构作品之处，并且面对一个很容易提出的质疑。如果我们回到虚构的定义，即虚构仅仅是由于它被叙述而得以存在，那么就要问一问，"我"—叙事是如何区别于叙事功能的？因为我们对大量"我"小说的直接、"天真"的阅读体验会把小说中所叙述的，也感受为仅仅由于被叙述而存在；会把"我"—叙事者感受为就其他虚构人物进行叙述的一个虚构人物。的确，"我"小说的作者本人几乎也会把他们笔下的"我"—主角感受为虚构人物，并且把他设计成"他"主角。即使这些主角会不自觉地遵循"我"—叙事的叙事规律，就像说话者和思考者会不自觉地遵循他说话和思考的规律一样；他们在如此虚构化的配置下不会跨越"我"—视角，这也就是表述规律所设立的边界。但是恰恰是这个状况促发我们强调用来描述这些现象的概念和术语的意义。如果将虚构性概念用在"我"—叙事者身上，那么他就失去了自己的文学现象学上的显著特征，而被简化为他是被造设出来的这个事实，而这对于文学的现象学毫无助益。将"我"—叙事者指称为虚构人物，掩盖了他作为表述主体的结构性功能；虚构的表述主体仅仅是在一个——史诗类或戏剧类——虚构作品中进行言说的人物。（但是这里也要插入一个说明，此处强调的区别是出于纯粹的语言结构的理由，是考虑到该区分对于"我"—叙事的现象学所造成的后果而做出的。在更为普遍或精简的观察方式下,当然"允许"将"我"—叙事者说成一个虚构的叙事者,忽视伪造和虚构在语言使用上存在的差别,由此也将"我"—叙事统一归到虚构文类中去。)伪造的表述主体,也即史诗类的"我"—叙事者(出自一个如此展示自己的"我"—叙事)——这一概念一方面区别于一部自传真正的表述主体,另一方面也区别于作者的叙事者之我,最后还区别于抒情诗之我。如果抒情诗之我与诗人之我之间的一致性无法确认也无须确认,因为他是一个真实的表述主体,那么"我"—叙事者的伪造性则意味着,他在结构上和作者的叙事者之我并无关系,后者造出了前者就如同他造出其他小说人物一样(所以在文学现象学上,对于"我"—叙事来说就像对"他"—叙事一样,作者自己有没有或者在多大程度上通过某个角色来演示自己,是无关紧要的。)[1]

如果要说"我"—叙事听从的不是虚构的规律,而是伪造性的规律,那么就必须从**时态**这个对虚构叙事结构来说富于启发性的标准来论证。我们比较一下一部"我"小说和一部"他"小说的阅读体验,就会发现,前者中的过去时保留了它指涉过去的功能:

---

[1] 我以这个论断来纠正第一版中的错误,第一版第 234 页论述了"我"—叙事者和叙事者之我的一致或不一致关系。英格丽特·亨宁在她的著作《托马斯·曼的〈浮士德博士〉和当代德语文学中的"我"形式及其功能》(图宾根,1966 年)中评论了这个错误,并以此展开了对我的理论的批判。但是这个错误对从语言理论来分析作为伪造现实表述的"我"—叙事并没有意义,对它的纠正也不必修改本书论述的其他部分。

> 我可怜的父亲是恩格尔贝尔特·克鲁格公司的老板……公司的酿酒厂坐落在莱茵河旁边，离码头栈桥不远。我还是个小男孩的时候，没少在清凉的穹顶下四处玩耍……
>
> 一天，邮件送到后，我母亲把一封信放在我床上。我心不在焉地把信拆开……

从托马斯·曼的《菲力克斯·克鲁格》和普鲁斯特的《追忆似水年华》中选出来的两段话再一次让我们看到我们已经很熟悉而不再那么成为问题的时态现象。* 引文中的讲述所涉及的过去是关联到"我"—叙事者这个伪造的表述主体身上的，所以我们称其为伪造的过去，或者用更为精练的术语，**准过去**。

"我"—叙事者的准过去以及准现在，以及他的文学理论特质，为我们开启了又一个通览史诗类领域的结构的视野。它可以让我们看到，"我"—叙事作为独立的类型也可能以缩小了的、所谓不独立的形式在虚构作品内部出现。准现实和仿佛如此之现实的概念与假象现实不同，对此，在对后者状况的分析中已经有过清楚的阐释了。对于在一个"他"—叙事内部得以扩展的"我"—叙事这种情况而言，奥德修斯在费埃克斯人的宫殿里所做的长篇叙事是个典范，一般也都当作西方文学中"我"—叙事最初的例子

---

* 两段引文在原文中都是过去时。——译者注

来引用。这是错误的！——因为没有注意到一个虚构的和一个伪造的"我"—叙事者的区别。在一个"他"—叙事中的"我"—叙事，也即"他"—主角的"我"—叙事意味着，这里确立了一个双重结构：一个准现实固定在了一个假象现实中，对一个现实表述的演示固定在了对一个现实的演示中。"我"—叙事者奥德修斯不仅仅是一个被造出来的角色，也是一个虚构化了的角色，他自己的虚构的"我"—原点和他用以叙述自己的作为与遭遇的过去时都指向了他的虚构的当下，从逻辑上说得更准确点，也即他的虚构的此时此地。他的"我"—叙事的过去时则指向了他的过去。这个过去在逻辑上如何定义呢？我们要认识它，就必须从阅读体验出发。读者在文中以过去时讲述第三人称面目的奥德修斯时，体验到了当下；在奥德修斯自己叙述的时候，体验到了过去。过去时现在显示了它真正的功能，即指涉过去。但是读者体验到了怎样的过去呢？毫无疑问，不是他自己的（或者他所知道的），而是奥德修斯的过去。他体验到了准过去，这个过去的"我"—原点是奥德修斯的，这个过去在关联到这个原点时也是个"真实的"过去。奥德修斯的这个真正的过去被体验为一个虚构的过去，只是因为我们从一开始遇到奥德修斯时就是遇到了一个虚构角色，是从他的虚构的当下出发去了解他的"奥德修斯之真实"的过去的。对这一虚构性的认知压过了准过去的性质，干脆用虚构过去取代了准过去。在这个过程中，过去本身的性质还是得以保留，因为它是作为虚构人物经历的过去展示给我们的。在一部虚构史诗类作品内部的"我"—叙事以现象学上的充分清晰显示了虚构的过去时和真正的过去时之间的区别：前者是"他曾是"，后者是"我曾是"。真正的过去时可以指称对过去的各种不同的体验方式，对真正的过去、准过去和虚构过去的体验。这样的体验差别显然取决于表述主体的类型：这个主体到底是真正的主体、准主体还是虚构主体。在第一种情况下给出的是不容置疑的、以某种方式记录的或者显而易见的现实表述。最后一种情况是一部虚构作品，史诗类和戏剧类（及电影）虚构作品中的"我"—表述。准过去的情况则是在独立的"我"—叙事中登场的。这三种可能性彼此之间的关系并不均等。在准过去和虚构过去之间存在范畴上的差别，在准过去和真正的过去之间则是程度差别或者过渡关系。因为独立的"我"—叙事从语言理论和文学理论方面来看，不是虚构，而是一个准现实表述或伪造的现实表述。我们在我们的阅读体验中常常不能将一部常见的"我"小说中的"我"—叙事者与一个虚构角色区分开来，原因在于该叙事者的高度伪造性。但是我们不能将这种伪造性与虚构性混淆，这是由如此一个事实所解释和证明的：有这样的"我"—叙事者，他们可以被理解为对一个现实的表述主体的叙述，比如埃及的"辛奴亥"故事。"准"或者伪造性是"我"—叙事的定义性术语，它与虚构者的区别就在于，它可以有程度深浅之不同。有准似上的或多或少，却没有虚构上的或多或少。高度的伪造性在大多数情况下意味着被凭空造出。但是被造出的状态和虚构状态不是一回事。历史小说人物、《战争与和平》中的拿破仑、阿尔布莱希特·舍费尔（Albrecht

292

Schaeffer）的《鲁多尔夫·埃尔则鲁姆》*中的海因里希·冯·克莱斯特都是这些并非捏造的人物，但作为小说人物他们却是虚构的，也即他们在小说中和其他被造出来的人物一样只是由于他们被叙述而"存在"。历史人物如果是"我"—叙事者，那么"我"—叙事的作者在多大程度上让该叙事受制于伪造性，就要看"我"—叙事的类型了。在像《辛奴亥的故事》那样缺乏控制可能性的作品中，真正的自传的边界就不能一直得到确立。像玛格丽特·尤瑟纳尔（Marguerite Yourcenar）的《哈德良回忆录》（1953年，德语版标题为《我驯服了母狼》）这样一部历史小说兼"我"小说，在形式上也被展示为一部真正的（以彻底的文献研究为支撑）自传，其自传真实性当然是可以检验的。对此可以提出反驳意见说，这一点不仅适用于自传，也适用于每一部历史小说兼"他"小说，从文学史上看，这个说法也没错。但是具有决定性的还是展示的形式。虚构形式是从自身出发与所有现实分隔开来。伪造的历史的现实表述形式没有包含这种分隔，伪造性的程度越小或显得越小，这种分隔就越不可能，正如上述出自古典和现代的例子所示。《哈德良回忆录》的作者通过避免一切虚构化手段，比如对话场景，来确保伪造性程度显得极低。

"我"—叙事的现象学表明，它是史诗类虚构文学空间里的一种非虚构文学样式，如同叙事谣曲是抒情诗空间里的一种虚构类

---

* 《鲁多尔夫·埃尔则鲁姆》是出版于1945年的一部德国小说，将18世纪末19世纪初的德国著名作家克莱斯特作为一个小说人物。——译者注

文学样式。史诗类文学和抒情诗空间在两种情况下，就这两个文学形式"与生俱来"的结构特质来看，是"陌生空间"。这些陌生空间的作用因而也始终是纯形式上的；结构，以及两种文学样式所带来的体验，并没有被这个陌生或客居空间——叙事谣曲内容的非现实性和（按程度递减的）"我"—叙事的现实性——所改变。后者，换句话说，属于现实表述的领域，具有现实表述可能具有的所有层次。这个概念里也包含了，我们再次强调，不现实者的意义内涵和准现实或伪造者的意义内涵。

从这里出发，还可以再认识一下虚构作品中叙事者以"我"介入的情况。现在比之前对叙事功能的讨论更清楚地显示出，这里有伪造性和虚构作品之间的一种关系，从结构上有着与和虚构中的"我"—叙事的关系截然不同的特性。当一部小说的叙事功能独立为叙事者之我以及作者之我时，这个叙事者就会将自己伪造成一个真实的表述主体，而这样的伪造不会损害被叙述的虚构作品的结构。叙事者可以说上演了一个小型的"我"—叙事，他自己就是其中的主角，该叙事一直都是外在于小说的。它与小说分离就如同油分离于水，创造出小说的并不是这个"我"—叙事者，而是叙事功能。在这里用自己来游戏的作者之我，从来就不属于他作品中的虚构人物。一个小说人物的"我"—叙事则相反，是属于小说的对话和独白系统的，虚构性的强大让如此扩展的貌似独立了的"我"—叙事也成了虚构。[1]

---

1 对此问题的进一步讨论参见我与 F. 施坦策尔和 W. 拉施的讨论：《再论叙事》（第 66—70 页），其中还补充了对叙事的"主观性"问题的论述。

第三个情况是**框架叙事**,这里只能稍加涉及,因为按照此前的解释,它的结构不再会造成特别的逻辑问题。如果涉及的是一个双重的"我"—叙事,框架叙事者又转述了另一个"我"—叙事——这是在结构上更为危险的情况,施多姆的《白马骑士》就是一个代表——那么伪造性的性质就会凸显,恰恰因为这个形式的意图就是阻止该性质出现。因为框架叙事者是他所听到的"我"所述之事的"历史"真实性的保障。施多姆的《白马骑士》恰恰表明,这样的双重形式远比单层次的"我"—叙事更对抗史诗类文学的规律,以至于就连在简单的"我"—叙事中允许出现的史诗类的、虚构化的对话形式之类都被证明是形式上不合适的。结构上的危险因素在单层次的框架叙事中已经存在了:当一个"我"—叙事者讲述一个"他"—叙事的时候。艾米莉·勃朗特的小说《呼啸山庄》费了极大力气才保持住了做出叙述的女管家的"我"—视角。基本上,这个形式也只有以托马斯·曼的《上帝所选者》中如此自信幽默的方式表现出来时才是可以忍受的。这个关于石头上的教皇格里高利的故事中隐含的(太少被关注到的)幽默,其最终深藏的根子不就在作家用"我"—叙事者,那位爱尔兰僧侣操弄的游戏中吗,他将"叙事的幽灵"——这无非是指叙事功能——伪造成了这样一个叙事者。

295　　谁敲响了钟?不是敲钟人。他们和所有的老百姓都跑到了街上,因为钟声是这么可怕。你们去求证吧:钟室里是空的。拉绳软软地垂着,可钟还在摇摆,钟槌在敲打作响。人们会说没有人敲响了它吗？——不，只有一个不懂逻辑文法的脑袋才说得出这样的话。"钟敲响了"，这就是说它们被敲响了。哪怕钟室里空无一人。——是谁敲响了罗马的钟呢？叙事的幽灵……就是他在说，所有的钟都敲响了，那就是他把它们敲响了……可是他也会凝聚成人，成为第一个人，然后化身为某个人，借这人之口说出：就是我，我就是叙事的幽灵，我讲了这个故事，我是从它的恩慈的结局开始的，罗马的钟都敲响了，也即我讲述说，它们在大军入城那一天全都自己响了起来……

在这里叙事功能做了一个和让·保尔的小说里类似的游戏，只是它没有"化身"为一个作者之我，而是一个框架—"我"—叙事者。不是真正的而是伪造的历史的表述主体以玩笑话的方式进入了虚构。但虚构正是因为这个主体的幽默以及随之而来的无效和被取消的伪造性，而无须再操心伪造的"我"视角。虚构沿着它自己的边界，自己发展为了对格里高利故事的传奇现实的真实演示，这一演示，用可以让"钟自己敲响"的传说进行了幽默而富于象征性的游戏。

"我"—叙事如同，或者说就是插入文学产品逻辑结构系统中的一块拱顶石。它那细微的、式样丰富的自身结构得到了阐明，不仅如此，它还代表了我们的观察在方法上的价值。因为它以其自身的特征，作为伪造的现实表述，作为宽广类型的中间形式，再一次清楚地显露出在普遍的语言系统中两大文学的基本类型，虚构类和抒情诗类在范畴上彼此分离的轮廓图。它以文学形式映照出这样一些关系，通过解释这些关系，我们开始开启走向诗的逻辑系统的通道：因为它以其作为叙事文学的自身特征，表明如此高度伪造的现实表述也不会让它转变为虚构叙事。现实表述证明自己是最高效的认知工具，因为通过比较它和虚构叙事，这唯一可比的文学结构，可以让后者的特殊规律性清晰可辨。在现实表述和虚构叙事之间有界线，有狭窄但不可跨越的沟壑，虚构文类作为一个特殊领域在此与普遍表述体系分离，后者又将抒情诗文类——在自己领域的另一个位置则将"我"—叙事——纳入自身。

最后的说明

在这个观察的结尾,如果我们再来回顾一下黑格尔那句名言对我们的研究所给予的导引,就会认识到,这句话只有在指明黑格尔自己都未曾阐明过的特殊的诗的逻辑的问题领域时才有效。"诗"就是艺术自身开始消解并"向科学思考的散文体过渡"时的艺术,黑格尔虽然是从文学的语言材料之特殊性推导出了这个观点,这个语言材料本身与不用于写作的语言却是一致的。但是他没有认识到,这个普遍的语言材料是思考和想象的如此顺从的工具,以至于它同时也能具备或发展出这样的特性:让文学尽管如此还是会坚持自身为艺术产品,不论是其自身还是艺术都不会消解于"科学思考的散文体"中。他看到了这些"危险的"过渡点在哪里,但是他没有看到,语言在造就文学之际,又是如何回避了这些过渡点:它在虚构类文学这里放弃了表述结构的规律,在抒情诗这里让表述以抒情诗之我的意志来确立方向和行动，而不在现实关联中发挥作用。

我们走到了这一步，要在总结回顾本研究的结果之时，再次提出普遍的问题：诗的逻辑在对文学本身和单个文学作品的审美认知和阐释中有什么功能，诗的逻辑和文学审美之间的关系是什么。通过论述逻辑问题本身，这个问题已经得到了部分解答。整整一套逻辑上的结构分析直接把握了文学基质本身，而另一方面在某些地方会遇到边界，逻辑研究者的权利要让位于美学评判者的权利。彻底弄清楚叙事功能或抒情之我的普遍特征，属于诗的逻辑的任务领域；而描述叙事的方式、风格、特殊技术、艺术形式，以及抒情表述的内涵则是对文学进行审美阐释的领域。普遍来说，我们可以首先如此确定诗的逻辑与文学审美之间的关系或共同作用：审美观察越深地进入对技术和结构的探讨，两者就走得越近；而当谈论纯文学的内涵或意义及世界观内涵时，两者就少有触碰或交叉。诗的逻辑关注的是用以创作文学的语言，而不是文学语言。

人名索引

（索引页码为原书页码，即本书边码）

Adornno, Th. W., 阿多诺, Th. W., 38 注释

Ammann, H., 阿曼, H., 33 及后页, 37 注释

Aristotle, 亚里士多德, 16—21, 27, 31, 32, 75, 83, 84, 91, 151 注释, 157, 173, 204, 206

Bally, Ch., 巴利, Ch., 81 注释

Balzac, 巴尔扎克, 128 注释, 140, 181

Beckett, S., 贝克特, S., 150 注释

Behaghel, O., 贝哈格尔, 奥托, 65 及以后

Bense, M., 本泽, 马克斯, 226, 227, 228

Berend, A., 贝伦德, 阿莉塞, 70

Blanckenburg, Ch. F. v., 布兰肯堡, Ch. F. v., 171 注释

Bochenski, I. M., 波亨斯基, I. M., 31

Brecht, B., 布莱希特, B., 232 及以下诸页

Brentano, 布伦塔诺, 265

Brinkmann, H., 布林克曼, 亨宁, 108, 109

Broch, H., 布罗赫, 赫尔曼, 161, 254 注释

Brontë, E., 勃朗特, 艾米莉, 294

Brugmann, K., 布鲁格曼, K., 66 及后页, 72 注释

Brugmann-Delbrück, 布鲁格曼-德尔布吕克, 75 注释, 94 及后页

Bühler, K., 比勒, 卡尔, 36, 66 及后页, 115—119

Butor, M., 布托尔, 米歇尔, 126 及后页

Celan, P., 策兰, 保罗, 223 及后页,

229，232，234

Cervantes，塞万提斯，141

Cohn, D.，科恩，多丽特，81注释，152注释，254注释

Corneille，高乃依，186

Croce, B.，克罗齐，贝内德托，23及后页，29

David，大卫，210，211，214

Dessoir, M.，德索瓦，M.，179注释

Diderot，狄德罗，168

Dilthey, W.，狄尔泰，W.，243及后页，275

Döblin, A.，德布林，阿尔弗雷德，107注释，173

Domin, H.，多敏，希尔德，245，251

Dürrenmatt, F.，迪伦马特，F.，180注释

Eichendorff，艾兴多夫，159及以下诸页，252及以下诸页，266，267

Ellis-Fermor, U.，埃利斯-弗莫尔，U.，180注释

Empedokles，恩培多克勒，19

Fichte，费希特，22注释，38注释，52

Fielding, H.，菲尔丁，亨利，136，142及以下诸页

Fleming, P.，弗雷明，鲍尔，211

Fontane, Th.，冯塔内，特奥多尔，59，130，137，138，154及后页，188及后页，264，273

Frank, B.，弗兰克，布鲁诺，71

Frege, G.，弗雷格，G.，54

Frey, D.，弗赖，D.，72注释，185，186注释，192注释

Frey, J. R.，弗赖，J.R.，98注释

Freytag, G.，弗赖塔格，古斯塔夫，59

Friedemann, K.，弗里德曼，克特，127，132，166

Friedrich d. Gr.，腓特烈大帝，67—80

Friedrich, H.，弗里德里希，胡戈，221，226

Frye, N.，弗莱，N.，174注释

Gadamer, H. G.，伽达默尔，H. G.，244注释

Gardiner, H. A.，加尔丁纳，H. A.，37注释

Garrett, A.，加勒特，A.，266

Gerhardt, P.，格哈特，P.，211

Gide, A.，纪德，A.，141注释

Gothe，歌德，13，24，64及后页，71，85及后页，90，93，101，108，110，111，120，146及以下诸页，150，151及后页，157，158，170，171，174，181，182，188注释，190，213，221，235，236，239，240，246，252及以下诸页，265，278及后页，283，288

Grass, G.，格拉斯，君特，114

Green, H.，格林，H.，151注释

Grimmelshausen，格里梅尔斯豪森，281，287及后页

人名索引

Gryphius, A., 格吕菲乌斯, 安德里亚斯, 231 及后页

Günther, W., 京特, W., 152 注释

Hammer-Purgstall, 哈默-浦尔戈斯塔尔, 181

Hartmann, N., 哈特曼, 尼古拉, 51 及后页

Hauptmann, G., 豪普特曼, 格哈特, 92 及后页

Hegel, 黑格尔, 21 及以下诸页, 25, 30, 170, 171 注释, 176, 188 注释, 206 及以下诸页, 209

Heidegger, M., 海德格尔, 马丁, 44, 45, 46, 209, 242

Heiler, F., 海勒尔, F., 211 注释

Heine, 海涅, 232 及以下诸页, 266 及后页

Hellmann, W., 黑尔曼, W., 151 注释

Hemingway, 海明威, 168

Hemsterhuys, 黑姆斯特赫伊斯, 168

Henel, H., 黑内尔, 海因里希, 248, 267

Henning, I., 亨宁, I., 290 注释

Herder, 赫尔德, 258 及后页, 260

Heyse, Ch.A., 海泽, 克里斯蒂安·奥古斯特, 66, 67, 92 注释

Hjelmslev, L., 叶尔姆斯列夫, L., 109 注释, 136

Hofmann, P., 霍夫曼, P., 125 注释

Hofmannsthal, H.v., 霍夫曼斯塔尔, 胡戈·冯, 174, 181 及后页, 247, 269

Holz, A., 霍尔茨, 阿尔诺, 129, 226, 227 及以下诸页

Homer, 荷马, 17 注释, 17 注释, 19, 64, 65, 78, 151 注释, 157, 158, 190

Huch, R., 胡赫, 里卡达, 163 及后页, 167

Humphrey, R., 汉弗莱, R., 152 注释

Husserl, E., 胡塞尔, 埃德蒙德, 9, 12, 25, 33, 35, 38, 209, 243, 244

Ibsen, 易卜生, 188

Ingarden, R., 英伽登, 罗曼, 25—29, 38, 103, 214 及后页注释

Jean Paul, 保尔, 让, 71, 129 及后页, 131 及后页, 135, 136 及以下诸页, 139 及以下诸页, 144, 155, 188 注释, 273, 295

Jespersen, O., 耶斯佩尔森, O., 92, 136

Joyce, J., 乔伊斯, J., 134, 149, 185

Jünger, E., 荣格尔, 恩斯特, 286, 287 及后页

Junghans, F., 容汉斯, F., 179 注释, 187 注释

Kafka, F., 卡夫卡, 弗朗兹, 81 及后页, 131, 132, 133, 134, 138, 154, 159, 160, 251

Kalepsky, Th., 卡勒普斯基, Th., 81

注释

Kant, 康德, 38 注释, 44, 45, 46, 117, 127, 145, 208, 210, 237, 242

Kayser, W., 凯泽, 沃尔夫冈, 169 注释, 170 及后页, 174 注释, 240, 264 注释, 266, 268

Keller, G., 凯勒, 戈特弗里德, 88 及后页, 105 注释, 283 及后页

Kempner, F., 凯姆普纳, 弗里德丽克, 214

Kirchmann, J. H. v., 基尔希曼, J. H. v., 32

Kleist, H. v., 克莱斯特, 海因里希·冯, 130, 131 及以下诸页, 138, 154, 174, 292

Kommerell, M., 科默雷尔, M., 173 注释

Koller, H., 科勒, H., 17 注释, 18 注释, 19 注释

Krolow, K., 科罗洛, 卡尔, 248

Kugler, 库格勒, 67 及以下诸页

Kühner, R., 屈纳, R., 92 注释

Lagerkvist, P., 拉格奎斯特, 佩尔, 170, 276

Langer, S., 朗格, 苏珊, 88 及以下诸页, 188 注释

Lehnert, H., 莱纳特, H., 238 注释

Lerch, E., 莱尔希, E., 81 注释, 108 注释, 152

Lessing, 莱辛, 114, 190

Lipps, Th., 利浦斯, Th., 172

Lorch, E., 洛克, E., 81 注释

Ludwig, O., 路德维希, O., 175 注释

Mallarmé, 马拉美, 221, 225, 226

Mann, Th., 曼, 托马斯, 70, 97, 104 及后页, 119 及后页, 123, 158, 167 及后页, 173, 182, 185, 200 注释, 202, 272, 273 及后页, 284, 290, 294 及后页

Martini, F., 马丁尼, F., 107 注释, 173 注释

Marty, 马提, 136

Meckel, Ch., 梅克尔, 克里斯多夫, 247, 269

Melville, H., 麦尔维尔, 赫尔曼, 284

Meyer, C. F., 迈耶, 康德拉·费迪南德, 61 及以下诸页, 73, 85 及后页, 262

Miegel, A., 米格尔, 阿格尼丝, 264

Mill, J. St., 密尔, 约翰·斯图亚特, 9

Misch, G., 密西, 京特, 274 及后页

Mörike, 里克, 108, 218 及以下诸页, 221, 223, 224 及后页, 228, 234, 270

Müller, G., 米勒, 京特, 178 注释, 184

Musil, R., 穆齐尔, 罗伯特, 104 及后页, 124, 147, 148, 149 及后页, 150 注释, 153

Mussorgsky, 穆索尔斯基, 170

Napoleon, 拿破仑, 79, 103, 292

人名索引

Neuburger, P., 诺伊布格, P., 252

Nibelungenlied, 尼伯龙根之歌, 65, 78

Nossack, H. E., 诺萨克, 汉斯·埃里希 168

Novalis (Fr. v. Hardenberg), 诺瓦利斯（Fr. v. 哈尔登贝格）, 144, 211 及后页, 213 及后页, 215 及以下诸页

Offenbach, J., 奥芬巴赫, J., 170

O'Neil, 奥尼尔, 180

Ortega y Grasset, 奥尔特加·伊·加塞特, 151 注释

Orwell, 奥威尔, 102

Paul, H., 保罗, 赫尔曼, 65 及后页

Petersen, J., 皮特森, 尤利乌斯, 128, 129 及后页, 172

Pirandello, 皮兰德娄, 251

Piscator, E., 皮斯卡托, 埃尔温, 192 注释, 198

Plato, 柏拉图, 17 注释, 53 及后页, 168

Ponge, F., 蓬热, 弗朗西斯, 229 及以下诸页

Preisendanz, W., 普莱森丹茨, W., 139

Proust, M., 普鲁斯特, M., 271, 290

Puschkin, 普希金, 170

Rasch, W., 拉施, W., 294 注释

Reinhardt, 莱因哈特, 198

Richardson, 理查森, 157

Rickert, H., 里克特, H., 24

Ries, J., 里斯, J., 37 注释

Rilke, 里尔克, 47, 53, 61, 64, 85 及后页, 210, 228, 248, 258, 259 及以下诸页

Robbr-Grillet, A., 罗伯特-格里耶, 阿兰, 112 及以下诸页, 128 注释

Rompelmann, A. T., 罗姆佩尔曼, A. T., 92 注释

Rosenfeld, H., 罗森菲尔德, 赫尔穆特, 258, 261 注释, 262 及后页

Russel, B., 罗素, B., 28 注释, 54

Sachs, N., 萨克斯, 奈莉, 232, 235

Salinger, J. D., 塞林格, J. D., 168

Sarraute, N., 萨洛特, 娜塔莉, 168

De Saussure, 德·索绪尔, 136

Schaeffer, A., 舍费尔, 阿尔布莱希特, 292

Schaper, E., 沙普尔, E., 81, 159 及后页, 160, 161 及后页, 164

Schiller, 席勒, 59, 64 及后页, 86, 90, 101, 182, 185, 188 注释, 246

Schlegel, A. W., 施莱格尔, 奥古斯特·威廉, 10, 186 及后页注释

Schramm, U., 施拉姆, 乌尔夫, 150 注释

Seidler, H., 塞德勒, H., 105 及后页注释

Sengle, F., 森格勒斯, 弗里德里希 95, 96, 98

Shakespeare, 莎士比亚, 197, 198 及后

页

Sidney, Ph., 西德尼, 菲利普, 192 注释

Sigwart, Chr., 希格瓦特, 克, 32 及后页, 34 及后页, 37

Spielhagen, 施皮尔哈根, 127, 129, 151 注释

Spoerri, Th., 施珀里, Th., 171 注释

Staiger, E., 施泰格, 埃米尔, 11, 175, 241

Stanzel, F., 施坦策尔, 弗兰茨, 72 注释, 126, 168 及后页注释, 294 注释

Stein, G., 斯泰因, 格特鲁德, 226

Sterne, 斯特纳, 136

Stifter, A., 施蒂夫特, A., 73—78, 112, 120, 139, 140 及后页, 272

Stöcklein, P., 施多克莱因, 保罗, 239 及后页, 241 注释

Storm, Th., 施多姆, 提奥尔多, 245, 294

Storz, G., 施托尔茨, G., 20 注释, 81 注释

Strindberg, 斯特林堡, 197, 198

Strohschneider-Kohrs, I., 施特罗施耐德-科尔斯, 英格丽特, 228 注释

Terborch, 泰尔博赫, 58, 83

Tolstoi, 托尔斯泰, 27, 103, 106 及后页, 140

Trakl, G., 特拉克尔, 格奥尔格, 221 及以下诸页, 224 及后页, 229, 234

Trissino, 特里西诺, 185 注释

Utitz, E., 乌梯茨, E., 59

Vaihinger, H., 费英格, 汉斯, 58, 59

Varnhagen, R., 瓦恩哈根, 拉尔, 240, 241

Vordtriede, W., 福德特里德, 维尔纳, 225

Wackenroder, 瓦肯罗德, 263

Wagner, R., 瓦格纳, R., 170

Walther von der Vogelweide, 瓦尔特·冯·福格尔怀德, 246

Walther, E., 瓦尔特, 伊丽莎白, 231 注释

Walzel, 瓦尔策尔, 81 注释

Warren, A., 沃伦, A., 188 注释, 240

Weinrich, H., 魏因里希, 哈拉尔德, 99 注释

Wellek, R., 韦勒克, R., 188 注释, 214 及后页注释, 240, 241 注释

Werfel, F., 维尔菲尔, 弗朗茨, 111, 274

Whitehead, A. N., 怀特海, A. N., 38

Wieland, 维兰德, 95, 96, 108, 171 注释

Wiese, B. v., 维泽, B. v., 174 注释

Wilder, Th., 怀尔德, 桑顿, 188 注释, 189

Winkler, E., 文科勒, 奥伊肯, 172

Wittgenstein, L., 维特根斯坦, L., 9 及后页, 54, 215 注释, 230

Woolf, V., 伍尔夫, 弗吉尼亚, 70, 81, 152及后页, 185

Wunderlich-Reis, 文德利希-赖斯, 92及后页

Yourcenar, M., 尤瑟纳尔, 玛格丽特, 292及后页

Zeuxis, 宙克西斯, 58

译后记

大约十年前,我在德国哥廷根大学德语系做博士后研究,每天都要去德语系所在的一幢淡黄色四层小楼。途中会经过树荫笼罩的大片草地,各式或新潮或古朴的院系楼宇点缀其间。在某个岔路口,抬头可见一块白底黑字的路牌,上面写着"克特·汉布格尔路"(Käte-Hamburger-Weg)。

在这座拥有近三百年历史,四十多位诺贝尔奖得主校友的德国顶尖学府里,能获得一条道路的冠名权的,肯定不是等闲之辈。其实,不只是哥廷根大学以这种方式向这位学者致敬。德国教育科研部在2007年启动了人文学科的国家级特别资助计划,就以克特·汉布格尔为之命名,先后在全国各地设立了16个克特·汉布格尔研究所。德国的思想天空群星闪耀,一代代名家大师让人目不暇接。但是当代的国家重大人文建设项目,偏偏选了如此一位似乎少有人知的学者作为标签。这位克特·汉布格尔到底是谁？她有何成就能让今天的德国学术界和政界如此推崇？

1896年9月21日，克特·汉布格尔出生在汉堡的一个犹太银行家家庭中。但她和瓦尔特·本雅明等众多德国犹太中产阶级的后代一样，对本家族的商业营生毫无兴趣，而是热心于文学阅读和文学研究。1917年完成中学学业之后，她先后在柏林和慕尼黑学习了哲学、艺术史和文学史。1922年，她以一篇关于席勒的哲学论文获得了慕尼黑大学的博士学位。作为犹太女性，她在当时的德国高校难以觅得教职，所以她先在汉堡经营书店，之后迁至柏林，以自由学者的身份继续从事文学研究。尤其值得一提的是，她在1932年结识了著名作家托马斯·曼，从此以后与他保持了终生通信。她也成为德国最早研究托马斯·曼的专家之一，在漫长的学者生涯里为这位作家的伟大作品写下了多篇丰富、细致、深刻的专业解读。

1933年希特勒掌权德国，建立纳粹极权统治。1934年，汉布格尔流亡法国，随后又移居瑞典的哥德堡。她在瑞典一边从事语言教师和文化记者的工作，一边继续撰写文学研究的文章。1956年，她才回到联邦德国，在斯图加特落脚。1957年，她以《诗的逻辑》这本专著通过了教授资格评定的考试。但遗憾的是，直到1976年退休，她都没有得到正式的教授席位，而是一直作为编外教授在斯图加特理工大学比较文学系教书、写作。她对德语文学的经典作家如歌德、海涅、里尔克和其他欧洲文学名家如安徒生、易卜生都有精深的研究和著述。同时，她继续在文学理论领域笔耕不辍，贡献了许多颇具原创性的思考。1966 年，她以其杰出的文化成就获得了联邦德国的大十字勋章。1989 年德国巴登-符腾堡州给她颁发了席勒纪念奖。1992 年 4 月 8 日，她在斯图加特走完了自己近一个世纪的人生之路，与世长辞。斯图加特大学在她过世后，专门设立了研究工作室，收集汉布格尔发表过的所有作品并在线上出版，让这位伟大学者的学术财富能继续泽被后代学人。

克特·汉布格尔在文学研究上的卓越功绩和国际盛誉，都奠基于她在 1957 年发表的这部文学理论名作《诗的逻辑》。1968 年汉布格尔自己对首版进行了较大修订，推出了第二版。随后该书两次再版。1973 年这部著作被译为英语，1993 年再版，1986 年被译为法语，在国际文学研究界引起了广泛反响，之后还被译入西班牙语、斯洛文尼亚语、韩语等众多语言，成为一部影响深远的国际学术经典。汉布格尔也凭借此书成为了 20 世纪 50 年代兴起的德国文学理论新潮中的关键人物，与叙事学理论家艾尔伯特·莱姆特（Eberhardt Lämmert）和弗兰茨·卡尔·施坦策尔并列为德语版"新批评"派的核心代表。这部著作以当时整个西方文学理论界的文学本体论转向为背景，富于独特的理论创见和细密的文本分析，为 20 世纪的文学研究开创了新的学术路径，尤其对蓄势待发的叙事学和文学虚构研究产生了巨大影响，成为了解西方文学理论发展史不可绕过的一座学术里程碑。

从语言理论切入文学本体论

关于"何为文学"这一基础性问题，从古至今，论述纷争不断。在现代学术版图上，20世纪初的俄罗斯形式主义学派率先拉开了一场文学本体论研究的序幕。他们反对以作者生平、社会背景、哲学或心理学等文学外部因素来研究文学作品，强调文学作品本身的独立性，要求文学研究者以作品内部的语言结构等形式特征为对象，着重考察文学之所以成为文学的文学性。尤其是什克洛夫斯基提出的陌生化理论，认为与日常语言相比发生了变异的语言，才是文学性产生的关键所在。在英美两国发展出的"新批评"与之遥相呼应，同样关注作品本身，要求回归文学本体，倡导文本细读，尤其要求淡化作者意图而关注作品本身的语言现象，包括词义、语境、隐喻等。

"新批评"作为20世纪上半叶最重要的文学理论流派，影响延续至第二次世界大战后的50年代。而在当时的德国文学研究界，正处于一个重新出发的零点时刻（Nullstunde）。20世纪30年代以来，纳粹德国所主导的学术意识形态化，让文学研究在十多年间丧失了独立地位而服务于政治宣传，渗透了种族主义和民族主义教条。第二次世界大战结束后，高度政治化的学界迅速转弯，走上了去政治化道路。文学研究回归文本本身，将文学作品从政治历史语境中剥离出来，文本内部的语言结构及形式特征开始成为研究重心。从这个角度来看，德国的文学研究开启了自己的形式主义文学本体论时代，和"新批评"的学术主张多有相似，对俄罗斯及布拉格形式主义学派的理论也多有继承。

正是在这样的学术气候中，汉布格尔以《诗的逻辑》为这一场重大的研究范式转换做出了决定性的贡献。她同样是从语言的角度探究文学之为文学的根基所在，这里的逻辑指向的正是语言的逻辑。不过，她首先将自己的这种研究路径与传统的德国美学划清界限，她觉得黑格尔美学以来的文学界定都太过模糊，而且往往诉诸主观体验，或者陷入循环论证之中（"我觉得这种语言是文学的语言，因为我知道我是在阅读文学，而文学之所以是文学，是因为采用了文学的语言"）。她和20世纪上半叶兴起的现象学文学研究的关系也很微妙。尤其是著名文学理论家罗曼·英伽登从胡塞尔现象学借来的意向性对象概念及准判断概念，在她看来依然无法彻底说清楚文学语言如何有别于日常语言，文学描述出的世界如何有别于现实世界。

汉布格尔自己则试图从根本上重建一套语言理论，然后再梳理文学语言与普通语言系统之间的复杂关系。文学是以语言为材料的艺术创作，它之所以如此难界定，正因为它所采用的语言材料也是日常言说的媒介。一旦作家开始采用这种语言媒介，势必要牵涉语言中已然包含的现实信息。文学与现实的关系因而难解难分。虽然俄罗斯-布拉格学派已经用"陌生化"概念将文学语言与日常语言进行了区分，但是汉布格尔显然并不满于这个仍显虚泛的概念工具，而希望打造一套更客观、更精细的测试装备，用来核定文学语言（她坚持使用"用于文学的语言"这个略显繁琐的表达，因为她认为并不存在一种完全隔绝于日常语言的文学语言）的本质所在。

她首先回到了亚里士多德，将传统上翻译为"摹仿"的μίμησις/mimesis 与 ποίησις/poiesis 联系起来，从而给这个西方诗学的核心概念一个新的解释：与"制造"相关的"演示"而非"再现"。于是她从根源上排除了文学摹仿论，但也着重指明了文学与现实存在一定的映射关系，文学以现实材料来创造非现实，演示的过程已经让现实材料脱离了现实世界。

然后她又为日常语言的表意功能找到了一个语言理论的锚点，这便是德语中的"表述"这个词。这是汉布格尔的一个极大的理论创新之处。她将大家习以为常的语言基本结构进行了细致的分类考辨，并推出了如下结论：语言就是一个表述系统，表述是一种主客体结构，一切表述都是现实表述。汉布格尔的语言理论并不是简单的语言学，更偏向于存在主义的语言思考。它所认定的表述不是陈述句，也即主谓结构中的"S 是 P"，而是包括了疑问句、祈使句的一种普遍性的语言模式：某人（表述主体）就某物（表述客体）说出了什么（被表述者）。如此一来，现实世界通过语言媒介，整个都进入了这样的主客结构。

汉布格尔之所以大费周章地阐述她独创的这套表述理论，是为了建立一个参照系，以展开她的"诗的逻辑"。她要说明的，正是文学叙事如何在沿用这种表述结构的同时又发生了偏离，从而产生了可以客观把握到的一些语言特征，以此为据才可判定文学之为文学。为此，她一方面从自己广博的阅读经验里取出了大量的现当代文学实例，另一方面沿着传统的文类范畴，也即史诗-戏剧-抒情诗的三分法，一步步推进她的文学观测。

从史诗到电影的虚构叙事法则

汉布格尔首先将包括小说在内的史诗和戏剧归于虚构类文体，而将抒情诗与前两者区分开来。她对史诗，也即包含小说在内的叙事文体的分析，显然最为用心。这也是因为这个文类尤其能体现文学不同于非文学体系的语言特征，用汉布格尔自己的话说，"只有在叙事文学这里才能表明，当语言制造一种虚构体验而非现实体验的时候，这意味着什么"。

叙事文学中的虚构叙事，已经脱离了表述结构，不再是就某物说出了什么，而是直接制造了某物。这和文学的叙事结构直接相关。汉布格尔在此又制造了一个新术语，即"我"—原点。她借鉴了建立坐标系的数学方法，先确立原点，再从原点出发来观察叙事角度。虚构叙事之所以不是现实表述，恰恰因为前者的"我"—原点不再是现实中的表述主体，而是小说中的虚构人物。而与之相应，汉布格尔认为她发现了虚构叙事的三大语言标志：不再指示过去的史诗类过去时；体验直述也即后世叙事学讨论的自由间接文体；以虚构人物为原点的空间指示词。

汉布格尔的一个经常被后人引用的经典例子是用过去式所写的这句话："明天就是圣诞节了。"（Morgen war Weihnachten.）指向未来的时间副词可以与过去时连用，这在现实表述中是不可能的。而这意味着，这里的过去时已经失去了现实语言中的时间标示功能。虚构叙事让不可能成为可能，也便制造了一种伪现实，引导读者去体验一种当下感，同时也让他清楚地知道这种当下感是虚构的。体验直述同样如此，日常生活中不可能听到的他人心声，在文学虚构中却被直接写了出来。体验直述因而更鲜明地体现了文学叙事是在"演示"而不是在"表述"。空间指示则时刻提醒读者，叙事角度不是从作者或者读者端发出，而是从人物端发出的。最后，汉布格尔还指出，虚构叙事的功能是波动状的，也即不同的叙事模式如体验直述或对话，可以在叙事进程中自由切换，读者并不会感觉到异样。相反，这种切换是常态，这更进一步说明了叙事的虚构性。

汉布格尔在此已经确立了一套建立在确凿的语言证据上的虚构论。对文学语言的缥缈悬浮的感悟式言说被清晰明朗的分析式观察所取代。因此后世往往认为汉布格尔这部《诗的逻辑》代表了一种文学研究的科学化倾向。

从最明显的叙事文体出发，汉布格尔又先后对戏剧和电影中的虚构叙事进行了条分缕析的论述。戏剧让词化为人物构型，又让人物构型化为词。而虚构的语言特征就转移到了人物身上。虽然人物的演绎更让人产生摹仿现实的错觉，但是在现实表述中无法达成的时空指示，依然表明了戏剧的文学虚构本质。汉布格尔对电影的关注，可谓是后世跨媒介叙事研究的先驱。她认为电影兼有戏剧史诗化和史诗戏剧化的特征。摄影技术造就了活动的画面，而这活动的画面担负起了叙事功能，让我们从现实的体验域进入功能化的象征域。所以戏剧和电影虽然不如小说那么精准地展示了语言的演示功能，但它们也都是在创造非现实。

如果说对于叙事文体和表演艺术，汉布格尔贡献了极为精彩的语言理论分析，那么在抒情诗上，她就在很大程度上走出了虚构论，部分地返回了诗的传统解释中。她认为抒情诗不是虚构，而是现实表述，诗中之我也是一个现实的表述主体。恰恰是被人看作最具文学性的抒情诗，在此似乎回归了日常的表述体系，而与虚构叙事的文学特质泾渭分明。然而，汉布格尔随即杀了个回马枪，如此解释道，抒情诗的主体并没有制造任何非现实，但是它将表述客体的客观现实改造成了主体的体验现实，于是也让表述脱离了现实关联。这也符合她对自己的文学本体论的理解：她不是从审美意义上来考察文学，而仅仅是关注文学所用语言和普通语言体系分离的不同程度。只不过，她在此已经和俄罗斯形式主义和英美新批评派分道扬镳了。抒情诗作为特殊的现实表述，远不如虚构文体更能展示文学的语言特征。

最后，汉布格尔还讨论了虚构文体的异类，即她所称的"我"—叙事和抒情诗的异类，即叙事谣曲。她将两者都视为伪现实表述。她试图以此来补全自己所构造的一整个文学谱系：按照与现实表述的远近关系，虚构叙事文体也即史诗类、戏剧和电影类在最远处，而抒情诗在最近处，之间的地带则是看似抒情诗的叙事谣曲和看上去不似虚构的"我"—叙事。

余音绕梁的文学理论扛鼎之作

在当今这个所谓"后理论"（伊格尔顿语）时代，我们与筚路蓝缕地经营文学本体论的汉布格尔之间，已经隔了半个多世纪的理论膨胀期。日益精密化的叙事学理论在叙事者、叙事角度、叙事聚焦方式等概念上已经有了更多更新的系统化论述。由此反观《诗的逻辑》，书中的一些理论难免显得稚嫩和简陋。尤其是在"我"—叙事和"他"—叙事的区分上，在抒情诗的表述主体问题上，汉布格尔的一些观点已经和当今的文学认知拉开了不小的距离。汉布格尔发明的一系列术语也在很大程度上消融于后浪涌动的学术话语之流中。

不过，纵然有后代理论家的种种超越，汉布格尔这部著作的开创性意义却是学界共识。她并不是第一个在语言中探寻文学本质的学者，但她开辟了以客观、严谨的语言考察，仔细甄别文学作品的虚构性、叙事特征和结构品质的研究场域，从而在传记式研究、美学研究和心理学研究之外，提供了文学研究的另一条道路。从文本内部研究、结构主义到文学虚构研究，都从这部具有高度原创性的著作中受益良多。特别是在叙事学理论领域，汉布格尔的《诗的逻辑》是整个学科史中的扛鼎之作。当代叙事学理论执牛耳者如热拉尔·热奈特为法语版《诗的逻辑》撰写了序言，并且在多篇论文中详细讨论了自己的理论对汉布格尔的理论的衔接与突破。而另一位叙事学理论名家保罗·利科在其巨著《时间与叙事》中也将汉布格尔关于叙事时间的讨论作为自己思想进路的重要触发点之一,并强调了汉布格尔在叙事学发展中的关键作用。美国叙事学理论家多里特·科恩在其名作《虚构的特性》中也着重提到了汉布格尔关于虚构的定义,作为自己思考虚构性时的思想杠杆。可以说,没有汉布格尔关于叙事诸多方面的原创性思考,今天叙事学的面貌将截然不同。

进入21世纪之后,在德国逐渐形成了一股复兴汉布格尔的浪潮。从她逝世十周年的2002年开始,不断有学术期刊以专辑特刊的方式纪念这位成就斐然的理论家,并强调她的著作对当前文学研究的现实意义。2010年,德国著名学术出版社贝克出版社将汉布格尔纳入《现代文学理论名家:从弗洛伊德到巴特勒》中。海德堡教授安德里亚·阿尔布莱希特(Andrea Albrecht)在2015年主编了纪念文集《克特·汉布格尔:语境、理论与实践》,集中展示了当前德国学界对汉布格尔的学术思想的进一步挖掘和探讨。

其实,不只是在德国,在世界范围内,汉布格尔的《诗的逻辑》不仅被视为20世纪叙事学的奠基之作,也成为不断激发新的学术灵感的重要源泉。尤其随着世界文坛上非虚构文学、历史小说、传记类文学、推想小说、跨媒介叙事、新媒介艺术日趋繁盛、各放异彩,汉布格尔在虚构性、历史小说、传记和电影叙事等方面的精彩论述焕发出了新的活力,催化着新的学术拓展。国内刚刚引进的法国学界新秀弗朗索瓦·拉沃夫的《事实与虚构:论边界》也引入汉布格尔的这部名作,将其作为自己虚构理论的参照系之一,这也证明了《诗的逻辑》的持久影响力。

因此,汉布格尔不止在哥廷根大学可以做一面指示前进方向的路牌，也不止在德国的诸多人文研究基地可以成为召唤更多学术创新的标志，她的《诗的逻辑》是给全世界文学研究者的一份闪烁着智慧光芒的恒久馈赠。

作为该书译者，能让中国读者也收获这份馈赠，我深感荣幸。关于文学的理论著作，往往兼有逻辑思考之深刻和文学引用之富丽，更何况是如此一部经典名作。德语作为用于学术之语言，繁难深密之处，不亚于汉布格尔自己所称用于文学之语言。译者笔力有限，诚惶诚恐，若有疏忽讹误之处，还请方家赐教指正。

最后，特别感谢北京大学比较文学所的张辉教授对我的信任、支持和厚爱。感谢商务印书馆多位编辑为此书付出的心血。期待本书的中文译本也为我们的文学研究带来新的思想火花！

图书在版编目(CIP)数据

诗的逻辑 / (德) 克特·汉布格尔著；李双志译.
北京：商务印书馆，2025. — (文学与思想译丛).
ISBN 978-7-100-24402-2

Ⅰ. I106.2
中国国家版本馆CIP数据核字第2024HS5979号

权利保留，侵权必究。

文学与思想译丛
诗的逻辑
〔德〕克特·汉布格尔 著
李双志 译

商 务 印 书 馆 出 版
(北京王府井大街36号 邮政编码100710)
商 务 印 书 馆 发 行
北京盛通印刷股份有限公司印刷
ISBN 978-7-100-24402-2

2025年4月第1版　　开本 880×1240 1/32
2025年4月第1次印刷　　印张 12 3/8
定价：96.00元